中國語言文字研究輯刊

二三編

許學仁 主編

第 **8** 冊

漢代字辭書「陰陽五行」詞源研究
——以《說文解字》、《釋名》聲訓為中心

廖素琴 著

花木蘭文化事業有限公司

國家圖書館出版品預行編目資料

漢代字辭書「陰陽五行」詞源研究——以《說文解字》、《釋
名》聲訓為中心／廖素琴 著 -- 初版 -- 新北市：花木蘭文化
事業有限公司，2022〔民 111〕
目 4+238 面；21×29.7 公分
（中國語言文字研究輯刊　二三編；第 8 冊）
ISBN 978-626-344-022-7（精裝）
1.CST：說文解字 2.CST：釋名 3.CST：陰陽五行
4.CST：詞源學 5.CST：研究考訂
802.08   111010175

ISBN-978-626-344-022-7

9 786263 440227

中國語言文字研究輯刊
二三編　　第 八 冊　　　　　ISBN：978-626-344-022-7

漢代字辭書「陰陽五行」詞源研究
——以《說文解字》、《釋名》聲訓為中心

作　　者　廖素琴
主　　編　許學仁
總 編 輯　杜潔祥
副總編輯　楊嘉樂
編輯主任　許郁翎
編　　輯　張雅淋、潘玟靜、劉子瑄　美術編輯　陳逸婷
出　　版　花木蘭文化事業有限公司
發 行 人　高小娟
聯絡地址　235 新北市中和區中安街七二號十三樓
　　　　　電話：02-2923-1455／傳真：02-2923-1452
網　　址　http://www.huamulan.tw 信箱 service@huamulans.com
印　　刷　普羅文化出版廣告事業
初　　版　2022 年 9 月
定　　價　二三編 28 冊（精裝）新台幣 96,000 元

漢代字辭書「陰陽五行」詞源研究
——以《說文解字》、《釋名》聲訓為中心

廖素琴　著

作者簡介

廖素琴，臺灣師範大學國文研究所博士，現任高中職教師。以古文字學、陰陽五行思想為主要研究範疇。曾發表〈析論陰陽五行思想對漢代字辭書編輯體例之影響〉、〈《說文解字注》重文中的籀文字形考異——以大、小徐本為對照〉、〈《說文解字》籀文時代重探〉等論文。本文係博士論文，此次刊行僅修訂文句，未作資料增補。

提　要

　　本研究討論《說文解字》、《釋名》二書中，蘊含陰陽五行思想之「聲訓詞源」，透過探討被訓釋詞與聲訓詞之關係，一方面論析被訓釋詞稱名之所以然，即命名之「理據」；另一方面考察其中符合「合理聲訓」的數量。

　　並由「內容」與「形式」兩層面，討論漢代重要字典辭書中，蘊含的陰陽五行思想。「內容」方面，鉤沉漢代訓詁學家在陰陽五行思想橫領學術領域之際，如何透過析形解義，呈顯其思維模式與當際學術風氣的互動。「形式」方面，尤其注意字典辭書「編纂體例」中透顯的陰陽數術色彩。

　　本研究內容分為三大部份：一、論述陰陽、五行觀念各自的起源來歷，推衍兩者從自然概念到形上義理的質變，再衍為涵括宇宙萬物的系統學說。二、以《爾雅》、《說文》、《釋名》三書的編輯形式體例為觀察焦點，著重研討篇目編次、部首秩序、類中詞條排序等，藉以考察形式篇章的規則，以及內涵精神底蘊。三、藉由探究《說文》、《釋名》陰陽五行被訓釋詞、聲訓詞的本形初義，辨析兩者的關係，若為「合理聲訓」，則以出土文獻材料以及傳世經典中的「古文字字形」與「辭例」，輔助佐證其音義關係；若為「不合理聲訓」，則從依聲立說角度觀察許慎、劉熙對字義的闡釋，試圖建構漢代字典辭書中，所蘊涵的陰陽五行思想理論依據。唯有解析這些詞條稱名之所以然，才能瞭解許慎、劉熙的說解非主觀空言，而是藉音表義以宣揚思想。

目
次

圖目次

表目次

第一章 緒 論

　　本論文以《說文解字》及《釋名》蘊含陰陽五行思想之聲訓詞源為討論中心，一方面探究此中符合探源式「合理聲訓」的數量；另一方面從依聲立說角度觀察作者對字義的闡釋，試圖建構漢代重要字典辭書中，蘊涵的陰陽五行聲訓詞理論依據。以下分就研究動機、研究目的、研究背景、前人研究成果綜述、研究範圍與方法等面向說明。

第一節　研究動機

　　陰陽、五行是中國傳統學術、文化中重要而獨特的特殊成分。兩者原是各自獨立的兩概念，「陰陽」最初指日光的向、背，是對自然現象的體察，後來引伸為運作宇宙的兩股質性相異的自然能量。春秋以後，陰陽相關的記載多了起來，不僅用以解釋自然現象，也用以推斷人事禍福，逐步成為人們順應的天道規則。「五行」原指水、火、木、金、土五種具有質性與味道的元素，後來才有配屬系統的形成與出現。緣此可知，陰陽、五行元素在萌芽階段時的意義，原始而素樸。陰陽、五行合流的時間，梁啟超推斷約在戰國時期，而以鄒衍為陰陽與五行合流的第一位代表人物。〔註1〕兩者結合後，發展出陰陽消長、五

〔註 1〕梁啟超：〈陰陽五行說之來歷〉，收入顧頡剛主編：《古史辨》（臺北：藍燈文化出版社，1993 年 8 月）第五冊，頁 343。

· 1 ·

行生勝、天人共構,甚至引致災眚休咎的天人相應藍圖,面貌變得繁複而神秘。〔註2〕這些思想概念在《管子》〈四時〉、〈五行〉、《呂氏春秋》十二紀、《禮記·月令》、《淮南子·時則》以迄《春秋繁露》中諸多陰陽、五行篇章中發揚,顯示陰陽五行已從概念發展為學說,並且進入成熟興盛期。

　　兩漢時期陰陽五行學說發達興盛,它深入各個領域,成為時代的知識結構,並滲透到人們的深層心理,成為人們認識世界、解釋事物的思維方式。〔註3〕顧頡剛《漢代學術史略》提到:「漢代人的思想骨幹是陰陽五行。無論在宗教上,在政治上,在學術上,沒有不用這套方式的。」〔註4〕可說兩漢的政治、學術、天文、律歷、醫學各方面均深受陰陽五行思想影響。而兩漢學術主幹是經學,無論古今文經學派,皆以陰陽五行、讖緯數術附會解說儒家經義。〔註5〕《說文·敘》也說:「蓋文字者,經義之本,王政之始,前人所以垂後,後人所以識古。」〔註6〕漢代經學是通過訓釋先秦儒家經典的方式來建構實現,經師們透過訓詁說解文字來建立自己時代的解釋系統,因此漢代文字之學亦甚發達。《爾雅》、《方言》、《說文解字》、《釋名》四部字辭書標識漢代文字、訓詁學的高度興盛;它們在編纂體例上的經營,字義的解釋、觀點的論述等方面,都無可避免的受到龐大的陰陽天人體系浸潤,體現這股學術風潮。

　　在今古文之爭背景下,經學家們為證成己說並建構自家經學的合理性,各以「聲訓」探源溯流,使得聲訓的使用蔚為顯象。如《春秋元命苞》:「日之為言實也」、「月之為言闕也」、「歲之為言遂也」;東漢班固(32〜92)《白虎通》,是以聲訓為訓詁手段的解經釋義專著。處在以聲訓為學術風尚的背景下,當代字典辭書的析形釋義時習用聲訓,也在情理之中。

〔註2〕陸玉林、唐有伯《中國陰陽家》:「五行……有了運轉的動力……陰陽則有借以發生和推動的所在。……兩者的結合,……構成了可以系統地解說宇宙社會與人生的理想圖式。」認為兩者結合後,構成了串聯一切天人事物的制式配屬系統,創造天人相應的藍圖。陸玉林、唐有伯合著:《中國陰陽家》(北京:宗教文化出版社,1996年),頁13。

〔註3〕吳雁南、秦學頎、李禹階:《中國經學史》(臺北:五南圖書出版股份有限公司,2005年8月),頁77。

〔註4〕顧頡剛:《漢代學術史略》(臺北:天山出版社,1985年),頁1。

〔註5〕如齊詩、《洪範·五行》、荀爽傳古文易、劉向說穀梁、服虔論左氏、蔡邕《禮記·月令》章句及月令問答,均披上濃厚陰陽五行色彩。

〔註6〕漢·許慎著,清·段玉裁注:《說文解字注》(經韻樓臧版)(臺北:洪葉文化事業股份有限公司,2003年10月),頁771。

　　黃侃《文字聲韻訓詁筆記》認為，《說文》說解字義，十分之九都用聲訓。
〔註7〕崔樞華《說文解字聲訓研究》統計，《說文》釋字 9353 字，其中採用聲訓
方法的有 4165 條，接近全書一半。〔註8〕可見，許慎使用聲訓法並非偶然的行
為，而是出於自覺意識。吳澤順分析崔樞華統計的《說文》4165 條聲訓，認為
這些材料中摻雜了非聲訓語料，再加上許慎引用涉及緯書、不符合科學語源的
聲訓，此數字必須打折扣，但大多數應是可成立的。〔註9〕

　　東漢劉熙《釋名》以聲訓為主要訓釋方法，集聲訓之大成。〔註10〕然而，論
者對《釋名》聲訓多持負面看法，《四庫全書》、〔註11〕王力〔註12〕都批評《釋
名》聲訓唯心、過於主觀、穿鑿附會，科學性不夠。劉又辛、李茂康統計《釋
名》中可信的和基本可信的聲訓材料，只占百分之三十，其他百分之七十以上
的解釋屬牽強附會。〔註13〕換言之，若用探尋詞源的方式來檢覈《釋名》，其中
三分之二的聲訓材料都會被除名。

　　學者指出，《釋名》本質是詞源學性質的辭典，其中的聲訓語料不能被排除
在真正的聲訓之外。姚師榮松指出，劉熙在自序中指出著書目的在探求名原，
且將《釋名》聲訓排除在真正的聲訓之外，並不符合「聲訓」一向的做法，只
能說《釋名》中有許多「不合理的聲訓」。〔註14〕柯明傑也認為，劉熙在序言中
說明著書宗旨，是對事物命名「論敘指歸」，如〈釋天〉：「金，禁也，氣剛毅能
禁制物也。木，冒也，華葉自覆冒也。水，準也，準平物也。火，化也，消化

〔註7〕黃侃：《文字聲韻訓詁筆記》（上海：上海古籍出版社，1983 年），頁 200。作者指
　　　　出：「詳考吾國文字，多以聲音相訓，其不以聲音相訓者，百不及五六。……試取《說
　　　　文》觀之，其說解之字，什九以聲訓，以義訓者至鮮。」
〔註8〕崔樞華：《說文解字聲訓研究》（北京：北京師範大學出版社，2000 年），頁 152。
〔註9〕吳澤順：《清以前漢語音訓材料整理與研究》（北京：商務印書館，2016 年），頁
　　　　84。
〔註10〕陳建初博士論文：《《釋名》考論》（長沙：湖南師範大學，2005 年），頁 19、37。
　　　　論者以王先謙《釋名疏證補》為底本，統計全書共 1379 條，被釋詞 1710 個，其中
　　　　使用聲訓者共 1298 條，占極高的比例。
〔註11〕《四庫全書總目提要》：「其書以同聲相諧，推論稱名辨物之意，中間頗傷穿鑿。」
〔註12〕王力：《中國語言學史》（臺北：五南圖書出版有限公司，2005 年），頁 52～53。作
　　　　者指出：「劉熙的聲訓，跟前人一樣，是惟心主義的。他從心所欲地隨便抓一個同
　　　　音字（或音近的字）來解釋，彷彿詞的真詮是以人的意志為轉移似的。」
〔註13〕劉又辛、李茂康：《訓詁學新論》（成都：巴蜀書社，1989 年），頁 172。
〔註14〕姚榮松：《古代漢語詞源研究論衡》（臺北：臺灣學生書局有限公司，2015 年 8 月），
　　　　頁 62。

物也。亦言毀也，物入中皆毀壞也。土，吐也，能吐生萬物也。」姑且不論其解釋事物命名原由之可信度高低，它利用聲音作為探求事物命名之所以然的線索，全書多用聲訓的方式來訓釋，體例十分一致，其本質是詞源學性質的辭典。〔註15〕

值得探討的是，上開兩書中的聲訓材料雜揉陰陽五行說者，多被視為書中之糟粕應被剔除。如王玉堂〈聲訓瑣議〉將《釋名》聲訓分為兩大部分，其一是訓釋百姓日稱之名者；另一部份是被塗上神秘色彩的詞，如天干、地支、五行、八卦之類，這些聲訓多數不涉及語源，且用神學觀念來說釋，在《釋名》的聲訓中不具價值與意義。〔註16〕然而，這些雜揉陰陽五行說的聲訓材料，是否真的不具價值？

葛兆光曾說：「我們現在的思想史卻常常忽略了數術方技與經學的知識，使數術方技和經學的研究，成了兩個似乎是很專門的學科。」〔註17〕若由學術史的角度來重新審視上開字辭書，尤其是《說文》與《釋名》，會發現其說解內容、編纂形式，均與陰陽五行思想密不可分，本研究試圖連結文字（詞義）—經學的知識群組，溝通文字、訓詁（聲訓條例）學門與思想學門的交流，藉此擴展漢代字典辭書的研究領域。另外，透過探討《說文解字》、《釋名》蘊含陰陽五行思想之聲訓詞源，釐析被訓釋詞與聲訓詞之關係，一方面考察其中符合「合理聲訓」的數量；一方面論析被訓釋詞稱名之所以然，即命名之「理據」。唯有解析這些詞條稱名之所以然，才能瞭解許慎、劉熙的說解非空言，而是藉音表義以宣揚思想。這即是本文最先的研究動機。

第二節　研究目的

以下陳述本論文預期解決的議題，並說明研究目的與意義。

考察《說文》、《釋名》二書中陰陽五行被訓詞與聲訓詞的關係，用來推求詞源，是本論文首要探索的項目。二書中援引陰陽五行思想的字例、詞條，

〔註15〕柯明傑：〈聲訓析論〉，頁342。

〔註16〕王玉堂：〈聲訓瑣議〉，收入《古漢語論集》第一輯（長沙：湖南教育出版社，1985年），頁266。

〔註17〕葛兆光：《思想史的寫法——中國思想史導論》（上海：復旦大學出版社，2004年7月），頁31。

其數量到底有多少，說解的實際情況又如何？引用相關思想造成什麼影響？
結果如何？能精準解說或是更加混淆了字義、詞義？這是預期探討的第二項
目。而《說文》依形立訓、《釋名》的聲訓條例，二部研究文獻中不同的編纂
體例如何呈現陰陽五行思想？這是預期探討的第三項目。以上三項研究議題，
無論是在漢代學術史、陰陽五行學史、漢語文字音韻學史、語言文化學史上，
應該都是具有意義與值得探討的議題，如果能透過文獻的實證，就有可能得
到比較客觀詳盡的答案。過去以來，上述相關議題似乎較少受到前人的關注，
因而擬定此課題，希望能在前人相關的研究基礎上，更進一步的深入分析二
部漢代字辭書，藉以發掘這些議題在漢語文字學術史研究上所具有的意義與
價值。

　　本文研究目的有二：首先，從陰陽五行思想對漢代字辭書的影響入手，探
究漢代字詞書的編纂「形式」，如篇目類聚、類中詞條擇選、部首排序，以及類
分排比的字敘規矩，如何受到陰陽五行思想的熏染。一方面觀察書中的內容釋
義與形式體例之義、法如何融攝統一；另一方面，藉由考察形式篇章的規則，
分析兩漢小學家如何在架構字詞書的纂輯體例中，體現對陰陽五行思想的理解。

　　其次，分析考察《說文》、《釋名》兩書中與陰陽五行思想相關的聲訓。這
項研究一方面由字詞構形本義入手，探查《說文》、《釋名》中的聲訓材料，符
合「歷史推源」或是「平面系源」的比例多寡，檢覈其間符合科學的聲訓詞源，
並從共時角度觀察漢代語句的實際使用情況，以尋繹詞源，探求具有同源關係
的一組詞所能夠反映出來的語詞命名理據；另一方面則廓清許慎、劉熙對陰陽
五行詞的訓解是「藉音表義」。如《釋名・釋天》：「巳，已也，陽氣畢布已也。」
在出土文獻中「巳、已」兩字相通同，且訓為停止義，劉熙取「已」之停止義
解釋「巳」，取其陽氣盛極而止意。〔註18〕

第三節　研究背景

　　以下分就陰陽家思想與數術、聲訓說檢討、詞源研究與同源詞判準三部分，
說明本研究的背景。

〔註18〕詳見第五章第三節「巳已」字例。

一、陰陽家思想與數術

　　本研究名為「漢代字辭書陰陽五行詞源研究」主要以《說文》、《釋名》聲訓詞蘊含陰陽五行思想詞條為研究對象。於此先界定「陰陽五行思想」的定義及內核概念，以確立本論文之思想主軸。先釐清二個問題：陰陽五行思想與陰陽家思想的差異，以及陰陽家思想與數術的關係。

　　先論「陰陽五行」思想與「陰陽五行家」思想的差異。陰陽五行思想指尚未具有系統性的原始而素樸之概念或觀點，如由日光的向、背而有陰暗與光明的感受，引申出山南水北與氣候冷暖的概念，這是陰陽五行思想；所謂「陰陽家」則推而廣之能成一家之言，是有系統或根據的理論學說。如：陰陽家鄒衍的學說包含陰陽消息、禨祥制度、五德終始、大九州之說等，為一天人相應之系統理論。

　　關於陰陽家思想與數術的關係，有以下二說：第一種說法，認為陰陽五行思想是數術學的基礎，數術則是陰陽五行思想的應用。陳維輝[註19]和秦新星[註20]提出數術學是以太極、陰陽、八卦、五行、干支等宇宙最基本的真理規律為基礎，把音律、曆法、星象、氣候、地理、醫術等眾多學科，統一成為系統的整體觀學問。陳雅雯《說文解字數術思想研究》詳細說明兩者的關係，數術即是以陰陽五行來生剋制化、天人感應為基礎理論，以占卜術、方術推理天人關係的知識系統，可用來比附人事社會，尋其機巧，達到經邦治國、占斷吉凶、觀象制器的目的。[註21]

　　第二種說法，認為陰陽五行思想是「小陰陽家」，數術為「大陰陽家」，兩者的來源相同。南宋陳振孫、近代余嘉錫都指出《漢書·藝文志》中的「陰陽家」可分為兩類，凡知道姓名而自成一家言，如鄒衍之書，則歸入《諸子略·陰陽家》；而「雖有其書而無其人」的實用書籍則歸入《數術略·五行》。[註22]

〔註19〕陳維輝：《中國數術學》（鄭州市氣功學會印，1988 年 10 月）。轉引自宋會群：《中國數術文化史》（開封：河南大學出版社，1999 年 8 月），頁 12。

〔註20〕秦新星：〈中國數術學漫談〉，收錄於《中國數術學論文精選》（北京：中國社會科學文獻，1995 年），頁 2。此轉引同註 19。

〔註21〕陳雅雯：《說文解字數術思想研究》（臺北：花木蘭文化事業有限公司，2011 年 9 月），頁 24～25。

〔註22〕南宋陳振孫《直齋書錄解題》認為「陰陽之與數術，亦未有以大異也。」兩者的區別是「此論其理，彼論其數」。陳振孫：《直齋書錄解題》（臺北：臺灣商務印書館，1976 年），頁 369。清代余嘉錫《古書通例》則認為歸入《數術略》的書多半不知

李零《中國方術正考》更進一步闡釋道，「小陰陽家」是指鄒衍等人「按往舊造說」取材於前賢舊說，並「深觀陰陽消息而作怪迂之變」，《漢書・藝文志》將這類書歸於《諸子略・陰陽家》；「大陰陽家」則以天文曆算之學為本，並雜揉各種占驗時日之術的數術之學，這類實用書籍多半不知作者姓名，《漢志》歸入《數術略・五行》。〔註23〕由此可知，《漢志・諸子略》中所稱「陰陽家」與《數術略・五行》中典籍，是依作者姓名存佚與否來分類，它們在思想學理上混同難分，應屬於同一來源。

陰陽家與數術兩者之內核思想有密切相關。若將鄒衍學說之大項〔註24〕與《漢書・數術略》中的天文、曆譜、五行、蓍龜、雜占、形法等六類內涵技術合而觀之，可以發現兩者有密切交集。鄒衍的陰陽消息包含天文、曆譜等知識；禨祥度制主要論天人感應，是蓍龜、雜占類的理論基礎；五德終始則是五行說的來源之一。可見《漢志》所謂「數術」與「陰陽家」思想，在學說理論、實用技術上難以孑然二分，故本文乃以「陰陽五行」思想統括兩者，而不強加區分陰陽五行思想、數術。

筆者檢視《說文》、《釋名》中與陰陽五行思想相關字例，其內涵在「哲學思想」部分有陰陽五行、《易》理、緯學、儒家、道家等；「實用科技」部分則有天文、曆算、數理、方技等。本文的研究對象即是《說文》及《釋名》聲訓詞蘊含上述陰陽五行思想者。

二、聲訓說檢討

綜觀聲訓發展史，核心類型有「因聲求義」和「推因求源」兩種。影響所及，後世論者，對聲訓的定義與界說便緣此開展，以下略依發表先後，臚列近現代學者的聲訓定義及內容如下：

作者，屬於「雖有其書而無其人」一類。余嘉錫：《古書通例》（上海：上海古籍出版社，1985 年），頁 24。

〔註23〕李零：《中國方術正考》（北京：中華書局，2007 年 2 月），頁 12。

〔註24〕鄒衍的相關著作都已亡佚，僅能從《史記・孟荀列傳》相關鄒衍的記載中去拼測大要，略有四項：陰陽消息、禨祥度制、五德終始、大九州之說。鄺為章：《陰陽五行家思想之述評》（高雄：復文書局，1979 年 5 月），頁 12～31。

（一）表 1-1：因聲求義論

學　者	聲訓定義	出　處	出版項
沈兼士	汎聲訓：汎用一切同音或音近（雙聲或疊韻）之字相訓釋。	〈右文說在訓詁學上之沿革及其推闡〉，頁781	臺北：中央研究院歷史研究所，1933 年
濮之珍	所謂聲訓，就是用語音相同或相近的詞來說明一個詞的意義。	《中國語言學史》，頁155	臺北：書林出版有限公司，1994 年 8 月
孫永選 闞景忠 季雲起	聲訓，是依據漢字的讀音來解說詞義的一種訓詁方法。音近則往往義通，聲訓實際上是用與被釋詞讀音相同或相近而意義相通的詞來注被釋詞，前人也稱之為「因聲求義」。	《訓詁學綱要》，頁24	濟南：齊魯書社出版社，1996 年 2 月
許威漢	字形對于語言中的詞來說，是外在的因素，語音才是詞的物質外殼。這裡說「內在形式」，自然就是指口頭語言自身的物質外殼說的。內在形式的利用，便是取聲音相同或相近的字來解釋字義。這種「因聲求義」（聲訓）是訓詁學的一種重要方法，它往往成為探求和貫通語義的根本途徑。	《訓詁學導論》，頁 94	北京：北京大學出版社，2003 年 7 月
蘇寶榮 武建宇	聲訓又叫做「音訓」，就是「因聲求義」，即用聲音相同或相近的字（詞）來解釋字（詞）義的方法。	《訓詁學》，頁 57	北京：語文出版社，2005 年 2 月

上揭學者認為，「聲訓」是利用讀音相同或相近的字來訓釋詞義的方法，運用的先決條件是，聲訓詞與被訓釋詞必須音同或音近，立基於詞語的聲音與意義之間的聯繫。換言之，「因聲求義論」著重於聲音的關係，用同義詞、近義詞相釋，以求音義貫通，是「求義」的聲訓。

（二）表 1-2：推因求源論

學　者	聲訓定義	出　處	出版項
高亨	音訓亦名聲訓，即以同音或雙聲，或疊韻之字為訓，以表此二字之得音，有本枝原流之關係也。申言之，即以彼字訓此字，彼字與此字，音則相近，而義非相同，唯因此字之音由彼字之音而來，或彼字之音由此字之音而來，而音為一語根所孳生，故以彼訓此，以表明其關係焉。至若兩字，音既相近，義又相同，則為義訓，而不在音訓範圍之內矣。	《文字形義學概論》，頁 284	濟南：山東人民出版社，1963 年 3 月

王力	聲訓，是以同音或音近的字作訓詁，這是古人尋求語源的一種方法。	《同源字典》，頁 10	北京：商務印書館，1991 年
胡楚生	古代許多訓詁學家，在訓釋字義的時候，往往利用音同音近的字來解釋被訓的名物，希望在音訓的原則上，推尋出那一名物「命為此名的所以然」來，因此，音訓又可以稱之為「推因」或「求原」。	《訓詁學 大綱》，頁 79～80	臺北：華正書局，1989 年 3 月
陸宗達 王寧	聲訓是用音近義通的字作訓，因此，訓釋字與被釋字必然音同或音近。它應當有兩種情況：一種是同源字互訓；另一種以聲推索事物得名的由來，也就是以發源字訓孳乳字。	《訓詁與訓詁學》，頁 354	太原：山西教育出版社，1994 年
吳琦幸	聲訓用語音相同或相近的關係來解釋詞義。它利用聲音的線索，把字義還原到發生時代，在這一點上，它與形訓求索本義是一致的，但它又不是孤立的分析字形，而是深入到語義系統中，把詞義納入到以聲音為意義軌跡發展系列，以求得意義的本源。	〈「文心雕龍」聲訓論〉，頁 17	《漢學研究》，總 17 期，1991 年 6 月

推因求源論者，以聲訓本質目的是推因探源，探求事物得名之原由，即尋繹語源。而利用聲訓推求語源，實際是從語詞聲音上的「相似性」入手，建立意義上的聯繫。在音聲關係的基礎上，只有語言孳生的關係才能謂之「聲訓」，其目的是「求源」。此外，論者提到，聲訓又稱為「音訓」，〔註 25〕本文為求名稱一致，行文一律統稱「聲訓」。

　　回溯先秦至兩漢的「聲訓發展史」，聲韻之發展順序及類型即順依「釋義」與「推源」兩型。以下先簡述先秦聲訓發展史，再討論聲訓內在的理論發展。

　　聲訓濫觴於周秦，盛行於兩漢。音、義間的聯繫，前人很早就有所認識，先秦典籍中，《周易》、《論語》、《管子》等書都有聲訓例。如《管子·心術上》：「德者，得也。其謂所得以然也。」《尸子·處道》：「德者，天地萬物得也。」古人認為「德」得名於「得」。而《周易》對卦名的解釋，多採用語音相近同的

〔註 25〕吳澤順：《清以前漢語音訓材料整理與研究》，頁 5～18。作者指出「音訓」與「聲訓」不同。認為「聲訓」特指先秦兩漢經典中的「正文聲訓」，著重在音同或音近的字來揭示語詞之間的文化關係者。「音訓」則是只要通過語音關係探求詞語關係都屬之，其外延可以延伸到假借、異文、音訛等。音訓在範圍上涵蓋先秦兩漢的聲訓，以及兩漢以後的因聲求義。音訓定義是廣義的，聲訓包括在音訓之中。本文行文一律統稱「聲訓」，以其為學界普用詞。

聲訓解釋，〔註26〕如：「兌者，說也」；或加上義訓，進一步申說，如：「萃，聚
也。順以說，剛中而應，故聚也。」巧妙運用語音、語義之間的音同義近相似
關係，建構卦辭理論體系。

聲訓法的產生，和先秦諸子正名求故的名辯之學密不可分；他們利用聲訓，
闡發對「名實」關係的看法。東周以降，社會結構發生重大改變，使得制度僵
化、禮崩樂壞，反映在名實關係上，代表秩序的名與其代理人（實）名分顛倒
錯位，導致有名者無實，有實者無名，因此天下無道，法守蕩然。諸子們思索
天下所以紛亂，是因為名實不相符，因之提出自己對名、實關係的主張。〔註27〕
而名實關係反映在語言學上，則「名」即語詞的「聲音形式」（音），「實」即詞
語的「稱謂內容」（義）；表達語詞的音義關係。語詞之名實關係的論辨，使時
人關注語詞的音、義關係，並自覺地選擇音義相類似的語詞探索「命名之由」，
聲訓之法由此而生。

例如孔子認為政治混亂，道德淪喪的根源在「名不正」，即實與名不相符，
提出「正名」思想。《論語·子路》：「必也正名乎！」「名不正，則言不順；言
不順，則事不成；事不成，則禮樂不興；禮樂不興，則刑罰不中；刑罰不中，
則民無所措手足。」「名」代表秩序，使名、實相符應，以名定實，天下才能
秩序井然，寧息紛爭。張以仁〈聲訓的發展與儒家的關係〉一文，認為「正名
主義」與聲訓的發展關係密切。文中以《論語·顏淵》季康子問為政之道例
子，〔註28〕說明儒家經典慣用聲訓為手段，用以宣傳儒家思想。〔註29〕張氏經

〔註26〕 吳澤順：《清以前漢語音訓材料整理與研究》，頁13。作者統計，《周易》共有56條
聲訓，在先秦典籍中最多。詳見吳文下編〈材料編〉，頁435～443。

〔註27〕 關於《尸子》、《呂氏春秋》、《老子》、公孫龍子等對於「名實」關係的主張，可參
看劉青松：《《白虎通》義理聲訓研究》（北京：商務印書館，2018年），頁62～68。

〔註28〕 張以仁：〈聲訓的發展與儒家的關係〉，收入《張以仁語文學論集》（上海：上海古
籍出版社，2012年11月），頁63～65。張以仁指出，儒家經典慣用聲訓為手段，
用以宣傳儒家思想。廣為人知的例子是《論語》季康子問為政之道，孔子對曰：「政
者，正也子帥以正，孰敢不正？」以「正」作為「政」的語源，旨在說明儒家修齊
治平的論理道德標準」，聖人名「政」正因「正」而來；他建立政、正兩字的聯結
關係，嗣後藉以發揮大義。此例雖然隱含以聲訓求源，但是，其目的不在探求語源，
而是藉源闡義。

〔註29〕 例如《孟子》：「征之為言正也，各欲正己也。焉用戰。」、「庠者，養也；校者，教
也；序者，射也。」再如《荀子·正名》篇提出「君者，羣也。」的訓釋，後世《韓
詩外傳》、《白虎通》、《漢書》多沿襲荀子之說。相關請見張以仁：〈聲訓的發展與
儒家的關係〉，頁63～65。

由探討儒家正名說、分析兩漢以前聲訓，以及形訓解字的旁證，得到以下結論：

一、早期聲訓，其作用不在探求語源，乃是以聲訓為手段，宣揚儒家的思想，和形訓的情形正復相同。

二、以後的聲訓，有一部分可以很明顯的看出來是沿著這一條線索發展的。（另外應該是由各家注釋到釋名的一條求源的路）。

三、因此我們似乎不必固執於以求語源的觀念批評一切聲訓的資料。

〔註30〕

揆諸張氏的觀點，則春秋戰國時期聲訓的本質與目的，是為宣揚思想、闡述己見，而非探求詞源；其次，聲訓一途，略依「宣揚思想」與「釋名求源」雙線開展。

其後，漢代聲訓基本順此兩面向發展。漢代聲訓蔚為風尚，遍及經典傳注、緯書及子學史書著述，如《淮南子》、《春秋繁露》、《史記·律書》、《白虎通》、《風俗通》等書都大量使用聲訓。然而，上述典籍中的聲訓例，並非一開始就自覺地探求語源，它們被使用於解釋詞義或宣揚經說，目的是為政教服務。直至許慎（54～125）〔註31〕、劉熙（？156～？220）等人，才大致能遵守語音的制約，以探求名物之起源，聲訓從前期解經說理的傳統走向「探求語源」之路。值得一提的是，鄭玄（127～200）的《注》、《箋》則將聲訓轉化為「釋義」為主，〔註32〕開後世「因聲求義」理論之先聲。〔註33〕關於漢代聲訓的發展，詳後引論。

上述近現代學者對於聲訓的研究，究實是闡釋過去先秦兩漢典籍中的聲訓材料，以及清代諸家理論的理解，近代以來聲訓「理論」本身並未繼續發展。

〔註30〕張以仁：〈聲訓的發展與儒家的關係〉，頁70。

〔註31〕高明：〈許慎生平行迹考〉，《國立政治大學學報》，第18期，1968年12月，頁27。論者考定，許慎生於漢光武帝建武三十年（54），卒於安帝延光四年（125），年七十二。肖丹則認為，許慎生活在東漢中葉，晚於賈逵（30～101）而早於馬融（79～166），主要學術活動在和帝、安帝兩朝。並將許慎的生卒年定在約公元60～150比較合適。見肖丹：〈五經無雙許叔重──許慎生平事迹考〉，《河南師範大學學報》（哲學社會科學版），第19卷第4期，1992年，頁43～44。

〔註32〕見劉文清：〈鄭玄《三禮注》「之言」訓詁術語析論──兼論其術語意義之演變〉，《臺大中文學報》，第41期，2013年6月，頁33～84。

〔註33〕吳澤順：《清以前漢語音訓材料整理與研究》，頁89。

因此，學者們闡述前代語料以及理論，自然析分出求義、求源兩種界說。而緣學術發展史的角度觀之，聲訓的本質自無法截分歸類為其中一端。

總上所述，聲訓一途，基本按照「經注釋義」和「事物釋名」兩條線索展開，廣義與狹義交錯而行，字音字義字形互相制約，歷經歷代訓詁學家們的努力，這門古老的學科理論與體系漸趨明晰。〔註34〕

三、詞源研究與同源詞判準

以下先說明「詞源」與「字源」的不同；其次，簡述詞源學研究的歷史；再者，說明本研究判定詞條是否為「同源詞」的準則。

本研究的題目何以定為「詞源」而非「字源」或「語源」？一般而言，「語源學」是研究詞語來源的學科，研究範圍以使用「拼音文字」的歐美語言為主。而漢字是表意文字，用「字源」或「詞源」，較能突出漢字本身的特點。

理論上，漢字是形音義的綜合體，字和詞常等同為一。實際上，字典中和一般人觀念中的「字」，卻是「集合符號」，也就是一個字代表幾個詞是不定的，因此，「字源」和「詞源」並不是平行的關係。張世祿指出，字源與詞源的區別在於：「字源的研究，注重『分析字形』和探討形、義相關的歷史研究；詞源的研究，則注重比較『聲音形式』和『意義』相關的歷史研究。」〔註35〕本文研究材料是音、義關係密切的「聲訓」，當用「詞源」為名，較為合宜精準。

詞源學發展歷史中，依據探源過程對形、音、義三者不同的側重，表現出不同的方法，如「音義探源法」著重以音、義線索進行探源，主要表現為「聲訓」、「音近義通」說；「形義探源法」聚焦於以形、義線索進行探源，主要有「右文」說；「形音義探源法」綜合形、音、義三者為線索進行探源，以章太炎《文始》為代表。〔註36〕本文論述焦點集中在「聲訓」一途，以下概述聲訓和詞源研究的關係。

詞源的研究，最初導源於「聲訓」。前面談過，先秦典籍中，聲訓已經大量冒現。到了漢代，聲訓之風，盛極一時。大抵出於解經的需要、書面語言材料

〔註34〕吳澤順：《清以前漢語音訓材料整理與研究》，頁 5、412。

〔註35〕張世祿〈漢語詞源學的評價及其他——與岑麒祥先生商榷〉，收入張世祿：《張世祿語言學論文集》（上海：學林出版社，1984 年），頁 472。

〔註36〕相關請見王浩博士論文：《鄭玄《三禮注》同源詞研究》（石家莊：河北師範大學，2010 年），頁 5～11。

日益增多，以及訓詁學本身的發展，漢代訓詁學家們開始大量使用聲訓，有意識或無意識的追尋漢語的「語詞之源」。如班固《白虎通・號》：「君之為言群也。」又《五行》：「土之為言吐也。」再如許慎《說文解字》雖以形訓為主，但也不乏聲訓之例，這部分後面章節會談到，此不贅言。此後，劉熙《釋名》更全面採用聲訓方法訓釋詞義，力求揭示事物得名之由，得知用某詞稱呼某物的「理由」與「根據」，即命名的「理據」〔註37〕。

詞源研究的另外兩種表現形式是「語轉」與「右文」說。「語轉」說本於漢代揚雄《方言》，旨在追尋語詞與語詞的之間的語源關係，但兼有古今語轉之論。〔註38〕「右文」說則興盛於宋代，以「右文」指稱聲符，並據以系聯同源詞，形成詞源研究的一大流派。清代詞源學的研究鼎盛，且更趨科學化，清人段玉裁、朱駿聲、戴震、王念孫以及晚近的章太炎、黃侃、楊樹達、沈兼士等學者，以聲音為樞紐，分析語詞的音、形、義三者的關係，詞源的研究成果豐碩。

漢代以後小學家們揚棄以「聲訓」來探尋詞源，因為，「聲訓」一般是兩兩式的系源和探源，除了有主觀隨意的缺點，還存在不利於對同源詞進行更大規模的系聯的侷限性。即便如此，傳統詞源學是從漢字的「音近義通」現象開始研究的，而最早反映這種音近義通現象的是「聲訓」，應無疑義。殷寄明指出：「聲訓是漢語史上最早出現的研究語源的一種形態，其方法未為完善，但觸及了概念與語音（詞義內容與詞的文字聲韻）的關係問題，為後人的訓詁和語源研究啟示了門徑。」〔註39〕

〔註37〕 張志毅指出，「理據」指「論據」，或是「事實的根據」。「詞的理據」是指用某個詞稱呼某事物的理由和根據，即某事物為什麼獲得這個名稱的原因。見張志毅：〈詞的理據〉，《語言教學與研究》，1999 年第 3 期，頁 115。許光烈也說：「詞是事物的名稱和標誌。事物的名稱既然是人們『規定』的，因而用什麼詞去稱呼什麼事物，總要有一定的道理（理由或依據）所謂詞的理據，或稱詞的『內部形式』、『詞源結構』、『詞的命名義』，指的是詞義形成的可釋性，也就是某一語音形式表示某一意義內容的原因或根據。」見王艾彔、司福珍：《語言理據研究》（北京：中國社會科學出版社，2002 年），頁 10。

〔註38〕 「語轉」說本於漢代揚雄《方言》。如《方言》卷十：「煤，火也，楚轉語也，猶齊言燬火也。」郭注：「煤，呼隗反，燬音毀。」《爾雅・釋言》：「燬，火也。」郭注：「燬，齊人語。」《方言》言燬，即不復出燬；《爾雅》言燬，即不復出煤。可見，燬、燬為異體字，且都是齊語火，兩字都是「火」的方言字。則煤、燬、燬為同源詞。此外，鄭玄也注意到語詞音轉、形式變化的現象，在《毛詩箋》中常引《方言》來訓釋詞義，時參以己見，指出某為某之「聲轉」。

〔註39〕 見殷寄明：《漢語語源義初探》（上海：學林出版社，1998 年 1 月），頁 3。

　　綜上所述，可知傳統表示「詞源」的方法是「聲訓」。則聲訓、理據、詞源三者存在這樣的聯繫：瞭解語言「理據」是聲訓產生的最終目的（也是根本動因），「聲訓」是實現此目的之工具，而「推求詞源」則是實現此一目的之過程。圖示如下：

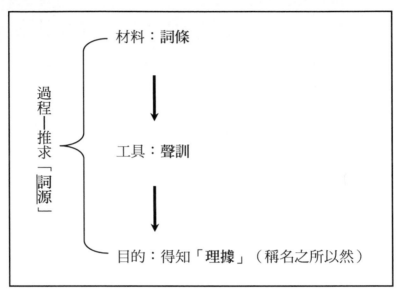

圖 1-1：聲訓、理據、詞源關係圖

　　至於聲訓與同源詞的關係，「聲訓」的本質是通過語音相同或相近的詞，解釋被訓詞的命名之意。「同源詞」的本質是同出一源的詞組，音和義相近同，則是詞組同出一源的外在特徵，是聯繫同源詞組的血緣紐帶。聲訓、同源詞兩者的本質特徵若合符節，都是從「音」、「義」兩方面來探討語詞的淵源關係。〔註40〕更進一步說，若被訓詞、聲訓詞兩者為同源詞，則兩者必然有音義關係，從平面的系源角度來看，今人也就認為聲訓詞指出了「詞源」，這便是系聯被訓詞與聲訓詞，是否為同源詞的意義所在。

　　那麼，同源詞該如何判準？符合哪些條件才算是同源詞？王力定義同源詞說：「凡音義皆近，音近義同，或義近音同的字，叫做同源字。這些字都有同一來源。……同源字，常常是以某一概念為中心，而以語音的細微差別（或同音），表示相近或相關的幾個概念。」〔註41〕指出判定同源詞，首要注重音、義之間的聯繫。以下說明本文判定同源詞的「音韻」標準及「意義」標準。

〔註40〕王浩博士論文：《鄭玄《三禮注》同源詞研究》（石家莊：河北師範大學，2010 年），頁 6。
〔註41〕王力：《同源字典》（北京：商務印書館，1991 年 5 月），頁 3。

（一）音韻標準

同源詞判定的音韻標準是讀音相同或相近，王力認為：「同源詞有一個最重要的條件就是讀音相近或相同，而且必須以先秦古音為依據，因為同源詞的形成絕大多數已經是上古時代的事了。」〔註42〕又強調：「同源字必須是音同或音近的字，這就是說，必須韻部和聲母都相同或相近。」〔註43〕指出上古時期即已產生大量漢語同源詞，且同源詞的分化、派生也大多發生在上古先秦時。本研究主要的文本材料是《說文》、《釋名》，皆為漢代典籍，因此以先秦兩漢的漢語語音體系「上古音」，作為判定同源詞聲音的依據。

本研究之上古音聲類及韻部，採用陳新雄先生校定之古音正聲十九紐、古韻三十二部說。因為，此分部是目前所見論述古韻分部較為完備的說法。陳氏在黃季剛古韻三十部的基礎上，兼採黃永鎮的「肅」部，陳氏改稱「覺部」，此部即黃季剛蕭部入聲；又採納王力的「脂微分部」，分古韻為三十二部。林慶勳、竺家寧《古音學入門》也稱此分部「成為定局，無可再分。」〔註44〕

（二）意義標準

在同源詞意義探求上，本研究主要以王寧提出的詞源意義（核義素）作為衡量標準，分析《說文》、《釋名》陰陽五行聲訓的命名理據。

王寧指出：「一組待定為同源詞的語料，在已知它們的音同或音近關係後，判定它們之間的義通關係，便成為它們同源的關鍵；而把握義通的規律，從中探求派生詞的造詞理據，語源探求的任務才算全面完成。」〔註45〕換言之，在判定同源的依據中，意義的判定更為重要，在詞源探索中處於核心地位。而同源詞意義的相同相近，是指深層隱含意義（或稱詞源意義、核義素、理據義）相近同。

王寧借鑒西方語義學的義素分析法，把含詞義「類別」的部分稱作「類義素」，含詞義「特點」的部分稱作「源義素」或「核義素」，並指出同源詞的類義素是各不相同的，而核義素是完全相同或相關的。〔註46〕並列舉下列語料證實此觀點：

〔註42〕王力：《同源字典》，頁 12。
〔註43〕王力：《同源字典》，頁 20。
〔註44〕林慶勳、竺家寧：《古音學入門》（臺灣：臺灣學生書局，1989 年），頁 128。
〔註45〕王寧：《漢語詞源的探求與闡釋》（北京：中國社會科學出版社，1995 年），頁 167。
〔註46〕王寧：《訓詁學原理》（北京：中國國際廣播出版社，1997 年），頁 136。

稍＝／禾類／＋／葉末端漸小處／

秒＝／禾類／＋／芒末端漸小處／

艄＝／船類／＋／尾端漸小處／

霄＝／雲霞類／＋/最高（頂端）視之漸覺小處／

鞘＝／鞭類／＋／（系於）頂端而細小處／

梢＝／樹木類／＋／末端漸小處／

消＝／施於水／＋／使之少／

銷＝／施於金／＋／使之少／

削＝／以刀施之／＋／使之少／

以上同源詞可分為兩組，前六個均為名詞，為第一組，它們共同的核義素是：尖端——漸小；後三個都是動詞，為第二組，共同的核義素是：使之小。可表述為：

第一組：禾類、船類、雲霞類、鞭類、樹木類/＋/尖端——漸小/

第二組：水類、金類、刀類/＋/使之少/

此外，同源詞還有另一種形式，即「由表示特點的詞直接派生出具有這一特點的新詞。這時，源詞的整體意義（義項），等於派生詞核義素所含的意義。」〔註47〕王寧列舉《釋名》聲訓加以說明道：「冬，終也。物終成也。」冬由終派生。「餅，并也。溲麵使之合并也。」餅由并派生。「膾，會也。細切肉令散，分其赤白，切之，已乃會合和之也。」膾由會派生。「冠，貫也。所以貫韜髮也。」冠由貫派生。「梳，言其齒疏也，數言比（篦），比於梳其齒差數也，比言細相比也。」篦由比派生。上述諸例中，源詞的詞義與派生詞的核義素在內容上是一致的，只是前者為「義項」，後者為「義素」，處於不同的結構層次。

王寧總結說：「同詞性的同源詞的意義關係建立在核義素相同的基礎上，它們因類義素的對立互補而區別為不同的詞。不同詞性的同源詞一般不具有類義素對立互補，而它們的核義素卻是直接相關的。」〔註48〕因此，根據同源詞組中核義素的同一性特點，核義素便可成為判定、系聯同源詞的線索，提供了處理詞義關係可操作的程式。

〔註47〕王寧：《訓詁學原理》，頁151。
〔註48〕王寧：《訓詁學原理》，頁151～152。

第四節　前人研究成果綜述

　　本節針對《說文解字》、《釋名》書中陰陽五行思想的研究成果略加評述。分四大部分：一、陰陽五行思想議題；二、《說文解字》研究概況；三、《釋名》研究概況；四、《爾雅》研究概況。雖然本研究主要文本為《說文》與《釋名》，但是，《爾雅》與《釋名》在篇章、體例、釋義上俱有承襲與發展的關係，常被對照合觀，所以第四部分附論《爾雅》研究概況，不依上揭書撰著時代排序。

　　區域上，以臺灣、大陸兩地為主要探討，著重討論兩地學位論文與專書。此外，臺灣與大陸地區皆有若干研究「陰陽五行思想議題」以及上開三書之期刊論文，成果豐碩，礙於篇幅之限，無法一一羅列，僅討論與本文課題有密切相關之篇章，以見學界研究概況。

一、陰陽五行思想議題

（一）專書類

　　臺灣及大陸地區陰陽五行思想論題專書，依出版時間先後排序，列表如下：

表 1-3：陰陽五行思想研究專書

編號	作　者	書名（篇名）	出版項
1	梁啟超	陰陽五行說之來歷	收入《古史辨》，上海：上海古籍出版社，1982，第 5 冊
2	王夢鷗	鄒衍遺說考	臺北：臺灣商務印書館，1966 年 1 月
3	李漢三	先秦兩漢之陰陽五行學說	臺北：鐘鼎文化出版公司，1967 年 5 月
4	徐復觀	陰陽五行及其有關文獻的研究	收入《中國人性論史・先秦篇》，附錄二。臺北：臺灣商務印書館，1969 年
5	郭為	陰陽五行家思想之述評	高雄：復文書局，1979 年 5 月
6	〔日〕小野澤精一、福永光司、山井湧編著，李慶譯	氣的思想——中國自然觀和人的觀念的發展	上海：上海人民出版社，1980 年 1 月
7	謝松齡	天人象：陰陽五行學說史導論	濟南：山東文藝出版社，1989 年 1 月

8	劉九生	循環不息的夢魘──陰陽五行觀念及其歷史文化效應	北京：國際文化出版公司，1989年
9	李志林	氣論與傳統思維方式	上海：學林出版社，1990年9月
10	李存山	中國氣論探源與發微	北京：中國社會科學出版社，1990年12月
11	孫廣德	先秦兩漢陰陽五行說的政治思想	臺北：臺灣商務印書館，1993年6月
12	顧文炳	陰陽新論	瀋陽：遼寧教育出版社，1993年10月
13	殷南根	五行新論	瀋陽：遼寧教育出版社，1993年
14	〔日〕井上聰	先秦陰陽五行	武漢：湖北教育出版社，1997年7月
15	鄺芷人	陰陽五行及其體系	臺北：文津出版社，1998年2月
16	〔美〕艾蘭、汪濤、范毓周	中國古代思維模式與陰陽五行說探源	南京：江蘇古籍出版社，1998年6月
17	楊學鵬	陰陽五行──破譯・詮釋・激活	北京：科學出版社，1998年11月
18	龐樸	當代學者自選文庫：龐樸卷	合肥：安徽教育出版社，1999年
19	趙載光	中國古代自然哲學與科學思想	長沙：湖南人民出版社，1999年11月
20	曾振宇	中國氣論哲學研究	濟南：山東大學出版社，2001年10月
21	馮時	中國古代的天文與人文	北京：中國社會科學出版社，2006年1月
22	李零	中國方術正考	北京：中華書局，2006年5月
23	劉瑛	《左傳》、《國語》方術研究	北京：人民文學出版社，2006年6月
24	林佳榛	陰陽五行說的源起及衍化考	北京：中國書籍出版社，2014年12月
25	楊儒賓	五行原論：先秦思想的太初存有論	臺北：聯經出版公司，2018年

　　近人對陰陽五行的討論，最廣為人知的，當推梁啟超〈陰陽五行說之來歷〉一文。該文從文字訓詁的考釋入手，談陰陽五行思想的來歷，由於其立論過於獨斷，引起當時學者們的諸多迴響，〔註49〕總的來說，本文開近代陰陽五行研究的首創之功，不可抹殺。最早系統研究陰陽五行思想者，為王夢鷗《鄒衍遺

〔註49〕鄺芷人：《陰陽五行及其體系》（臺北：文津出版社，1998年），頁7～18。作者對於當時學者的學術論辯爭議，做了相關整理與辨析，可參看。

說考》，該書加上緒論、結論，共八大部分。對鄒衍的學術背景、生平年世有精詳的考訂；學說方面，則析論五德終始論的構造、五時令及明堂的設計、五帝德的政治目的、大九州說的原型等，在論點方面予人啟發。王夢鷗書雖出版較早，但至今仍有參考價值，沒被取代。〔註50〕李漢三《先秦兩漢之陰陽五行學說》一書，由探源陰陽五行說，及其合流、傳布起筆，第三至六編分論陰陽五行對兩漢政治、經學、數術、醫學之影響。其中，第四編〈陰陽五行對兩漢經學的影響〉詳列漢代《爾雅》各家注疏中受陰陽五行說影響之條目，極具參考價值。徐復觀〈陰陽五行及其有關文獻的研究〉一文，主要闡述春秋戰國時期，陰陽五行觀念之演變，以及〈甘誓〉、〈洪範〉等文獻的成立時代，還提及從《呂氏春秋》到董仲舒對陰陽五行思想融合問題。該文從思想史的角度切入闡述，著力尤深。郭為《陰陽五行家思想之述評》共有六章，第一、二章說明陰陽五行家思想成分及淵源，第三章論鄒衍學說之內容，第四章講陰陽五行者相歧之說法，第五章考察漢儒思想陰陽五行化之原因，第六章談漢人講陰陽五行所生之流弊。各章篇幅精簡，扼要勾勒陰陽五行家思想產生的原因及流弊。孫廣德《先秦兩漢陰陽五行說的政治思想》共六章。首章說明陰陽五行說的來歷與發展，第二至五章，分論政制禮儀、五德終始、時序輪轉、災異祥瑞與「政治」之間的交集與運用，末章結論。孫氏較著重於政治理論的鉤沉，值得一提的是，第一章〈陰陽五行說的來歷與發展〉將先秦典籍中出現「陰、陽」之文句及文義，一一臚列說明，資料搜羅完整，可資後人研究之參考。鄺芷人《陰陽五行及其體系》共十一章。第一章考釋陰陽五行概念，第二、三章論西漢的政治人物及知識份子，著重於鄒衍與董仲舒的陰陽五行觀，第四章談白虎觀經學會議與《白虎通》。第五至十章，分論樂律、天干地支、歲星紀年、《素問》五運六氣、天文星象、祿命法與「陰陽五行」思想之聯繫；該書廣泛討論陰陽五行於各領域運用的情況，觀照陰陽五行系統學說的豐富面向。楊儒賓《五行原論：先秦思想的太初存有論》收錄〈五行原論與原物理〉、〈創生、深奧與消融——水的原型象徵〉、〈時間形式、禮與恥感——火的原型象徵〉等共九篇文章，內容皆是關於五元素之探討，作者別有創見，論點常予人啟發，讀之眼界一新，值得作為研究陰陽五行思想之重要參考。

〔註50〕楊儒賓：〈五行原論與原物理〉，《中國文哲研究集刊》，第49期，2016年9月，頁85。

　　謝松齡《天人象：陰陽五行學說史導論》分上下編。上編探討陰陽五行思觀念源流，說明其文化來源、融匯與發展；下編探討統象，論述「象」在天、地、人、命等範疇的顯影。劉九生《循環不息的夢魘——陰陽五行觀念及其歷史文化效應》分上中下篇。上篇考察陰陽、五行觀念源頭，中篇探討干支、五運六氣，下篇討論五德終始政治哲學；終以當用科學與理性走出歷史循環作結。艾蘭、汪濤、范毓周等人所編《中國古代思維模式與陰陽五行說探源》共收錄范毓周〈『五行說』起源考論〉、劉起釪〈五行原始意義及其紛歧蛻變大要〉、蕭良瓊〈從甲骨文看五行說的淵源〉等二十篇論文，內容涵括五行說、占星風水、甲骨卜辭、祭星郊禮，以及《管子・水地》、馬王堆帛書、《黃帝四經》中的陰陽、五行學說等等，提供陰陽五行思想與中國古代思維模式的互滲融通研究視角。此外，李零的《中國方術正考》分上下篇，上篇為「數術考」，分別論述占卜體系（星氣、擇日、占夢等等）、式法與中國的宇宙模式、楚帛書與日書、卜筮的新發現等。下篇為「方技考」，著重醫學方面的討論，分就煉丹術、出土行氣導引文獻概說、馬王堆房中書、「祖」名考實等。該書兼論學理與應用層面，並提供多元切入的研究視角。龐樸《當代學者自選文庫：龐樸卷》，書中收錄〈陰陽：道器之間〉、〈陰陽五行探源〉、〈五行漫說〉等文章，作者對陰陽、五行思想的源流與開展有獨到的見解。

（二）學位論文

　　以下將陰陽五行思想研究相關之學位論文列表，先列臺灣地區，次論大陸地區，並依出版時間先後排序，再加以說明：

表 1-4：陰陽五行思想學位論文

編號	作　者	題　　目	出版項
1	周昌龍	儒道陰陽三家思想的起源研究	臺北：國立臺灣大學中國文學研究所碩士論文，1974 年
2	王璧寰	漢代天文學與陰陽五行說之關係	臺北：國立政治大學中國文學研究所碩士論文，1979 年
3	任金子	董仲舒的陰陽思想研究	臺北：輔仁大學哲學研究所碩士論文，1982 年
4	林金泉	周秦陰陽五行家思想研究	臺北：國立臺灣師範大學國文研究所碩士論文，1982 年

5	蔡璧名	五行系統中的色彩——試論色彩因何存在於系統化五行說中	臺北：國立臺灣師範大學國文研究所碩士論文，1991 年
6	許信昌	秦簡日書數術的探討	臺北：國立臺灣大學歷史學研究所碩士論文，1992 年
7	梁慧卿	董仲舒陰陽哲學研究	臺北：輔仁大學哲學研究所碩士論文，1992 年
8	張寅成	戰國秦漢時代的禁忌——以時日禁忌為中心	臺北：國立臺灣大學歷史學研究所博士論文，1992 年
9	葉美玲	論黃帝內經中陰陽五行之應用	臺中：國立中興大學歷史研究所碩士論文，1996 年
10	楊素貞	秦漢以前「四方」觀念的演變及發展研究	高雄：國立中山大學中國文學研究所碩士論文，1997 年
11	陳明恩	氣化宇宙論主體架構的形成及其開展	臺北：淡江大學中國文學研究所碩士論文，1998 年（修正稿）
12	劉馨潔	易傳陰陽思想之研究	臺北：國立臺灣師範大學國文研究所碩士論文，1999 年
13	林明正	《說文》陰陽五行觀探析及對後世字書之影響	臺北：中國文化大學中國文學研究所碩士論文，2000 年
14	房慧真	陰陽刑德研究——黃學、陰陽與黃老三者之間的交會融通	臺北：國立臺灣師範大學國文研究所碩士論文，2002 年
15	龐靜儀	《淮南子・墜形》的地理觀	臺北：國立臺灣師範大學國文研究所碩士論文，2002 年
16	張書豪	漢武郊祀思想溯源	臺北：東吳大學中國文學系碩士論文，2003 年
17	范品臻	先秦時代「五色」的色彩文字及其意義研究——以甲骨文、《詩經》為例	臺中：東海大學美術研究所碩士論文，2004 年
18	陳冠明	陰陽五行思想、原理與推算法則研究	臺南：國立臺南大學社會教育研究所碩士論文，2004 年
19	唐永霖	先秦陰陽思想之形成初探	臺北：淡江大學中國文學研究所碩士論文，2004 年
20	岑丞丕	先秦兵陰陽家問題探論	臺北：中國文化大學史學研究所碩士論文，2004 年
21	曾宣靜	《周易》經傳方位觀念研究	臺北：國立臺灣大學中國文學研究所碩士論文，2005 年
22	邱靜綺	明堂制度研究	桃園：國立中央大學中國文學研究所碩士論文，2005 年
23	蔡翼隆	禮記中的陰陽五行思想研究	新竹：玄奘大學中國語文學研究所碩士論文，2007 年

24	李韶堯	《黃帝內經》氣化宇宙論思想研究	臺北：輔仁大學哲學研究所博士論文，2007 年
25	周君霖	董仲舒儒學中的五行觀——以《春秋繁露》為中心的討論	臺北：華梵大學東方人文思想研究所碩士論文，2007 年
26	葉清鎮	先秦災異研究	新竹：玄奘大學中國語文學系碩士在職專班碩士論文，2007 年
27	陳雅雯	《說文解字》數術思想研究	臺南：國立成功大學中國文學研究所博士論文，2007 年
28	郭國泰	秦漢思想中有關「陰陽」「五行」之探討——從《呂氏春秋》到《太平經》	臺北：東吳大學中國文學研究所博士論文，2008 年
29	劉原志	兩漢緯書中的五行與災祥研究	臺中：靜宜大學中國文學研究所碩士論文，2009 年
30	吳旺霖	從陰陽五行的概念與理論探討華人性格	宜蘭：佛光大學心理學系碩士論文，2009 年
31	李國璽	秦漢之際陰陽五行政治思想研究	臺北：國立臺灣大學哲學研究所博士論文，2009 年
32	崔逸華	《禮記·月令》與庶民生活關聯研究	臺中：國立中興大學中國文學所碩士論文，2009 年
33	蘇德昌	《漢書·五行志》研究	臺北：國立臺灣大學中國文學研究所博士論文，2010 年
34	黃淑華	論董仲舒對「陰陽」、「五行」之論述與創發	新北：華梵大學哲學研究所碩士論文，2010 年
35	范瑞紋	時空觀念與黃帝信仰——秦漢改制思想探析	新竹：國立清華大學中國文學系博士論文，2010 年
36	孫永龍	陰陽五行與《太平經》關係之研究	高雄：國立高雄師範大學國文學系博士論文，2012 年
37	羅嘉文	《管子》陰陽五行思想研究	臺北：國立台灣師範大學國文學系碩士論文，2012 年
38	張春林	陰陽五行學說與中醫關係	宜蘭：佛光大學宗教學系碩士論文，2012 年
39	連健亨	陰陽五行對兩漢命論構成之研究——以董仲舒、王充為論	臺北：輔仁大學哲學系碩士論文，2013 年
40	余錫南	陰陽五行與養生觀——《黃帝內經》與《祕傳正陽真人靈寶畢法》的比較研究	臺北：輔仁大學宗教系在職專班碩士論文，2014 年
41	蕭勤倫	董仲舒《春秋繁露》中的「陰陽五行」思想及其時代意義之研究	臺北：中國文化大學哲學系碩士論文，2015 年
42	宋翰明	《黃帝內經·素問》——陰陽五行思想之探究	臺北：輔仁大學哲學系在職專班碩士論文，2017 年

43	簡稑耘	從陰陽五行論漢代占星術之變遷	嘉義：南華大學宗教學研究所，2018 年
44	劉巍巍	關于陰陽五行之基本概念、理論體系結構及動態變化聯系之假說	天津：天津中醫學院碩士論文，2000 年
45	周鳳玲	《說文解字》與古代天文學	內蒙古：內蒙古師範大學碩士論文，2003 年
46	彭華	陰陽五行研究（先秦篇）	上海：華東師範大學博士論文，2004 年
47	畢曉樂	齊文化與陰陽五行	濟南：山東師範大學碩士論文，2005 年
48	張楠	《說文解字》的玉部、車部字與中國古代文化分析	太原：山西大學碩士論文，2006 年
49	陳哲	祭祀文化與《說文解字・示部》研究	武漢：華中科技大學碩士論文，2006 年
50	范磊	稷下學宮黃老、陰陽家思想與中醫理論體系形成的相關性研究	濟南：山東中醫藥大學碩士論文，2006 年
51	朱新林	淮南子陰陽五行思想研究	濟南：山東大學碩士論文，2006 年
52	南偉	論陰陽五行之起源	青島：青島大學碩士論文，2006 年
53	王云霞	《說文解字》與古代醫學	內蒙古：內蒙古師範大學碩士論文，2007 年
54	吳根平	經學背景下的《說文解字》	南昌：江西師範大學碩士論文，2007 年
55	馮鶴	陰陽五行學說與秦漢大一統政體的形成	北京：中國社會科學院研究生院碩士論文，2007 年
56	王霞	《說文解字》與古代地理	內蒙古：內蒙古師範大學碩士論文，2009 年
57	李豐瓊	董仲舒陰陽五行哲學思想研究	重慶：西南大學碩士論文，2010 年
58	竇福志	先秦文獻中的陰陽五行思想研究	濟南：山東師範大學碩士論文，2010 年
59	李娜	《說文解字》「誤釋字」研究	保定：河北大學博士論文，2012 年
60	張青波	美學視野下的《說文解字》玉文化研究	濟南：山東師範大學碩士論文，2012 年
61	王逸之	陰陽五行與隋唐術數研究	西安：陝西師範大學碩士論文，2012 年
62	孫艷茹	論《呂氏春秋》之陰陽五行說	石家莊：河北師範大學碩士論文，2012 年
63	周婷婷	《說文解字》祭祀類古文字研究	南昌：江西師範大學碩士論文，2013 年
64	徐磊	漢字與中國古代的山水文化	青島：青島大學碩士論文，2013 年

65	張菁	《說文解字》中與祭祀文化相關的漢字研究	太原：山西大學碩士論文，2013 年
66	袁園	《說文解字》部首次第研究	西寧：青海師範大學碩士論文，2013 年
67	景玉祥	論《淮南子》中陰陽五行學說的意涵及影響	金華：浙江師範大學碩士論文，2015 年
68	李霓	論陰陽五行思想對漢代藝術的影響	西安：西北大學碩士論文，2016 年

　　林金泉《周秦陰陽五行家思想研究》共六章，首章概述陰陽五行家的界說、思想理論之形成、與古數術之關係。第二章究源陰陽五行家，第三章敘陰陽五行家思想之成立與流布，第四章談陰陽五行家思想體系「拓展」之緣由，第五章論陰陽五行思想對先秦之影響，第六章講陰陽五行家思想之落實。該文順由陰陽家的思想源頭、起因，直至相關思想的在政治上的落實，有詳細論述，理路首尾一致，互為呼應。蔡璧名《五行系統中的色彩——試論色彩因何存在於系統化五行說中》共八章，探討陰陽五行「系統」中的配應：附論數五的成因，並談到系統化五行中的色彩。第四至七章，論色彩存在於系統化五行說中的原因，提出四項假說：色彩是因為「方位」、「季節」、「帝時」、「五臟」而存在於五行系統中，結論是，五色可能是緣於「五臟」說而存在於五行系統中。該文對五色如何與五行結合做詳細的考證，對提出的假說進行辯析，條理明暢。楊素貞《秦漢以前「四方」觀念的演變及發展研究》探源方位觀念如何結合到五行中。陳明恩《氣化宇宙論主體架構的形成及其開展》針對氣、陰陽與五行各作一系統性的爬梳、追本溯源的探討。郭國泰《秦漢思想中有關「陰陽」「五行」之探討——從《呂氏春秋》到《太平經》》分甲乙丙丁篇，甲篇談陰陽、五行的源起及其問題思維；乙篇探討從《呂氏春秋》到《太平經》的陰陽五行；丙篇敘史書中的陰陽五行；丁篇結論。該文篇幅繁多，其意接軌井上聰《先秦陰陽五行》，故探討重點集中於秦漢時期，對該時期的陰陽五行命題相關資料搜羅完整。

　　大陸地區學位論文篇目，則有彭華《陰陽五行研究（先秦篇）》，該文共分六章。首章導論，提及陰陽五行是先秦的「公共思想資源」；第二、三章，分論陰陽、五行的起源；第四章探討前諸子時代的陰陽五行；第五、六章總論諸子時代的陰陽五行，內容涵括儒家、道家、墨家、陰陽家、名家與法家、縱橫家、農家等各家典籍中之陰陽五行觀。彭文特色在對先秦諸子相關學說一一爬梳，

融會貫通後提出己見。南偉《論陰陽五行之起源》共五章，首章導論，第二章談陰陽五行的內涵，第三章論春秋時期天道觀為陰陽五行興起的社會思想背景，第四章論史官為陰陽五行早期的實踐者，第五章論史官的官學知識為陰陽家的知識背景。南文論述焦點集中在陰陽五行思想的「起源」，對此思想的內涵、興起的社會背景、史官為其主要傳揚者的論點，皆有扼要的考辨。竇福志《先秦文獻中的陰陽五行思想研究》共三章，第一章敘陰陽五行觀念的「產生」，論及甲骨文、金文以及《尚書》、《詩經》、《易》中的陰陽五行觀念；第二章談陰陽五行思想的「發展」，主要聚焦於《左傳》、《國語》，以及先秦老子、莊子、墨子學說中的陰陽五行思想；第三章探討稷下學宮中陰陽五行思想的成熟與「融合」，內容包括稷下學人、《黃帝四經》、《管子》、鄒衍、鄒奭等對此思想的融通。竇文精要闡述陰陽五行思想的源起來歷、發展流布、融合匯流，將出土文獻以及傳世經典中相關載記一一羅列，瀏覽該文能對陰陽五行思想有概括性認知。

二、《說文解字》研究概況

　　《說文解字》一書問世後，說文學的研究雲興霞蔚，歷來前輩學者累積的研究成果汗牛充棟，未免於失焦，以下僅就與本文課題「陰陽五行思想」較為相關的專書、學位論文與期刊篇章作簡要評述。

（一）民國以前

　　南唐徐鍇《說文解字繫傳》〔註51〕對《說文》有獨到的義理見解。徐鍇自稱其書為《繫傳》，顯見尊《說文》為字書界《易經》意味濃厚。本書〈通釋〉篇闡述《說文》具有陰陽五行思想性質的字例。〈部序〉二卷，模擬《易·序卦傳》說明《說文》五百四十部之先後次序。〈通論〉三卷舉天、地、人、文等一百一十五字作義理發揮。〈類聚〉舉字知之相比為義，如數目一至十到百千、五行加米為六府、十天干、十二地支等。〔註52〕皆與本論文陰陽五行思想類近。

〔註51〕南唐·徐鍇：《說文解字繫傳》（道光十九年依景宋鈔本重雕）（北京：中華書局，1998年）。

〔註52〕張正烺指出：「許慎作《說文解字》，亦倣乎《易》，無論其欲理群類，達神旨，演贊其志，知化窮冥，即以形式論之，牽強附合，以足五百四十部，乃取六與九之成數。其部首排次亦有深意，徐鍇仿《易序卦》作為〈部敘〉，最為得之。……後世治《說文》者，徐鍇猶能識許君之旨，故其書名《繫傳》，分〈通釋〉、〈部敘〉、〈通論〉、〈袪妄〉、〈類聚〉、〈疑義〉諸篇，規模《易傳》。」張正烺：〈六書古義〉，《國立中央研究院歷史語言所集刊》，第10本，1948年，頁21。

　　《說文解字詁林正補合編》集結南唐至清代《說文》學者的考釋論例，收羅《說文》全部字例的諸家考釋，是研究《說文》參考與引述不可或缺的重要依據。書中收錄數篇與本研究主題相關的清人文章，諸如王鳴盛〈六書原本八卦出非一時〉、龍學泰〈六書三耦說〉、蔣慶元〈《說文》始一終亥說〉、陶方琦〈許君《說文》多采《淮南》說〉等數家之言可參。〔註53〕

（二）現代部分

　　以下先論學位論文，與本文研究目的與路徑最為切合者；專書以及期刊則依文中主要論述重點，作分類簡要評述。

1. 學位論文

　　與本研究主題較相關的學位論文如下：

　　（1）陳美華《《說文》干支字研究》：〔註54〕共三章，緒論談許慎釋干支之時代背景及方式，第二、三章細論十干字、十二支字。陳氏認為古文字為文字本源，其初形本義較《說文》可靠，故文中援引甲金文字形考釋，引證經籍相關說法佐證，重新考訂二十二個干支字的初形本義，論理簡要，然同源詞之擇選與說明，則多有可議，本書可作為干支字例研究的論理基礎。

　　（2）鐘明彥《聲訓與《說文》聲訓研判》：〔註55〕鐘文從漢代聲訓觀以及聲訓相關理論入手，再對《說文》聲訓釋例。第二章「聲訓」舊說述評精當，行文條暢。第三章則從音韻、詞性、形式、範圍四方面說明聲訓判定原則，再分就「傳統教化性聲訓」與「純粹語源性聲訓」兩大類羅列字例，其下有「案語」加以說明。

　　（3）林明正《《說文》陰陽五行觀探析及對後世字書之影響》：〔註56〕分五章，前半部探討陰陽、五行學說，以及《說文》所反映許慎的陰陽五行觀；後半部考察《說文》中的陰陽五行思想對後世字書之影響，主要針對《玉篇》、《字彙》兩書。林文搜羅《說文》、《玉篇》、《字彙》三書中關於數字、天文方位、

〔註53〕丁福保主編：《說文解字詁林正補合編》，（臺北：鼎文書局，1983年），第一冊，頁1-555、頁1-561、頁1-972、頁1-1199。
〔註54〕陳美華：《《說文》干支字研究》（臺北：中國文化大學中文系碩士論文，1984年）。
〔註55〕鐘明彥：《聲訓與《說文》聲訓研判》（臺中：東海大學中文系碩士論文，1995年）。
〔註56〕林明正：《《說文》陰陽五行觀探析及對後世字書之影響》（臺北：中國文化大學中文系碩士論文，2000年）。

干支、臟腑、顏色、讖緯類、五行等類別的字例，一一討論，並及於《說文》陰陽五行思想對上開三書字例詮釋之影響。然而，全文以探源陰陽五行學說為論文主軸，末論影響則稀釋論文張力，加以全文字例不夠完整，有論述重點不明確的缺憾。

（4）陳明宏《《說文》中之巫術研究》：〔註57〕共六章。第二章探析巫術理論，第三章談漢代的巫風，第四、五章考察《說文》的內容、部首編排，和巫風的連繫，第六章敍《說文》巫術的存在意義。陳文討論漢代社會學術的巫風，以「巫術」涵蓋漢代的陰陽五行數術，並探究《說文》部首與內容中的巫術思想。本書論題以小見大，可以補充《說文》數術思想方面的研究。

（5）陳雅雯《《說文解字》數術思想研究》：〔註58〕本書以「數術」思想統括全文，揭櫫《說文》所蘊含的《易》理、陰陽五行、天文律曆與方技思想，全文徵引資料廣博，擴展《說文》的研究領域。

2. 專書與期刊

《說文》與「聲訓」部分，崔樞華《說文解字聲訓研究》〔註59〕分上、下編。上編作者由前賢對《說文》聲訓的研究成果、聲訓的基本情況、古韻部聲紐的討論、同源詞音義的對應關係等面向，來分析《說文》聲訓；下編則是《說文》聲訓音譜，共分十一個韻部。本書主要進行《說文》版本的揀擇、校勘，聲訓現象的確定與分析，並利用這些現象釐清上古音，編制《說文》聲訓音譜。林尹〈說文與釋名聲訓比較研究〉〔註60〕文共六節，第一節泛論聲訓源流，第二節探討《說文》之聲訓特色，第三節敍《釋名》之聲訓條件，歸納是書用辭為基本例一，變化例六。第四節論說文與釋名聲訓比較，得出二書相同者二、相異者七。第五節論聲訓方法及得失之綜合研究，舉出聲訓之缺點，以及價值、功用，主要針對《釋名》立說。第六節談聲訓對後代研究文字語源之影響，作者提出兩點：聲訓與右文、聲訓與語源。

《說文》與《易》理部分，張正烺〈六書古義〉〔註61〕一文，從古學制、甲

〔註57〕陳明宏：《《說文》中之巫術研究》（嘉義：中正大學中文系碩士論文，2003年）。
〔註58〕陳雅雯：《《說文解字》數術思想研究》（臺南：成功大學中文系博士論文，2009年）。
〔註59〕崔樞華：《說文解字聲訓研究》（北京：北京師範大學出版社，2000年）。
〔註60〕林尹：〈說文與釋名聲訓比較研究〉，《木鐸》，第9期，1980年11月，頁41～56。
〔註61〕張正烺：〈六書古義〉，《國立中央研究院歷史語言研究所集刊》，第10本，1948年，頁1～22。

骨與流沙墜簡等方面，論證漢代的六書三家說，並非熟知的造字用字「六書」
定義，而是指六十干支，是古時學童習字的入門材料，亦即《周官》保氏教國
子的六書九數，張氏此文漸開現代以《易》學理路研究《說文》之風。馬宗霍
《說文解字引經考·引易考二卷》、[註62] 黃永武《許慎之經學·許氏易學第一》
[註63] 二書針對許書中引用《周易》的條目辨鏡源流。馬書以大徐本《說文》
中有明確指稱引《周易》經傳之文為研究範圍，不確定許慎稱引出處者則不收
錄，闕漏在所難免。黃文則承繼前書的研究路徑，多方論證《說文》稱引《周
易》的來源根本，及與漢魏以來《周易》諸注相同、相合、相應之處，可為《說
文》易理的研究基礎。

　　陳五雲〈漢代「六書」三家說申論〉由漢代「六書」三家的學術特質出發，
推導三家「六書」的特色，並佐以《易》理說明，重啟對三家說的認識。[註64]
賴師貴三〈符號與思維——由《周易》卦象反思文字意義的詮釋深度〉，[註65]
從符號與詮釋學角度入手，闡明《易》卦象的「象」（符號）與「意」（思維）
如何體現語法邏輯的符號重組，再反思漢字形象思維的詮釋理路，提升為文化
認識的真諦境界。賴師貴三〈許慎《說文解字》引《易》補釋與《易》理蠡探〉
[註66] 補釋《說文》引用《易》缺漏或未明之處，並從《說文》的部首、篇數、
卷數、釋義作《易》理考察算式。

　　針對《說文·敘》的易理論述者，有許國璋〈從《說文解字》的前序看許
慎的語言哲學〉[註67]、宋均芬〈從《說文敘》看許慎的語言文字觀〉[註68]。
許文擇錄《說文·敘》中伏羲畫卦、神農結繩、倉頡造書契等，共十五個重點
作簡要解說。宋文從文字的起源發展觀、語言文字的社會實踐、系統分析文字

[註62] 馬宗霍：《說文解字引經考》（臺灣：學生書局，1971 年），頁 21～106。
[註63] 黃永武：《許慎之經學》，臺北：學生書局，1970 年。
[註64] 陳五雲：〈漢代「六書」三家說申論〉，《古漢語研究》，1995 年第 3 期（總第 28 期），
　　　頁 33～37。
[註65] 賴貴三：〈符號與思維——由《周易》卦爻象反思文字意義的詮釋深度〉，《第九屆
　　　中國文字學全國學術研討會論文集》，1998 年 3 月，頁 169～180。
[註66] 賴貴三：〈許慎《說文解字》引《易》補釋與《易》理蠡探〉，《春風煦學集——黃
　　　慶萱教授七秩華誕受業論集》（臺北：里仁書局，2001 年 4 月），頁 87～130。
[註67] 許國璋：〈從《說文解字》的前序看許慎的語言哲學〉，收入《許國璋論語言》（北
　　　京：外語教學與研究出版社，1991 年），頁 65～75。
[註68] 宋均芬：〈從《說文敘》看許慎的語言文字觀〉，《漢字文化》，1997 年第 2 期，頁
　　　20～24。

內部規律等三方面的論述，提出《說文・敘》中以結繩、畫卦、書契為文字的起源發展，源於《易》的觀點。

　　《說文》部首部分，李達良〈《說文》部首次序及其始一終亥思想來源的探究〉[註69]專就《說文》部首而論。李氏認為《說文》部首「始一終亥」是《易》學語詞，屢見於《易緯》與《太平經》，故以為許慎的《易》學思想為象數《易》。張振燁《《說文解字》部中字敘研究》[註70]，文中第四章第三節〈《說文》部中字敘字義條例〉其中，地理類提到，邑、山、水、阜四個部首的屬字中，除「山部」由東方開始外，餘三個部首屬字都是從西方開始。作者認為：「許慎在山部的專名後第一個字岵說：『山有草木』，在木部又說：『冒地而生。東方之行。從中，下象其根。』⋯⋯山有草木，而木由東方行。在這樣的陰陽觀念聯繫下，山部地理專名部中字敘表示尊王祭祀的岱山開始排列，也因此由東方開始。」[註71]

　　《說文》與陰陽五行部分，陳永豐〈《說文解字》中的五行思想〉[註72]一文，試圖以五六組合與玄宮的中宮之理，為《說文》戊、己二字的「中宮」、「六甲五龍相拘繳」、「萬物辟藏詘形」等釋義，尋得合理的解釋。其他綜論《說文》陰陽五行字例的論文，如龐子朝〈《說文解字》與陰陽五行說〉[註73]龐文先敘述漢代的思想背景，再舉《說文》五行、陰陽、五色、五味、數字、干支等字，並輔以古文字說明，時以古文字的初形本義為判準，認為《說文》說解為附會之說。鄒曉麗〈論許慎的哲學思想及其在《說文》中的表現〉[註74]簡述漢代陰陽五行、讖緯的思想背景，並提出《說文》數字一至十以及干支共三十二個部首集中編排，在思想上為不可分割的整體，頗得陰陽五行思想的精髓。

[註69] 李達良：〈《說文》部首次序及其始一終亥思想來源的探究〉，收入國際中國古文字學研討會論文集編輯委員會編：《古文字學論集》（香港：香港中文大學，1983 年），頁 537～547。

[註70] 張振燁：《《說文解字》部中字敘研究》（臺中：逢甲大學中文系碩士論文，2006 年）。

[註71] 張振燁：《《說文解字》部中字敘研究》，頁 108～109。

[註72] 陳永豐：〈《說文解字》中的五行思想〉《樹仁學報》（香港）創刊號，2000 年 5 月，頁 63～71。

[註73] 龐子朝：〈《說文解字》與陰陽五行說〉，《華中師範大學學報》（哲社版），1998 年第 5 期，頁 114～121。

[註74] 鄒曉麗：〈論許慎的哲學思想及其在《說文》中的表現〉，《北京師範大學學報》，1998 年第 4 期），頁 27～35。

　　此外，尚有下列數篇文章。周藝〈《說文解字》中的陰陽五行說〉〔註75〕，以《說文》五行、顏色、干支為例，輔以段玉裁注、古文字來說明，但偶有勉強引伸牽合。黎千駒〈論《說文解字》中的陰陽五行學說〉〔註76〕，共分三部分，其一論述《說文》與陰陽學說：徵引《說文》一至十數字與陰陽二字，說明許慎在《說文》宣揚陰陽學說未必是絕對的錯誤。其次，談《說文》與五行學說，徵引《說文》水、火、木、金、土五行字例、十天干字、青、赤、白、黃、黑五色字例，與《尚書・洪範》、《管子・水地》作對照，說明五行相勝相生之理。再者，作者站在漢代的時空背景，看待《說文》存在陰陽五行學說的必然與合理性。高婉瑜〈試論《說文》中的陰陽五行〉〔註77〕，該文首先述《說文》成書的歷史背景；其次，論災異讖緯，並指出陰陽五行在東漢是「一般系統理論」；再者，探討《說文》呈現的陰陽五行，分就天象、地理、數字、天干地支、顏色、器官等，說明字例。唯干支字只列甲、乙、子、丑，數字只列一、四、五、六，並且字例下只寫出《說文》釋義，未作解析，論理稍有不足。顧海芳〈漢語顏色詞的文化分析──關於《說文解字》對青、白、赤、黑的說解〉〔註78〕，結合典籍《尚書》、《楚辭》、《春秋繁露》、《漢書》〈五行志〉及〈律曆志〉中之相關說法，專論《說文》顏色字：青、白、赤、黑的蘊含的陰陽五行思想，傳達其中的文化訊息。溫欠欠〈從《說文解字》看中國傳統五色說〉〔註79〕，該文先簡述陰陽五行思想的來歷，其次探討《說文》五色青、赤、黃、白、黑的文化義涵。

　　以文化學角度研究《說文》的部分，龐子朝〈論《說文解字》的文化意義〉〔註80〕他依據《說文》，參照甲金古文，從人類社會發展史、文化學、民族學等

〔註75〕周藝：〈《說文解字》中的陰陽五行說〉，《中南民族學院學報》（哲學社會科學版），1989 年第 2 期（總第 35 期），頁 101～107。

〔註76〕黎千駒：〈論《說文解字》中的陰陽五行學說〉，《懷化師專學報》，第 16 卷第 4 期，1997 年 12 月），頁 411～415。

〔註77〕高婉瑜：〈試論《說文》中的陰陽五行〉，《大陸雜誌》，第 101 卷第 6 期，2000 年 12 月，頁 267～276。

〔註78〕顧海芳：〈漢語顏色詞的文化分析──關於《說文解字》對青、白、赤、黑的說解〉，《沙洋師範高等專科學校學報》，2002 年第 4 期，頁 55～57。

〔註79〕溫欠欠：〈從《說文解字》看中國傳統五色說〉，《湖北職業技術學院學報》，第 21 卷第 2 期，2018 年 6 月，頁 80～82。

〔註80〕龐子朝：〈論《說文解字》的文化意義〉《華中師範大學學報》（哲社版），1995 年第 5 期，頁 105～111。

角度，列出原始人類、姓氏、傳說三主題來印證《說文》文化意義。黃德寬、常森《漢字闡釋與文化傳統》〔註81〕共分十三章，從《說文》本身與其歷史文化背景，來論說漢字闡釋與文化傳統的密切關係。作者認為漢字的構形或讀音反映文化信息，而文化傳統也不斷賦予漢字新的意義，漢字作為語言符號處於不斷地增殖中。闡釋者賦予漢字構形的某種解釋時或不能與漢字原初意義契合，但在一定程度上卻符合某時代的文化思想。該書第八章〈漢字闡釋與陰陽五行〉提到，許慎闡釋文字，明顯受到陰陽五行學說的影響。

　　《說文》與緯書的部分，漢代經學在陰陽五行思想的浸潤下，形成經書讖緯化與緯書的大量出現。許慎一向被歸為古文經學者，但《說文》仍在時代學術風氣的影響下雜有讖緯說。錢劍夫〈試論《說文》和《緯書》的關係〉〔註82〕，認為《說文》對緯書的吸收多於批判。可知《說文》不排斥徵引緯書之說，而這些緯書的思想內核為陰陽五行，可為《說文》蘊含數術思想的最佳明證。此外，王顯〈談談許慎及其《說文》跟讖緯的關係〉〔註83〕則列舉：讖、示、鳳、鸞、天、地、龍、易等字為例，說明《說文》沒有刻意宣揚讖緯神說以及天人感應思想。並且以書中沒有「劉」字，證明許慎刻意避免「卯」「金」「刀」成「劉」的君權神授說，極力澄清許慎未宣揚讖緯神學。然而，細觀王文所舉的例子，不可否認的，其內容說解仍含有陰陽思想。可知，漢代儒學已與陰陽五行思想融合，通治五經的許慎則日用成習。

三、《釋名》研究概況

　　以下先回溯歷來對《釋名》的研究取向，再說明近代學位論文、專書及期刊的研究概況，以及「聲訓」的相關研究成果，從中得知蘊含的陰陽五行思想研究成果，藉以闡明本論文課題研究的必要性。

（一）民國以前

　　回溯《釋名》的研究概況，三國時期韋昭撰《辨釋名》已亡佚，今僅有輯

〔註81〕黃德寬、常森：《漢字闡釋與文化傳統》（合肥：中國科學技術大學出版社，1995 年 10 月）。

〔註82〕錢劍夫：〈試論《說文》和《緯書》的關係〉《漢語研究》1989 年第 2 期（總 3 期），頁 7～10。

〔註83〕王顯：〈談談許慎及其《說文》跟讖緯的關係〉，《古漢語論集》第一輯（長沙：湖南教育出版社，1958 年 6 月），頁 16～56。

本傳世。其後，《釋名》的研究直至清代才勃興，畢沅《釋名疏證》、吳翊寅《釋名疏證校議》、成蓉鏡《釋名補證》、王先謙《釋名疏證補》、王仁俊《釋名集校》等書接連問世。其中，王先謙《釋名疏證補》正文八卷，補附一卷，以畢沅《釋名疏證》為底本，博采清儒諸家之說而成，為集解性質的集大成之作。

觀察上述學者的研究焦點，或注釋校堪，以求字句無誤，文意曉暢；或考訂作者，勾勒劉熙其人其事。再者，單篇文章如顧廣圻〈釋名略例〉、張金吾〈釋名例補〉，則從字的使用（本字、易字）條貫《釋名》。胡楚生〈釋名考·第五章〉〔註84〕對於上述《釋名》體例、版本以及歷來相關的著述，有詳盡的考察。

（二）現代部分：學位論文、專書及期刊

以下先論學位論文部分，與本文目的與路徑最為切合者；其次，專書以及期刊則依文中主要論述重點，作分類簡要評述。

1. 學位論文

以下羅列《釋名》論題學位論文，先列臺灣地區，次論大陸地區，並依出版時間先後排序：

表 1-5：《釋名》研究學位論文

編號	作 者	題 目	出版項
1	徐芳敏	釋名研究	臺北：國立台灣大學中國文學系碩士論文，1984 年
2	黃立楷	《釋名》語言文化研究	臺北：淡江大學中國文學系碩士論文，2004 年
3	莊美琪	《釋名》研究	臺北：臺北市立教育大學中國語文學系碩士論文，2007 年
4	黃立楷	從《爾雅》到《釋名》的社會演進與文化發展	臺北：淡江大學中國文學系博士論文，2012 年
5	郭文超	劉熙《釋名》訓詁研究	長沙：湖南師範大學碩士論文，2001 年
6	王潤吉	論《釋名》的理據	桂林：廣西師範大學，2001 年
7	王國珍	《釋名》語源疏證	杭州：浙江大學，2003 年
8	陳建初	《釋名》考論	長沙：湖南師範大學博士論文，2005 年
9	魏宇文	〈釋名〉名源研究	廣州：暨南大學，2006 年

〔註84〕胡楚生：《釋名考》，《臺灣師範大學國文研究所集刊》第八期，1964 年，頁 29～47。

　　觀察臺灣學位論文對《釋名》的研究，有徐芳敏《釋名研究》、黃立楷碩士論文《《釋名》語言文化研究》、莊美琪《《釋名》研究》等書。徐文簡介釋名，述及前人研究釋名成果，探討以系聯法窺測釋名聲訓之可信度，再從相關書籍看釋名聲訓的歷史淵源。特色是以「系聯法」釐測《釋名》聲訓，凡某條聲訓之「被訓詞」或「聲訓詞」，與其他任何一條或一條以上之聲訓「被訓詞」或「聲訓詞」字形相同，意義相關，則此兩條就可以經由同一字而予以系聯，基本形式有同用、互用、遞用。全本《釋名》之系聯組計 895 條，占全部聲訓的 41.51%，由此證明劉熙聲訓之不可信。〔註85〕黃文共分六篇，序篇總論研究動機與《釋名》歷來的研究成果；第二自然天地篇，討論〈釋天〉及〈釋地〉的文化義涵；第三生理與人際互動篇，論述人體、疾病，以及親屬、長幼等與「人」相關的篇章；第四民生基本需求篇，探討食衣住行等篇章；第五器用與教化篇，考察器用、樂器、典藝等，第六歸納六項結論：《釋名》具有語言學研究上的典範、提示自然天地的人文觀點、記錄生命與社會的百態、概括民生需求、展現器物文明與教化涵養、建構完整有機的社會組織。黃文對《釋名》二十七篇進行文化詮釋，不特別聚焦於陰陽五行思想。又，黃立楷博士論文為《從《爾雅》到《釋名》的社會演進與文化發展》，請參看本論文之《爾雅》研究概況。莊文的二至四章，分論作者、版本、前人研究概況；第五至七章，探討《釋名》內容、訓釋條例、訓詁方式、價值及缺失。該文對《釋名》版本以及民國以來的學者研究概況，有清楚的說明介紹。

　　大陸地區學位論文相關研究篇目，有王國珍《釋名語源疏證》、陳建初《《釋名》考論》、魏宇文《〈釋名〉名源研究》等。王文依《釋名》原文分卷，共八大部分，對是書聲訓詞條「得名之由」進行考察。分析《釋名》372 條單音詞和 240 條複合詞，其中對詞的語源義解釋正確者，有 434 條（單音詞占 251 條），正確率達 71.62%，若將沒有考察的條目算為錯誤，其正確率為 25.83%。〔註86〕陳文分六章，首章論作者及《釋名》版本、歷史背景；第二章為《釋名》釋例；第三至五章為語源研究；第六章總結是書語料價值。陳氏認為《釋名》1298 條聲訓中，具有同源關係的共 455 條，占全部聲訓的 35.1%。該文條分縷析且詳

〔註85〕徐芳敏：《釋名研究》，頁 154～156。
〔註86〕王國珍博士論文：《釋名語源疏證・內容提要》（杭州：浙江大學，2003 年）。

盡系統的梳理《釋名》的研究成果，在相關研究中成就突出。魏文共四章，首章緒論，說明研究方法及前賢研究概況；第二章為名源概說；第三章探討《釋名》名源，分析被訓詞與聲訓詞之間，有同字、聲符相同、聲符不同等語音關係；第四章論述《釋名》名源的語義研究，先羅列詞條表格，再歸納其中解釋牽強者。該文對 945 條名詞被訓詞條逐條考證，其中解釋合理的 421 條，占總詞條數 44%；解釋牽強的 524 條，占總詞條數 56%。解釋牽強者中，有同源關係的 245 條，約占 44%；沒有同源關係的 279 條，約占 56%。語義關係解釋合理的加上有同源關係的占 70%。〔註87〕

由上述說明可知，近年來學位論文命題，對《釋名》的研究基本有兩大面向：一是針對詞條內容的文化闡釋；一是逐條驗證《釋名》聲訓，歸納有多少「合理的聲訓」。〔註88〕學者們取傳世文獻與《釋名》聲訓比對分析，認為《釋名》聲訓大多數是不合理的。如：徐芳敏《釋名研究》，王國珍《釋名語源研究》，陳建初《〈釋名〉考論》，魏宇文《〈釋名〉名源研究》，研究成果具一致性，都認為系聯到同源詞的聲訓比例偏低。

2. 專書與期刊

以下論評者，大致以民國為限，先說明總論《釋名》一書之作者、版本等相關歷史背景資料者；其次，凡從聲音、語源相關的論域，探討《釋名》內涵者，不計為書為文，蓋以出版先後為序，作簡要評述。

回顧當代學者們《釋名》的研究專著，內容主要仍是圍繞《釋名》的作者、版本、校勘、體例、訓釋條例等進行探討。

總論《釋名》者，胡楚生〈釋名考〉〔註89〕首次大規模檢索《釋名》作者的史料、版本和有關著述，作者又踵續前人，做校勘和輯佚，冀能恢復原書舊觀。第八章「釋名音訓類例箋證」篇幅占全書三分之二，是重心所在。方俊吉《釋名考釋》〔註90〕共七章，分論音訓之起源、釋名作者、篇目及其內容、體例、評價、版本以及《釋名》有關之著述。方文將音訓見諸古籍中之條目列舉說明之，

〔註87〕魏宇文博士論文：《〈釋名〉名源研究》（廣州：暨南大學，2006 年），頁 187、205 頁。
〔註88〕此處「合理的聲訓」指被訓詞與聲訓詞有「同源關係」。但是，若依陸、王的定義，唯有「以源詞訓派生詞」才算是「合理聲訓」，因為訓釋詞指出了被訓詞的來源，達到「推源」的目的。相關論述，請見本章〈研究方法與步驟〉。
〔註89〕胡楚生：《釋名考》，《臺灣師範大學國文研究所集刊》，第八期，1964 年，頁 139～361。
〔註90〕方俊吉：《釋名考釋》（臺北：文史哲出版社，1978 年）。

並對《釋名》的相關背景資料做了詳緻的說明。李振興〈釋名研究述略〉〔註91〕由作者、成書時代、寫作目的、內容體例、音訓、價值與影響、歷來研究著作及評論等面向，探討《釋名》一書，惟內容多承襲前說。另外，任繼昉《釋名匯校》〔註92〕匯集目前可見的《釋名》版本中，各家對詞條的補遺以及經典古籍中的相關集釋，並加上校語，為是書研究中重要的參考著作。

近代以來，關於《釋名》的研究除了版本、內容之外，還加入新的角度，從聲音的角度出發，大量討論「聲訓」，探求詞彙「語源」。而明確的提出語源命題之研究者，當推齊佩瑢。

齊佩瑢以語源學的角度闡釋《釋名》。齊氏在四〇年代撰〈《釋名》音訓舉例及其在語言學上之貢獻〉一文，並在稍晚的《訓詁學概論》〔註93〕概要中摘錄其相關內容，全文分為四項。（一）論事物命名之所因。據《釋名》聲訓將事物得名的由來歸納為實、德、業三者，並細分為形貌、顏色、聲音、性質、成分、作用、位置、比喻等八類。（二）論語源和詞品的關係。齊氏用章炳麟語言緣起說的主張，認為事物的得名不外乎實德業三者，在語言上即是以名動靜狀等詞互釋。（三）論同根名動諸詞的先後問題。討論《釋名》聲訓中被訓詞與聲訓詞，到底誰是源詞的問題，牽涉文字孳乳、語詞繁衍的論述。（四）論研究語源及其分化語之「通」與「專」。分析《釋名》聲訓的語音關係，提出探求語根是以音義為主，而不以字形為主。齊氏認為這四點都是研討語源及分化者的當今急務，而劉熙竟然在千五百年前已啟發其端緒。〔註94〕

齊氏為《釋名》的研究拓展新的路徑，影響後出的研究甚深，書籍方面有徐復《釋名音證》、李維棻《釋名研究》、何宗周《釋名釋天繹》、方俊吉《音訓與劉熙釋名》；單篇文章則有楊樹達〈釋名新略例〉、林尹〈說文與釋名聲訓比較研究〉、姚師榮松〈釋名聲訓探微〉等。

徐復《釋名音證》〔註95〕為最早實際以聲音證成《釋名》之作。該書依《釋名》篇目次序，列出每條原文，下附徐氏的按語。如〈釋天〉：「天，顯也。」

〔註91〕李振興：〈釋名研究述略〉，《中華學苑》，第53期，1999年8月，頁55～80。

〔註92〕任繼昉：《釋名匯校》（濟南：齊魯書社，2006年11月）。

〔註93〕齊佩瑢：《訓詁學概論》（臺北：華正書局，1983年）。

〔註94〕齊佩瑢：《訓詁學概論》，頁101～109。

〔註95〕徐復：《釋名音證》，收入劉國鈞主編《小學研究》（臺北：文海出版社，1971年），頁125～168。徐氏於該文正文前的小引，自署為「民國二十五年一月」。

下云：「復按三百篇天字，古韻在真類。……《藝文類聚》引《白虎通》：『天者，身也』，身顯讀舌腹，亦十二部。」〔註96〕論述焦點集中於音韻。

李維棻《釋名研究》〔註97〕共五章，第一章敘書名與作者，第二章論訓釋之條例，第三章聲訓之分析，第四章專門探究《釋名》的複詞，第五章從文法看《釋名》訓解用詞的品類，計分十一項，如一以名字釋名字，二以動字釋名字，分類細緻頗有可觀。

何宗周《釋名釋天繹》〔註98〕將〈釋天第一〉依劉熙原文之次序排列，旨在求每個「名」的性質，如「天」廣引各種說法，認為天是元氣等等；其次，列出傳世文獻對被訓詞的各種解釋；接著說明被訓詞與聲訓詞古聲韻的情形，並泛論其他古人聲訓的音理，如引《說文》：「天，顛也。」觀察「顛」的聲韻母；最後解釋劉熙說解被訓詞的短句意義。何文提供與《釋名》同時代，以及其前後各家的說法，但不註出處，查考不便，略有缺憾。

吳錘《釋名聲訓研究》〔註99〕前半部主要探討《釋名》的成書年代、版本與校勘、《釋名》聲訓的體例、傳承和斷代，以及《釋名》中的方言現象。後半部討論韻部、韻母、韻尾問題、聲母、重紐和開合問題；吳文對《釋名》的上古語音系統做了全面研究。

單篇論文方面，楊樹達〈釋名新略例〉〔註100〕，指出《釋名》音訓之大例有三：同音、雙聲與疊韻，依此分類列舉書中例。楊氏在數十年前，以聲音之理貫穿《釋名》，可謂獨具慧眼。姚師榮松〈釋名聲訓探微〉〔註101〕大項有三：《釋名》聲訓之義例、語音、語意分析。綜合上述分析，結論為，（一）《釋名》聲訓的聲音原則大抵相近同，聲韻懸絕的例外不多；（二）語義的擇選無客觀標準，同諧聲的語意較為接近，非形聲字的同音字，語意描述較主觀；（三）聲訓非全為探究語源而作，僅是從語詞音、義的連繫，予以串連。

〔註96〕徐復：《釋名音證》，頁127。
〔註97〕李維棻：《釋名研究》（臺北：大化書局，1979年）。
〔註98〕何宗周：《釋名釋天繹》（臺北：香草山出版公司，1981年）。
〔註99〕吳錘：《釋名聲訓研究》（北京：民族出版社，2010年11月）。
〔註100〕楊樹達：〈釋名新略例〉，收入楊樹達《增訂積微居小學金石論叢》（上海：上海書局，1996年），頁233～234。
〔註101〕姚榮松：〈釋名聲訓探微〉，收入《慶祝陽新成楚望先生七秩誕辰論文集》（臺北：文史哲出版社，1981年），頁181～198。

　　近年利用「古文獻新證」〔註102〕的研究成果日增，與本研究論題較為接近的有李冬鴿《釋名》新證》〔註103〕。該書分為四章，第一章為出土材料對《釋名》聲訓聲音關係的證明，第二章是以源詞訓派生詞的《釋名》聲訓，第三章是以派生詞訓源詞的《釋名》聲訓，第四章為以同源詞互訓的《釋名》聲訓。本書結合出土文獻材料對《釋名》聲訓的語音、詞源考察按驗，但其論述焦點仍是集中辨析《釋名》聲訓的合理性。

　　此外，總論「音訓」材料之書，有吳澤順《清以前漢語音訓材料整理與研究》〔註104〕。該書分上下編，上編史論，探討先秦、兩漢直至唐宋元明時期，音訓的源起與發展，一一討論各朝代文本中的音訓；下編材料部分，以表格方式，列出傳世文本，共五十本書的音訓材料，並標記古聲紐韻部。吳文論點清晰，觀照視野宏大，材料蒐羅豐博，是研究聲訓不可或缺的參考書籍。

四、《爾雅》研究概況

　　以下先回溯歷來對《爾雅》的研究取向，再說明近代學位論文、專書及期刊的研究概況。

（一）民國以前

　　《爾雅》問世後，雅學的研究就從未中斷，傳統研究《爾雅》的著作大多屬於訓詁學範疇，或註釋、考證其中的詞條，或校勘、輯佚其中文字。《爾雅》的校注始自兩漢三國，犍為文學、劉歆、李巡、孫炎等人的注本今雖已佚，但仍有輯本傳世。〔註105〕晉代郭璞注《爾雅》成就最著，此後注本以此為宗，雖然後世不斷有《爾雅》新注，實為郭注之餘緒。唐代的研究者則通過語音來研究《爾雅》，其中最有影響力的是陸德明《爾雅音義》。宋代有邢昺《爾雅疏》、鄭樵《爾雅注》、羅願《爾雅翼》等，今通行的十三經注本採用邢昺《爾雅疏》。清代之後，雅學家對《爾雅》的研究集中在校勘、輯佚、補證、義疏與考釋，

〔註102〕「古文獻新證」指利用古文字字形、出土文獻中的通假規律和用字習慣校讀古書中的字，利用出土文獻校讀古書中的詞語，出土文獻與傳世文獻對讀，根據出土文獻總結古書體例、判讀古書真偽及年代等。見李冬鴿：《釋名》新證》（上海：上海古籍出版社，2014 年 3 月），頁 10。

〔註103〕李冬鴿：《釋名》新證》，頁 10。

〔註104〕吳澤順：《清以前漢語音訓材料整理與研究》（北京：商務印書館，2016 年）。

〔註105〕古風主編：《經學輯佚文獻彙編》（北京：國家圖書館出版社，2010 年 7 月），第 20冊。

其中具有代表性的有戴震《爾雅文字考》、邵晉涵《爾雅正義》、郝懿行《爾雅義疏》、阮元《爾雅注疏校勘記》、胡承珙《爾雅古義》等，以郝懿行的《爾雅義疏》成就為最高。〔註106〕

（二）現代部分：學位論文、專書及期刊

以下先論學位論文部分，與本文目的與路徑最為切合者；其次，簡要評述專書及單篇期刊論文。

1. 學位論文

以下羅列《爾雅》論題學位論文，先列臺灣地區，次論大陸地區，並依出版時間先後排序：

表 1-6：《爾雅》研究學位論文

編號	作　者	題　　目	出版項
1	盧國屏	清代爾雅學	臺北：國立政治大學中國文學系碩士論文，1987 年
2	李建誠	《爾雅·釋訓》研究	桃園：國立中央大學中國文學系碩士論文，1992 年
3	盧國屏	《爾雅》與《毛傳》之研究與比較	臺北：國立政治大學中國文學系博士論文，1994 年
4	陳芬琪	漢代詞書與社會文化	臺南：國立成功大學中國文學系碩士論文，1998 年
5	詹文君	《爾雅》〈釋詁〉、〈釋言〉、〈釋訓〉同訓詞研究	嘉義：國立中正大學中國文學系碩士論文，2007 年
6	王盈方	《爾雅·釋親》親屬關係之文化詮釋	臺北：淡江大學中國文學系碩士論文，2007 年
7	賴雁蓉	《爾雅》與《說文》名物詞比較研究——以器用類、植物類、動物類為例	嘉義：中正大學中國文學系碩士論文，2007 年
8	黃立楷	從《爾雅》到《釋名》的社會演進與文化發展	臺北：淡江大學中國文學系博士論文，2012 年
9	王巧如	段玉裁《說文解字注》引《爾雅》考	臺北：輔仁大學中國文學系碩士論文，2012 年
10	吳珮慈	從《爾雅》〈釋獸〉〈釋畜〉篇看中國古代牲畜文明	臺北：淡江大學中國文學系碩士論文，2014 年

〔註106〕郭星宏：〈《爾雅》研究文獻綜述〉，《語文學刊》，2014 年 12 月，頁 45。

11	夏金波	《爾雅・釋地》及其注文之文化闡釋	武漢：湖北大學碩士論文，2012 年
12	張文文	《爾雅・釋天》與《釋名・釋天》比較研究	大連：遼寧師範大學碩士論文，2015 年
13	趙昕芮	《說文解字》和《爾雅》祭祀類詞語文化闡釋	大連：遼寧師範大學碩士論文，2015 年

　　觀察臺灣地區學位論文對《爾雅》思想內核闡述的研究，多由詞條訓釋出發，探討其中蘊藏的思想文化與社會演進。如陳芬琪《漢代詞書與社會文化》〔註107〕以《爾雅》、《方言》、《釋名》三部漢代詞書為討論中心，以詞彙對比入手，觀察三書中的社會文化，唯著重在飲食、衣飾及親屬制度的層面上，論述不夠全面，並與本課題中心陰陽五行思想關聯不切。

　　《爾雅》、《釋名》二書在篇章分類、編排體例、釋義方法上俱有承襲與發展的關係，因此經常被對照合觀，或作兩書同有篇目的比較；或討論訓詁條例、釋義的不同。檢視過往學界關於《爾雅》、《釋名》的研究主要集中在文本上，研究作者、成書時代、版本考證、義項分類、訓釋方式、學術成就、歷史侷限等等，多屬於語言學層面的研究。

　　近年來，兩部詞書的研究範疇都進入多元學科交緣階段，研究的議題也益發豐富，以兩書自身的語言材料建構文化詮釋的漢字文化學層面研究，是新興的論域；關於陰陽五行思想的研究成果，則集中於兩書的〈釋天〉、〈釋地〉、〈釋丘〉、〈釋山〉等篇章。黃立楷《從《爾雅》到《釋名》的社會演進與文化發展》〔註108〕一文，以《爾雅》及《釋名》兩書為討論中心，考察兩書的詞彙與社會演化之關係。第一章〈自然天地範疇的文化詮釋〉列出兩書屬於自然天地範疇的詞條，「由採集漁獵而農業的生活形態」一節提到五色、五方對應五行思想的訓釋詞條，「天文科學與地理知識系統的發達」指出《爾雅》中的二十八星宿天文知識，正是中國天文科學高度發展的佐證。然而，本書的論述重點著重於文化與社會的演進，對於詞條中蘊含的思想僅點到為止，缺乏深刻的闡述，這是本論文可以著力之處。

〔註107〕陳芬琪：《漢代詞書與社會文化》，臺南：國立成功大學中國文學系碩士論文，1998 年。

〔註108〕黃立楷：《從《爾雅》到《釋名》的社會演進與文化發展》（臺北：淡江大學中文系博士論文，2012 年）。

　　大陸地區學位論文相關研究篇目，有張文文《《爾雅・釋天》與《釋名・釋天》比較研究》、〔註109〕趙昕芮《《說文解字》和《爾雅》祭祀類詞語文化闡釋》、〔註110〕夏金波《《爾雅・釋地》及其注文之文化闡釋》。〔註111〕張文將《爾雅・釋天》的五十一條與《釋名・釋天》九十四詞條對比，分別就篇目次序差異、詞條收錄異同以及訓釋方法比較其異同，再論其中呈顯的先秦文化與兩漢文明。主要論述篇幅集中在訓詁條例的比較，文化學研究以及思想層面的論述較為薄弱。趙文先歸納《說文》及《爾雅》的祭祀類詞語，分為祭者、祭名、受祭者、祭祀目的、祭祀場所、祭祀用品和祭品、祭祀方法、祭儀、祭祀行為的禁忌等類別，接著挖掘其中的文化闡釋與涵義。夏文藉由《爾雅・釋地》的詞條參酌《尚書・禹貢》、《周禮・夏官・職方氏》等地理文獻框架古代地理空間的建構；在這種地理框架中，包含正名、王權和治國意識，透顯了封建秩序與政治文化。文中引李巡注文為證，認為《爾雅・釋地》在解釋自然與人文地理時，蘊含濃厚的陰陽五行觀念。

2. 專書與期刊

　　近代，學者對於《爾雅》的整理研究未曾停歇，劉師培《爾雅蟲名今釋》、王國維《爾雅草木蟲魚鳥獸釋例》將研究視野結合現代科學知識，注入新的研究活力。周祖謨《爾雅校箋》，以南宋監本為底本，輔以敦煌殘卷寫本，旁徵古籍資料繁富，採用二重證據法全面校勘《爾雅》，研究成果最豐。〔註112〕管錫華《爾雅研究》為導論介紹是書內容與周邊議題，朱祖延主纂的《爾雅詁林》則輯集眾注之精華。

　　關於漢字文化學部分，饒宗頤說：「造成中華文化核心的是漢字，而且成為中國精神文明的旗幟。」〔註113〕漢字與中華文化的構成密不可分，近年來「漢

〔註109〕張文文：《《爾雅・釋天》與《釋名・釋天》比較研究》（大連：遼寧師範大學碩士論文，2015 年）。

〔註110〕趙昕芮：《《說文解字》和《爾雅》祭祀類詞語文化闡釋》（大連：遼寧師範大學碩士論文，2015 年）。

〔註111〕夏金波：《《爾雅・釋地》及其注文之文化闡釋》（武漢：湖北大學碩士論文，2012 年）。

〔註112〕莊雅州：《會通養新樓經學研究論集・論二重證據法在《爾雅》研究上之運用》（臺北：萬卷樓圖書股份有限公司，2019 年），頁 353～385。

〔註113〕饒宗頤：《符號・初文與字母——漢字樹》（上海：上海書店出版社，2003 年 3 月），頁 174。

字文化學」的研究逐漸成為新開發論域。盧國屏《爾雅語言文化學》〔註114〕，以訓詁的語文解釋及文化闡釋雙重功能，提出《爾雅》語言文化學系統架構，總結而成一有機的語言文化體系。第六章〈〈釋天〉篇的文化詮釋〉論天文知識及祭祀文化；第七章論《爾雅》的地理觀察與世界地理觀，提供本研究基礎論述起點。盧國屏另有《清代爾雅學》一書，歸納清代《爾雅》學之貢獻，辨析《爾雅》學之源流清晰可見。許嘉璐《爾雅》分卷與分類的再認識——《爾雅》的文化研究之一〉，提出歷代以來《爾雅》研究缺乏文化視角的缺憾，重新探討《爾雅》分篇與篇內分類的文化意義。

《爾雅·釋地》文化詮釋的部分，嚴軍〈爾雅地名訓詁與中國地名語言學〉，〔註115〕從〈釋宮〉、〈釋地〉、〈釋丘〉、〈釋山〉、〈釋水〉出發，採用語言文字學的理論方法研究地理，論述《爾雅》的地名訓詁方式與成就，包含對空間文化的思考。另外，那瑛〈天上人間的同構——中國傳統文化中的空間概念與社會秩序的建構〉、〔註116〕謝美英〈從《爾雅》看中國古人的空間觀〉，〔註117〕均從《爾雅·釋地》出發，建構古人對空間概念的詮解。而尹榮芳〈比目魚、比翼鳥、比肩獸、兩頭蛇原型語義說〉，〔註118〕探討〈釋地〉中的文化想像，把「五方異氣」視作原型文化說的佐證，以西方研究理路探討古人的想像文化，究其原型，研究角度新穎，值得討論與參酌。

此外，檢閱前人的研究成果，個別探討三書的研究不勝枚舉，但論及兩者或三者相互比較的論著則顯得單薄。即便將之互作比較，亦多屬名物及文化學層面的討論，對陰陽五行思想課題著墨亦少。以下略舉數端，以見學界研究概況。

王世偉、顧廷龍《爾雅導讀》、〔註119〕馬重奇《爾雅漫談》、〔註120〕王飛華〈《爾雅》《釋名》比較略述〉〔註121〕、莊雅州〈《爾雅·釋魚》與《說文·釋魚》

〔註114〕盧國屏：《爾雅語言文化學》，臺北：學生書局，1999 年。

〔註115〕嚴軍：〈爾雅地名訓詁與中國地名語言學〉，《殷都學報》，2002 年 04 期。

〔註116〕那瑛：〈天上人間的同構——中國傳統文化中的空間概念與社會秩序的建構〉，《學術交流》，2007 年 07 期。

〔註117〕謝美英：〈從《爾雅》看中國古人的空間觀〉，《社會科學戰線》2006 年 05 期。

〔註118〕尹榮方：〈比目魚、比翼鳥、比肩獸、兩頭蛇原型語義說〉，《中文自學指導》1998 年 02 期。

〔註119〕王世偉、顧廷龍：《爾雅導讀》（成都：巴蜀書社，1990 年）。

〔註120〕馬重奇：《爾雅漫談》（臺北：鼎淵文化事業有限公司，1997 年）。

〔註121〕王飛華：〈《爾雅》《釋名》比較略述〉，《西南民族大學學報》，2003 年第 3 期。

之比較研究〉〔註122〕均提出比較研究的方法。王世偉、顧廷龍《爾雅導讀》全書分上下兩篇，上篇對《爾雅》的作者、內容、價值、著疏等論題加以闡述，下篇則對選注逐一說明。第六章提及「《爾雅》的研究方法」，提及可與《說文》對照合觀，能收「明《說文》所本」、「明《爾雅》釋義」、「《爾雅》、《說文》互校錯訛」之功三點。馬文闡明《爾雅》名義、作者、成書年代、版本簡介、內容與編撰方法與體例、經學地位、研究成果、研究方法論等，瀏覽本書能對《爾雅》有概括性認知。末章第二節「《爾雅》與《說文》相互對照」，也提出可將兩書進行比對。王文將兩書的篇目、相承關係、同義類下的詞條數目、訓釋體例、義訓的具體方法及《釋名》音訓的表意功能做了分析。本文立意頗佳，但內容過於簡要，並無深入分析討論。莊文則從材料、體例、價值三方面來檢視《爾雅》、《說文》之間的對應關係。

　　透過上述整理，一方面呈顯當前相關研究的大勢，另一方面也凸顯本研究在這些前行研究的基礎上，由於「依聲立說」的切入角度差異，與關注點陰陽五行思想的不同，而仍有進行研究之價值。

　　總上所述，學界關於《說文》、《爾雅》與《釋名》三書的研究，多集中於傳統語言學層面的理論探討，諸如考證作者、版本源流、內容體例等等，對於書中蘊涵的思想內核，特別是陰陽五行思想議題，僅集中於《說文》一書，主要關注《易》學理路的闡發，探討部首、數字、干支等三才思想，或就〈說文敘〉探源結繩、畫卦、書契是否為文字的起源等論題。相較之下，《釋名》的相關研究薄弱，大多只及於〈釋天〉、〈釋地〉等部分門類中的詞條。總體而言，研究焦點集中於「內容」層面。若再進一步追問，漢代字辭書中的「形式」如聲訓條例、篇章分類、類中詞條排序等規則如何受到陰陽五行的思想的影響？則相關研究付之闕如，並沒有受到關注，研究不夠全面。〔註123〕

　　故本研究即是要耙梳相關的字例、詞條，細究其篇章的類聚群分，除了能瞭解陰陽五行思想在漢代字辭書的流佈，並試圖找出形式篇章的規則，以及考察由漢初至漢末的陰陽五行思想聲訓詞條實際的使用情況，探究其間訓釋的演變。

〔註122〕莊雅州：〈《爾雅·釋魚》與《說文·釋魚》之比較研究〉，收入《紀念周禮正義出版百年暨陸宗達先生百年誕辰學術研討會論文集》，2005年，頁203～213。
〔註123〕詳參本章第二節「前人研究成果綜述」。

第五節　研究範圍與方法

　　以下說明本文的研究範圍，以及闡述文獻蒐集、歸納的方式、系聯同源詞的方法，藉以瞭解本論文的執行方法與步驟。

一、研究範圍

　　本文以《說文》、《釋名》二部字辭書中與陰陽五行思想相關的「聲訓」詞條為研究範圍。〔註124〕不納入《爾雅》與《方言》的理由如下：第一，《爾雅》多用義訓，且其內容是雜集經傳訓詁而成，其間雖然也有聲訓說解，多集中在前三篇〈釋詁〉、〈釋言〉、〈釋訓〉，之後的篇目詞條以解釋複合詞占多數，本文僅在行文時酌參，將其列為參考資料。其次，《方言》為第一部漢語方言比較詞彙研究的專著，書中先標立題目，再羅列各地方言殊語，與依形立訓的《說文》及用聲音名物的《釋名》顯然性質別異。

　　經筆者檢索《說文》蘊含陰陽五行思想聲訓共有 51 條，〔註125〕《釋名》蘊含陰陽五行思想聲訓則有 101 條，〔註126〕即是本文的研究對象。此外，尚需說明下列情況：

　　（一）本字（同字）為訓者納入考察範圍，如《說文》：「丁，夏時萬物皆丁實。」以丁訓丁，屬於本字為訓。

　　（二）義訓及複合詞不考察：不取補充說明聲訓詞的義訓，如〈釋天〉：「丑，紐也，寒氣自屈紐也。於《易》為艮。艮，限也。時未可聽物生，限止之也。」依《釋名》的訓釋體例，「於《易》為艮。艮，限也」是對丑這個聲訓詞的進一步解釋，屬於義訓，不在考察對象內。其次，複合詞不考察，如「四時」、「五行」等。

二、研究方法

　　本論文計劃以漢代字辭書為範圍，陰陽五行思想則是切入與聯繫的研究角

〔註124〕特別說明的是，關於「陰陽五行聲訓範疇」是就筆者對相關思想的認知來擇選，可能因為認知差異而不夠完備，正如楊儒賓〈五行原論與原物理〉所說：「陰陽五行論……包山包海，其中心雖有所在，邊際卻無所不在，它是任何知識叩問的現成答案，可用於解釋現實世界的任一項目。」本文未能涵括所有相關的詞條，遺漏的部分留待日後補述。
〔註125〕見附錄表一：〈《說文》陰陽五行聲訓材料表〉。
〔註126〕見附錄表二：〈《釋名》陰陽五行聲訓材料表〉。

度，是以漢代字辭書為主體，從中觀察陰陽、五行觀念如何影響字辭書的「編輯形式」與尋繹「聲訓」詞源的研究。本文的撰寫，首要先進行文獻的搜羅與整理、資料的分析與比較，其次及於思想的詮釋與建構；研究的方法則以蒐集、歸納、辨析、詮釋為主；第四、五章詞條字例之寫作程序與模式，則以「聲訓」之推源、系源法為操作實務。

（一）文獻的搜羅與整理：歷史文獻法

由於論文涉及的層面在過去已有許多研究者進行文獻內容上的解讀，所以首先必須先廣博地搜集與整理相關資料，才能掌握及建構研究主體。舉凡經、史、子、集四大類的傳統文獻以及出土文獻資料都應包含，對於關鍵詞彙，從其字源發生時代開始探究，以文字的本義了解其本有生命，進而推論其引申義與相關義，掌握內涵的來龍去脈後，進而建構語言文化的思想脈絡，因此，出土文獻相關研究資料的搜集亦不可或缺。

自王國維《古史新證》提出「二重證據法」，以古文字材料與傳世經典互相證明的風潮興起，遂成為一派「新證」之學的基礎；此後，古文字學的研究不僅在文字及語義本身，且發揚廣通於歷史文化諸多方面。裘錫圭指出，出土文獻資料具有「近真」的優點。傳世文本屢經傳抄刊刻或改寫刪節，幾乎面目全非，地下發現的古文字材料年代明確，它們記錄的通常是當時的語言，且沒有刊刻印刷造成的誤謬。其次，古文字材料中的商代甲骨文和西周春秋金文，除了能補古書的不足，其字形本身對研究古漢語詞義和語音具有重要價值。再者，傳世經典多是傳統封建價值下所重視的書籍，而出土古文資料則品項繁多，能補文獻學之空缺。〔註127〕此說明古漢語研究中，古文字資料是不可或缺的。因為，出土文獻材料大多斷代明確，能提供明確的文字發展發展脈絡，同時這些文字都是實際使用過的文字，有大量的使用「用例」，一方面體現文字字義，另一方面則反映字與字之間的關係。二十世紀以來地下材料大量出土，而漢代及其以前的材料尤其蔚為大觀，為《說文解字》及《釋名》聲訓提供豐富的研究資財，引進出土資料，對《說文解字》及《釋名》在「語音」及「詞源聲訓」方面，都有所助益。

〔註127〕裘錫圭：〈談談古文字資料對古漢語研究的重要性〉，收入《古代文史研究新探》（南京：江蘇古籍出版社，1992年），頁156～157。

　　出土文獻中通用材料繁多，姚孝遂〈古漢字的結構形體及其發展階段〉統計甲骨卜辭中的假借字約占 74%，〔註128〕楊懷源《西周金文詞彙研究》統計西周金文通假字共 710 組，包括同源詞、同音借用字和個別異體字，〔註129〕趙平安〈秦漢簡帛通假字的文字學研究〉也指出，古文字的訛變和形聲字的增多使戰國秦漢時期使用的通假字最多。〔註130〕這些豐富的通用用例，是證明聲訓的被訓詞與聲訓詞之間，聲音關係的可靠證據。一方面，可以借由其中傳世文本未收錄的古文字形聲字聲符，來考察字音；另一方面，出土材料反映的漢字分化關係，也可以用來按驗聲音聯繫。

（二）資料的分析與比較：歸納分析法

　　本論文的研究主體是二書的聲訓詞條，研究主軸則是陰陽五行思想。亦即從字例主體的呈顯面貌，來探究陰陽五行對漢代字辭書之影響，展現二書在漢代陰陽五行學史上的學術價值。因此，本論文的進行程序，首先要執行的工作是辨析與歸納二書與陰陽五行相關的字例，並針對字例的說解訓釋加以研讀，從中歸納出普遍的原則。基於上述，本論文的寫作將依下列次序進行：第一，以本文界定的研究範圍，搜尋、篩選二部字辭書與陰陽五行思想相關的字例以及注疏；第二，分析詮釋二部字辭書聲訓詞條的形音義樣態，歸納引用陰陽五行的概念與思想，旁徵相關經典與學者的說法，以總體呈顯二書的陰陽五行思想，並探勘漢代小學家（經學家）對文字的觀念，以及訓釋的建構與詮釋。

（三）同源詞的系聯與推求詞源：聲訓法

　　方環海指出，訓詁學家們常用的推求語源方法，除了聲訓法之外，尚有「諧聲求源法」、「音義推源法」。〔註131〕

　　諧聲求源法，即系聯表一義的同聲符形聲字的方法。段玉裁曾說：「因聲與義同源，故諧聲之偏旁，多與字義相近。」〔註132〕指出同聲多同義，而漢語中

〔註128〕姚孝遂：〈古漢字的結構形體及其發展階段〉，收入《古文字研究》第四輯（北京：中華書局，1980 年），頁 14。
〔註129〕楊懷源：《西周金文詞彙研究》（成都：巴蜀書社，2008 年），頁 221～254。
〔註130〕趙平安：〈秦漢簡帛通假字的文字學研究〉，收入《隸變研究》（保定：河北大學出版社，2009 年），頁 119～121。
〔註131〕方環海：〈論《爾雅》的語源訓釋條例及其方法論價值〉，《語言研究》，2001 年第 4 期（總 45 期），頁 83～88。
〔註132〕漢・許慎著，清・段玉裁注：《說文解字注》，頁 2。

形聲字的聲符除了標音作用，也是示源符號。因此，聲符也提示了語詞與語源之間的聯繫。漢語語源學史上，學者們很早就注意到，聲符線索可以追溯語詞的語源，「右文說」語源學流派的發展反映這一點。然而，「諧聲求源法」受到文字形體的侷限，無法考察那些不能充當聲符的非形聲字所記錄的同源詞，也難以研究那些用不同聲符表示同一語源義，以及用同一聲符表示不同語源義的形聲字。

方氏認為推求詞源最理想的方法是「音義推源法」。即依據語詞的聲音、意義兩方面的線索，來系聯其具有共同音義特徵的其他同源詞語，以及推斷被釋詞的語源。音義推源法直接從詞語的聲音、意義入手，根據它們的相同相近相同來系聯同源詞。這種方法運用「聲訓說」原理以及「語轉說」原理來推源，既擺脫聲訓法兩兩相訓的束縛，也能突破諧聲求源法囿於文字形體的侷限，顯然較聲訓法、諧聲求源法更加周延。

聲訓是三大訓詁方法之一。歷來討論聲訓的學者，都認為聲訓以得義為目的，是推求語詞命名得聲之所以然，也就是探求詞源。方法是用語音相同相近的詞來解釋被訓詞，聲訓詞與被訓釋詞，語音及語義兩兩對應；方環海提到的「音義推源」正是聲訓法賴以生轉運用的前提。本文以《說文》、《釋名》二部字辭書中與陰陽五行思想相關的「聲訓」詞條為研究範圍，故以聲訓原理來系聯同源詞。

陸宗達、王寧在〈淺論傳統字源學〉文中提出「歷史的推源」和「平面的系源」兩觀念來分析傳統字源學：

> 傳統表示字源的方法是聲訓。……聲訓是用根詞來訓釋派生詞，以表明派生詞命名的來源，……尋找派生詞的音義來源，……考察工作有兩種具體方法：一是推源，一是系源。確定派生詞的根詞或源詞，叫做推源。確定根詞（按指同源派生詞的總根）為完全推源，僅確定源詞（指某一派生詞直接所由出的詞）為不完全推源。在根詞不確定的情況下，將同源的派生詞歸納和系聯在一起，叫做「系源」。歸納全部語族，叫全部系源，僅歸納系聯一部份同源詞，叫做局部系源。〔註133〕

〔註133〕陸宗達、王寧：〈淺論傳統字源學〉，《中國語文》，1984 年 5 月，頁 372。

綜合上述，確定派生詞的根詞或源詞，稱為「推源」。在根詞不確定的情況下，將同源的派生詞歸納和系聯在一起，稱為「系源」。

依據推源、系源二分法，則被訓詞和聲訓詞的訓釋情況，大致可分為三種：1. 以源詞訓派生詞。如「澗，間也」、「負，背也」等，這是不完全推源。2. 以派生詞反轉訓源詞。如「光，晃也」、「人，仁也」、「子，孳也」。這類聲訓以流釋源，未達到溯源目的，是因果倒置的。3. 同源派生詞互訓。這類只能確定訓釋詞與被訓釋詞之間有同源關係，它們之間沒有派生關係。還有一種取「同音字」為訓者，即 4.被訓釋詞與訓釋詞之間無法證實是否有直接派生關係，無法推測其派生先後，如：「經，徑也」。〔註134〕

依陸、王的定義，顯然只有第一種「以源詞訓釋派生詞」，才是「合理聲訓」（或說是好的聲訓），〔註135〕因為訓釋詞指出了被訓詞的來源，達到尋求語源的目的。〔註136〕後面三種，因為聲訓詞沒有指出被訓釋詞的來源，所以是「不合理聲訓」。陸、王解釋道：「不論《釋名》還是漢代其他註釋書中的聲訓，都是以後兩種為主的，真正符合以源詞訓派生詞這個標準的是少數。還可以看出，《釋名》的作者並不以第一種聲訓為他的目的。……聲訓而有互訓，可以說明作者是著重其同源而不計其因果的。」〔註137〕對於大多數的聲訓，陸、王認為只能用「系源」的觀點來看，方見其合理性。

由於文字本義及語音的演變十分複雜，牽涉的層面廣泛，要溯源漢語字詞的源頭，需要經過精密的驗證。對於語音本質沒有清楚認識的漢代訓詁學家們，用平面的系源方法，處理被訓詞與聲訓詞，進行因聲求義的工作，似是可以理解的。〔註138〕

本文第四、五章所指稱之對同源詞說解合理與否，乃依陸、王定義，以第一種「以源詞訓釋派生詞」為「合理聲訓」。其餘二、三種以流釋源，反轉的訓釋，屬於「系源」者，統歸為「不合理聲訓」。

〔註134〕陸宗達、王寧：〈淺論傳統字源學〉，頁 372。
〔註135〕徐芳敏：《釋名研究》，頁 11～12。論者認為「好的聲訓」，關鍵是滋生詞的意義由語根所孳乳，從語根的意義可以推測滋生詞意義應當相距不遠。換言之，滋生詞和語根的意義近同，能使人「準確的理解字義」。
〔註136〕陸宗達、王寧：〈淺論傳統字源學〉，《中國語文》，1984 年 5 月，頁 372。
〔註137〕陸宗達、王寧：〈論字源學與同源字〉，頁 11～15。
〔註138〕陸宗達、王寧：〈淺論傳統字源學〉，《中國語文》，1984 年 5 月，頁 373。

三、研究步驟

以下說明研究步驟、詞條論述次序，以及相關的論述「凡例」，藉以瞭解本研究的實際操作情況。

（一）詞條論述次序

本文將《說文》與《釋名》兩書中關涉陰陽五行思想的聲訓，置於先秦兩漢出土文獻的背景下，尋找記錄被訓詞與聲訓詞的字，在出土材料以及傳世經典中有通用用例的詞條，並闡釋許慎、劉熙纂輯聲訓詞條中，蘊含的陰陽五行思想。主要欲探究上開二書中的陰陽五行聲訓語料，其中符合科學詞源條件檢覈者有多少？許慎、劉熙在這些涵容陰陽五行思想的聲訓材料中又是如何依聲立說？依此目的，研究步驟如下：

1. 參酌《釋名疏證補》、《說文解字詁林正補合編》匯集的各家注釋，以及《釋名》聲訓詞條本身、詞條所在的篇目，以及詞條的鄰近條目，可以幫助確定被訓詞與聲訓詞的意義。

2. 若《說文》及《釋名》中的被訓釋詞與聲訓詞，在秦漢典籍或訓詁材料中也有過訓釋，文中將加以引用，以示其與二書訓釋之間的聯繫。

3. 本論文擬針對記錄《說文》與《釋名》被訓釋詞與聲訓詞，二者在傳世與出土材料中的通用關係進行整理，即不僅僅包括它們在書中本身所使用意義上的通用。具體做法是全面收集二者通用用例的基礎上，分析其通用的方向以及在何種意義上通用，並據此梳理其通用情況。

4. 第四、五章，每條詞條中的論述次序如下：

（1）被訓釋詞的本義：

（2）聲訓詞的本義：

> 本文將記錄《說文》與《釋名》被訓詞與聲訓詞的通用關係，置於從殷商至漢代的歷時上考察，便會涉及被訓詞與聲訓詞，在二書中所使用的意義的出現時代問題。文中會先羅列被訓詞與聲訓詞的最早古文字形，以說明其出現的時間，並說明文字本義，以明被訓詞與聲訓詞的關係。一般只擇選一至兩個具有代表性的形體，不求將異構形體全部羅列。戰國時代文字異形的情況普遍，在文字使用方面可能也會有所不同，本書在列舉辭例時盡量考量地域問題。若能找到被訓詞與聲

訓詞在二書中所使用的意義（或與之相近的意義）的最早「辭例」，則加以羅列，無則缺省。

（3）被訓詞與聲訓詞，兩者的關係？（是否為同源詞？）

（4）從出土文獻、傳世經典中尋找通假「辭例」，佐證兩者的「音、義」關係：關於義項說明，首列傳世典籍的例子，出土材料中的辭例依時間順序排列，本文不求對通用情況地毯式窮盡列舉，僅就取得的資料舉例，無則缺省。專有名詞，如地名、人名的用例，排列在最後。

（二）第四、五章詞條寫作凡例

與第四、五章詞條相關的寫作「凡例」，一併在此說明。

1. 本文引用之古文字字形，依中央研究院歷史語言研究所和資訊科學研究所共同開發之「漢字古今字資料庫」，網址：http://xiaoxue.iis.sinica.edu.tw/ccdb。

2. 本文之上古音韻部及聲類，採用陳新雄先生校定之古音正聲十九紐、古韻三十二部說。

3. 文中甲骨文資料，以《甲骨文合集》為主，簡稱《合》；為免篇幅過大，僅標注列出著錄專書簡稱及編號。金文資料則僅列出該器名稱，不另注著錄專書編號，器物之定名及斷代則依《殷周金文集成》。戰國文字資料之系別，則依《戰國文字編》所歸屬。

4. 文中使用的古文字材料，引用該學者的說法即同時採用其釋文，多在文中注明出處，未加注的簡帛材料則為整理者的釋文。

5. 為便於閱讀，本文於出土材料的釋文一般用通行字寫出，不嚴格按簡文原來的字形隸定。原簡無法辨認的字或竹簡殘斷而缺損的字，能確定所缺字數的，本文釋文用□標示（一字對應一個□），字數不能確定的用☑表示，根據文例補出的字在字外加□。

6. 本文所引傳世典籍與出土文獻材料，以東漢滅亡（220）為下限。文中使用的傳世典籍及訓詁資料雖限於先秦兩漢，但傳世文本中對於通用字的相關注釋可能見於後世注疏，因此漢以後的相關注釋資料也在引用範圍內。

另外，本文論述的陰陽五行思想聲訓詞條，是就筆者對相關思想的認知來擇選，可能因為認知差異而不夠完備。其次，文中的出土材料是就筆者目前儘可能收集到的材料而言，對初形本義與辭例的判斷亦是如此，加上出土文獻材

料有些析形、釋義、斷代等問題，目前學界還沒有共識，因此可能會有一定程
度的遺漏或訛誤，留待日後增補資料及論述。

第二章　陰陽五行思想的來歷與開展

　　陰陽、五行兩組概念原各有源頭，平行發展，戰國時合而為一，開展成多元繁富的知識理論系統。本章預備論述陰陽、五行觀念的來歷起源及演變開展、匯通合流，作為後面章節論述的立基。第一節從造字的本義入手，爬梳「陰」、「陽」二字的原始義涵，再由《老子》、《易傳》等傳世經典的載記探討意義演變，推衍陰陽如何由素樸自然概念質變為形上義理，開展相對事物的消長、依存、轉化的思維模型。第二節則從「行」的字形及語義之引申與變遷談起，結合典籍文獻的載記，探究「五行」如何涵括宇宙萬物的時空結構法則，以及揭示維持系統整體平衡的機制？第三節根據前兩節所展述的陰陽五行思維模型，更進一步討論兩者合流後構成的系統學說。一般而言，鄒衍學說、《管子》、《呂氏春秋》被視為兩者融合的重要學說代表，陰陽五行思想於中如何展演？各書觀點倡議又有何異同與區別？

第一節　陰陽思想的來歷與開展

　　以下先就字形、語義討論陰陽二字的原始義涵，再梳理傳世經典中陰陽的思想內涵，論述其開展與演變。

一、陰陽觀念的原始義涵

卜辭中的「陰、陽」多表述自然現象。甲文「会」，寫作「🔸」《合》[註1]19781、「🔸」《合》20988，[註2]兩條卜辭中「会」皆載記天氣陰晴現象。[註3]甲文「易」字寫作「🔸」《合》3393、「🔸」《合》8591，從日在丂上，[註4]會陽光透過樹梢映照，為「陽」、「暘」的初文，本義是陽光。

金文「陰、陽」字則多加上義符，與地理方位相關。「会」字或從水，寫作「🔸」〈永盂〉、或從阜作「🔸」〈十三年上官鼎〉之形，水、阜皆與地理相關，緣此，後世經籍訓「陰」字，多從地理方位入手。金文「易」，或加二至三斜飾筆，寫作「🔸」〈易叔盨〉、「🔸」〈沈兒鎛〉；亦有增加義符「阜」造「陽」字，[註5]寫作「🔸」〈叔姬作陽伯鼎〉，表示山的南面，水的北面。如〈虢季子白盤〉：「搏伐玁狁，于洛之陽。」表示在洛水的北面搏伐玁狁。[註6]值得注意的是，金文已出現「陰陽」連用例，〈永盂〉：「易（賜）畀師永厥田：滄（陰）易（陽）洛疆眔師俗父田。」意謂賜給師永田地：洛河南北兩岸的土地和師俗父的田地。[註7]滄、易指洛河的南、北面，仍與地理方位相關。

《說文解字》中「陰陽」本作「会易」，「陰陽」為後起字。[註8]《說文解

〔註1〕郭沫若主編，胡厚宣總編輯，中國社會科學院歷史研究所編：《甲骨文合集》（北京：中華書局，1977～1983年）。書名簡稱《合》，簡稱後的數字指該著錄的片號，以下不另註明。

〔註2〕于省吾：《甲骨文字釋林・釋雀》（北京：中華書局，1979年），頁43。于省吾隸作「雀」，並認為甲文以雀為天氣陰晴之「陰」，不作雛鳥字用。

〔註3〕《合》19781：「丙辰卜，丁巳其陰乎？允陰。」內容是丙辰日占卜，丁巳日是陰天嗎？結果丁巳日是陰天。又如《合》20988：「戊戌卜，其陰乎？翌己啟，不見雲。」內容是戊戌日占卜，己（亥）日是陰天嗎？結果己（亥）日天啟不見雲；啟指天氣放晴。卜辭中有許多占卜天氣變化的記載，皆是客觀記錄自然現象。相關請見蕭良瓊：〈從甲骨文看五行說的淵源〉收入《中國古代思維模式與陰陽五行說探源》（南京：江蘇古籍出版社，1998年），頁218。

〔註4〕丂為柯之初文。李孝定：《甲骨文字集釋》（臺北：中央研究院歷史語言研究所，1974年），頁2973。

〔註5〕象陽光照射在山丘上，因為陽光常照在山的南面，故山的南面稱為「陽」。

〔註6〕孫廣德：《先秦兩漢陰陽五行說的政治思想》，頁5～6。書中提到，金文中的「陽」字，語意為水北向陽；「陰」字當是陽字的反面意義。竇福志碩士論文《先秦文獻中的陰陽五行思想研究》（濟南：山東師範大學，2010年），頁2～3。書中統計西周金文所見「陽」字例共四條，三條為氏名，一條為地名；「陰」字或從水、從阜，多與地理方位相關。

〔註7〕引自張世超：《金文形義通解》，頁3342。

〔註8〕「会易」與「陰陽」之變化，參看黃德寬主編：《古文字譜系疏證》（北京：商務印書館，2007年），第4冊，頁3885～3886。第2冊，頁1823～1827。

字‧雲部》:「霒,雲覆日也;從雲,今聲。仌,古文霒省。」〔註9〕勿部:「昜,開也。从日、一、勿。一曰飛揚,一曰長,一曰彊者眾貌。」阜部:「陰,闇也,水之南、山之北也;从阜,霒聲。陽,高明也;从阜,昜聲。」原字實寫作「仌昜」,加「阜」表堆土,用以說明造字構形與日照光影明暗、山勢地形阻擋,造成幽暗降溫等狀況有關。〔註10〕

學者統計傳世經典中有「陰陽」二字出現的文句,〔註11〕指出「陰陽」連用始見於《詩經‧大雅‧公劉》:「篤公劉,既溥既長,既景乃崗,相其陰陽。觀其流泉,其軍三單。度其隰原,徹田為糧。度其夕陽,幽居允荒。」〔註12〕詩中「陰陽」指日光照射之有無。公劉登高觀察環境、氣象的變化,利用日影來進行測量,歸結出向陽之地,因為陽光直射多乾熱,適宜營居墾殖;背陽地則多濕冷,不宜人居。這樣的敘述,蘊涵古人企圖掌握生存條件與環境的智慧。

總合上述,陰、陽之原始義涵和太陽、日光有密切相關,陰陽原指自然現象的「背日」或「向陽」,〔註13〕爾後延伸到相關的地理現象,即地勢的向陽和

〔註 9〕漢‧許慎著,清‧段玉裁注:《說文解字注》(經韻樓臧版)(臺北:洪葉文化事業股份有限公司,2003 年 10 月),頁 580。以下徵引《說文解字注》文句,悉據此書,不另標出,並簡稱為《說文》。

〔註10〕段玉裁注:「闇者,閉門也;閉門則為幽暗,故以為高明之反……山北為陰,故陰字從阜。自漢以後通用此為霒字,霒古文作仌。夫造化之气本不可象,故霒與陰、昜與陽,皆叚雲、日、山阜以見其意而已。」說明「陰陽」通行後,本字「仌昜」遂廢而不用。許慎:《說文解字注》,頁 738。

〔註11〕近代關於「陰陽」概念起源的討論肇始於梁啟超〈陰陽五行說之來歷〉一文。梁文考證《詩》、《尚書》、《儀禮》、《周易》四書中有陰、陽二字的文句及其意義。結論是:《儀禮》中無「陰」、「陽」二字;《詩》中言「陰」者八處,言「陽」者十四處,言「陰陽」者一處;《尚書》中言「陰」言「陽」者各三處;而《周易》涉及陰陽者僅〈中孚‧九二〉爻辭:「鳴鶴在陰,其子和之。」根據上述典籍文意,梁啟超以為「商周以前所謂『陰陽』者不過自然界中一種粗淺微末之現象絕不含有何等深邃之意義,『陰陽』二字意義之劇變,蓋自老子始。」梁啟超:〈陰陽五行說之來歷〉,收入顧頡剛編:《古史辨》(上海:上海古籍出版社,1982),第 5 冊,頁 200～201。另外,古籍中之陰、陽說,參看李漢三:《先秦兩漢之陰陽五行學說》(臺北:維新書局,1968 年),頁 1～14。徐復觀:《中國人性論史‧先秦篇》(臺北:臺灣商務印書館,1969 年),附錄二〈陰陽五行及其有關文獻的研究〉,頁 453～459。孫廣德:《先秦兩漢陰陽五行說的政治思想》(臺北:臺灣商務印書館,1993 年),頁 6～9。以及鄺芷人:《陰陽五行及其體系》(臺北:文津出版社,1998 年),頁 8～11。

〔註12〕漢‧毛亨傳,漢‧鄭玄箋,唐‧孔穎達疏:《毛詩正義》,收入李學勤主編:《十三經注疏整理本》,(臺北:臺灣古籍出版社有限公司,2001 年),第 8 冊,頁 1313～1315。以下徵引《毛詩正義》文句,悉據李學勤主編《十三經注疏整理本》,不另詳註。

〔註13〕朱駿聲:「仌者,見雲不見日也;昜者,雲開而見日也。」清‧朱駿聲:《說文通訓定聲》(武漢:武漢市古籍書店,1983 年),頁 125。徐復觀也說:「仌昜二字,與

背陰。可見陰陽的初始意義只是客觀描述自然、地理現象，未具備哲學意涵或轉化為形上義理。

二、陰陽觀念的起源來歷

劉九生、邢玉瑞考證陰陽觀念的萌生可遠溯至伏羲、堯舜時代，但創制陰陽一詞，有明確的陰陽觀念，則是殷周時代才有的文化特徵，後經春秋到戰國時代，陰陽觀念始發展、演變成一種概念形態，並上升為哲學範疇。〔註14〕陰陽概念從何而來？學界對陰陽概念來歷的探討相當分歧，有起於自然觀察；起於生殖崇拜；起於神話思維；起於海濱文化系統等論點。〔註15〕以下簡述其要：

（一）自然觀察說：遠古先民觀察天文、地理，將自然現象加以分類歸納詮釋後，提出「陰陽」觀念。〔註16〕

（二）生殖崇拜說：郭沫若認為「陰陽」緣起於生殖文化信仰。指出八卦是生殖崇拜的孑遺，以陽爻為乾為男，陰爻為陰為女，二者妙合交感而衍生出男女、陰陽、剛柔、天地等觀念。〔註17〕

（三）神話思維說：先民部族多以農維生，而太陽日照的有無、月亮潮汐的變化，對農業生產有重大影響。先民欲對自然環境有所瞭解與掌握，試圖解釋眼前世界，遂發展出「日月崇拜」〔註18〕的神話思維，再繼而藉由觀察光線

『日』有密切關係，原意是有無日光的兩種天氣。」徐復觀：〈陰陽五行及其有關文獻的研究〉，頁453。

〔註14〕邢玉瑞：《黃帝內經理論與方法論》（西安：陝西科學技術出版社，2004年），頁96。劉九生也說：「陰陽五行概念，最早可以追溯到史前時代人類對自然的解釋，及其生活、生產、經驗、模式與巫覡文化的構思」見劉著：《循環不息的夢魘——陰陽五行觀念及其歷史文化效應》（北京：國際文化出版公司，1989年），頁2～3。

〔註15〕本文僅稍舉隅，其餘還有陳久金主張「太陽歷說」、龐樸主張「枚卜說」等。參看彭華博士論文《陰陽五行研究（先秦篇）》（上海：華東師範大學，2004年），頁29～30。

〔註16〕林金泉：〈陰陽五行家思想探源〉，《孔孟月刊》，第24卷第1期，1985年9月，頁39。文中提到：「陰陽二字，由簡單之觀念進而為複雜之觀念，由淺近之思想進而為幽深之思想，蓋皆由先民仰觀俯察，歸納宇宙現象類推所得也。」

〔註17〕郭沫若：〈中國古代社會研究·周易時代的社會生活〉，收入《郭沫若全集·歷史篇》，第1卷（北京：人民出版社，1982年），頁330。

〔註18〕知原：《人之初——華夏遠古文化尋蹤》（成都：四川教育出版社，1998年7月），頁182～183。書中提到：「天體的崇拜對農業部落來說，是非常重要的，因為天候氣象的變化，會明顯影響到農作物的收成，它關係到人的生存。……作物的生長需要足夠的日照，又得求日神護佑。……華夏民族在文明初期崇拜蛙與鳥，……鳥為太陽神，而蛙（蟾蜍）為月亮神，這表明日月崇拜出現的時代是很早的。」

的有無，歸結出「陽」、「陰」兩種對立概念。﹝註19﹞這也符應原始社會「二分法」﹝註20﹞的理則。

（四）海濱文化系統說：謝松齡指出陰陽五行思想出於齊國稷下，源自海濱文化。理由有三：首先，海濱文化區的特質迂怪、幽隱，內陸周文化則重德而務實，兩者相違。其次，繼承周文化的孔子或其弟子，都未提及陰陽五行之說。再者，從精神指向、天的觀念、歷史觀、政治觀、人生觀與天下觀等六方面，比較周與海濱文化的差異，推論陰陽文化的思想內涵與周文化難以接合，故陰陽五行思想源自海濱文化。﹝註21﹞

上述說法各有其理，但仍無法全面而具體的解釋陰陽思想起源。而從上開紛云不齊的說法中，可歸納出「對自然現象的解釋」可能為陰陽觀念的來歷之一，這樣的交集與共識。無論是生殖崇拜說、海濱文化說，均與自然天地的觀察與記錄密切相關。生殖崇拜中的圖騰紋飾象徵，來自對動物或天體形象的觀察描繪；海濱文化系統說則提到齊國地理位置近海，自然景觀多樣，氣象也瞬息萬變，易於激發深邃的想像；先民思想文化的發展常依循「近取諸身，遠取諸物」原則，深受周遭的自然地形、天體物象變化的影響。順此，絪縕文字形、義與人類思維模式，可對陰陽觀念來歷有以下理解。

「陰陽」初始意義自然素樸，「陰」原指雲覆日而暗，「陽」指太陽普照的光明而言。後來，延伸聯想至氣候以及地理現象，就氣候而言，有陽光時感受溫暖，陽光隱沒則寒冷；加上中國地勢造成南熱北冷，向陽的山坡便明亮、溫

<hr>

﹝註19﹞葉舒憲：《中國神話哲學》（北京：中國社會科學出版社，1991年1月），頁3。書中提到：「中國哲學的思維模式，是直接繼承神話思維模式發展起來的。原因之一是，中國的漢字的象形特徵，使直觀的神話思維表現得到最大限度的保留，而語言文字作為思維和符號文化的載體，必然會對中國人的思維方式、文化心理結構感發生潛在的陶塑作用。早期的中國哲學家如老子、莊子等在很大程度上表現出神話思維的特徵，而中國哲學中的基本範疇，如太極、道、陰陽、五行、變、易等等，幾乎無一不是從神話思維的具體表象中抽象出來的。」

﹝註20﹞張光直認為原始社會中「二分法」相當普遍，二分制是世界各地古代文明與原始民族中常見的現象。見張光直：《中國青銅時代》（臺北：聯經出版公司，1991年），頁247。楊儒賓則說宇宙是由兩種相反相成的力量所組成的，宗教領域或是人的心靈層面都認同這樣的原理原則。見楊儒賓：〈從「生氣通天」到「天地同道」——晚周秦漢兩種轉化身體的思想〉，《中國文哲研究集刊》，第4期，1994年3月，頁483～484。

﹝註21﹞謝松齡：《天人象——陰陽五行學說史導論》（濟南：山東文藝出版社，1991年），頁24～25。

暖；向北便昏暗、涼爽。〔註22〕地勢的向陽與背陰是自然現象，然而「明亮、溫暖」「昏暗、涼爽」卻是人為賦予的抽象意義，在此，「陰陽」二字統合了自然與非自然，形上和形下的概念。加上，人們從自然界及日常活動中，觀察到大量相對立的事物現象：如天與地、暗與明、陰與晴、晝與夜、寒與暑等「相對」的現象普遍存於萬有世界，逐漸統合歸結出，陰陽具有形下具體義與形上抽象義。〔註23〕換言之，最初，陰陽概念記錄「自然現象」，說明太陽日照有無的明亮、昏暗；其後，陰陽統合了形上與形下，因為明亮而感覺溫暖，昏暗而感覺涼爽，衍生「抽象感受」，並表述為兩股對立力量。

「陰陽」的對立特質是由原始意義中衍生聯想而來，此衍生義與陰陽原有義之間的聯結不難意會，此種聯繫呈顯古人致力於自然環境的觀察，以及欲掌握生命之思考智慧，陰陽之意便不止所謂「粗淺微末之現象」。然而，陰陽如何由兩對立力量，上升至哲學範疇，甚至成為化生萬物、推動四時的宇宙生成原力？與這兩個字受造底蘊的豐富意涵有密切的關係，則引入下一節論述。

三、陰陽觀念的開展與演變

大體而言，「陰陽」概念的發展，是從原始意義的向陽和背陰，演變為表示陰、陽二氣的運動規律，描述事物矛盾對立的兩種功能屬性。接著，發展為構成宇宙天地的兩種基本元素。再來，又進一步發展為具足有無、動靜、心物之間的特質，表述物質運動與時空一體化關係的思維體系。

如上述，「陰陽」原來為自然天候的表徵描述，初始意義素樸。其含意有更進一步的演變，生出對立與相成的氣化特質，則始於西周末年到春秋時期的《國語・周語》。常見的舉例是《國語・周語》中伯陽父用陰陽觀念推斷地震的成因，

〔註22〕唐君毅：《中國哲學原論原道篇》（臺北：學生書局，1976 年），頁 174。書中指出：「此陰陽之二字，自字原觀，初蓋用之以表日出或日沒於雲，而連於天象。故說文謂『陰，闇也；陽，高明也。』 繼即用陰陽以表山之南北之方位，而連於地理。如詩經言山之陽、山之陰。日出而暖，日沒而寒，故陰陽亦表天氣之寒暖。」

〔註23〕劉長林：《中國系統思維》（北京：中國社會科學出版社，1991 年），頁 283。書中指出：「從『陰陽』原始字義來考察，陰、陽本身所指涉之『向陽』、『背陽』的『位』概念，也可歸結出兩組不同趨向的屬性：一類趨向為明亮、活躍、向前、向上、溫熱、充實、外露、伸張、擴展、開放等；另一類趨向為暗晦、沉靜、向後、向下、寒涼、虛空、內藏、壓縮、凝聚、閉闔等。」

說道：「陰伏而不出，陽迫而不能蒸」、「陽失其所而鎮陰也」〔註24〕認為地震是陰、陽之氣內蘊不和調，鬱積不疏散所致。並以天地陰陽失序分析「川源必塞」之理，涉及國家政治興亡，將陰陽與災異結合。此處陰、陽已非指氣候的陰晴，是從氣化觀點詮釋不尋常的地理變化、自然現象。由此可知，西周晚期，對陰陽的認識，已由具體的物象，轉變為可運動變化的規律二氣。

　　《國語》、《左傳》中，「陰陽」概念屢見不鮮，表現為自然界中相反相成的兩種作用的力量，且用來解釋陰陽變化之繁多殊象。如《國語·越語下》云：「古之善用兵者，因天地之常，與之俱行，後則用陰，先則用陽，近則用柔，遠則用剛。」此處將陰陽與剛柔並列，陰陽被賦予普遍和抽象性的意義，標示兩種相反相成的屬性或事物的概念，用以作為釋物的形式。再者，《左傳·昭公元年》記載，秦國名醫醫和在闡述病因時提出六氣致病說，把陰陽視為具有冷暖性質的兩種氣，謂「陰淫寒疾，陽淫熱疾」，〔註25〕除了反映陰陽已為二氣，並呈顯相互轉化、互為根源的思想。上引兩例，與《易傳》中的陰陽含意相近，《易傳》常用現象界中兩種對應關係的事物，用事物變化的對應屬性，如陰陽、剛柔、吉凶、幽明等關係概念來闡釋《易經》，〔註26〕或是表達由卦爻辭推衍而作出吉凶、福禍、順逆等判斷。

〔註24〕《國語·周語上》：「夫天地之氣，不失其序；若過其序，民亂之也。陽伏不能出，陰迫而不能蒸，於是有地震。今三川實震，是陽失其所而鎮陰也。陽失而在陰，川源必塞，源塞國必亡。」周·左丘明撰，三國·吳·韋昭注：《國語韋昭註》（臺北：藝文印書館，1959年），頁23。以下徵引《國語》文句，悉據此書，不另標出。

〔註25〕《左傳·昭公元年》記載，晉侯求醫於秦，秦伯使醫和視之，曰：「天有六氣，降生五味，發為五色，徵為五聲，淫生六疾，六氣曰陰，陽，風，雨，晦明也，分為四時，序為五節，過則為菑，陰淫寒疾，陽淫熱疾，風淫末疾，雨淫腹疾，晦淫惑疾，明淫心疾，女陽物而晦時，淫則生內熱惑蠱之疾，今君不節不時能無及此乎。」周·左丘明撰，晉·杜預注，唐·孔穎達正義：《春秋左傳正義》，收入李學勤主編《十三經注疏整理本》，（臺北：臺灣古籍出版社有限公司，2001年），第33冊，頁1321。以下徵引《春秋左傳正義》文句，悉據此書，不另詳註。

〔註26〕徐復觀：〈陰陽五行及其有關文獻的研究〉，頁495～497。論者認為，〈象〉辭專以剛柔及剛柔不正得中正不中正來解釋卦象，剛柔是一切物的兩種不同屬性，以剛柔解釋卦象，便打破各個實物的限制，建立合理的規律，這是《易》的一大進步。此外，〈象〉在對泰、否兩卦的解釋中開始以陰陽說解其卦象和卦辭。〈小象〉在對乾坤兩卦義辭的解釋中，也引入了陰陽概念。〈文言〉更提出了陽氣說。但明確地用陰陽說全面詮釋《周易》的卦象和義象，以陰陽說概括《周易》的基本原理，始於〈繫辭〉，如：「《易》之為書也不可遠，為道也屢遷，變動不居，周流六虛，上下無常，剛柔相易，不可為典要，唯變所適。」又言：「日往則月來，月往則日來，日月相推而明生焉。寒往則暑來，暑往則寒來，寒暑相推而歲成焉。」體現「陰、陽」之間的相互轉化。

（一）對立交流的力量質性

老子（？前 571～？前 471）始將陰陽概念轉變為矛盾對立的兩種功能屬性，並將之逐漸發展成哲學體系。[註27] 兩兩對立的概念在《老子》書中俯拾皆是，《老子》由萬有事物的對反現象中找出它們之間的發展規律，從而建構宇宙論、本體論哲學，對陰陽學說的發展有促進作用。《老子·四十二章》：「道生一，一生二，二生三，三生萬物。萬物負陰而抱陽，沖氣以為和」。[註28]「一」為混沌之氣，氣自身又分為陰陽兩種屬性，陰陽二氣相互交感產生萬物。由此可知，老子肯定宇宙萬物都包含著對立的陰陽二氣，陰陽二氣互相作用、激盪，但又以和諧為最佳狀態，既平順又與宇宙的演化有關。如此，陰陽便不再是原始義，而是生成宇宙萬物的兩種元素或作用力了，較上述《國語》、《左傳》中所述的陰陽為六氣之中的二氣不同，更進一步衍變為具有功能的兩種元素。

莊子（？前 369～？前 386）繼承並發展老子觀點，具體討論陰陽交感產生事物、變化形成規律，以及陰陽蘊含「動靜」性能。他從宇宙生成的角度提出「通天下一氣耳」的命題，《莊子·則陽》認為「是故天地者，形之大者也；陰陽者，氣之大者也；道者為之公。」[註29]〈田方子〉指出「至陰肅肅，至陽赫赫。肅肅出乎天，赫赫發乎地，兩者交通成和而萬物生焉」。〈大宗師〉則云「陰陽於人，不翅於父母」；用陰陽二氣的交通感應、協調和合來解釋天地萬物乃至人的生成。值得注意的是，《莊子》書中提到陰陽與「動靜」觀念之結合，〈天道篇〉：「知天樂者，其生也天行，其死也物化。靜而與陰同德，動而與陽同波。」說道通曉天樂的人，平靜時跟陰氣同寧寂，運動時跟陽氣同波動。此處的陰陽蘊含動靜性能，還提出人之日常活動應與陰陽連動，天人之間能夠相互交感，開「天人相應」、「人副天數」的先聲。

[註27] 梁啟超：〈陰陽五行說之來歷〉，頁 201。書中指出，陰陽二字意義發生劇變，是從《老子》一書開始的。鄺芷人：《陰陽五行及其體系》，頁 10。也提到：「（老子曰）『萬物負陰而抱陽，沖氣以為和』二句合起來看，則陰陽和合便產生變異，於是陰陽便成為宇宙論或本體論的原則了。」

[註28] 本文徵引《老子》文句，悉據中華書局四部備要本。北京：中華書局，1983 年，不另詳註。

[註29] 本文徵引《莊子》文句，悉據郭慶藩輯：《莊子集釋》，臺北：華正書局，1997 年，不另詳註。

（二）生成轉化的數理系統

　　《易傳》則是以陰陽詮釋物類之變化，以及其中不變的本體，並將陰陽學的廣度加以理論、系統化。《莊子・天下》云：「易以道陰陽。」所指即《易傳》。《易傳》在先秦諸子思想的基礎上，以陰陽範疇來解說《易經》的卦象、爻象，以及天地萬物的運動變化，並提出「一陰一陽之謂道」的命題作為其哲學思維的基本認識。《易傳》認為，陰陽是宇宙間根本的普遍的法則，陰陽間的互依共存、對立相搏、消長轉化是宇宙萬物生化的根源，陰陽交感是天地正常化生萬物的原理。〈繫辭上・第五章〉云：「一陰一陽之謂道。繼之者善也，成之者性也。仁者見之謂之仁，智者見之謂之知。」〔註30〕「一陰一陽」描述體性相對待的陰與陽相互交感、攝受的作用，「道」在此指謂陰陽之間交互作用所依循的規律。同時，就易道運化的原理而言，陰陽滲透在天地萬物之間，開顯生生不息、繼善成性、見仁見智的實理。《易傳》中已把陰陽對立統一的原理廣泛運用於社會人事的研究，與宇宙、人生、政治、道德連成一氣，使之成為指導治國、經綸天下的根本原則，陰陽貫通天、地、人之道，成為一套抽象的哲學體系。至此，陰陽思維體系可謂發展完成。〔註31〕

　　尤有甚者，陰、陽二爻除了發動與化生萬物，還深具數理運算性質。陰陽在《易傳》化為可資運算的數理符號，可知來通變、極數占斷，操作方式是由陰陽兩爻的排列組合發端，「六畫而成卦」、「八卦而小成」，終於八八六十四卦之規範。於是，陰陽以其象徵天地、剛柔的符號特性，得以演繹一切生成變化之數理。〈繫辭上・第十二章〉云：「聖人立象以盡意，設卦以盡情偽，繫辭焉以盡其言，變而通之以盡利，鼓之舞之以盡神。」作易者欲從數理形式來詮釋陰陽演繹的秩序與理則，經由數理的運算可以透澈天機；預設卦爻符號系統足以表達萬物「生生」的底蘊，符應易道生生之實情。換言之，透過仰觀俯察、

〔註30〕魏・王弼注，唐・孔穎達疏：《周易正義》，收入李學勤主編《十三經注疏整理本》，（臺北：臺灣古籍出版社有限公司，2001 年），第 2 冊，頁 315～317。以下徵引《周易正義》文句，悉據此書，不另詳註。

〔註31〕徐復觀：〈陰陽五行及其有關文獻的研究〉，頁 497。書中指出：「在此階段之『陰陽』，是作為宇宙創生萬物的二基本元素，及由此二元素之有規律性的變化活動而形成宇宙創生的大原則，大規模，並以之貫注於人生萬物之中，而作為人生萬物的性命。陰陽的觀念，至此才發展完成。陰陽觀念，是在長期中，作不知不覺地發展。但進入到《周易》裡面以後，則似乎是作了有意識的建立，以迄於完成。」

比類取象的方式，化成陰陽兩氣的對立消長、陰陽體性的相互攝受，正是萬物生存秩序、個人生命壽夭的實情。從物理到數理，「陰陽」概念被抽象的過程大抵如是，陰陽從此也成為天地人之中一切對立、對偶屬性的代名詞；並同時成為公認的、根本的宇宙法則。

陰陽便成為中國傳統思維中，聯繫形而上與形而下思維的橋梁；統一自然現象、道德倫理與宇宙圖式。其後，陰陽與五行合流，衍生陰陽推動四時之輪替、與五方搭配，產生嚴謹的天人配屬軌式與政令順逆的休咎災眚等記載。到了漢代，董仲舒更從陰陽消長中衍繹出刑德問題，並賦予人性之尊卑義涵，而形成「陰陽相生」、「陽尊陰卑」等發展模式。

第二節　五行思想的形成及開展

相較於陰陽思想開展脈絡明晰，五行學說則因面貌多樣，元素紛繁，導致起源來歷難辨，故本節欲先梳理五行學說最重要的三種義涵，再討論「時間、空間秩序的劃分」、「生勝關係的發展」兩個重要機制，藉此探究五行思想的發展，期能回溯五行觀念的來歷與思想源頭。

一、五行三義

五行最為常見的三種義涵，別為資材義、分類義、生勝義。

「五行」較早的記載見諸《尚書》〈甘誓〉、〈洪範〉兩處經文以及《尚書大傳·周傳》中。〔註32〕《尚書·洪範》記載五行思想的「資材義」，指五行為人類日常營生所需的重要資財。「水火者，百姓之所飲食；金木者，百姓之所興作也；土者，萬物之所資生也，是為人用。」〔註33〕「五行即五材也，言五者各有才幹也」〔註34〕，此應是「五行」思想雛型。

〔註32〕由於距古已遠加上資料湮沒，《尚書》各篇作者及時代先後難考，本文為求論述集中，僅討論《尚書》以及《尚書大傳》中記載關於「五行」義涵，書寫順序亦不代表各篇時代先後。

〔註33〕漢·伏勝撰，漢·鄭玄注，清·郭壽祺輯：《尚書大傳》（北京：中華書局，1985 年），卷二，頁 60。

〔註34〕見《尚書·洪範》，孔穎達疏。漢·孔安國傳，唐·孔穎達疏：《尚書正義》，收入李學勤主編《十三經注疏整理本》，（臺北：臺灣古籍出版社有限公司，2001 年），第 4 冊，頁 357。以下徵引《尚書正義》文句，悉據此書，不另詳註。

　　《尚書·甘誓》:「有扈氏威侮五行,怠棄三正,天用勦絕其命。今予惟恭行天之罰。」〔註35〕是夏啟征伐有扈氏在甘地所作的誓詞,意指有扈氏跋扈專制,罔顧民生,怠慢且廢除王朝所規定的曆法,上天將滅絕之。文中只將「五行」與代表天道的「三正」〔註36〕對列,並未說明五行的具體內容。〔註37〕

　　五行「分類義」的完整論述,首見《尚書·洪範》的「九疇」:

> 箕子曰:「我聞在昔,鯀陻洪水,汩陳其五行。帝乃震怒,不畀洪範
> 九疇,彝倫攸斁。鯀則殛死,禹乃嗣興,天乃錫洪範九籌,彝倫攸
> 敘。初一,曰五行;初二,曰敬用五事……五行:一曰水,二曰火,
> 三曰木,四曰金,五曰土。水曰潤下,火曰炎上,木曰曲直,金曰
> 從革,土曰稼穡。潤下作鹹,炎上作苦,曲直作酸,從革作辛,稼
> 穡作甘。」〔註38〕

記述武王伐紂功成,向殷商遺臣箕子請教治國巨範,箕子講論大禹治水的經驗和教訓,歸結天賜禹治天下的「九疇」大法,第一就是「五行」:水火木金土。這段敘述一方面說明五行的名稱與特性;另一方面,透露以此為綱紀,剖判分類萬物之意圖;此中五行已非五種人倫日用資財,轉而深化為五種抽象的「物性」或「屬性」。

　　〈洪範〉的載記中,除了將水火木金土五種物質材料定名為「五行」,並逐一為它們安插質性與味道,指出「五味」的名稱、特性。「水」是往下濕潤的,往下濕潤的東西(味道)就鹹;「火」焰是往上焚燒的,往上焚燒的東西(味道)就苦;「木」料是可使彎曲、可使伸直的,可曲可直的東西(味道)就酸;「金」屬是可任憑人意來改變形狀的,形狀任憑人改變的東西(味道)就辣;「土」壤是可種植、收穫五穀的,種植收穫的東西(味道)就甜。

　　〈洪範〉除了概括水、火、木、金、土的特性,還說明人們對這五種物質材料的感受和認識,進而以此五種屬性的衍伸義歸類萬物。例如:金性從革,標誌礦石冶煉變革成金之道。並以其質地沈重,常用以殺戮,引申為凡具有沉

〔註35〕《尚書正義》,頁207。

〔註36〕三正,謂夏正建寅、殷正建丑、周正建子。王者受命,必改正朔。此言怠棄三正,意謂不奉夏之正朔,怠慢廢除王朝所規定的曆法。

〔註37〕孫廣德曾臚列二十世紀初年以降〈甘誓〉「五行」的討論,可供參考。參孫廣德:《先秦兩漢陰陽五行的政治思想》,頁22。

〔註38〕《尚書正義》,頁353～357。

降、肅殺、收斂等質性之物或作用者，皆為「金」性之屬。循此，五臟之肺、五官之鼻、五音之商、五色之白、五味之辛、四時之秋、五方之西等，因為皆有「金」元素，在五行體系中同屬一目。物物間的類比特性，表現在「同類」、「同氣」、「比聲」等狀態，凡是相從、相應、相感、相召的事物，則歸為同一類。〔註39〕依此原則，現象界的所有物質都可納五行範疇之中，世間的一切功能屬性，就都是這五種功能屬性的具體表現。〔註40〕

〈洪範〉五行所歸類的五種「質性」，在此主觀類比法推波助瀾下，成了日後分類範疇的綱目；萬物的名類在人類營生、辨析事理的過程中便依此歸類法，盡歸於五種類目之下，成為五行說內容的血肉。如《管子》〈幼官〉、〈幼官圖〉中歸類出五行、五數、五氣、五味、五音……等，企圖以此表現對五行世界龐雜豐富而次序井然之認識；《呂氏春秋》十二紀，合諸五行間生剋勝負的規則，所呈現之陰陽離合、五行生勝的世界圖式；甚至，四時、五方、萬事萬物皆納入五行結構體系，都是「同類相召，同氣相求」理論之引申。

上引〈洪範〉五行段載記，廣為學界討論，其中值得注意的是，何以天賜禹治天下的「九疇」大法，第一就提出「五行」？五行有何重要性？「水火木金土」是否僅指五種物質元素？

鄭吉雄認為〈洪範〉「水火木金土」五行，不應理解成五種元素（Five Elements），而是和人類形體生命有緊密對應關係之自然物。〔註41〕〈先秦『行』

〔註39〕先秦諸子時期習以「同類相召，同氣相求」做為歸類的依據。如《莊子‧漁父》：「同類相從，同聲相應，固天之理也。」《周易‧乾卦》謂「同聲相應，同氣相求……本乎天者親上，本乎地者親下，則各從其類也」《呂氏春秋‧名類》：「類固相召，氣同則合，聲比則應。」

〔註40〕劉長林：《中國古代思維方式探索》，（臺北：正中書局，1996年），頁335。書中指出，由於萬事萬物都被納入到五行的體系之中，受五行分類的統攝；所以，它們無不是宇宙這個超大五行系統所包含的五行小系統。意即五行既是宇宙結構法則，又是每一具體事物的結構法則。因此，天地間的一切事物，不僅具有同構關係，而且服從統一的宇宙節律，即五行（四時）依次當令。

〔註41〕鄭吉雄等學者歸納經典中的「行」字，用作名詞的，只有道路、行為、德性、行列等四種意義，故五「行」不應視作名詞的元素義。見鄭吉雄、楊秀芳、朱岐祥、劉承慧：〈先秦『行』字字義的原始與變遷——兼論『五行』〉，《中國文哲研究集刊》，第35期，2009年9月，頁117。李約瑟也認為「行」字有運動義，《中國科學技術史》第二卷指出：「element 一詞從來不能充分表達『行』字……它的真正詞源從一開始就有運動的含義。」見李約瑟撰，何兆武等譯：《中國科學技術史》，第二卷（北京：科學出版社，1990年），頁267。陳立夫主譯本提到：「用『要素』或『元素』這種名稱來解說『行』字，我們總會覺得它於義不足。『行』字的來源……其字形上

字字義的原始與變遷——兼論『五行』〉文中指出,〈洪範〉五行段應視為三節:先陳列五行,接著描述「水火木金土」的性質,再來引申說明金、木、水、火、土的氣味。而氣味的不同,來自人類味覺、嗅覺感官的描述與判斷,暗示這五者最後亦將透過氣味、性質的不同效用,與人類的形體生命發生關聯,同時,它也與「五事」、「五福」等概念有密切的對應關係。〔註42〕

　　楊儒賓更進一步,將「五行」神祇化、神聖化,視其為超脫凡俗的存在。〈五行原論與原物理〉〔註43〕文中認為「五行」的重要詮釋有三種:(一)是儒家的政教模式,以《尚書・洪範》所提出的「九疇」治國大法立論;(二)是陰陽家的歷史模式,築基於鄒衍「五德終始」說;(三)是傳統科學下歸類範疇的認知模式,即指「同類相召」、「同氣相求」的分類系統。這三類型可視為五行在中國傳統中最重要的形象。

　　楊儒賓指出〈洪範〉文中,箕子說「九疇」是上帝為獎賞大禹平洪水定天下特別贈予的鴻猷巨範,是天界大禮。可見此處「五行」不再僅指稱五種民生日用物資,已經質變成「聖顯」向度,〔註44〕與神聖共融交往,使得五行之物的性質與味道(精神)在聖之保障下,證成自身。《左傳》將「五行」配以「五神」,亦為五行神祇化之例證。〔註45〕

　　五行思想的「生勝義」,是指五種質性間的相互關係。戰國時期,五行間生剋(勝)的關係間有論及(詳後引論),五行間生勝關係較完整的論述,是鄒衍的「五德終始說」,唯該說原貌已佚,《呂氏春秋・應同》說:

　　凡帝王之將興也,天必先見祥乎下民。黃帝之時,天先見大螾大螻。

　　黃帝曰:「土氣勝」,土氣勝,故其色尚黃,其事則土。及禹之時,天

最初所表示的,就有『運動』的含義。」見李約瑟撰,陳立夫等譯:《中國古代科學思想史》(南昌:江西人民出版社,1990年),頁326。

〔註42〕鄭吉雄等合著:〈先秦『行』字字義的原始與變遷——兼論『五行』〉,頁117。

〔註43〕楊儒賓:〈五行原論與原物理〉,《中國文哲研究集刊》,第49期,2016年9月,頁83～120。

〔註44〕伊利亞德著、楊素娥譯:《聖與俗:宗教的本質》(臺北:桂冠圖書股份有限公司,2001年1月),頁61。書中將「神聖自我顯示的行動」稱為「聖顯」。即神聖用完全不同於凡俗世界的方式,呈顯自身,使凡人意識到神聖。楊儒賓認為,〈洪範〉文中,五行是在開國大典的神聖場合所宣告的治國良謀,故五行絕非平常日用的物資,被賦予神聖化特質,稱為「聖顯」。

〔註45〕《左傳・昭公二十九年》:「木正曰勾芒,火正曰祝融,金正曰蓐收,水正曰玄冥,土正曰后土。」《春秋左傳正義》,頁1728。

先見草木秋冬不殺。禹曰:「木氣勝」,故其色尚青,其事則木。及湯
之時,天先見金刃生於水。湯曰:「金氣勝」,金氣勝,故其色尚白,
其事則金。及文王之時,天先見火,赤鳥銜丹書集於周社。文王曰:
「火氣勝」,火氣勝,故其色尚赤,其事則火。代火者必將水,天且
先見水氣勝。水氣勝,故其色尚黑,其事則水。〔註46〕

清代學者馬國翰(1794～1857)等人認為,這應是鄒衍相關於「五德終始」說
的佚文。〔註47〕鄒衍由周向前逆推五個王朝,讓它們分別各配一朝,依其基本
質性,分別賦予德色及相剋的循環順序,詮釋王朝政權的更替規則。《史記·孟
荀列傳》也說:「稱引天地剖判以來,五德轉移,治各有宜,而符應若茲。」將
人類歷史尤其是政治史,視為不斷循環的過程,依五行相剋原理循環輪遞。即
金、水、木、火、土各行在人世間的位置輪流替換,金德旺後有水德,水德之
後有木德云云。反過來說,即為五德相剋,如金剋木、水剋火、木剋土、火剋
金、土剋水。換言之,「五德終始」的兩面解釋,涵括五行相勝、相生義。

「五德終始說」成了王權政治秩序的基礎歷史理論,然而,「五行」在後世
更為重要的影響,無疑在它形成的知識體制,是主導性的分類系統。承接五行
的第二義來說,在五行系統裡,古人以木、火、土、金、水五種自然物的形象、
色彩、屬性或引申義為基準,將具有某種相同、相似或相近性質的事物納入五
行分類的模式,並把生剋關係推衍到這些事物之中,既循環相生,又循環相剋,
從而構成一個整體有機的理論體系。循此思維模式,「五行」便不再特指五種具
體形質,而逐漸在數理思維模式中,轉化為具有特定屬性和功能的代稱與符號,
這五個符號又依各自的屬類進行相互關係(生剋關係)的運化,茲將生剋之關
係圖示如下:

〔註46〕秦·呂不韋主編,許維遹集釋:《呂氏春秋集釋》(臺北:鼎文書局,1977 年),頁
284。以下徵引《呂氏春秋》文句,悉依此書,不另詳註。

〔註47〕清人馬國翰、近代許維遹、馮友蘭皆主張此說。馬國翰《玉函山房輯佚書》卷 77
《鄒子》:「《呂覽》所述,蓋鄒子佚文也。」見清·馬國翰輯:《玉函山房輯佚書》
(揚州:江蘇廣陵古籍刻印社,1990 年),頁 234。許維遹《呂氏春秋集釋》肯定
馬國翰的說法:「此陰陽家之說而散見與此者。馬國翰據《文選·魏都賦》李注引
《七略》云:『鄒子有終始五德,從所不勝,木德繼之,金德次之,火德次之,水
德次之。』定篇首至此為鄒子佚文。案馬氏有輯本一卷。」見許維遹集釋:《呂氏
春秋集釋》,頁 68。馮友蘭《中國哲學簡史》(北京:北京大學出版社,1996 年),
頁 119。馮氏指出,鄒衍建立了新的歷史哲學,以五德轉移解釋歷史變化,其詳細
內容見《呂氏春秋·有始覽·應同篇》。

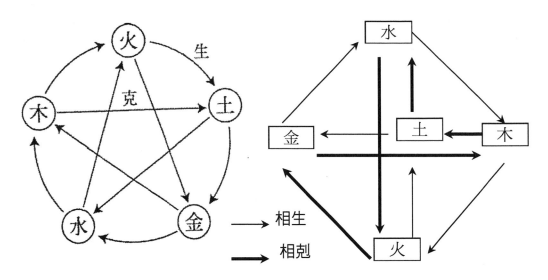

圖 2-1：五行系統模型圖-1〔註48〕　　　　圖 2-2：五行系統模型圖-2

廣義言之，「生」即代表物物間的資生、促進、助長，「剋」即代表物物間的滯礙、制約、抑制。五行的生剋，說明事物的運動變化並非孤立、割裂的，而是相互聯繫、整體相關的。圖中任何一行皆與其他四行保有特定秩序之「生我」、「我生」、「剋我」、「我剋」等關係。透過此連結，任何一「行」都各自具有「生我」、「我生」的兩個方面。以「金」為例，土生金，故土為金之「母」；但金生水，故金又是水之母，水是金之「子」，此即五行相生中的母子關係。「剋我」、「我剋」其理亦然。

在這種相互關係中，任何一行能同時「接收」與「反饋」其他四行的所有信息；只要系統中任一元素的狀態改變，就會影響其他四行，導致系統失衡；反之，適當調節任一行，又可能引起該行與其他四行生剋制化的連鎖反應，使系統恢復平衡。整體而言，以任兩行之間的直接關係（生或剋）來看，是不平衡的；但就總體結構關係來看，則是平衡的。五行之間的生剋關係，是事物在正常情況下的內在聯繫，它們維繫著事物的正常運作和發展。在人體，則主要用以反映正常的生理過程中各臟腑間的相互關係。〔註49〕

〔註48〕此圖參考陳雅雯：《《說文解字》數術思想研究》（臺北：花木蘭文化事業有限公司，2011 年），頁 264。「外圈」箭頭為「相生」：水生木，木生火，火生土，土生金，金生水為比鄰相生。「內圈」箭頭為「相克」：水克火，火克金，金克木，木克土，土克水為間隔相勝。

〔註49〕中醫將「五臟」與「五行」類比，故木、火、土、金、水分別代表五臟的肝、心、脾、肺、腎。如將五行相生的關係視為五臟相生，則是肝生心、心生脾、脾生肺、肺生腎、腎生肝。如一臟器有病，則相關的臟器就會連帶受到影響和損害。如脾（土）

二、五行觀念的體系整合

〈洪範〉「五行」指稱日用物資材料，其後配搭五方、五味、五神、五色、五聲等，以取象類比的方法構成包羅萬象的理論體系。由於五行圖示體系的建立與沿革，在學界研究成果十分豐碩，〔註50〕因此，這裡不擬做地毯式的古籍載記列舉與詳細分論，而是集中討論五行「系統」學說中的重要組成機制「時間、空間秩序的劃分」、「生勝關係的發展」兩面向。以下由傳世經典文獻的載記出發，探究五行體系的思維模式整合，由五材觀的發展、方位與季節的配對、干支與五行的結合三方面探究。

（一）五材觀的發展

承上述，《尚書·洪範》中「五行」（五材）指生活中不可缺少的五種物質材料。春秋時期的經典記載，則著重強化五材的「功能」屬性論述。《國語·周語下》：「天六地五，數之常也，經之以天，緯之以地，經緯不爽，文之象也。」又《國語·魯語》云：「及天之三辰，民所以瞻仰也。及地之五行，所以殖也。」兩條載記中的「五行」皆指地上的五種主要營生物資（五材），除有生成萬物之功，還是構成宇宙萬物的基本元素；「三辰」指日、月、星，象徵天象之規律；「六氣」指陰、陽、風、雨、晦、明，〔註51〕言天地間六種氣象及屬性。「六氣五行」或「三辰五行」，將地上五行與在天之三辰、六氣合說，是春秋時人所勾勒的天地對應圖式，似已顯現後世五行說神秘意味，並隱現以五為據的分類雛型。

（二）時空座標的形成：季節與方位的聯繫

「五行」生剋關係的屬性規律，即是從物質量化轉換到形上義理的關隘節點。《左傳·昭公十一年》：「譬之如天其有五材，而將用之，力盡而敝之，是以無拯，不可沒振。」杜預注云：「金、木、水、火、土五者為物，用久則必有敝

有病，因是對肺（金）的資生減弱，因為「土生金」，所以有些罹患脾胃病、消化功能不佳的人，也易得肺病或呼吸道病症，此便是「五行生剋」的理論應用。

〔註50〕 以下僅稍舉隅。蔡璧名碩士論文《五行系統中的色彩──試論色彩因何存在於系統化五行說中》（臺北：國立臺灣師範大學國文系，1992 年），將五行與色彩的搭配做系統化探勘。彭華博士論文《陰陽五行研究（先秦篇）》（上海：華東師範大學，2004 年）則對先秦典籍中的陰陽及五行思想的起源及發展做了詳盡的探查詮釋，列出五帝與五行、干支與五行、五色與五行等分論五行圖示。寶福志碩士論文《先秦文獻中的陰陽五行思想研究》（濟南：山東師範大學，2010 年），則論列五神、五色、五蟲配合五行。

〔註51〕 《左傳·昭公元年》：六氣曰陰陽風雨晦明。頁 1307。

盡，盡則棄捐，故言無拯。」指出金、木、水、火、土五物的資源有限，一旦用盡必須捨棄，無法拯救。此中的五物仍然指原始的物質「五材」，但值得注意的是，杜預提到「力盡」的捨棄標準，一旦「力盡」，即被捨棄為他者所取代。然而，先民觀察日常生活可見的事物道理即可發現，「金、木、水、火、土」五材，即使在此處「力盡」，仍然會在他處「再發現」，形成「循環往復」模式。比方鑽木取火、火盡成灰（土）、土中產金、金熔為水、水潤生木，五者之間存在相互生成的關係，儼然「五行相生」之論。而此種關係，如在一年歲月輪替中取喻，當可比附為「四時循環」。

遠古渾沌未分的曖昧時期，先民存在之氛圍由下列元素構成：日、月、星三光秩序運行、一年不同季節所吹拂的風向定位，以及每日生活其間的大地之基本辨識。其中天體秩序與方位的關係至為密切，天體秩序是方位（空間）成立的前提，也是一切秩序的本體。一旦天體秩序形成，定格了空間，時間（四季）也就從而確定，作為基本存在因素的風向帶來的訊息也就明朗化了。四方風從甲骨文到《尚書・堯典》，記載綿延不斷，可見「定位」之重要。〔註52〕

《鶡冠子・環流》云：「斗柄東指，天下皆春；斗柄南指，天下皆夏；斗柄西指，天下皆秋；斗柄北指，天下皆冬。」〔註53〕指出方位（空間）與四季（時間）座標依循天體秩序而定位。四時季風因著大陸地形，固定是東風配春、南風配夏、西風配秋、北風配冬。若再進一步將季風與四季物候變化合觀，則可發現，春天時東風吹拂，草木生機旺盛；夏季南風酷熱難當；秋天西風起草木凋零；冬季北方寒風則不可久耐。此來，春夏秋冬四季，皆有可與木火金水四者相應比附之依據；五材與方位，透過季節（時間）的觀念相互聯繫，成為後世陰陽家言「五行相生」前奏。

但是，此由春夏秋冬所衍生成木火金水序列，因為缺乏「土」，所以並不算是完整的五行相生序。雖然，早在殷商時期人們即習慣把自己所在地域稱為「中商」，與「土」並列。〔註54〕甲骨文中也有聯合四方風雨，與東南西北中空間方

〔註52〕楊儒賓：〈五行原論與原物理〉，頁93。
〔註53〕宋・陸佃注：《鶡冠子》（臺北：臺灣商務印書館，1968年），頁21。
〔註54〕龐樸：《當代學者自選文庫：龐朴卷》（合肥：安徽教育出版社，1999年），頁243。
書中提到：「『五行』體系最早是從五方開始的，殷商人在甲骨文中，以自我為中心，自稱中商，並多次提到四方或東土南土西土北土；中商加四方，是為五方。」

向考察的記載，顯示欲用五方概念總括空間整體的意圖。但是，四時與五行結合所形成的配屬歸分系統，仍要等到秦漢之際《呂氏春秋》才見完備（詳後引論）。

（三）生勝理論的發展：干支與五行的結合

五行相生之理，應是先民長時間觀察日常生活經驗所歸結的事理原則；相勝之理亦同，木冒土而出，水來土淹，熄火以水，以火鑠金，伐木以金，這些尋常日用之事，都是簡易可證知的五行相勝之理，或是五行相勝說的原型。

尋繹典籍中的五行相勝理論，有學者考察《尚書·洪範》的「水火木金土」序列，以其中無相生、相勝痕跡，認為商末周初尚無五行生勝之說，直至春秋戰國時期，五行相勝說才登上歷史舞臺。《左傳·文公七年》：「（郤缺曰）六府三事，為之九功。水、火、金、木、土、穀，謂之六府；正德、利用、厚生，謂之三事。」〔註55〕郤缺說的「水火金木土」是相勝序，〔註56〕開五行相勝說先河。

《左傳·昭公三十一年》：「入郢必以庚辰，日月在辰尾，庚午之日，日始有謫。火勝金，故弗克。」〔註57〕文中除了載記相勝說，還隱含干支配五方之意。寫趙簡子因做夢後遇日蝕，請見史墨占吉凶，史墨預言六年後吳軍將入郢，但因「火勝金，故弗克」午為地支屬火，庚於天干屬金，楚位於南方屬火，火勝金，故吳不能攻克楚。杜預注：「午，南方，楚之位也。午，火；庚，金也。……火勝金，金為火妃。」金為火妃，故火可支配金，與後世五行相勝說吻合。

《左傳·哀公九年》史墨則將地支配五方：「晉趙鞅卜救鄭，遇水適火，占諸史趙、史墨、史龜，……史墨曰：『盈，水名也；子，水位也，名位敵不可干也。炎帝為火師，姜姓其後也。水勝火，伐姜則可。』」〔註58〕晉國趙鞅為救鄭而卜，遇水適火，史墨說：「水剋火，伐姜則可。」子是水的方位，宋處於水位，晉國與宋國名稱方位相當，不能觸犯，但齊為炎帝之後代，處火位，水可以滅火，出兵討伐齊國可也，說明當時已有五行循環相剋思想。

〔註55〕《左傳·文公七年》，頁 562。
〔註56〕參見彭華：《陰陽五行研究（先秦篇）》，頁 81。
〔註57〕《左傳·昭公三十一年》，頁 1721。
〔註58〕《左傳·哀公九年》，頁 1900～1901。

　　此外，丁山、龐樸指出〔註59〕春秋時人喜用天干取名、字，其中包含五行相生、相勝的邏輯關係。早在清代王引之（1766～1834）《經義述聞·春秋名字解詁》中，列舉春秋時人名：秦白石丙、鄭石癸甲父、楚公子壬夫子辛、衛下戊丁、鄭印癸子柳等五例，說明其中含有木生火、水生木、金生水、火生土、金生水的相生義。〔註60〕（少了土生金）此中名、字的配搭，雖然多為五行相生概念，但可得知春秋時人由名取字時，會採用干支與五行的配對。〔註61〕龐樸〈陰陽五行探源〉一文補充說，春秋人名、字除了取相生義，也有取義相勝者。如：楚公子午、字子庚（見《左傳》襄公十八年）。王引之認為是取「吉日庚午」之典。徵諸前引史墨占夢詞（《左傳·昭公三十一年》），庚午為火勝金；蓋庚於天干屬金，午於地支屬火，名午字庚，火勝金也。〔註62〕

　　職是之故，藉由典籍中興兵攻伐之載記，以及古人名、字的相輔與相對之對應關係，一方面，點出春秋戰國時期時人已具有五行間生、剋關係的觀念；另一方面則可見干支與木、火、土、金、水之間的配對雛形。五行間生、勝關係較完整的論述，是鄒衍的「五德終始說」；五行配列的完整系統圖示則展現在《呂氏春秋》十二紀，這兩點將在後面的章節論述。

三、五行觀念的來歷與起源

　　關於「五行」起源的各種說法雖分歧，但諸家一致皆本「五」數〔註63〕而立說。〔註64〕綜觀歷代學者對於五行觀念的來歷與起源論述，可概括為四種觀點：

〔註59〕丁山：《中國古代宗教與神話考》（上海：上海文藝出版社，1988年），頁121。作者認為：王引之舉例足証「五行相生」之說，必然盛行於春秋之世了。龐樸：〈先秦五行說之嬗變〉，收入《糧莠集——中國文化與哲學論集》（上海：上海人民出版社，1998年），頁457。論者指出，尚無足以推翻王說的反證出現，所以王引之舉例「是應該成立的」。

〔註60〕王引之：〈春秋名字解詁〉，收入《經義述聞》（濟南：山東友誼書社，1990年9月），第3冊，卷二十三，頁21～22。

〔註61〕井上聰認為干支中存在陰陽觀念，故《左傳》之載記可視為陰陽與五行的合流之象。井上聰：《先秦陰陽五行》（湖北：湖北教育出版社，1997年7月），頁33～68。

〔註62〕龐樸：〈陰陽五行探源〉，收入《糧莠集——中國文化與哲學論集》（上海：上海人民出版社，1998年），頁366～367。

〔註63〕關於「五」數字的溯源及演變，學者論述眾多，或從人的生理結構立論，或從感性認識世界的方式立論，或從理性認識世界的方式立論等，不一而足。然而，此課題非本文重點，在此不做更多探討。相關請見邢玉瑞：《黃帝內經理論與方法論》，頁120～124。

〔註64〕范文瀾《與顧頡剛論五行說的起源》、郭沫若《甲骨文字研究·釋十五》、齊思和《五

五方說、五季說、五星說、五材說，〔註65〕但就結果論來看，成熟的陰陽五行系統學說涵括五方、五季、五星、五材等元素，可以推知五行學說應非源起於單一思想來源。〔註66〕由於相關的研究學術成果甚多，這裡並不預備重新蠡測上述說法是否可能為五行觀念的起源，而是力求本文章節間文脈的貫通，並符應論題的陰陽五行詞源研究，擬從文字學層面入手，分析甲、金文載記中「行」字義，再由傳世字書說解及經典文獻的記載探討「五行」詞義的轉變，以追溯其可能的來歷與思想源頭。

欲知「五行」得先論「行」字，行字明則五行明。鄭吉雄等人合著〈先秦『行』字字義的原始與變遷──兼論『五行』〉〔註67〕文中從字形、語音、語法、思想內容四方面考察先秦經典中「行」字義，撮其要如下。

字形方面，甲骨文中「行」字形作「𧗟」（《合》26210），象四達之衢，表達的是「道路」，由是產生「行走」、「德行」等義。語音方面，「五行」讀為二等韻平聲，指金、木、水、火、土五種元素、物質和力量；讀為二等韻去聲則指仁、義、禮、智五種道德行為。語法方面，以類比關係來考察「行」字的行走、運行、實踐、德性義，則「行走」義是「運行」和「實踐」義的共同來源；「實

行說之起源》等文都認為 10、5 常數觀念源於人之「手指數」，五行觀念的產生與人類最初用手指記數有關。李維‧布留爾《原始思維》論列許多原始民族的記數方法，說明史前初民往往借助自己身體的某些部位作為記數單位，「數」的名稱也就是身體各部位的名稱，不是數詞，如五以內的數都與手有關。見（法）李維‧布留爾著、丁由譯：《原始思維》（北京：商務印書館，1981 年），頁 179～187、200～219。此外，岑仲勉〈五行起自何時〉文中統計《尚書》、《左傳》中出現的七十九個以「五」為稱的名詞，稱為「強五」觀念。見岑仲勉：《兩周文史論叢》（上海：商務印書館，1958 年），頁 280～281。

〔註65〕邢玉瑞：《黃帝內經理論與方法論》，頁 120。另外，林桂榛提出五行源自古歷法說，指出「五行」與「五材」為兩種概念，宜分論之。原始五行說指歷數一、二、三、四、五之五時，起源於十、五以分周天一歲（取整數 360 日）的十月制古歷法，與陰陽、四時、八正等概念同屬於天文天象學；而金、木、水、火、土是原始「五材」說的內涵，為樸素的物質構成論；鄒衍為彰顯「五德終始說」說，把人間五德比附天道五行說，將兩說混同為一。見林桂榛：〈「五行」本為歷數概念詳證〉，《哲學與文化》，第 43 卷第 11 期，2016 年 11 月，頁 171～193。

〔註66〕劉長林〈中國系統思維的三種模式〉，提出「階段說」。作者認為，五行學說由：四時說、五方說、五材說依序發展而成。此說雖然自有其理，但是，「思想體系」的發展原就匯聚眾流，此中元素在發展過程中何時加入不可得知，無法截斷眾流，遽分前後。見劉著：〈中國系統思維的三種模式〉，收入楊儒賓、黃俊傑編《中國古代思維方式探索》（臺北：正中書局，1996 年 11 月），頁 328。

〔註67〕鄭吉雄、楊秀芳、朱歧祥、劉承慧：〈先秦『行』字字義的原始與變遷──兼論『五行』〉，頁 89～127。

踐」與「德性」義的出現時間，早於運行、軌跡、規律義。思想內容方面，指出「行」在《易》、《詩》、《書》等先秦經典中有行走、道路、行為、德性、行列、軌跡等義，其中行走和道路之「行」都含有運動發展之義；道路、行為和德性之「行」都涉及對與錯的價值判斷。〔註68〕

揆諸上揭文結論有五：（一）由「行」之意義群，顯示此一語言運用非常成熟，難以將「行」字各種意義發展的先後年代排列出來。（二）《郭店・五行》將「仁、義、禮、智、聖」稱為「五行」，陰陽家將「金、木、水、火、土」稱為「五德」，尤其顯示「行」與「德」二字關係密切，「行」字可謂反映中國人文思想理性的源頭。（三）「行」字本身即有「行走」、「運行」的運動發展之義，〈洪範〉和《郭店・五行》以此為基礎，一方面汲取《易經》陰陽往來、循環往復思想，而發展出「五福」、「五事」、「時行」等時間發展與節奏遞換涵義；另一方面開顯「五行」的人文義〔註69〕與自然義。〔註70〕其後，陰陽家更進一步立基於「行」字運動、發展義上，發展出「五德終始」一類講「五行相生相克」的循環思想。（四）〈洪範〉和《郭店・五行》「五行」，講述的五種力量並不是對等均衡的，前四者屬同一層次，「土、聖」屬於另一層次。（五）過去思想史學者對「五行」嚴厲的批評，〔註71〕主要是忽略了「行」字義的原始與變遷，因而也忽視了「五行」此一觀念的複雜性。〔註72〕

總上所述，無論由思想史角度或是從文字、語義的原初本義探究「五行」的來歷與起源，均無法得到客觀的結論。因為，思想史學者所提出的五行說起

〔註68〕正確的道路可以引導人達到目的地，合理的行為則可以令君子建德立義。

〔註69〕《郭店・五行》「仁義禮智聖」開顯「五行」人文義。「仁義禮智聖」是天所賦予的德性內在也是外在行為的依據，以「聖」為最高準則，同時強調各種「行」的動態調和。「仁義禮智聖」各種「德」並非一成不變占有某種位置或比重，而應須配合自然人事情境的變易，主導出某種特殊的價值和效用，強調「時行」思想，此說明顯往人事而非自然義傾斜。同註66，頁112～116。

〔註70〕鄭吉雄等合著：〈先秦『行』字字義的原始與變遷——兼論『五行』〉，頁117。論者認為《尚書・洪範》「五行」綰合了自然與人文義，自然一端突顯「水火木金土」，人文一端則強調五事「肅乂哲謀聖」，再而強調節奏性遞換「時」的重要，引申「庶徵」之「雨暘燠寒風」庶徵對「休徵」與「咎徵」的分判，關鍵在於「時」與「恆」概念，前者為美善之證，後者為罪咎之徵，突顯循環節奏的力量，這與「行」字本身具有運動涵義，有直接的關係。

〔註71〕徐復觀曾臚列二十世紀初年以降「五行」觀念的討論，可供參考。見徐著：〈陰陽五行及其有關文獻的研究〉，頁509。

〔註72〕鄭吉雄等合著：〈先秦『行』字字義的原始與變遷——兼論『五行』〉，頁121。

源理論，是根據現代人的邏輯思維來推論，今人無由得知遠古先民的思維理路，以今推古難以究實；而鄭文雄等人則是根據語言與文字的原初本義而論，認為以「行」字義意義群的使用成熟，難以論定「行」字各種意義發展的先後順序。留待更多資料文獻出現，才能重新釐定此問題。

第三節　陰陽、五行思想的合流

　　陰陽與五行何時合流？司馬遷（前 145～前 86）認為早在黃帝時代已合流，《史記‧曆書》：「黃帝考定星曆，建立五行，起消息。」〔註73〕「消息」指陰陽此消彼長的運作狀況，結合陰陽、五行為一，用以詮釋自然現象；這樣的推斷可信度不高。因為從傳世經、子文獻的展現狀況以及思想內涵結構的層面看來，陰陽、五行的結合，不可能早於春秋時期，以戰國較為可能。〔註74〕

　　如上節談到，傳世經、子文獻中，《尚書》只載「五行」，不涉「陰陽」；《易傳》只推衍「陰陽」，不及「五行」，而春秋時期的《國語》、《左傳》的記載雖已論及「陰陽」、「五行」，卻仍是各自表述，不相結合。可見，陰陽、五行說合流的時間上限不可能早於春秋時代。再從內涵結構層面觀之，陰陽、五行原本面貌素樸，直至戰國時期，〔註75〕兩者結合後才推衍出串聯一切天人事物的制式配屬系統。

　　近代有學者指出，〔註76〕是鄒衍將陰陽、五行兩說結合鎔鑄成「系統理

〔註73〕漢‧司馬遷撰、宋‧裴駰集解、唐‧司馬貞索隱、唐‧張守節正義：《史記》，收入楊家駱主編《中國學術類編‧新校本二十五史》（臺北：鼎文書局，1975 年），頁497。以下徵引《史記》文句，悉據此書，不另詳註。

〔註74〕陳師麗桂：〈從循環、代勝到主從、尊卑──戰國、秦、漢陰陽五行說的源起與演變〉，《哲學與文化》，第 42 卷第 10 期，2015 年 10 月，頁 5。

〔註75〕楊儒賓認為兩者的結合時間應在「戰國時期」。雖然刊載「陰陽」、「五行」之說最豐富的陰陽家文獻已接近完全毀滅，探討兩組文獻分合的時間很難斷準，但陰陽家以「陰陽」名家，其核心理論又在「五德終始說」，很難相信此家沒有整合過這兩組概念。楊著：〈五行物論與原物理〉，頁 88。

〔註76〕梁啟超、王夢鷗、李漢三都認為是鄒衍將陰陽、五行兩說合而為一。梁啟超指出，陰陽、五行結合的時間上限不可能早於春秋戰國；並以鄒衍為陰陽與五行合流的第一位代表人物。梁啟超：〈陰陽五行說之來歷〉，頁 343。王夢鷗認為：「鄒衍之最大的創說，是把古已有之「陰陽」與「五行」兩種觀念合而為一，使它成為宇宙諸現象的原動力。」見氏著：《鄒衍遺說考》（臺北：臺灣商務印書館，1966 年 1 月），頁 56。李漢三說：「鄒衍之學鎔鑄陰陽五行兩說於一爐。」李漢三：《先秦兩漢之陰陽五行學說》（臺北：鐘鼎文化出版公司，1967 年 5 月），頁 52。

論」〔註77〕。陰陽、五行思想淵遠流長，自古已有，鄒衍乃加以整理統合、闡釋更化為解釋宇宙組織秩序和運動變化的模式與系統。此後，經戰國以降學者的努力，秦漢時期陰陽五行思想又更進一步的摻透融合，在《呂氏春秋》十二紀、《禮記·月令》等書中有豐富多元的展演，成為時人思想的預設與前提；再後來，它成為任何知識叩問的現成答案，根脈擴散滲透到文化、學術的血脈之中。

　　陰陽思維是「二」的概念，說明對立事物、現象的相互消長、依存、轉化的關係；五行思維以「五」為基數，講論事物、現象的五行屬性歸類及勝負屈申、生剋承伍的關係。從數理的角度來說，「陰陽」與「五行」在本質上並不相涵攝，兩者究竟如何匯通？以下先扼要簡述鄒衍、《管子》、《呂氏春秋》十二紀之理論觀點，接著再歸結陰陽五行系統的釋物秩序刻劃與匯通。

一、陰陽、五行的合論：鄒衍

　　關於鄒衍學說理論，相關學術研究成果甚多，本節不預備詳述鄒衍的學說，而是聚焦在探究其內涵與陰陽、五行「系統理論」之關聯。有關鄒衍的著作，《史記·孟荀列傳》記載鄒衍有「大九州說」。《漢書·藝文志》載〈鄒衍〉四十九篇、〈鄒衍始終〉五十六篇，如今已失傳，從典籍文獻中相關記載中歸納其學說，略可分成地理（大九州說）、歷史（五德終始說）二部分。

　　就闊大無止境的地理（空間），鄒衍提出「大九州說」：

> 先列中國名山大川，通谷禽獸，水土所殖，物類所珍，因而推之，
> 及海外人之所不能睹。……以為儒者所謂中國者，於天下乃八十一
> 分居其一分耳。中國名曰赤縣神州。赤縣神州內自有九州，禹之序
> 九州是也，不得為州數。中國外如赤縣神州者九，乃所謂九州也。
> 於是有裨海環之，人民禽獸莫能相通者，如一區中者，乃為一州。
> 如此者九，乃有大瀛海環其外，天地之際焉。〔註78〕

〔註77〕「系統」指的是一組具有相互關聯及彼此間相互依賴之集合，同時，這些關聯性及依賴性使該集合形成一個複合的統一體（a complex unity）。「系統理論」，指某些知識領域的原則、觀念或陳述彼此之間相互關聯，藉此原則把有關知識統一起來，成為一有組織的體系，即為「系統理論」。見鄺芷人：《陰陽五行及其體系》（臺北：文津出版社，1998 年），頁 413～425。

〔註78〕漢·司馬遷撰：《史記》，頁 380。

他以推導的思路及經驗的放大，來理解空間「先驗小物，推而大之，至於無垠。」先列舉近身熟知的中國地理方土、禽獸動物，由經驗的事實推導未經驗的未知世界，根據中國的山川名物演繹海外奇聞「及海外人之所不能睹」。將傳統九州說，推而廣之，擴充為九個「九州」，再將這九個九州擴充放大為八十一個九州，構成閎大無垠的空間。

就「窈冥」難推起源的歷史（時間）言，鄒衍提出「五德終始說」，採用五行相剋的觀點，解釋歷史的興衰與朝代榮衰，詳見前一節，此不贅述。則五行「相勝」義在「五德終始」說有明確的表述，但是，究實「五德終始」的兩面解釋，實涵括五行生、勝義。

鄒衍「四時改火」遺說，論說五行「相生」觀點更加明確。《周禮·夏官·司馬》：「司爟：掌行火之政令，四時變國火，以救時疾。」鄭玄注：「鄭司農說以《鄹子》（鄒子）曰：『春取榆柳之火，夏取棗杏之火，季夏取桑柘之火，秋取柞楢之火，冬取槐檀之火。』」〔註79〕隨季節變換，燃燒不同樹種木柴，目的是預防時疫。四時改火說一方面推導出「五行相生」序列；〔註80〕另一方面，已加上季夏配於「中」以配五行之說，〔註81〕以後的陰陽家將「土」安列於「季夏」，此處已開端緒。有論者延展深究四時改火說，認為是「人與天調」君主順應天道的舉措，為實現四時教令與萬物服色的政治哲學。

歸納鄒衍遺說大要有二：順乎自然者，是王者體天之時依「五德相生」原理設計的行政綱領；起於人事者，是帝王受命的「五德相勝」制度。王夢鷗指出，陰陽運化是生、勝之道的基礎，依陰陽消息運行之理，無論五行（德）相生或相勝之道，皆內涵「消」、「息」的循環；相生、相勝都立基「陰陽消

〔註79〕漢·鄭玄注，唐·賈公彥疏：《周禮注疏》，收入李學勤主編《十三經注疏整理本》，（臺北：臺灣古籍出版社有限公司，2001年），第13冊，頁935～936。以下徵引《周禮注疏》文句，悉據此書，不另詳註。

〔註80〕《論語集解義疏》：「鑽燧改火，期可已矣。」皇侃疏：「改火之木隨五行之色而變也。榆柳色青，春是木，木色青，故春用榆柳也。棗杏色赤，夏是火，火色赤，故夏用棗杏也。桑柘色黃，季夏是土，土色黃，故季夏用桑柘也。柞楢色白，秋是金，金色白，故秋用柞楢也。槐檀色黑，冬是水，水色黑，故冬用槐檀也。」魏·何晏集解，梁·皇侃疏：《論語集解義疏》（臺北：臺灣商務印書館（叢書初編集成本），1966年），頁251。

〔註81〕侯外廬：「（鄒衍）這一見解與《呂氏春秋》的十二紀一樣，是五行相生的序列，既是加季夏與四之『中』以配五行的。」見侯著：《中國思想通史》（北京：人民出版社，2000年），頁650。

息」之上轉相衍繹，唯著重層面不同，鄒衍學說結構本就涵攝相生與相勝。
〔註82〕

　　總合上述，鄒衍學說主體是空間（大九州說）與時間（五德終始說）二維
度撐開的宇宙，其中「陰、陽消息判為四時列為五行」以陰、陽為原動力，消、
息兩種機制帶來「四季」變化，五行在空間上、時序上與之相配屬，萬物便在
五行並列的宇宙中生滅遷化。一方面，將自古已有的「陰陽」與「五行」兩種
觀念合而論之，成為宇宙諸現象的原動力；另一方面，生、剋說的歷史哲學論
奠基陰陽五行「系統」學說。可惜鄒衍著作亡佚散失，無由得知兩者結合後的
詳細內容，但其部分理論或保留於《管子》、《呂氏春秋》的學說理論中。

二、四時、五行的早期交融：《管子》

　　成熟的陰陽五行系統學說，將「四時」視為「陰陽」運化在時間上的展現，
五行便以氣化的樣態在空間上、時序上與之相配屬。可見，四時與五行的配屬
即陰陽、五行合流的顯影，也是陰陽五行大系基本的組織秩序之一。然而，「四」
時與「五」行的配屬歸分，存在四與五基數不同，必須調整磨合的數理邏輯問
題。在與鄒衍同時或稍後的戰國時代著作《管子・四時》中提出解決之道：「中
央曰土，土德實輔四時，入出，以風雨節土益力，土生皮肌膚。其德和平用均，
中正無私，實輔四時。春嬴育，夏養長，秋聚收，冬閉藏。」〔註83〕將中央土德
定位為「輔四時入出」，置於夏秋之間，但並沒有劃出具體的時日與之相配，土
德融於四時之中，可知此時陰陽、五行的結合，尚在磨合階段。

　　在次篇〈五行〉中則言「五行御五時」，以五行相生序列各主七十二日，如
此，一年共三百六十日。〈五行〉說：

> 日至睹甲子，木行御……，春辟勿時……，七十二日而畢。
>
> 日至睹丙子，火行御……，天無疾風，草木發奮……，七十二日而畢。
>
> 日至睹戊子，土行御……，五谷繁實秀大……，七十二日而畢。

〔註82〕王夢鷗：《鄒衍遺說考》，頁56。另外，同書頁51，作者指出，鄒衍以「類推法」
　　　論五德終始，包括自下而上（先序今以上至黃帝）與自上而下（天地剖判以來）的
　　　兩種解說，推論鄒衍的五德終始含有相生相勝的矛盾律。
〔註83〕周人撰，黎翔鳳校注：《管子校注》（北京：中華書局，2009年3月），頁847。以
　　　下徵引《管子》文句，悉依此書，不另詳註。

　　日至睹庚子，金行御⋯⋯，涼風至，白露下⋯⋯，七十二日而畢。

　　日至睹壬子，水行御⋯⋯，天地閉藏⋯⋯，七十二日而畢。〔註84〕

文中干支與五行配列模式整齊，木、火、土、金、水相生的順序與甲子配木，
丙子配火，戊子配土，庚子配金，壬子配水的搭屬，以及每一行運行七十二日
的週期齊整。「五行御五時」一方面完整五行間「相生」的關係，另一方面則
依木、火、土、金、水相生之次第將物候徵兆勾勒於其間，整併歸納萬物生長
的律則在五行相生框架裡。較之〈四時〉以五行對應四季的不勻稱，〈五行〉
篇七十二日的週期與五行配合無間。五行學說的形式要素至此燦然大備，其多
元義涵在《呂氏春秋》十二紀、《淮南子‧時則》等篇中有豐博而精巧的展演。

三、嚴謹的天人搭配軌式：《呂氏春秋》

　　傳承至今且學說理論大體具在的五行配列系統，有《呂氏春秋》十二紀、
《禮記‧月令》和《淮南子‧時則訓》三種。〔註85〕這三種月令〔註86〕文字，大
同小異。於五德轉移、干支配列與每月政令的安排上，大體相同；小異則各篇
用字略有不同。其中《禮記‧月令》遺漏的文句最多，〔註87〕而以《呂氏春秋》
十二紀各卷的首篇為最完整，故本節以之為本，探究其中嚴謹的天人搭配軌式。

　　《呂氏春秋》中，宇宙萬物被描繪成一個井然有序、互相聯繫的系統，十
二季是維繫系統平衡的行政綱領，規劃嚴整的天人合一施政藍圖。其中以時間
為經緯，四時圜道為刻度，將春、夏、秋、冬各分「孟」、「仲」、「季」三紀，
一年共十二紀；每紀有論文五篇，共六十篇論文。每紀第一篇即當月「月令」，

〔註84〕周人撰，黎翔鳳校注：《管子校注》，869～880。

〔註85〕劉長林：〈中國系統思維的三種模式〉，收入楊儒賓、黃俊傑編《中國古代思維方式
探索》（臺北：正中書局，1996年11月），頁328。作者認為，現存的史料中標誌
五行學說成熟的主要文獻有〈月令〉、《淮南子‧時則訓》、《呂氏春秋》〈十二紀〉。
除個別地方與〈月令〉稍有不同外，可謂完全一樣。此外，《管子》之〈四時〉、〈五
行〉、《淮南子‧天文訓》等也是五行的成熟著作。鄺芷人也說，《淮南子‧時則訓》
與《禮記‧月令》及《呂氏春秋》十二紀首篇同一根源，可能同是抄錄自鄒衍的著
作。見鄺著：《陰陽五行及其體系》，頁45。

〔註86〕古時的「月令」文字，記錄農曆（夏曆）一年四季的時令物候、行政措施和相關事
物，為王者的施政藍圖。丁原植：〈月令架構與古代天文的哲學思索〉，《先漢兩漢
學術》，第一期，2004，頁79～88。

〔註87〕王夢鷗：《鄒衍遺說考》，頁77。同書頁77～78，詳論《呂氏春秋》十二紀、《禮記‧
月令》和《淮南子‧時則訓》三者差異，可參看。

記述當月的季節、天文、星象、干支、帝神、物候、音律、臭味、祭祀、政令、忌避、災眚等。為便於觀覽，將上述內容表列如下：

表 2-1：《呂氏春秋·十二紀》五行系統表

季節	孟春	仲春	季春	孟夏	仲夏	季夏	孟秋	仲秋	季秋	孟冬	仲冬	季冬
日	營室	奎	胃	畢	東井	柳	翼	角	房	尾	斗	婺女
昏星	參	弧	七星	翼	亢	心	斗	牽牛	虛	危	東壁	婁
旦星	尾	建星	牽牛	婺女	危	奎	畢	觜嶲	柳	七星	軫	氐
天干	甲乙			丙丁		戊己	庚辛			壬癸		
五帝	太皞			炎帝		黃帝	少皞			顓頊		
五神	句芒			祝融		后土	蓐收			玄冥		
五蟲	鱗			羽		倮	毛			介		
五音	角			徵		宮	商			羽		
十二律	太蔟	夾鐘	姑洗	仲呂	蕤賓	林鐘	夷則	南呂	無射	應鐘	黃鐘	大呂
數	八			七			九			六		
味	酸			苦			辛			鹹		
臭	羶			焦			腥			朽		
祀	戶			竈			門			行		
祭	脾			肺			肝			腎		
服色	青			赤		黃	白			玄		
食	黍、彘			麻、犬			菽、雞			麥、羊		
器	疏、達			高、觕			廉、深			宏、奄		
方位			北			西			南			東
盛德			水			金			火			木
物候、政事、災眚三項目：文繁省略												

從表列可知，《呂氏春秋》十二紀以二十八星宿為坐標，觀察太陽運行，記錄每月星宿位置之變化；又依季節特點，描述天地之氣的運化，以及動植物生長過程，顯示其五行系統的天、地、人政已穩定成熟。其陰陽消長狀況，則見於物候之表述。如：仲夏紀「小暑至，螳蜋生，鵙始鳴，反舌無聲」，高誘注：「陰作於下，陽發於上」；仲秋「殺氣浸盛，陽氣日衰。……白露降三旬。」顯示陽消陰長的天候；仲冬「冰益壯，地始坼」，則陰氣盛極，萬物蟄伏不生；季冬「雁北鄉，鵲始巢，雉雊雞乳。」陰極而陽甦，生機萌動。

此外，《呂氏春秋》則將「土」德確定位置，解決「四」的倍數與「五」行搭配的問題。十二紀將「土」安排在季夏，並確定天干為「戊己」，配「帝」為「黃帝」，「神」為「后土」，「顏色」為「黃」，解決了《管子‧五行》以四時配合五行的扞格難通，以及虛空「戊己」的不穩定。此後，《淮南子‧時則》、董仲舒皆承續「季夏」配「土」、戊己、黃色的規則。然而，就平衡度而言，這樣的搭配不夠均衡，《禮記‧月令》則在四季之外增列「中央」配「土」，天干配以「戊己」。換言之，它在季夏與孟秋之間加了「中央土，其日戊己」，以完整五行的時空配當，整體來說《禮記‧月令》體系較為均衡穩當。

上述各文獻基本是將天、人元素，納入陰陽五行的模式中，架構一套順天應人「因陰陽之大順」，天人和諧共榮的政治運作軌式；這個軌式以一年十二個月為週期，記錄農業社會對天象、物候的理解與掌握，其中陰陽輪替消長，五行各有所主地循環相生。

四、陰陽、五行的匯通與釋物理論

陰陽、五行的匯通，一方面與之各自的本質及內在轉化有密切的關係；另一方面則以「四時」為橋樑，溝通兩者。

「四時」匯通陰陽、五行。陰陽以其消、息動力推動四時變化，四季再與五行配屬歸分，建構天人宇宙系統。再進一步說，四季的流轉是「時間」的表現，體現客觀事物變化的過程；五方符應時節之遞嬗即是「空間」的展開，為萬物遷化之場所。時間、空間相互涵攝，空間中的萬物在時間的遞嬗裡變動，依五行配屬彼此聯繫而生剋制化，宇宙的生機也便以此律動勃發。究中，陰、陽如何推動「四時」之大化運轉，與內在深層質變轉化為「氣論」息息相關。

本章第一節談到，早在先秦老、莊時代，就用「氣」來解釋人與宇宙自然之聯繫；《左傳》、《國語》中，陰、陽兩氣表現為自然界中兩股對立交流的勢力，用以解釋萬殊之變化；到了漢代，「氣」概念有更進一步的發展，董仲舒《春秋繁露‧五行相生》：「天地之間，合而為一，分為陰陽，判為四時，列為五行。」〔註88〕〈五行對〉：「天有五行，木火土金水是也。……水為冬，金為秋，土為季夏，火為夏，木為春。春主生，夏主長，季夏主養，秋主收，冬主藏。」董

─────────────

〔註88〕漢‧董仲舒：《春秋繁露》（臺北：中國子學名著集成編印基金會印行，1978年），頁324。本文徵引《春秋繁露》文句，悉依此書，不另標出。

仲舒（前 176～前 104）認為宇宙中最根本者為天地、陰陽、五行，而陰陽、五行皆是「氣」。

陰陽化氣的時間漫長、過程繁複，但聯想與理解上並不困難。陰、陽原初即是抽象概念，轉相衍繹出消長、對立的形上義理，再經過內在轉化質變化而為「氣」。然而，五行如何化「氣」？又如何與陰陽二氣結合？

原本，「五行」觀念只指民生日用的五種重要資財，至《尚書‧洪範》雖然深化了對物性的認知與掌握，轉為表述五種質性，但此間並無以之構成宇宙的五種基本元素，且與陰陽觀念甚少相關與合論。至鄒衍將五行提升為「五德終始」論，五德以相勝規律推衍朝代興替之氣運，使「五德」由原來意指五種資財，變而為指宇宙間五種神秘力量之發用，為五行化氣築基。再者，如前一節提到的五行「聖顯」化特質，此特質轉化「五行」的現實物質性為形上義理，無論「物質」或「精神」都在聖之保證下證成自身。五行經此轉身，成為形上義理，後來更以五方之氣的面貌在空間、時序上與陰陽相配。

兩漢時《白虎通》更進一步明指「陰陽」分化出「五行」之氣。〈五行〉具體說明道：「五行之性，或上或下何？火者陽也，尊，故上。水者陰也，卑，故下。木者少陽，金者少陰，有中和之性，故可曲直、從革。土者最大，苞含物，將生者出，將歸者入，不嫌清濁為萬物母。」〔註89〕說明五行之性與陰陽結合，五行究其實即是陰陽。五行思想在氣論哲學的範疇中，被進一步涵括入陰陽學體系之中。〔註90〕

陰陽五行學說經過內在深層結構的轉化形成「氣論」，以「氣」將陰陽、五行、四時統合為一。就「氣」本身而言，「氣」是萬物通而為一的根源與底蘊；但就「氣」的流行與作用而言，則分為陰陽二氣，由陰陽二氣而有四時五行，由四時五行而有長、養、收、藏的生成歷程以及雷、電、風、雨的變化形態。陰陽、五行則是氣化世界的秩序開顯，「萬物」是實然表現。至此，陰陽五行學

〔註89〕漢‧班固撰，清‧陳立疏證，吳則虞點校：《白虎通疏證》（北京：中華書局，2011年），頁 169～170。本文徵引《白虎通》文句，悉依此書，不另標出。

〔註90〕唐君毅：「中國思想中之五行之論，乃由陰陽之觀念開出。」指出陰陽開出五行生剋說，陰陽學說既與五行學說合流，五行學說中也就有了陰陽觀念，陰陽、五行遂成兩套可相互配合的詮釋系統。五行以陰陽「消息」而有生剋循環，五行體系在抽象哲學意義上蘊含了陽與陰的對立與互補，前者表現於五行「相剋」說，後者則表現為五行「相生」說。見唐著：《哲學概論（下）》（臺北：臺灣學生書局，1974 年），頁 727。

說業已發展成空間上服從統一「四時五行」的宇宙節律，時間上依循生、剋關係的動態平衡律則的秩序化循環系統。

結合干支紀年的運算模式後，陰陽五行系統更具規模，〔註91〕「天干」之數十，「地支」之數十二，干支交相配即為「六十甲子」之數，干支紀年與生、勝之道結合為數理運算模式，簡化為單純的運算符號後更易論理與操作，用以演繹天文、曆法、物候等現象變化的合理性，以及推衍掌握抽象「天道」的規律軌跡，此後更大量發展應用在天文、曆法、堪輿、命理、醫學、音律等數術領域上。

第四節　小　結

陰陽、五行原在各自的畛域中發展，義涵素樸。陰陽原初的造字取象記錄「自然現象」，指日、影之明暗兩面，再延伸聯想至氣候及地理現象，南向溫暖明亮，北向昏暗涼爽，賦予陰陽「抽象意義」。其後，古人經由觀察自然界大量對立的事物現象中，進一步認知陰陽為兩種對立能量；更發現一切變化皆起於正反之對立，對立乃變化之所以起，於是認為陰陽乃生物之本，萬物未有之前，陰陽先有。〔註92〕陰陽思維揭示宇宙生命之一體兩面之存在，說明對立現象的消長、依存、轉化之關係，是既對立又統一的辨證思維。

五行概念原單純指涉木、火、土、金、水五種生活材料，後經演變發展，配合五味、五色、五聲後，再進一步，確認此五種元素間存在生、剋循環之作用，可以作為構成宇宙萬物及其現象發生無限變化的基礎，再廣泛應用於自然和人事各方面。緣此，五行思維理論即根據其多重屬性，採用取象類比的方法，將物象、陰陽、數序、四時予以推演歸納，將宇宙間的事物現象歸類在五行之中，以解釋各種事物、現象的對應關係。五行不但是構成宇宙萬物的要素，而且是分類的原則，更是對於萬物生命動態功能及運行關係的規定。

至春秋戰國以下陰陽、五行結合，義涵、性質都有了轉變。從《尚書·洪範》以及《管子·四時》、〈五行〉，呂覽十二紀，《淮南子·時則》中可以觀測其逐漸演化的過程與痕跡。〈洪範〉深化對五行物性的認知與掌握，轉為表述五

〔註91〕鄺芷人：《陰陽五行及其體系》，頁 191。
〔註92〕張岱年：《中國哲學大綱》（臺北：藍燈文化公司，1992 年），頁 91。

種質性，戰國時鄒衍首以五行代勝之理，說王朝政權之轉移。《管子》以下，陰陽、五行逐漸結合；《呂覽》十二紀，則將萬物納入陰陽五行的模式中，架構天人和諧共榮的政治運作軌式。至漢代，陰陽、五行在「氣化」理路中結合，董仲舒以陰陽、五行皆是「氣」，《白虎通》則明指陰陽分化出五行，以氣化論將陰陽、五行統合為一。至此，陰陽五行系統業已發展成空間上服從統一「四時五行」的宇宙節律，時間上依循生、剋關係的動態平衡律則的秩序化循環系統。

　　當然，陰陽、五行系統學說，以「類比原則」將萬事萬物納入其中，為人所詬病的不外乎流於牽強附會與機械化，但其中隱含古人自長期生活中的經驗累積和觀察結果，從而總結出的規律和秩序，是經驗的累積，有其難以抹滅的價值。

第三章　漢代字辭書編纂體例與陰陽五行思想

　　漢代自武帝表彰六經，設立博士學官以來，經學大顯於世。通經是晉身功名利祿之階，也是學人獲得「修齊治平」一整套「內聖外王」的正途，因之，在當時專研一經，或博通群經的經師大儒比比皆是。

　　兩漢的訓詁學〔註1〕是為經學服務的。從方法論的角度看，漢代的經學透過訓釋先秦儒家經典的方式來實現建構。〈說文‧敘〉：「蓋文字者，經藝之本……本立而後道生。」指出文字是經典的根本、王道的基石，根本建立了，道就由此而生了。清代錢大昕（1728～1804）也說：「由文字以通乎語言，由語言以通乎古聖賢之道」。「因文字而得古音，因古音而得古訓，此一貫三之道，亦推一

〔註 1〕吳雁南、秦學頎、李禹階主編：《中國經學史》（臺北：五南圖書出版股份有限公司，2005 年），頁 63～64。論者認為，廣義的訓詁學，包括音韻學和文字學，漢代的訓詁學屬之。狹義的訓詁學只是小學中與音韻、文字相對的學科。「訓詁」一詞，在漢代一般寫作「訓故」或「故訓」，即研習先王之遺典或以先王之遺典傳教後人。漢代訓詁經典的方式有兩大類：隨文釋義和專釋語義的訓詁。前者是主流，名目繁多，舉凡傳、注、章句、箋等都屬這類；後者大致可分為形訓、聲訓、義訓以及歸納經書原則，作為人們行事的準則四種。可知，解釋文字之學的「字書」，解釋詞義的「辭書」，在漢代都視為「訓詁學」的一部份，是為「廣義的訓詁學」。漢代的「小學」則專指「文字學」。清代章炳麟認為「小學」之名不確切，主張改為「語言文字學」。見章著〈論語言文字學〉，《國粹學報》，1906 年。本文使用「訓詁學」，以其合於漢代習用之稱。

合十之道也。」〔註2〕一貫三為「王」，推一知十為「士」，可見漢代士人由「訓詁」通知經義與王道，重經術所以講故訓，使得兩漢訓詁之學至為發達。〔註3〕當然，無論經學或訓詁學的終極目的與主要意義都指向政治方面。漢儒對經典的訓釋，表現為：形訓、聲訓、義訓以及歸納經書原則，作為人們行事的準則等四種形式。〔註4〕顯示兩漢字辭書撰著目的不離解經，是通過說解字義來闡發經書的微言大義。而以當時陰陽五行思想之盛行流佈，論經傳儒之說，則不得不受到陰陽消息之道、五行生剋之理所影響。〔註5〕

有漢一代，陰陽五行思想以「萬斛狂瀾之勢，橫領思想界之全部。」〔註6〕在政治、學術、天文、律歷、醫學各領域都深受傳習熏染，小學類字辭書自不能外。眾所共知，字辭工具書的編纂，應力求客觀審慎。然而，綜覽《說文》、《釋名》等書，卻可發現其中多有字義條例說解背離著書精神，瀰漫雜揉陰陽五行思想。

文字是語言的載體，而語言是文化、歷史以及人的使用方式之下的一種動態產物，順此理解，兩漢小學家在時代思潮與學術空氣的包圍下，於著作中對字義說解進行「闡釋」，融入思想因素，無論有意或無意識，字辭書的內容釋義都滲透鎔鑄了陰陽五行之說。那麼，在這種狀態下，兩漢字典辭書的「編纂形式體例」，是否蘊含陰陽數術色彩，表現了義、法的統一？

本章預備討論陰陽五行思想如何影響兩漢字辭書的編纂形式。第一節概述漢代聲訓的發展。第二節首先簡要概述《爾雅》內容染諸世情，蘊含陰陽五行學說者；其次，探究《爾雅》篇目分類、類中字敘，透顯先人倫後自然與始終

〔註2〕錢大昕：《潛研堂集》（上海：上海古籍出版社，2009年），頁189。

〔註3〕漢代說解文字之風盛行，上至碩學鴻儒，下至俗儒鄙夫，都喜好分析文字，甚至「廷尉說律，至以字斷法」，說明訓詁學在漢代的價值與普及。

〔註4〕吳雁南等合著：《中國經學史》，頁64。文中指出，「形訓」是根據字形結構來解釋字義，如「人言為信」；「聲訓」是用音近音轉的字來解釋字義，如《釋名》：「火，化也……毀也。」；「義訓」則直接對字所表示的內涵作出闡釋或定義，如「克己復禮為仁」；第四種方式是歸納經書原則，作為人們行事的準則，此種情況在《春秋》學特別突出。

〔註5〕清·皮錫瑞撰、周予同注釋：《經學歷史·經學極盛時代》（北京：中華書局，2004年），頁68～69。文中談到漢代經學的天人之學，《詩》有齊詩五際，《書》有伏傳五行，《易》有象數占驗，《禮》有明堂陰陽，《公羊春秋》多言災異，足以證明陰陽五行之學在兩漢影響到經說。

〔註6〕梁啟超：〈陰陽五行說之來歷〉，收入顧頡剛編：《古史辨》（上海：上海古籍出版社，1982年），第5冊，頁353。

相生不息的思想。第三節則從《說文》成書背景談起，再論及「始一終亥」的部首秩序，以及類分排比的字敘規矩。第四節探究《釋名》分類字詞的「法天宗經」、「以人為本」原理原則，與陰陽五行思想的內涵關聯，透過這樣的研析，呈顯兩漢小學家的思維模式與當際學術風氣的互動；以及他們如何在字辭書的纂輯體例中，架構體現自己對陰陽五行思想的理解。

第一節　漢代聲訓發展概述

緒論章說明過，聲訓一途，略依「宣揚思想」與「釋名求源」雙線開展。究實，前者可稱為「義理聲訓」，後者則是「詞源聲訓」。漢代前期，聲訓仍未脫離義理聲訓宣揚教化的呈現形態，直至《說文》，以其具備經學解經與小學字書的特殊性質，方將為思想服務的聲訓，逐漸轉化為詞源聲訓。而漢代聲訓材料主要來源有二：一是典籍正文，一為解經註釋。典籍正文又可分為兩類：一般論著、字典辭書。

本節不擬對漢代聲訓材料，做地毯式的列舉與詳細分論，而是集中討論蘊含陰陽五行思想的「典籍正文」聲訓，如《春秋繁露》、《白虎通》等作品。字典辭書的聲訓發展，則聚焦於論述《說文》、《釋名》兩書的樞紐地位與聲訓特色。首先概述正文聲訓的「一般論著」；其次，探究「字典辭書」中的聲訓，梳理漢代聲訓的發展脈絡；再者，略論緯書以聲訓形式廣採陰陽五行說，以及用拆字法分文析字概況；最後，說明鄭玄《三禮注》、《毛詩箋》將聲訓由「探源」轉化為「釋義」的大要。

一、一般論著

此處一般論著，指董仲舒《春秋繁露》、班固《白虎通》兩書。承襲前代，漢代初期仍未脫離孔子「政者正也」的用意，是以聲訓為手段，宣揚儒家的政治思想。董仲舒如此，班固亦同。

（一）董仲舒《春秋繁露》

董仲舒延續先秦正名主義，以聲訓為方法，透過對封建制度、道德倫理、宗教觀念中的核心詞彙的探源式說解，證說相關名物、制度的「天授」性，指向維護皇權的政治目的。

應如何正名？他認為「名」應該符合客觀事物本身，反映該事物的主要特點。董仲舒正名理論主要見於〈深察名號〉：「受命之君，天意之所予也，故號為天子者，宜視天如父，事天以孝道也；號為諸侯者，宜謹視所候奉之天子也；號為大夫者，宜厚其忠信、敦其禮義，使善大於匹夫之義，足以化也；士者，事也；民者，瞑也。」揭示天子、諸侯、大夫、士、民等「名」稱的內涵「實」質，並以此為標準，要求上述各階級人士的行為與各自的稱號相符。例如：「士者、事也。任事之稱也。」「士」是為君王辦事之人，「士」的名稱源自「事」；在語言學的意義上，董仲舒探求了「士」的詞源。

董仲舒在〈深察名號〉中常用「合某科以一言」的方法，即把幾個特徵用一個語音形式來表達，使用音同或音近的聲訓，以達到正名的目的。例如：「此五科以一言，謂之『君』。君者，元也；君者，原也；君者，權也；君者，溫也；君者，羣也。」在對「君」之名的考察上，以元（本元）、原（不息）、權（權變）、溫（溫和）、羣（群聚），這五字不僅與「君」聲音相近，[註7] 還代表五個君主當具備的特點，以之申說為君之道。合此五科以一言，謂之君。唯有兼備五種內涵者，才算是名副其實。因此，君之「名」是君之「實」的行為規範。

另外，正名思想為其「天人合一」體系之一環。其論「名」之重要性則亦訴諸「天」。上天制定正名秩序：「是非之正，取之逆順；逆順之正，取之名號；名號之正，取之天地，天地為名號之大義也。」[註8] 名號是天地的大義，它決定了事物的逆順、是非。可表述為以下進程：天地→名號→順逆→是非；形成由天而人、由人而天的通感模式，隱含天、人感應思想。

但是，「天」不可言，聖人於是成為神人溝通的橋樑。聖人是上天的代表，「名」為聖人依照天意所定：「名者，聖人之所以真物也，名之為言真也。」[註9] 以「名」來調整天下秩序，正名即是正萬物所應當具備的秩序。基於這樣的理路，「名」有了特殊地位：「名則聖人所發天意，不可不深觀也。」董仲舒

〔註7〕「君」（見紐諄部）。與「群」（匣紐諄部）、「溫」（影紐諄部）聲紐相近、韻部相同。「元」（疑紐元部）、「原」（疑紐元部）、「權」（從紐元部），與「君」聲紐相近、韻部旁轉。

〔註8〕漢・董仲舒：《春秋繁露》（臺北：中國子學名著集成編印基金會印行，1978 年），頁 253～254。

〔註9〕漢・董仲舒：《春秋繁露》，頁 260。

將名置於「天人感應」的體系下，由名可察天之意，「正名」變成窺天的途徑，先秦名理思辨之學轉化成了神學。

　　董仲舒「正名」的目的，是為實現其政治主張與闡發義理，而非對於語言規律的探求。但是，《春秋繁露》確實也論及了名物的名實關係，不可否認，其聲訓也具備了同源互證，揭示詞源的作用。

（二）班固《白虎通》

　　王寧定義《白虎通》聲訓為「義理聲訓」。王寧〈古代語言學遺產的繼承與語言學的自主創新〉文中，將聲訓的來源略分為四：語言、字用、民俗、〔註10〕義理聲訓。認為義理聲訓是利用一般人對文字崇拜的心理，用聲訓來進行說教，其代表作是《白虎通》。〔註11〕劉青松與王寧同調，也以《白虎通》聲訓為「義理聲訓」，行文方式是以設問提出問題，回答者從五經中尋找證據應對，兼存異說。特點是以聲訓的方式申說義理，總計有聲訓 363 條，內容涉及典章制度、社會生活、倫理道德等方面，這些聲訓都是以聲音為手段闡述義理，屬於義理聲訓。〔註12〕

　　眾所周知，《白虎通》是一部欽定的經學概論，其經學屬性顯明。一方面，透顯經學為漢代學術主流之形態；另一方面，聲訓行文方式，也呼應兩漢的訓詁之學是為經學服務的特點。劉青松指出書中的義理聲訓，可分為經學、道德、哲學三大屬性。其中，哲學屬性一類，指受到陰陽五行思想傳習熏染的聲訓條目。他更進一步說明，《白虎通》的聲訓是為名物尋找陰陽五行框架中的位置，因此，書中的名物不是現實中「百姓日用」的名物，而是義理中的名物，它們之間是抽象的義理關係，而非具體的自然關係。〔註13〕

　　為突顯《白虎通》聲訓的「義理」特質，取訓釋庶民日用名物的《釋名》與之相較。如《白虎通·災變》：「霜之為言亡也，陽以散亡。」《釋名·釋天》：「霜，喪也，其氣慘毒，物皆喪也。」在《白虎通》中，「霜」屬於災變範疇，秋冬陽氣散亡，象徵君（陽）道之失，故以「亡」訓「霜」。在《釋名》中，「霜」

〔註10〕《釋名》是「民俗聲訓」。
〔註11〕王寧：〈古代語言學遺產的繼承與語言學的自主創新〉，《語言科學》，2006 年第 2 期，頁 55。
〔註12〕劉青松：《《白虎通》義理聲訓研究》（北京：商務印書館，2018 年 7 月），頁 3。
〔註13〕劉青松：《《白虎通》義理聲訓研究》，頁 43～47。

屬於自然範疇，秋冬萬物皆滅，故以「喪」訓「霜」。顯然，《白虎通》的訓釋較之《釋名》更向義理思想靠攏，也更著眼於名物在陰陽五行系統學說的定位，說明班固著書目的是為建構漢代倫理道德的思想體系，亦非探尋詞源。然而，《白虎通》採用聲訓並非完全沒有事實基礎，因此書中有些聲訓不自覺地符合了漢語詞源，亦在情理之中。

　　總合上述，《春秋繁露》、《白虎通》本質皆是「義理聲訓」。透過探求名物詞源的方法，闡明政治觀點或宣教道德。因受訓釋目的的強烈影響，使書中擇選聲訓字的標準不定。從上引例子，可以發現論者在闡述自己的主張觀點時，主觀地選用音同音近的聲訓字來解釋被訓釋字，不過，一個字的同音字通常不止一個，何以取甲字而不取乙字，則勢必據語義是否近同為擇選條件。但是，漢代人對語言本質缺乏充分的認識，他們使用「聲訓」這一訓詁方法，原則上是以所處的時代的實際語音為準則，從而把訓釋詞和被訓釋詞聯繫起來，對時人來說，音近或音同完全是憑其語感，在以聲求義方面沒有形成理論系統。

　　訓詁學家們對此時的聲訓，大都持否定態度，在各類訓詁學著作中，往往以其為反面教材，說明它們的缺失。但是，作為一種重要的語言和文化現象，上承先秦名學，下連今古文之爭，「義理聲訓」的產生，一方面具有「流俗詞源」學的價值，另一方面則具有社會文化上的意義。

二、字典辭書

　　此處字典辭書，指許慎《說文解字》、劉熙《釋名》二書。

（一）許慎《說文解字》

　　鐘明彥《聲訓與《說文》聲訓研判》：「《說文》的時代早於《釋名》而又晚於讖緯的興盛期，正處於聲訓觀念轉變的交接處。緣於《說文》一書『正本清源』的特殊立場，如果我們說，讖緯是思想性聲訓的溫床，《說文》不啻為語言性聲訓的溫床。」〔註14〕指出《說文》聲訓是由詮釋經義、宣揚教化，轉向科學詞源探求的「中介」地位性質。以下由「亦聲」的觀念創制，以及書中的詞源聲訓，來說明《說文》聲訓的特殊性。

〔註14〕鐘明彥碩士論文：《聲訓與《說文》聲訓研判》（臺中：東海大學中國文學系，1995年），頁54～55。

1. 亦聲字

前面說明過，許慎在以聲訓為學術風尚的文化背景下，《說文》中的聲訓占全書分量幾近一半。〔註15〕許慎如此頻繁的使用聲訓，當以對音義關係有深刻理解為前提，而《說文》在探求音義關係上的重大貢獻，乃是提出「亦聲」觀念。

亦聲字，是指漢字合體字中的義符兼有聲符的作用，即聲符表義。換言之，其聲、義都來源自聲母，聲母既表音，也表義。亦聲字多以「从某从某，某亦聲」的形式來說解形體。如《說文·疒部》：「瘧，熱寒休作。从疒从虐，虐亦聲。」瘧从「虐」得聲，而虐有酷虐、殘害義，以寒熱之症殘害身體為「瘧疾」；虐既表音，也表義。又如《說文·女部》：「婦家也。《禮》：娶婦以昏時，婦人陰也，故曰婚。从女从昏，昏亦聲。」婚从「昏」得聲，昏為日冥，「娶婦以昏時」說明在黃昏時分，女方才入門拜堂行禮的禮俗。昏既表音，又表義，音、義重合，形成聲義結合體。這些字歷來被認為是會意兼形聲字，「兼」指它們既具備會意字由兩個義符結合，會合出一個新義的特點，同時也具備形聲字有一聲符表音的特點，是兩者結合的統一體。

在聲義結合的基礎上，可分化孳乳出一「系列」音義相同相近的亦聲字。如鉤、笱、雊等字，〔註16〕以「句」為聲義結合體，都從「句」得聲，皆有「曲」義。可見，《說文》中已經出現語言孳生概念，開宋代「右文說」先聲。

2.《說文》中的詞源聲訓

《說文》中，「義理聲訓」與「詞源聲訓」並存。當然，上揭書中的聲訓類型也兩者並具，值得注意的是，《說文》聲訓是以語言為本體所作的訓釋，逐漸將思想性聲訓，轉化為推求詞源聲訓。

許慎運用聲訓的同時也兼顧了形訓，增加探求詞源的文字依據，提高探源的準確度。如：「木，……冒地而生。」「从屮，下象其根。」是對「木」的構形分析，「屮」是木之始，象甲坼冒地而生，木枝條引上而生，根亦隨之下引而長，萬物皆發微於始。較之於義理聲訓《白虎通》：「木之為言觸也，陽氣動躍，

〔註15〕崔樞華：《說文解字聲訓研究》（北京：北京師範大學出版社，2000 年），頁 152。
作者統計，《說文》釋字 9353 字，其中採用聲訓方法的有 4165 條，接近全書一半。
〔註16〕「句，曲也。」「笱，曲竹捕魚笱也。从竹从句，句亦聲。」「鉤，曲也。从金从句，句亦聲。」「雊，雄雉鳴也，雷始動，雉乃鳴而句其頸。从隹从句，句亦聲。」

火在南方，南方者，陽在上，萬物垂枝。」〔註17〕顯然更為接近探源敘述。

《說文》聲訓已能結合字體形構探求，出現從語言學目的推求詞源的作法。而書中眾多的由聲母、聲子所構成的音義關係的「亦聲字」存在，也為後人探討語源提供依據。吳澤順《清以前漢語音訓材料整理與研究》：「《說文》的音訓方法，突破了漢代聲訓的侷限，而假以文字形體的演變，來探求其聲義之源，進入到了一個比較科學的境界。」〔註18〕《說文》聲訓的「中介」性質，除了表現在義理聲訓「轉化」為詞源聲訓外，以《說文》「正經解義」的撰著目的觀之，還反映了經學與語言學間的「過渡」。

（二）劉熙《釋名》

劉熙《釋名・敘》提出成書之因：

> 自古造化製器，立象有物以來，迄於近代，或典禮所制，或出自民
> 庶，名號雅俗，各方名殊。聖人於時，就而弗改，以成其器，著於
> 既往。哲夫巧士，以為之名，故興於其用，而不易其舊，所以崇易
> 簡省事功也。〔註19〕

劉熙見器物名稱各異，百姓每天使用稱呼，卻不知何以得名，為了責實，乃循名探求事物之源，作《釋名》一書。可見劉熙的制名觀，既不託天，亦不訴諸王，而是認為由「典禮」、「民庶」二源產生，立足於社會立場而制名，此立場決定了《釋名》聲訓和思想性「義理聲訓」的不同走向，《釋名》開創聲訓在純語源學研究與發展之端緒。

回顧《釋名》聲訓的研究，由宋至清，學者對《釋名》性質的認識，主流觀點有二：推源之書、釋義之書。近代學者對《釋名》的研究，集中於逐條驗證書中聲訓，歸納有多少「合理聲訓」。〔註20〕王寧歸結兩說，指出《釋名》聲訓是民族聲訓，是「老百姓對日常事物命名來源的猜測」，它已經有了語源的意識，但並不是要講語言，其中有一部分與科學的詞源偶合。〔註21〕換言

〔註17〕漢・班固撰，清・陳立疏證，吳則虞點校：《白虎通疏證・天地》（北京：中華書局，
　　　　2011 年），頁 420。
〔註18〕吳澤順：《清以前漢語音訓材料整理與研究》，頁 89。
〔註19〕王先謙：《釋名疏證補》（北京：中華書局，2008 年 6 月），頁 1。
〔註20〕見〈緒論・第二節前人研究成果綜述〉。
〔註21〕王寧：〈古代語言學遺產的繼承與語言學的自主創新〉，頁 55。

之，王寧認為《釋名》的性質既推源也釋義，精準道出《釋名》聲訓的價值所在。

三、讖緯、鄭玄對聲訓之轉化

（一）讖緯

本節想要探討緯書中的聲訓與陰陽五行思想的聯繫。「讖」是神的預言，「緯」則與經相配。讖緯的出現，一方面依附於孔子與儒家經典，另一方面借助宗教神權的力量來指導現實，並預示未來的吉凶。使漢代的現實與政治結合，並以神權的力量增加了經學的權威性，從而鞏固了經學的正統地位，這是讖緯輔經的作用。緯書既然配經，而聲訓使用自由，拿音同音近的字來解釋經說便是方便法門，〔註22〕以下略舉二例說明之。〔註23〕

如「天」字，《春秋說題辭》：「天之為言顛也，居高理下，為人經紀，故其字一大，以鎮之也。」〔註24〕《說文》：「顛也。至高無上，從一、大。」《春秋元命包》：「天之言瑱。」玉瑱是鎮壓坐席的器具，通「鎮」。《白虎通・天地》：「天之為言鎮也，居高理下，為人鎮也。」這四說都用聲訓，代表各家對天的不同義理詮釋和認知。「天」上古音透紐真部，顛端紐真部，二字聲近，韻部相同。顛也，象人之頭頂以及天在人之上，引申有高大、頂端義。鎮也，為鎮服、治理義，象「天」為人世間最高主宰，居高理下。

再看「日」字，《春秋元命包》：「日之為言實也，節也。含一開度立節，使物咸別，故謂之日，言陽布散合如一，故其立字四合共一為日。」〔註25〕《白虎通・日月》：「日之為言實也，常滿有節。」《說文》：「實也。太陽之精不虧。從口一。」《釋名》：「日，實也，光明盛實也。」〔註26〕全用「實」字釋日，太陽是陽精天體，恆常散發光源，代表光明盛實，永不虧損。

〔註22〕徐芳敏：《釋名研究》（臺北：國立臺灣大學出版委員會，1989年），頁26。作者認為，緯書中聲訓的例子尤多，因為聲訓用起來更自由、更沒有標準。讖緯書中的聲訓，多半均屬於天地陰陽日月星辰以及人身萬物，同時也論及音律道德。

〔註23〕緯書中聲訓例，本文僅稍舉隅。相關請見徐芳敏：《釋名研究》，頁170～243。吳鍾：《釋名聲訓研究》（北京：民族出版社，2010年），頁38～40。

〔註24〕安居香山、中村璋八合編：《緯書集成》（石家莊：河北人民出版社，1994年），頁858。本文徵引緯書文句，悉據此書，不另詳註。

〔註25〕安居香山、中村璋八合編：《緯書集成》，頁630。

〔註26〕「日」上古音是日紐，「實」為泥紐，二字都是質部，韻部相同。

　　值得注意的是，緯書除了聲訓法，還常喜用拆字法說解文字。廣為人知的例子如卯金刀為劉、十八子為李等。上述「天」例中《春秋說題辭》、《說文》拆解字形分道「一大以鎮之」、「从一、大」。甲文天字寫作「𡗐」《合》36535，金文作「𡗊」〈天鼎〉，大象人形，「口」與「●」表示天，也可表示人之頭頂，兩者同有顛意，「由於天體高廣，無以為著，故用人之顛頂以表示至上之義，但天上部以丁為頂，也表示著天字的音讀。」〔註27〕依「天」的字形及字義言，上天處在人的頂顛之上，於是天字引伸為高大、頂端的「上天」新義。此例還能解釋，其他以神秘色彩附會經說者，則多顯得謬誤。〔註28〕

　　總的來說，緯書中的謬說，是特殊的時代斷點產物。緯書使用聲訓及拆字法，一方面承襲了先秦分析字形結構以說字義之法，〔註29〕聲訓則循聲音線索宣闡釋義理；另一方面，則符合緯書本身的經學詮釋功能，以緯解緯，權衡其時代背景自有意義及合理性。

（二）鄭玄對聲訓之轉化

　　劉文清〈鄭玄《三禮注》「之言」訓詁術語析論——兼論其術語意義之演變〉指出：

> 蓋自《孟子》首開以「之言」正名之例，漢代董仲舒進而將正名主
> 義的聲訓帶入顛峰，今文學與讖緯聲訓蠡出；《說文》及《釋名》等
> 字典類專著，使聲訓逐漸走向探源的純語源學方向，鄭玄《注》、《箋》
> 則在日趨訓詁學釋義的觀念下，漸次將「之言」、聲訓轉化為釋義為
> 主，並成為後世訓詁學的主流。〔註30〕

〔註27〕 于省吾：〈釋具有部分表音的獨體象形字〉中指出，天字上部作○或●，即古「丁」字，就是人之顛頂之頂的初文。引自《甲骨文字詁林》（北京：中華書局，1996 年 5 月），頁 212。

〔註28〕 如《春秋元命包》：「刑字从刀从井，井以飲人，人入井爭水陷於泉以刀守之，割其情欲，人畏慎以全命也，故字从刀从井也。」安居香山、中村璋八合編：《緯書集成》，頁 623。又，《春秋考異郵》：「乘馬以理天下，王者駕馬，故其字以王為馬。」安居香山、中村璋八合編：《緯書集成》，頁 786。

〔註29〕 早在春秋戰國經典，就有拆形釋義之例，如《韓非子・五蠹》：「自環者謂之私，背私謂之公。」《左傳・昭公元年》：「皿蟲為蠱」，皿中的害蟲為蠱。《左傳・宣公十二年》：「止戈為武」，制止干戈為武。

〔註30〕 劉文清：〈鄭玄《三禮注》「之言」訓詁術語析論——兼論其術語意義之演變〉，《臺大中文學報》，第 41 期，2013 年 6 月，頁 33。

《說文》、《釋名》等字典類專著，使聲訓走向「探源」的純語源學方向。然而，後世訓詁學之主流卻為早出的「釋義」聲訓，其中，將聲訓由探源轉向釋義的關鍵人物，即是鄭玄。揆諸上揭文，分析鄭玄《周禮注》、《禮記注》、《儀禮注》及《毛詩箋》四部書中探求語源的「之言」訓詁術語，指出《周禮注》「之言」術語以推源為主；《禮記注》「之言」則推源及釋義並用；《儀禮注》亦推源兼及釋義；《毛詩箋》轉以釋義為主。〔註31〕從鄭玄「之言」術語意義的演變，可推知聲訓漸次轉化為「釋義」為主。

　　另外，鄭玄提出「聲類」、「音類」的觀念，為乾嘉學者們遠紹宗法。鄭玄在《三禮注》、《毛詩箋》的訓詁中，利用語音的線索來探求詞義：「然猶有參錯，同事相違，則就其原文字之聲類，考訓詁，捃秘逸。」〔註32〕所以如此，是因為「讀先王典法，必正言其音，然後義全，故不可有所諱。」〔註33〕語義的變化首先反映在語音的變化上，而語音往往隨意義的變化而發生流轉，因此必須從語音入手，才能掌握語言的真諦。此處，鄭玄將音、義關係相提並論，與王念孫所言：「竊以訓詁之旨，本於聲音……今則就古音以求古義，引申觸類，不限形體。」〔註34〕實有異曲同工之妙。

　　鐘明彥總結漢代聲訓的本質提到：

　　　　一般而言，著眼於聲訓的目的及內容，其發展大致可分為兩個階段。
　　　　早期的聲訓，是儒家透過音同音近字尋求語源，藉以發揮儒家思想
　　　　的一種訓詁方式；第二個階段則是聲訓脫離政教意味，直以語源的
　　　　探求為其最終目的。這兩個階段，並不是聲訓本質的改變，而是目
　　　　的的轉移。這個轉移使聲訓由思想的領域走向語言學的領域。其發
　　　　生過程，則約在東漢時期。在此之後，聲訓逐漸沒落。〔註35〕

〔註31〕劉文清：〈鄭玄《三禮注》「之言」訓詁術語析論──兼論其術語意義之演變〉，頁78。
〔註32〕賈公彥《序周禮興廢》。見漢・鄭玄注，唐・賈公彥疏：《周禮注疏》，收入李學勤主編《十三經注疏整理本》，（臺北：臺灣古籍出版社有限公司，2001 年），第 10 冊，頁 10。
〔註33〕鄭玄注《論語・述而》「子所雅言」。魏・何晏注，宋・邢昺疏：《論語注疏》，收入李學勤主編《十三經注疏整理本》，（臺北：臺灣古籍出版社有限公司，2001 年），第 40 冊，頁 101。
〔註34〕清・王念孫撰、虞萬里主編：《廣雅疏證・序》（上海：上海古籍出版社，2017 年），頁 1。
〔註35〕鐘明彥碩士論文：《聲訓與《說文》聲訓研判》，頁105。

總之，相較於先秦，漢代聲訓在解釋對象和範圍上產生了較大變化，一方面，聲訓繼續作為正文內容為學者們所利用，如董仲舒《春秋繁露》、班固《白虎通義》等作品中，廣泛地使用聲訓，為政治觀點立論；另一方面，聲訓被視為一種獨立的「訓詁方法」，更普遍地用來解釋經籍中的詞語涵義。許慎、鄭玄、劉熙等人在其訓詁實踐中，將聲訓推到嶄新的階段，而後廣博而全面的發展，聲訓便成了漢代訓詁學的重要特徵元素。

第二節　《爾雅》編輯形式與陰陽五行思想

以下先說明《爾雅》內容中關涉陰陽五行學說的部分，再探討是書的編輯形式與陰陽五行思想的關係。

一、《爾雅》與陰陽五行思想

《爾雅》是故訓之匯編，由於是雜集經傳訓詁而成，書中釋義雜揉陰陽五行之說應是持之有故。筆者歸納相關詞條共七十四條，參見附錄表格。〔註36〕本節預備先概略介紹《爾雅》內容中與陰陽五行學說相涉者，由於《爾雅》中聲訓條目較少，待後面章節再隨文附註討論。

《爾雅》釋方色、四時、五嶽，皆本諸五行。《爾雅·釋天》：「春為青陽，夏為朱明，秋為白藏，冬為玄英。」青陽、朱明、白藏、玄英是四季太平祥和時的別名。邢昺疏青陽：「春之氣和，則青而溫陽。」郭璞注朱明、白藏、玄英，分別說「氣赤而光明」、「色白而收藏」、「氣黑而清英」；四季對應青、赤、白、黑四色。五色的歸分配屬完整而成系統，直至《呂氏春秋》才大備，《爾雅》載記缺了季夏以及黃色。

《爾雅·釋山》中釋「五嶽」共有兩條，「泰山為東嶽，華山為西嶽，霍山為南嶽，恆山為北嶽，嵩高為中嶽。」、「河南華，河西嶽，河東岱，河北恆，江南衡。」五嶽指五座九州中的大山。「嶽」是「巍峨」的音轉，象徵崇高。古人崇敬五嶽，是因為其高聳入天，企盼登山後更為接近上天。《周禮》和《史記》都提到天子祭祀登五嶽，因為近天而小天下之意。可見，五嶽並不只是自然地形，更被賦予了精神寄託與象徵。論說方位以東西南北中，用五方概念總括空

〔註36〕參見附錄三〈《爾雅》陰陽五行詞材料表〉。

間整體的意圖，溯源自甲骨文以東土、南土、西土、北土以及商都所在之「中商」來區別天下，甲文中也有聯合四方風雨，與東南西北中空間方向考察的記載。

此外，馬國翰《玉函山房輯佚書》輯有郭舍人《爾雅犍為文學注》三卷、劉歆《爾雅注》一卷，以及東漢李巡《爾雅注》一卷，茲略舉其所受陰陽五行說影響如下：〔註37〕

（一）郭舍人：

〈釋言〉：「宵，夜也。」郭云：「宵，陽氣消也。」〔註38〕

〈釋宮〉：「東南隅謂之窔。」郭云：「東南，萬物生，蟄蟲必出，無不由戶矣。」

（二）劉歆：

〈釋樂〉：「宮謂之重。」劉注：「宮，中也，居中央，暢四方，唱始施生，為四聲綱也。」「宮為四聲之綱，其聲厚重，如君之德，而為重。」

〈釋樂〉：「商之謂敏。」劉注：「商，章也；物成熟，可章度也。」「商聲敏疾，如臣之節，而為敏。」

（三）李巡：

〈釋天〉：「朔，北方也。」李注：「萬物盡於北方，蘇而復生，故言北方。」

〈釋天〉：「十月為陽。」李注：「純陰用事，嫌於無陽，故以名云。」

從上述馬國翰所輯郭、劉、李三家注《爾雅》之佚文觀之，數量雖稀少，但其受到陰陽五行說的影響，顯然可見。

二、《爾雅》編纂體例與陰陽五行思想

歷來對《爾雅》成書時代及作者說法眾說紛紜，盧國屏取《爾雅》及《毛傳》進行詞條比對，認為《爾雅》早於《毛傳》可能性較大。〔註39〕由此，《爾

〔註37〕本文僅稍舉隅，詳可參見李漢三：《先秦兩漢之陰陽五行學說》（臺北：維新書局，1968年），頁330～333。

〔註38〕徵引之郭舍人、劉歆、李巡注文句，出自古風主編：《經學輯佚文獻彙編・爾雅類》（北京：國家圖書館出版社，2010年7月）第20冊，不另詳註。

〔註39〕盧國屏：《爾雅與毛傳之比較研究》（臺北：花木蘭文化出版社，2009年），頁13～30。論者歸納歷來對《爾雅》成書及作者的說法共十三種，並取《爾雅》及《毛傳》詞條全面比對，得出《爾雅》撰著年代早於《毛傳》的結論。

雅》具備先秦語言詞彙的總結性質,其中搜羅的詞條,大致反映先秦到漢初的語言詞彙及社會文化風貌,應無疑義。

傳世本《爾雅》〔註40〕按類編排,共十九篇。前三篇為一大類,基本內容為解釋語詞,反映人們在思維及意識上的高度發展;後十六篇為一大類,訓釋各種名物之稱與特殊語詞,代表人們對物類精密的觀察。若依內容和性質分類,則可分為人事、自然二大類:

表 3-1:《爾雅》篇目分類表〔註41〕

人　事	一般詞語	釋詁 1、釋言 2、釋訓 3
	人倫稱謂	釋親 4
	日常器用	釋宮 5、釋器 6、釋樂 7
自　然	天文地理	釋天 8、釋地 9、釋丘 10、釋山 11、釋水 12
	動、植物	釋草 13、釋木 14、釋蟲 15、釋魚 16、釋鳥 17、釋獸 18、釋畜 19

以下先勾勒《爾雅》全書篇目編次輪廓,探究其中呈顯的思想;其次,論析篇類中詞條順序所推衍的陰陽五行之說。

(一)篇目分類:先人倫後自然

《爾雅》前三篇〈釋詁〉、〈釋言〉、〈釋訓〉主要通釋一般詞語。第四〈釋親〉篇是有關親屬制度的載記;繼之為〈釋宮〉,解釋人造宮室和服器;之後及於人君政教所施的禮、樂器,歸為〈釋器〉、〈釋樂〉。人事、器物之後繼釋天地萬物。〈釋天〉分類細緻,共有十二類。〈釋地〉總領〈釋丘〉、〈釋山〉、〈釋水〉,涉及山川、水利、經濟、人文地理等方面,記載中國豐富的地景形貌概況;草木蟲魚鳥獸牲畜都生於山水之間,末七篇解釋〈釋草〉至〈釋畜〉。

綜觀上述「先人倫後自然」的篇目編排順序,一方面蘊含儒家人本及倫理禮制觀念,另一方面雜揉時人宇宙觀和陰陽五行思想,顯然是編者獨運匠心的安排。儒家重倫理觀念,以人事為先,〈釋親〉篇分為宗族(父族)、母黨、妻黨、婚姻四個類目,其中親屬稱謂多沿用至今,對宗族、婚姻制度之研究有重要價值。〈釋

〔註40〕本文徵引《爾雅注疏》文句,悉據晉‧郭璞注,宋‧邢昺疏:《爾雅注疏》收入李學勤主編《十三經注疏整理本》,(臺北:臺灣古籍出版社有限公司,2001 年),第 43 冊,不另詳註。

〔註41〕類別後數字表篇次。表格分類參考盧國屏:《爾雅語言文化學》(臺北:學生書局,1999 年),頁 5。

宮〉、〈釋器〉兩篇，反映古時的建築文化與工藝水準。《禮記・月令》敘述天子四時住行所用服器之別，先居室，次及車駕，衣、服、食、器等。宮室在天地之中，人居於宮室之中，因宮室為物之大要者，故先〈釋宮〉再〈釋器〉。〈釋器〉中的器用名稱之度，涉及「經天地、理人倫」的禮制大事，為儒家治國之本。凡祭祀、婚喪、賓客之會，都不離禮器，《禮記・禮器》說：「備服器，仁之至也。」〔註42〕〈釋樂〉亦涉及人倫之事，因為「樂」主和同，可以調和氣性、合德化育。《尚書・堯典》也提到，樂官教人奏樂，期神人以和。〔註43〕以上諸篇詞條，不僅反映儒家人倫禮制思想，也大致展現了古人的衣食住行狀貌。

　　「天人關係」是戰國以來重要的思想元素。〈釋天〉以下到末篇〈釋畜〉循「天地之序」，釋天、地，繼之釋山川草木蟲獸。《禮記・樂記》說：「流而不息，合同而化，而樂興焉。春作夏長，仁也，秋斂冬藏，義也，仁近於樂，義近於禮。樂者敦和，率神而從天。」〔註44〕講述萬物流動變化不息，同合異化，仿此而興起「樂」。樂能陶化萬物、使人際關係敦厚和睦，近於仁。以天高地下而附會天尊地卑之理、君尊臣卑之位，或是萬物各得其所，都是人副天數、天人合德的張本。

　　〈釋天〉分成：四時、祥、災、歲陽、歲名、月陽、月名、風雨、星名、祭名、講武、旌旗等別為十二類之多。涉及的內容廣泛，而名目越多代表歷經精細的歸納，顯示編者對此中詞條內容的特別關注。以下集中衍繹與陰陽五行思想密切者。

　　〈釋天〉首條為釋「四時」，提到「天」之別名：「春為蒼天。夏為昊天。秋為旻天。冬為上天。」〔註45〕李巡注：「春，萬物始生，其色蒼蒼，故曰蒼天。夏，萬物盛壯，其氣昊大，故曰昊天。秋，萬物成熟，皆有文章，故曰旻天。冬，陰氣在上，萬物伏藏，故曰上天。」〔註46〕此段訓釋，表面是依春夏秋冬四季的物候特徵，與狀貌顏色來說明四時天之別名，實際隱含人類活動須順應四時自然之氣。「祥」指福善徵兆，包括四氣和、景風出、甘雨降等自然現象。此

〔註42〕漢・鄭玄注，唐・孔穎達疏：《禮記正義》，收入李學勤主編《十三經注疏整理本》，（臺北：臺灣古籍出版社有限公司，2001年），第24冊，頁889。

〔註43〕漢・鄭玄注，唐・孔穎達等正義：《尚書正義》，收入李學勤主編《十三經注疏整理本》，（臺北：臺灣古籍出版社有限公司，2001年），第3冊，頁56。

〔註44〕漢・鄭玄注，唐・孔穎達疏：《禮記正義》，頁1274。

〔註45〕晉・郭璞注，宋・邢昺疏：《爾雅注疏》，頁182。

〔註46〕古風主編：《經學輯佚文獻彙編・爾雅類》（北京：國家圖書館出版社，2010年），第20冊，頁100。

章釋四時祥和之氣象，如：「春為發生，夏為長贏，秋為收成，冬為安寧，四時和為通正，謂之景風。」〔註47〕說明春夏秋冬的別名，以及太平之時，春發、夏長、秋收、冬安，四季和暢的景象。又云「甘雨時降，萬物以嘉，謂之醴泉。」〔註48〕甘雨按時而降，萬物得以滋潤而更加美好。四氣、四時和則自然豐收，反之則饑饉起災荒生。「災」一章釋穀、蔬、果不熟和連歲不熟之名，反映古人以順應天時，勸獎莊稼農政為務。要之古人以陰陽二氣造化宇宙自然變化運行，陰陽和諧，則風調雨順；陰陽相侵，則疫厲橫生，而天欲降以禍福，會呈現「祥、災」吉凶徵兆。

紀年紀月的名稱，有「歲陽、歲名、月陽、月名」四類。古人以干支紀年，十干曰歲陽，如「太歲在甲曰閼逢」；十二支曰歲陰，如「太歲在寅曰攝提格」；「歲名」記年歲之別稱，如「夏曰歲，商曰祀，周曰年，唐虞曰載。」；「月陽」是古十干紀月之月份別名，如「月在甲曰畢，在乙曰橘」；「月名」歸類農曆每個月特定的別名，如「四月為余」，即農曆四月別稱為「余」。

祭名、講武、旌旗歸入〈釋天〉。天子受命於天，祭天為大，故祭祀為古人國政之要事；講武記四時田獵之名與治兵振旅之事；旌旗篇釋各種旗幟的形制，上繪有日月星辰之象。《禮記·月令》指出凡祭祀、出征、畋獵都要順應時令五行，如秋天萬物成熟，是畋獵的季節，而秋屬金，色白，故天子乘戎路，駕白駱，載白旗，衣白衣，服白玉；再如孟冬之月，天子令將帥講武，習御射。可見，動之以四時，即是順乎天地之道。

拉開《爾雅》篇類序列的剖面，以〈釋詁〉等三篇為思維表達的中心，闡明全書「辭書」性質之旨，繼而循儒家人倫、禮教觀念開展〈釋親〉的親族稱謂，由近身延展至外物的〈釋宮〉、〈釋器〉、〈釋樂〉，在在闡揚以人為本的精神。而自然天地的類聚占全書詞條的大宗，由〈釋天〉反映天文、曆法、氣象方面的認知水準，並踵接戰國以來盛行陰陽五行思想和宇宙觀，尤其天人合一思想為其內在的聯繫意識。〈釋地〉以下至末篇〈釋畜〉提供古代物產地理、動植物古今異名的珍貴資料。透過《爾雅》，除了一窺古代社會文化與科技的發展，其中滲透融合的思想因素，亦側面反映了陰陽終始變化的訊息。

〔註47〕晉·郭璞注，宋·邢昺疏：《爾雅注疏》，頁184～185。
〔註48〕晉·郭璞注，宋·邢昺疏：《爾雅注疏》，頁186。

（二）類中字敘：始終相生不息〔註49〕

〈釋詁〉、〈釋言〉、〈釋訓〉三篇統領全書，可視為《爾雅》的綱領。〈釋詁〉篇為本書之首，「專釋六藝成言」呼應兩漢訓詁學解經目的。〈釋言〉、〈釋訓〉則是訓同義詞意義，反映一般義及個別義，在同類中展現多樣性，正是語言表達高度發展的證明，具有社會文化意義。〔註50〕這種篇目編排與詞條的訓釋方式，和《說文》「文」與「字」的描理類近。

觀察這三篇單詞分類的詞條序列，具人文思考意義。〔註51〕例如〈釋詁〉之文，以「始」義為首條，以「死」義為末條。首條：「初、哉、首、基……始也。」末條：「崩、薨、無祿、卒……死也。」清代邵晉涵《爾雅正義》在「始條」下說：「君子慎始」；〔註52〕「死條」下說：「示民有終」。〔註53〕萬物起於「始」、終於「死」，作者精意創造的終始相生編排，顯然寓有循環發展、生生不息之意。

再如〈釋言〉篇的首末條，首條：「殷、齊，中也。」末條：「彌、終也。」殷、齊都有正中的意思；彌則有盡頭、終結的意思。郝懿行《爾雅義疏》說：「上篇首言始，末言終；此篇首言中，末亦言終，以中統終始之義，而包上下之詞也。」〔註54〕郝氏的解釋頗合「中庸」、「始終」的傳統。

〈釋訓〉首條：「明明、斤斤，察也。」末條：「鬼之為言歸也。」邵晉涵《爾雅正義》：「始於明，終於幽。」〔註55〕道出編者的機巧安排。若將〈釋詁〉、〈釋言〉、〈釋訓〉三篇首尾並列觀察，可得到這樣的序列：始—中—明—死—終—歸。此萬物終而復始、循環不已之意，與許慎《說文》部首始於「一」、終於「亥」的編輯體例，意義相仿，有異曲同工之妙。

〔註49〕參考盧國屏：《爾雅語言文化學》（臺北：學生書局，1999年），頁41～44。

〔註50〕關於語言與文化的探討，請參見盧國屏《爾雅語言文化學》，以及黃立楷博士論文《從《爾雅》到《釋名》的社會演進與文化發展》（臺北：淡江大學中國文學系，2002年）。

〔註51〕胡錦賢：〈論《爾雅》篇目編次的名義〉，《孔孟月刊》，第35卷第6期，1997年2月，頁2。作者指出：「《釋詁》之文，以『始』義為首條，以『死』義為末條。《釋言》以『中』義為首條，以『終』義為末條。此即本於『始—終亥』『終始相生』的陰陽五行之說。《說文》部首的編排，即始於『一』，終於『亥』，其義一也。」

〔註52〕引自朱祖延：《爾雅詁林》（武漢：湖北教育出版社，1998年），頁6。

〔註53〕引自朱祖延：《爾雅詁林》，頁845。

〔註54〕清・郝懿行：《爾雅義疏》（臺北：河洛圖書出版社，1974年），頁353。

〔註55〕朱祖延：《爾雅詁林》，頁1673。

第三節　《說文解字》編纂形式與陰陽五行思想

今文學家因為政治、經濟利益而極力附會讖緯與陰陽五行，部分的古文學家也為了在政治上尋求立於學官、進入士閥集團，因此兼談讖緯，如賈逵（許慎師）因談論讖緯神學獲得漢章帝的重視，得以拜官授徒。許慎是訓詁派的古文經學家，雖然客觀上他有意識的闡發本義，但是，由於外在學術氛圍，使得《說文》析形釋義混融陰陽天人學說。另外，《說文》成書於經學昌盛的時代，處在這樣獨特的時代定點，許慎必須反思漢字對經藝、王道、前人、後人的意義。他本「小學明而經義明」的觀念，認為透過闡釋古人造字之旨，才能明經典真義；唯有精確的詮釋經典，才能進一步通經貫道，《說文》一書就是許慎對於如何把握五經之道與聖人之旨的答案。

《說文》共說解文字九千三百五十三字，重文一千一百六十三字，此一萬餘字以形、類歸納在五百四十部首之下。《說文‧敘》概括部首編排的基本原則：「其建首也，立一為耑。方以類聚，物以群分。同條牽屬，共理相貫。雜而不越，據形系聯。引而申之，以究萬原。畢終於亥，知化窮冥。」〔註56〕列「一」部為首部，把「亥」部放在末部，變化至於窮極而復歸於「一」。全書部首的排列主要「據形系聯」相次，部中字序則「以類相從」。〔註57〕「形」指字形，依據形體逐一繫聯字頭，將字形類似的字以相連次，歸類在同一部首。「類」指義類，每部中字依義類相同則相聚的原則編次。《說文》據形系聯、以類相從的編排，說明漢字系統具有形、音、義的內部規律與聯繫。

細究《說文》纂輯體例，「三才之道」〔註58〕經緯全書義法。《說文》釋「人」說：「天地之性最貴者也。」〔註59〕以人能會通合德天地，與天地並列，所以是天地之性最貴者。《易傳》精當闡釋此理，〔註60〕指出天、地各有體、德；天之

〔註56〕《說文解字注》卷十五《說文‧敘》，頁789。
〔註57〕《說文解字注》，頁1。一篇二「一部」末尾「文五　重一」下，段玉裁注：「凡部之先後，以形之相近為次；凡每部中字，以義之相引為次。」
〔註58〕「三才」即「天、地、人」，《周易》稱說「三才之道」最為精當。《周易‧說卦傳》：「昔者聖人之作《易》也，將以順性命之理。是以立天之道曰陰與陽，立地之道曰柔與剛，立人之道曰仁與義，兼三才而兩之，故《易》六畫而成卦，分陰分陽，迭用柔剛，故《易》六位而成章。」見魏‧王弼注，唐‧孔穎達疏：《周易正義》，收入李學勤主編《十三經注疏整理本》，（臺北：臺灣古籍出版社有限公司，2001年），第2冊，頁352。以下徵引《周易正義》文句，悉據此書，不另詳註。
〔註59〕漢‧許慎著，清‧段玉裁注：《說文解字注》，頁369。
〔註60〕相關請見陳贇：〈《易傳》對天地人三才之道的認識〉，《周易研究》，2015年第1期

體為陰陽之氣，地之體為柔剛之質。天之德為乾，是健動不息的創生品格；地之德為坤，是厚德載物的接納之性。那麼，「人」的體、德為何？人是天地之子，其「體」為天地陰陽妙合交感的產物，如何與天、地並列？人以「仁義道德」有別於禽獸草木，以此分承天地之德，會通天地之能，與天地並列為三。《說文》釋「大」也說：「天大，地大，人亦大焉。」〔註61〕當然，這並不是說人的智德能代替天地，因為人自有其限制，所以必須「會通」天地之德，凡經緯人事，必揆驗之於天道之理，個體價值的實現，不能超越天道的制約，必天人合德，蘊藏天、地、人相應之理與和諧統一的價值。許慎以此為《說文》核心思想與編纂原則，書中以三才之道為骨幹，開展部首次序的安排、部中之字相連次的道理，以及六書次第、文字取譬的方式。

一、部首秩序：循環往復

關於《說文》部敘的研究成果眾多，多集中討論部首間形、義的縱橫聯繫。〔註62〕本文預備探究許慎立「一」為首部發端全書，以「亥」為末部收攏全書的用意及緣由。另外，《說文》將二十二個干支群組安排在分部之末，從「甲」始，至「亥」而終，形成部首群中的特殊集合，也為部敘塗飾數術色彩。

（一）始一終亥〔註63〕

王筠指出「始一終亥」部首序，蘊含《易》理。〔註64〕始「一」終「亥」的部首編排方式，浸潤融攝陰陽五行學說，體現《說文》內含的哲思義核。「立一

（總 129 期），頁 41～51。陳雅雯〈《說文解字》數術思想研究〉（國立成功大學中文系博士論文，2009 年），頁 122～123。

〔註61〕漢·許慎著，清·段玉裁注：《說文解字注》，頁 496。

〔註62〕始自南唐徐鍇作《說文繫傳》，歷經清代王鳴盛、段玉裁、王筠等人，直至民國宋建華等人，都有學者關心此議題。相關請見姚志豪：〈對《說文解字》部敘結構的新理解〉，《漢學研究集刊》，第 16 期，2013 年 6 月，頁 7～11。以及張振燁〈《說文解字》部中字敘研究〉（逢甲大學中文系碩士論文，2006 年），頁 16～39。

〔註63〕《說文解字·敘》云：「立一為耑」，又云：「畢終於亥」。清代蔣元慶又著〈說文始一終亥說〉，收入《說文解字詁林》，第 1 冊，頁 972。

〔註64〕王筠《說文句讀》指出「始一終亥」部首序蘊含《易》天地人三才之道。「其序字也，前七篇首一部，放《易》上經《乾》、《坤》；後七篇首人部，放《易》下經《咸》、《恆》也；《易》終於《未濟》以見其無窮盡，《說文》終於亥，亥而生子，復從一起，以見其循環無端，亦所以放之也。太史公放《春秋》而作《史記》；許君放《周易》而作《說文》，皆宗述而不作之義。」見王著：《說文句讀》，收入丁福保主編：《說文解字詁林正補合編》（臺北：鼎文書局，1977 年），第 11 冊，頁 11～966。

為耑」是以「一」為首部，作為全書開端。考察數字起源，許多民族都是以「一」、「＝」為指事刻記，表達純粹記數符號。但是，《說文》「一」云：「惟初太極，道立於一，造分天地，化成萬物。」〔註65〕指「一」為宇宙根本，萬物皆從一始，無疑超出文字的原初本義解釋，已屬哲學層次。〔註66〕

依照許慎對「一」的釋義，「先天地而生」能「化成萬物」的形上存在，究實唯有「道」或「太極」了。太極化成萬物之說，根源自《易傳》、《易緯》。〈繫辭上‧第十一章〉說：「易有太極，是生兩儀，兩儀生四象，四象生八卦。」孔穎達解釋「太極」為天地陰陽之氣未分，混沌的狀態，是形成宇宙萬物的本源，又可稱為太初、太一。〔註67〕《易緯‧乾鑿度》也說：「太極者，未見其氣；太初者，氣之始；太始者，形之始；太素者，質之始。」鄭玄說在天地未分之前，道體的一，就是太極，而太極的氣、形、質之始，分別為太初、太始、太素。〔註68〕《老子》四十二章：「道生一，一生二，二生三，三生萬物。」〔註69〕一是道之本體，也是「道」所派生，「道」乃自根自生；此意涵類近《說文》「道立於一」。《說文》釋「一」融合貫通了《老子》的「道」、「一」，與《周易》的太極生兩儀說。把「一」解釋成天地剖判以前渾然一體的「道」（太極），涵括混成陰陽，為萬有之始，化生萬物；天地萬物因一而生，猶如「一」可作為文字的起始筆劃，也同於《說文》是由「一」孳生文字而構成的字書。順帶一提，許慎說解四、五、七、九等數字時，〔註70〕亦反映陰陽數術思想為《說文》的文化語核。

「亥」是五百四十部之末，也是天干地支二十二字之末屬。代表地支周期的結束，是字書總體的終點，但也象徵新生的孕育與誕生。許慎認為「亥」表

〔註65〕漢‧許慎著，清‧段玉裁注：《說文解字注》，頁1。

〔註66〕賴師貴三：〈符號與思維——由《周易》卦爻象反思文字意義的詮釋深度〉，收入《第九屆中國文字學全國學術研討會》（國立臺灣師範大學國文學系主辦，1998.3.21～3.22），頁170。賴師認為，「立一為耑」表道體究竟，為根源性之總體，總體之根源，重存有與活動義，實開啟「上、下、示、三、王」多元存有的時空知解而設；「畢終於亥」，以陰陽消長的「十二消息卦」為「時間」的流轉，終而復始。

〔註67〕魏‧王弼注，唐‧孔穎達疏：《周易正義》，頁340。

〔註68〕安居香山、中村璋八：《緯書集成‧易編》（石家莊市：河北人民出版社，1994年），上冊，頁11。

〔註69〕老子：《老子》（北京：中華書局（四部備要本），1983年），頁174。

〔註70〕「四」陰數也，象四分之形；「五」像陰陽二氣在天地間交五；「七」乃陽之正，從一，象微陰從中衺出；「九」為陽之變，象陽氣屈曲究盡之形。

徵十月微陽上昇與盛陰交接，《說文》：「亥，荄也。十月，微陽起，接盛陰。從二，二，古文上字。一人男，一人女也。從乙，象裹子咳咳之形。……亥而生子，復從一起。」〔註71〕男女、陰陽雖為二名，其義實相通。〈繫辭下‧第五章〉也說：「男女構精，萬物化生」〔註72〕，聯繫「亥」象懷子之形，以陰陽交接蘊人之初始。強調「亥而生子，復從一起」，表「亥」並非結束，乃延續新生之起始，如同人類循環不已的繁衍狀態，與天地情狀相同。說明陰陽交接化育而產生萬物，然後又返歸於混成玄冥的狀態即「一」，蘊藏新的生命元氣而復始，再次化成萬物。文字也在部首的統領下，化生變化，而後暫告結束，再重啟新生的循環，終而復始運行，漢字依「道」而生生不息。

「一」和「亥」的循環，綱繫《說文》全書。標示《說文》收錄的文字在部首的統數下，如同道一「太極」的初始和「亥」歲終生生不息往復象徵，寓有循環復歸之意，並且「萬物咸睹，莫不畢載」囊括世間的萬事萬物，使書中九三五三字構成不可分割的整體。這樣的編排，一方面解決了體例問題，由一至亥，五百四十個部首，盡收所有漢字；另一方面；暗示書中有關「天地、鬼神、山川、草木、鳥獸、昆蟲、雜物、奇怪、王制禮樂、世間人事」〔註73〕的漢字，無非陰陽運行的結果與表徵，隱含陰陽二氣循環無端、孳生不息的深意。龔鵬程也認為許慎企圖用「始一終亥」的宇宙觀，安排每個字進入文字世界體系中，各居其位，同時也用這九三五三字來說明這個世界。〔註74〕這樣的描述，類近陰陽家的陰陽五行系統理論認知，以四時、十二月、十二干支交互揉合，創生宇宙架構，萬物在其中變動遷化，生生不息。

〔註71〕漢‧許慎著，清‧段玉裁注：《說文解字注》，頁 759。

〔註72〕魏‧王弼注，唐‧孔穎達疏：《周易正義》，頁 365。

〔註73〕引自許慎之子許沖《上說文解字表》。見漢‧許慎著，清‧段玉裁注：《說文解字注》，頁 792。

〔註74〕龔鵬程：《文化符號學》（臺北：臺灣學生書局，1992 年），頁 139。論者認為：「這本書不僅『天地、鬼神、山川、草木、鳥獸、昆蟲，雜物、奇怪、王制禮樂、世間人事莫不畢載。』，而且顯示了一套世界觀。欲通過文字，來知化窮冥，以究萬原。他那始『一』終『亥』的結構，與其說是什麼六書或本義的探究，不如說它是用文字在說明萬化始於子終於亥。子唯一，屬復卦，名天一生水，一陽生，萬物孳長，歲在十一月；亥為坤卦，歲在十月。猶子至亥，剛好一歲周轉，同時也是萬化成毀始終的周期。這是漢人所發展出來的宇宙觀，……許慎即是用這套宇宙觀在釋名，安排每個字進入它的世界體系中，各居其所位；同時也用這九三五三個字來說明這個世界。」

更進一步說，許慎將文字歸部的行為，基本功能是方便檢索文字，但追索內在深層含義，則發顯對「秩序」的普遍追求。將意識形態或經驗知識建構於某種秩序、框架或模式之中，是秦漢思想的根本特徵之一。瀰漫於秦漢思想領域的陰陽五行學說，以「同類相召，同氣相求」為原則，把天上人間、形上形下的相連共振的事物，全都納入以陰陽、五行為性質表徵與運行力量的整齊模式之中，構成了原初的秩序範式。緣此，「始一終亥」部首論與陰陽五行說之間的淵源與關係，不驗自明。

（二）干支類聚

陰陽五行學說對《說文》編制的影響，顯例還有書末的二十二干支字部首群組。二十二個干支部首類聚相聯，打破「據形系聯」的原則，不依部首間的形似做為排列，〔註75〕而是以干支順序為考量；顯示許慎將十干與十二支字視為一體不可分，並且也因之將全書結束，透顯「天人合一」為《說文》的部首排序內在的哲思聯繫。為便於省覽，將《說文》解釋二十二干支的內容歸納如下：

表3-2：《說文》釋干表

十天干	五 方	四 時	五 行	人 體
甲	東方		木	象人頭
乙		春		象人頸
丙	南方		火	象人肩
丁		夏		象人心
戊	中宮			象人脅
己	中宮		土	象人腹
庚	西方	秋		象人臍
辛		秋	金	象人股
壬	北方			象人脛
癸		冬	水	象人足

〔註75〕許慎分部基本原則是「執簡以馭繁」，《說文》中的字，凡其下有「凡某之屬皆从某」句子者，必定為部首字。今細究二十二干支字，許慎皆予立部，但其中的甲、丙、丁、庚、壬、癸、寅、卯、未、戌、亥等十一部，部首下沒有從屬之字，此一情況，顯見許慎對這些字的形體、意義的理解立足於「始一終亥」、「天人合一」的思想。

　　由上表可知，十天干字與五方、四時、五音、陰陽、五行相配，也與人體部位比況，採《大一經》之說，類比甲為頭、乙為頸、丙為肩、丁為心等。頭頸肩心脅……之序也順依人體部位由上至下排序，切中陰陽五行系統思想「秩序規矩」特性。

表3-3：《說文》釋支表

十二支	月　份	聲訓	物　　候	析　　形
寅	正月	髕也	陽气動，去黃泉，欲上出，陰尚彊，	象宀不達，髕寅於下也
卯	二月	冒也	萬物冒地而出	象開門之形
辰	三月	震也	陽气動，靁電振，民農時也。物皆生	从乙、匕，象芒達，厂聲也
巳	四月	巳也	陽气巳出，陰气巳藏，萬物見，成文章	巳為蛇，象形
午	五月	啎也	陰气午逆陽，冒地而出	此與矢同意
未	六月	味也	滋味也。五行，木老於未	象木重枝葉也
申	七月	神也	陰气成，體自申束。吏臣餔時聽事，申旦政也	从臼，自持也
酉	八月	就也	黍成，可為酎酒。	象古文酉之形
戌	九月	滅也	九月，陽气微，萬物畢成，陽下入地也。五行，土生於戊，盛於戌	从戊含一
亥	十月	荄也	微陽起，接盛陰	古文亥為豕，與豕同
子	十一月	滋也	陽气動，萬物滋	象形
丑	十二月	紐也	萬物動，用事	象手之形

　　十二地支字則以陰陽之氣消長為訓，理源於十二消息卦，反映萬物隨著陰陽二氣消長生息，冒現孕育、萌生、壯盛、衰亡、再生的生長週期。十二地支除了與十二月、陰陽、十二時、十二禽相屬；和十天干字同牽附人體之說，例如「子」訓「象其首與手足之形」，「丑」訓「象手之形」等，都取象於人體。

　　觀察上開干、支列表，許慎以「人體」為二十二干支字主要的取象材料。《說文·敘》提到「近取諸身，遠取諸物」，是賦寫文字材料構形的方法；以「人」的立場來感知外在事物，是漢字創構的基本精神。姜亮夫指出，漢字的取譬方法與精神，是以人的所望、聽、聞、味、觸為出發點，感知外在客觀事物之象，用執簡馭繁的方式，或喻聲、擬心、譬事，創造出錯綜複雜，概括天地人萬物

的文字形體，[註76]體現天、人的類同相應。而許慎在解釋干支時，以萬物生長、陰陽消長說天地之理，並比附「人」體；若將十干比之為「天」，十二支則為「地」，則天地人之聯繫清晰可見。

此外，《說文》曰：「尺……周制，寸、尺、咫、尋、常、仞諸度量，皆以人之體為法。」[註77]書中長度單位之字，也取象於人體，或據人體某部位的長度而得、或依照人體的動作而定。如：「寸」，寸口到手腕的距離為一寸。[註78]「尺」，十倍於寸口的長度距離，1 尺＝10 寸。[註79]「咫」，中等身材的婦人，從中指到手腕的長度大約八寸。[註80]「尋」，取度於人伸直左右胳膊測量廣度，1 尋＝8 尺。[註81]「仞」是以伸臂為準，1 仞＝8 尺。[註82]「丈」，以男子身高為度，1 丈＝10 尺。[註83]「匹」字也取度於人體，1 匹＝4 丈，布帛以人的兩手臂度為八尺，四十尺為四丈等於一匹。[註84]古人以直觀思維度事，用人體自身為度量法制，是自然而便捷的方法。《孔子家語》也提到，「布指知寸」、「布手知尺」、「舒肘知尋」。[註85]若將度量衡以人體為度，視為實踐天道，那麼人就是天道的化身，仿若小宇宙，與宇宙天地互擬，亦表現天人合一、大小宇宙互滲的觀念。

二、篇次與六書：三才之道

《說文》部中屬字與六書組序，也涵容天地人三才之道。

全書的部中屬字先後安排，也循天為上，地在下，人居天地之中的次序。

[註76] 姜亮夫：《古文字學》（昆明：雲南人民出版社，1999 年），頁 56。論者認為：「漢字的精神，是從人（更確切一點說，是人的身體的全部）出發的，一切物質的存在，是從人的眼所見、耳所聞、手所觸、鼻所嗅、舌所嘗出發的（而尤以『見』為重要）。……畫一個物也以與人感受的大小輕重為判，牛羊虎以頭，人所易知也，龍鳳最祥，人所崇敬也。總之，它是從人看事物；從人的官能看事物。」

[註77] 漢・許慎著，清・段玉裁注：《說文解字注》，頁 406。

[註78] 「寸，人手卻一寸動脈得寸口。」《說文解字注》，頁 122。

[註79] 「尺，人手卻十分動脈為寸口。」《說文解字注》，頁 406。

[註80] 「咫，中婦人手長八寸謂之。」《說文解字注》，頁 406。

[註81] 「人之兩臂為尋，八尺也。」《說文解字注》，頁 122。

[註82] 「仞，伸臂一尋八尺。」《說文解字注》，頁 369。

[註83] 「夫，周制八寸為尺，十尺為丈，人長八尺故曰丈夫。」《說文解字注》，頁 504。

[註84] 「匹，四丈也。从八、匚。八揲一匹。」《說文解字注》，頁 641。

[註85] 《孔子家語・王言解》：「布指知寸」以手指的寬度為寸；「布手知尺」以手做為尺，張開大拇指和食指（或中指）來量長度；「舒肘知尋」伸直左右胳膊，是「尋」的長度。見魏・王肅撰：《孔子家語》（杭州：華寶齋古書社，2009 年），頁 28。

「一」是《說文》的首部，以「一」據形系聯的部首和屬字，其義與「天」有所聯繫，因此，《說文》與天有關的字例置於第一篇；「人」部為第八篇，恰居於《說文》十五篇之中間；「地」置於第十三篇下，「土」部及其相關字和數字、干支字居篇末，象徵地義。類同《易》卦六爻三才之理，六十四卦成卦的六爻中，上兩爻象天道之陰陽，下兩爻象地道之柔剛，中間兩爻象人道之仁義。

《說文‧敘》定義「文」與「字」：「文」是各種事物形象的本原，大約是依照物類的形象描繪而成；而由獨體文孳生繁衍而逐漸增多，並與形、聲相配合造出合體字，以擴充文字的數量，即是「字」。〔註86〕循此，六書因文、字定義別為三組，「指事、象形」可歸為「文」；「形聲、會意」偏向「字」；「轉注、假借」定義與功能特殊，在前四書基礎上，談文字間的孳乳、變易現象。賴師貴三指出，文、字二元相待、六書兩兩相耦，與「兼三才而兩之」的《易》理相合。〔註87〕

再者，許慎闡釋六書時各舉兩字例，「指事、象形」：上下、日月；「形聲、會意」：江河、武信；「轉注、假借」：令長、考老。日月屬天，江河為地，武信、令長、考老則是人事。上下方位定向後，人的立足點即「中」，也仿天、人、地順序。六書每組相對的互補之態，與《易‧說卦》之「分陰分陽，迭用柔剛」，「兼三才而兩之」〔註88〕其理一也。

天地人三才思想，貫串《說文》全書表裏內外，除了是思想內核，也是體例纂輯的原則。「始一終亥」部首序列、二十二干支部首類聚群組、六書組序乃至於文字取象賦義都蘊含《易》理，一方面顯現許慎編制字書的顯、潛意識，所形成的獨特結構取向，另一方面透露了本書的深層文化原則。

〔註86〕《說文‧敘》：「依類象形謂之文」、「文者物象之本」；「其後形聲相益，即謂之字」、「字者孳乳而寖多也」。宋代鄭樵《通志‧總序》也說：「獨體為文」、「合體為字」。見鄭著：《通志》（臺北：新興書局，1959 年），卷 31，頁 2、491。

〔註87〕賴師貴三：〈許慎《說文解字》引《易》補釋與《易》理蠡探〉，《春風煦學集——黃慶萱教授七秩華誕受業論集》，2001 年 4 月，頁 101。賴師認為：「『文』與『字』二元對待，而『六書』涵攝，兩兩相耦——『象形、指事』，『會意、形聲』，『假借、轉注』，此與『兼三才而兩之』的《易》理相洽吻合。……六書與《周易》六爻、六位、六虛之道，若合符節，如出一轍。」

〔註88〕魏‧王弼注，唐‧孔穎達疏：《周易正義》，頁 352。

三、結構與《易》理公式〔註89〕

（一）分部與《易》理

《說文》共五百四十部首，立一為耑，畢終於亥。始於道本之「一」，造化萬物，終於時成之「亥」，週而復始，循環往復；部首集結了文字個體生命為總體，構成具有群體秩序的漢字王國。賴師貴三提到：「『一』表道始，是謂太極；『亥』表時成，是謂終則有始，此與《易》理深密相契，不謀而合。」〔註90〕若以「一陰一陽之謂道」的「太極＝1」數，老陰六、老陽九揲蓍變數，與天地生數1、2、3、4、5與天地成數6、7、8、9、10共十數，一貫相乘，可得與《說文》五百四十部首相應的《周易》數理公式如下：

540（部）＝1（始一，太極）×6（老陰）×9（老陽）×10（天地數）

陽九陰六皆是活躍變化之數，象徵部首立部、統御屬字，於天地陰陽兩氣的交感作用下，構成生生不息之理。

（二）篇卷、字數與《易》理

《說文‧敘》：「此十四篇，五百四十部，九千三百五十三文，重文一千一百六十三。」〔註91〕十四篇各分上下，第十五卷〈敘〉也分上下，共三十篇。以《易》理分析，可列式如下：

1〈敘〉＋14（篇）＝15＝1（太極）＋2（兩儀）＋4（四象）＋8（八卦）

《易‧繫辭上》：「是故《易》有太極，是生兩儀，兩儀生四象，四象生八卦。」《說文》十四篇加〈敘〉一篇，共十五，用此《易》數式子相加，呈顯《說文》的生成與八卦生成次序相侔。

二徐校訂《說文》時，將原書十四篇各分上下，許慎的敘也分上下，合十五卷為三十篇，頗合《周易》分上、下經之義，如《易》數公式表達：

30（上下篇）＝（6＋9）（老陰老陽，變數）＋（7＋8）（少陽少陰，不變數）

《易‧繫辭上》：「大衍之數五十，其用四十有九。」演蓍經過三變後的卦扐之餘策，所得的老陽（9）、老陰（6）、少陽（7）、少陰（8）之總和，數三十。

〔註89〕參考賴師貴三：〈許慎《說文解字》引《易》補釋與《易》理蠡探〉，頁98～100。
〔註90〕參考賴師貴三：〈許慎《說文解字》引《易》補釋與《易》理蠡探〉，頁97。
〔註91〕《說文解字注》卷十五《說文‧敘》，頁790。

正與《說文》十五篇分上下，共三十篇，若合符節；代表《說文》的篇卷安排具有變與不變的雙軌特性。

30（上下篇）＝2＋4＋6＋8＋10（地數之合）

《易‧繫辭下》：「天數二十有五，地數三十。」而以奇數為天數，偶數為地數。《說文》上下分三十篇，代表天垂憲象於地之化身，恰是地數之總和。

再看字數，《說文》全書字數九千三百五十三字，重文一千一百六十三字，總計一萬零五百一十六字。約略相當於《易‧繫辭上》說乾坤二篇之策，「萬有一千五百二十，當萬物之數也。」試排列兩者字數公式如下：

《說文》字數：10516＝9353（正文數）＋1163（重文數）

《周易》策數：11520＝（192×36）＋（192×24）

《周易》上下經六十四卦，總計384爻，均分陰爻、陽爻各192爻；陽爻策數 4×9＝36，陰爻策數 4×6＝24，故總二篇之策得 11520 之數，當萬物之數。而《說文》搜羅的字數，接近萬物之數 11520。

通觀上文，《說文》部首數、篇卷、字數與《易》數理相合，是《易》學象、數、理的表現，由象的把握，還原為數，進而推究出理。〔註92〕則許慎嫻熟《周易》，脈絡歷歷可循。

第四節　《釋名》編纂形式與陰陽五行思想

《釋名》為聲訓集大成之專著。聲訓因為易於附會經說，〔註93〕先秦經典中即大量冒現使用。漢代時與陰陽五行思想結合後更蔚為風尚，〔註94〕王力《中國語言學史》明確指出「聲訓」與陰陽五行之說關係密切。他舉干支字為例：如「巳」字，《史記‧律書》：「巳者，言陽氣已盡也。」《漢書‧律曆志》：「巳盛於巳。」《說文解字》：「四月，陽气巳出，陰气巳藏」、《釋名‧釋天》：「巳，已也，陽氣畢布已也。」上列典籍多用「已」的「停止」義來釋「巳」。巳為四

〔註92〕姚淦銘：〈《說文》編纂的《易》哲學視界〉，《辭書研究》，2001 年第 5 期，頁 77。
〔註93〕張以仁：〈聲訓的發展與儒家的關係〉，頁 63～65。作者認為，聲訓之法一般出現於儒家相關的著作中，原因是儒家強調正名思想使然。《禮記》裡的聲訓更是不勝枚舉。《史記》中的《律書》、《曆書》和《樂書》等也屢用「聲訓」來說明特殊禮制詞語的得名由來。
〔註94〕《春秋繁露》、《白虎通》、《風俗通》等書中，大量使用聲訓。

月配乾卦，陽氣大勝而出，陰氣已藏，萬物已盛實盡見。依十二消息卦，陽氣生於子（十一月），終於巳（四月），巳者，終已也，象陽氣既極回復之形，有為終已之義。所以說「已也」、「陽氣已盡也」。

其他如四時、四方、五行、五聲的訓釋概念，使用聲訓的現象也十分普遍。因此，王氏認為「聲訓的對象，首先是那些帶有神秘色彩的名詞」；古人對於重要的名稱才使用聲訓探尋語源，尋繹命名之所以然，由此可見陰陽五行思想在漢代之盛行流布。〔註95〕

東漢劉熙〔註96〕《釋名·敘》〔註97〕自言寫作動機，是探求百姓日常生活用器名物的「所以之意」；方法是聲訓，「以同聲相諧，推論稱明辨物之意」用音近義通的字做訓釋詞，說明詞的稱名緣由，以及詞義特點。傳世本《釋名》二十七篇，〔註98〕承襲《爾雅》義類群分、以類相從的編排原則。同類中都是作者認為屬性相同、相關的詞，例如：〈釋天〉共釋一百一十五詞，其中雖仍可再分成若干小類，但都是與天文曆象相關的詞；〈釋水〉則均為水名等等，義項相同者即聚合成類。

然而，劉熙並未說明篇次安排與選詞的原則，其間是否有標準及規則？這些規律與陰陽五行思想又有何種關係？關於《釋名》編纂體例的相關討論較少，以下先將《釋名》類目分類後列表，其次概要敘述《釋名》編排體例以及篇次的順序理則，再者探究其選詞釋例，析論其與陰陽五行思想的聯繫。

〔註95〕王力：《中國語言學史》（臺北：五南圖書出版有限公司，2005年），頁47、50。

〔註96〕由於《後漢書》不載劉熙事跡，而〈文苑傳〉記載「劉珍」撰《釋名》三十篇，於是引發後人對《釋名》作者的辨疑。經過錢大昕《潛研堂文集卷二十七·跋釋名》、郝懿行《晒書堂文集卷七·劉熙釋名考》、畢沅《洪亮吉卷施閣文集卷十·釋名疏證序》等人考辨，大抵認為是劉熙字成國所作。相關請見陳建初博士論文：《《釋名》考論》（長沙：湖南師範大學，2005年），頁9～18。李振興：〈釋名研究述略〉，《中華學苑》，第53期，1999年8月，頁57～58。

〔註97〕《釋名·敘》：「自古造化製器，立象有物以來，迄於近代，或典禮所制，或出自民庶，名號雅俗，各方名殊。聖人於時，就而弗改，以成其器，著於既往。哲夫巧士，以為之名，故興於其用，而不易其舊，所以崇易簡省事功也。」見王先謙：《釋名疏證補》（北京：中華書局，2008年），頁1。

〔註98〕《釋名》版本眾多，經陳建初博士論文〈《釋名》考論〉辨析，以王先謙《釋名疏證補》所用的畢沅校本為佳，故本文擬以此本為底本。見陳建初：〈《釋名》考論〉（湖南師範大學博士論文，2005年），頁21～24。以下徵引《釋名》文句，悉據王先謙：《釋名疏證補》（北京：中華書局，2008年），不另詳註。

表 3-4：《釋名》篇目分類表

自　然	天文曆象	釋天 1
	地理水文	釋地 2、釋山 3、釋水 4、釋丘 5、釋州國 7
人　事	生理人倫	釋形體 8、釋姿容 9、釋長幼 10、釋親屬 11、釋言語 12、釋疾病 26、釋喪制 27
	食衣住行	釋道 6、釋飲食 13、釋采帛 14、釋首飾 15、釋衣服 16、釋宮室 17、釋牀帳 18、釋用器 21、釋車 24、釋船 25
	禮樂教化	釋書契 19、釋典藝 20、釋樂器 22、釋兵 23

　　凝聚《釋名》的篇目類聚以及選詞釋義的思想內核，可類分為「法天宗經」和「以人為本」二原則。

一、篇目類聚：法天宗經

　　《釋名》的篇目次第條理井然，前七篇首言天、地，再言山、水、丘、道、州國等自然環境，第八篇起以「人」字開頭，言與形體、人事相關的篇目。細究上述篇目序列，令人聯想起《說文》的纂輯體例思想內核，天地人三才之道。當然，這並不是說劉熙類聚篇目的排定，是受天地人三才思想的影響，只是認為他的歸類原則與這種思想相吻合。

　　《釋名》篇次的安排，順依天、地、人之序列，第一篇〈釋天〉，第二篇〈釋地〉，第三篇以下圍繞著「人」為中心。如前所述，「天」與一、元同氣，是化生天地萬物的母體根源，劉熙釋「天」字說：「天，顯也，在上高顯也。……天，坦也，坦然高而遠也。……《易》謂之乾。乾，健也。健行不息也。又謂之玄。玄，縣也，如縣物在上也。」釋「地」則說：「地者，底也，其體底下載萬物也。亦言諦也，五土所生莫不信諦也。《易》謂之坤。坤，順也，上順乾也。」劉熙釋「天地」之聲訓字，透顯他對「天地」的認知與義理詮釋。天是至高無上的存在，地則無所不覆，天地不僅是萬物的本源，而且是政治的根基；不僅是人之所始，且是神之所根。因此，二十七篇以〈釋天〉、〈釋地〉冠首，顯示劉熙將戰國以來的文化傳統思維，發顯在辭書編制的結構取向上。

　　漢代的訓詁學沿著經學的基石開展，《釋名》是聲訓集大成的專著，書中亦多選釋「經學」和「五經」相關名稱。〈釋典藝〉先釋三墳、五典、八索、九丘一類與上古賢君之書的名稱。其次，訓釋經、緯、圖、讖等與儒家經學典藝相關者。釋「讖、緯」字說：「纖也，其義纖微而有效驗也。」「緯，圍也，

反覆圍繞，以成經也。」讖是秦漢時方士、巫師預示吉凶的隱語，緯則附會儒家經典的義理旨意。讖緯作為古代文化的神學啟示，思想內核包含陰陽五行思想和神話傳話。再者，解釋《易》、《詩》、《書》、《禮》、《春秋》等五經之名。其中《論語》及《爾雅》的選錄值得注意，因為，《爾雅》書中所釋為經典中詞語，訓釋的依據是五經故訓；《論語》則是記載孔子言行的語錄。〈釋典藝〉所釋經典多為儒家典籍，展現劉熙雖為儒者仍濡染世情，釋義說解帶有陰陽五行色彩。

二、思想內核：以人為本

以「人」為本，是《釋名》在分篇取目上最顯著的特點。從第八至末尾二十七篇，總計有二十篇，圍繞「人」為中心的類目，占全書最多篇幅。第八篇起先釋人本身的形體、姿容，次釋人的長幼、親屬，再者釋人之語言。接下來是有關人類的食、衣、住、行、日常用器，最後是人生不可避免的疾病以及喪制。既釋人之本體，又釋人的生活日常用度；既釋肉體，又釋精神；釋言語行為，又釋情感思想，這一切無不圍繞「人」而開展，與〈釋名・序〉所說著書目的是為推求「百姓日稱」、「民庶應用之器」的名稱符應。

通觀全書，其篇目之安排以人為中心，上及天地自然，下至庶民日用，訓釋範圍包含「天地、陰陽、四時、邦國、都鄙、車服、喪紀，下及民庶應用之器」概括天地四時、邦國都鄙、車服喪紀以及百姓日常生活用器，雖非萬物賅備，但是所釋名物，已較早期使用聲訓之範圍大為增廣。

周祖謨指出，《釋名》內部所釋詞的排列理則，是將意義相近的詞相次排列，意義相反的詞也比次在一起。〔註99〕如〈釋言語〉：言、語、說、序及罵、詈、祝、詛、盟、誓等意義相近的詞相次排列外；意義相反如麤細、疏密、甘苦、成敗、亂治、沉浮等正反相對的詞，也相鄰比次，予以訓釋。劉熙還因類制宜，不同的類目的詞序也會有所調整。如〈釋天〉以「天」為始，接著是日、月、光、景、氣等，依照天象、陰陽、四時、五行、干支的排列，基本呈現戰國至

〔註99〕周祖謨：〈書劉熙釋名後〉，收入《問學集》下冊（北京：中華書局，1966 年），頁888。作者說：「其列詞也，義之相類者比而次之，而義之相反者亦然，如道、義，飲、食，冠、纓，衣、裳，宮、室，寺、觀，屋、宇等詞連類相屬矣。而是、非，巧、拙，貴、賤，禍、福，哀、樂，吉、凶，甘、苦等詞亦比而次焉。足見成國於紛繁詞語中，雅能探其倫序。」

漢代陰陽五行思想的發展脈絡。再如〈釋親屬〉篇，大體按照親疏、內外的順序釋名，先釋父、母、祖父、兄、弟，再釋從祖祖父母、姑、姊、舅、甥等。可見他對詞彙的理解與分析，具有科學系統性。

以「人體」為中心的類目，劉熙的編排處理格外「排列有序」。如〈釋形體〉依循先整體後局部之序，先釋人、體、軀、形等名，接著釋人體各部位；人體各部位名稱則依從上而下、從頭到腳的順序，由囟、頭、面順軀體而下至足、跟；細部的人體體膚臟器，則循由外到內的順序，先釋毛、皮、膚，再釋骨、筋、血，先釋胸、腹，再釋心、肝等。其餘外在事物，也依社會生活為中心的編排，繞著「人」的生活圈取材，無論釋言語、衣服、宮室、床帳、用器、車、船，乃至疾病，無不與人民的生活有關，以人們日常頻繁習用與接觸的事物或概念作為主要的訓釋對象。

第五節　小　結

綜上所述，三部字典辭書纂輯體制主要目的是為經學服務。《爾雅》先人事後名物，與儒家強調人倫關係密切；《說文》扣合《易》理；《釋名·釋典藝》訓釋五經典籍。其中以《說文》形制體現陰陽五行思想最顯著，與許慎「五經無雙」的經學家身份關係密切，「始一終亥」部首序、二十二干支字群組、全書篇目分佈、六書組序與部中屬字都浸潤混融《易》說。《爾雅》關屬自然天地的門類眾多，與〈釋天〉詞條的細緻分類，顯影戰國以降，認為天地至為重要的思想。《釋名》首二篇為〈釋天〉、〈釋地〉，其中〈釋天〉詞條釋義，大多明顯塗飾陰陽數術色彩。第八篇以下至末尾都環繞「人」為中心，雖不言法天人本，但也難掩其實。

通觀其中蘊含的陰陽五行思想有二：（一）系統秩序：陰陽五行家認為，宇宙是一團混沌的元氣，元氣分化為陰陽二氣，陰陽二氣的消長化為四季，它們此消彼長地循環運行，使萬物萌發、生長、成熟、收藏。字典辭書中的文字、釋義依類別、部首而井然有序，暗合四時五行構成的系統學說理則秩序，〔註100〕

〔註100〕陰陽以其消、息動力推動四時變化，四季再與五行配屬歸分；四季的流轉是「時間」的表現，五方符應時節之遞嬗即是「空間」的展開，為萬物遷化之場所。時間、空間相互涵攝，空間中的萬物在時間的遞嬗裡變動，依五行配屬彼此聯繫而生剋制化，宇宙的生機也便以此律動勃發。

循著這樣的規則，循環終始、生生不息。（二）天人合一：漢字取象於「人體」，辭書類中字序也以「人」為中心，篇目順序排列依天地人三才結構，串聯自然大宇宙與人體小宇宙，隱含天人相應相感之論。

第四章 《說文》、《釋名》陰陽五行形聲聲訓詞析論

　　第四、五章聲訓詞條，以被訓釋字、聲訓字是否具有「諧聲」關係來分類。第四章考察對象為形聲字，分為「以形聲字之聲符訓聲子」、「以形聲字的聲子訓聲符」、「以形聲字同聲符之字為訓」三節。此三類被訓釋字和聲訓字，具有形聲字聲符、聲子之關係。形聲字之聲符，除表字音之外，亦有部份表字義者；而此兼表字義之聲符，即為「字根」，亦即「亦聲字」，則被訓釋字和聲訓字可能同源，在同一章節論述之。

　　第五章討論被訓釋字、聲訓字之間，不具聲符、聲子之關係者。分為「以同音之字為訓」、〔註1〕「以雙聲之字為訓」、「以疊韻之字為訓」三節。另外，本研究聲訓詞中「以本字為訓」者，《說文》僅有「甲甲」、「乙乙」二條，其中「乙」字在《釋名》有同例，唯「甲」字需單獨論述，因此將甲字置於「第五章」最末論述之。再者，「巳已」為異體字，亦在「第五章」最末說明。

　　此外，上述每一類之中，依詞條出處及聲訓詞情況，細分為三類：（一）《說文》獨有；（二）《釋名》獨有；（三）《說文》、《釋名》皆有，但兩書的聲訓詞「相同」或「相異」三類論述。此類因為數量較少，同、異併為一類；先討論

〔註1〕本文上古語音系統，韻部及聲類均採用陳新雄先生校定之古音正聲十九紐、古韻三十二部之說。

聲訓詞「相同」者，再論述「相異」者。唯「以形聲字同聲符之字為訓」一類，
兩書的聲訓詞沒有相同或相異者。

　　將第四、五章的《說文》、《釋名》與陰陽五行思想「聲訓」詞條，探尋詞
源之寫作模式擬為下圖，以說明詞條論述層次：

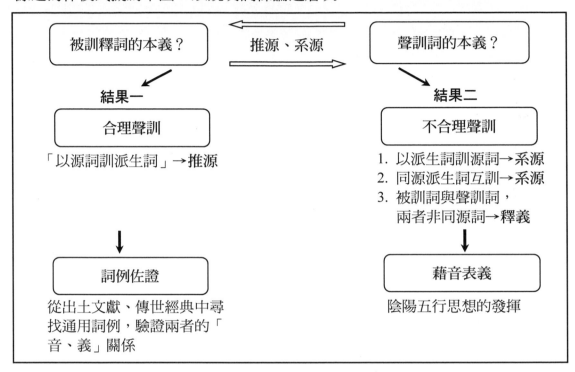

圖 4-1：論述層次圖

　　關於上圖，有二點需要說明：

　　（一）每一詞條中的論述「順序」如下：

1. 被訓釋詞的本義？

2. 聲訓詞的本義？

3. 兩者的關係？（是否為同源詞？）

4. 從出土文獻、傳世經典中尋找「詞例」，佐證兩者的「音、義」關係。

　　（二）圖中所指「合理聲訓」與「不合理聲訓」，乃依陸宗達、王寧之定義，
〔註2〕有下列三種情況：

1. 以源詞訓釋派生詞 → 合理聲訓 →「推源」。

2. 以派生詞反轉訓源詞、同源派生詞互訓 → 不合理聲訓 →「系源」。

〔註2〕陸宗達、王寧：〈淺論傳統字源學〉，《中國語文》，1984 年 5 月，頁 372。相關說明，
　　　請見本研究〈緒論章·研究方法與步驟〉。

3. 被訓詞與聲訓詞之間，無法證實是否有直接派生關係，無法推測其派生先後者 → 不合理聲訓 →「釋義」。

為便於省覽，將本章「推源情況」列表如下。特別說明的是，表格末尾「推源情況」欄位中，標記的推源、系源、釋義，乃用以表明該詞條聲訓的「功能」意義。

表 4-1：《說文》、《釋名》形聲字推源情況表

		被訓詞與聲訓詞的音韻關係			派生詞的形體特點				對同源詞的說解是否合理		推源情況
		聲符訓聲子	聲子訓聲符	同聲符互訓	增加義符	增加聲符	增加區別符號	其他	合理	不合理	
第一節	襛穠	＋			＋				＋		推源
	袷合	＋			＋				＋		推源
	灸久	＋			＋					＋	釋義
	性生	＋			＋				＋		推源
	娠辰	＋			＋					＋	系源
	雲云	＋			＋					＋	釋義
	祲侵	＋			＋				＋		推源
	婚昏	＋			＋				＋		推源
	瘧虐	＋			＋				＋		推源
	笙生	＋			＋				＋		推源
第二節	帝諦		＋		＋					＋	釋義
	申神		＋		＋					＋	系源
	陰蔭		＋		＋				＋		推源
	冬終		＋		＋				＋		推源
	土吐		＋		＋					＋	系源
	子孳		＋			＋				＋	系源
	寅演		＋		＋					＋	釋義
	午仵		＋		＋					＋	系源
	亥核		＋		＋					＋	釋義
	戊茂		＋		＋					＋	釋義
	己紀		＋		＋					＋	系源
	壬妊		＋		＋					＋	釋義
	辛新		＋		＋					＋	釋義
	女如		＋		＋					＋	系源

			+		+						+	系源
	夬決		+		+						+	系源
	丙炳		+		+						+	釋義
	癸揆		+		+						+	釋義
	丑紐		+		+						+	釋義
	未味		+		+						+	釋義
	未昧		+		+						+	釋義
第三節	禘諦				+						+	釋義
	鐘種				+						+	釋義
	陽揚				+						+	系源
	腸暢				+						+	釋義

以下先探究被訓釋字、聲訓字之本義；其次，討論聲訓條目之理據，命名之所以然，或及於陰陽五行思想之闡述；最後，由語音、語義面，論證兩者是否具有同源關係，以明其詞源。

第一節　以形聲字之聲符訓聲子

黃季剛〈說文條例〉：「形聲字有聲母，有聲子，聲子必从其聲母之音。」形聲字的「聲母」，即形聲字從以得音的聲符。如「江、河」之字音，是由聲符「工、可」而來，如母可生子，故江、河二字，即為工、可二字之「聲子」。本文稱「聲母」為「聲符」以其為符合學界共識之名稱。以下分三部分討論：《說文》以形聲字之聲符訓聲子；《釋名》以形聲字之聲符訓聲子；《說文》、《釋名》以形聲字之聲符訓聲子。

一、《說文》以形聲字之聲符訓聲子

《說文》以形聲字之聲符訓聲子者，主要有：禷類、祫合、炙久、性生、娠辰等五條。

（一）禷類

《說文·示部》〔註3〕：禷，以事類祭天神。从示，類聲。

禷祭，是因特殊事故而依仿祭天正禮而行的祭祀。

〔註3〕《說文》詞條依部首標記，如《說文·示部》。以下徵引《說文解字注》文句，悉據漢·許慎著，清·段玉裁注：《說文解字注》（經韻樓臧版）（臺北：洪葉文化事業股份有限公司，2003年10月），不另標出，並簡稱為《說文》。

類，甲、金文未見，〔註4〕戰國秦系文字寫作「**類**」〔註5〕《睡虎地‧封診式》76。《說文‧犬部》：「種類相似，唯犬為甚。从犬頪聲。」其義為種類，依據人、事、物的品名、性質或特點，將其中具有共同質素者聚集而分的類別；由種類引伸為同類，又引伸為類同、相像。〔註6〕

傳世文獻中「禷」原作「類」。如：《書‧舜典》：「在璿璣玉衡，以齊七政。肆類於上帝。」孔穎達疏：「類，祭於上帝。」《爾雅》今本經傳，禷皆作類。

「禷」祭見於經典者又分五類。桂馥《說文解字義證》（1736～1805）引錢大昭語：「《小宗伯》天地有災，行祈禱之類祭；《王制》天子巡狩之類祭；《爾雅‧釋天》征戰出兵行類祭；《肆師》戰勝之類祭；《舜典》天子攝位之類祭。皆非常祭，依正禮而為之，故云以事類祭。」〔註7〕

上段敘述指出，凡祈禱、巡守、行師、戰捷、天子攝位等皆依祭天禮，即錢大昭所說「正禮」而進行。可知，禷祭為凡有特殊種類之事而仿照祭天禮而舉行的臨時祭天儀式，因為「仿照、依循」而得名，故稱「禷」，〔註8〕許君才以「類」釋「禷」。

語音上，禷從「類」得聲，古音都是來紐沒部，二字同音。語義上，共同的核義素為「類同、仿照」。段玉裁「禷」字下注：「此當曰从示類、類亦聲。省文也。」段氏也將其視為形聲兼會意字。王筠指出：「許君之說字義也，已云：『以事類祭天神』，即足見從類之義矣。故其說字形也，第云『類聲』而不加『从類』。」〔註9〕王氏闡發許慎解字的一項條例，即凡說解已揭示聲符所含意義者，不再用「亦聲」二字。總上所述，則兩字可能同源。以類訓禷，許慎以源詞訓派生詞。

〔註4〕文中甲骨文資料，以《甲骨文合集》為主，簡稱《合》；為免篇幅過大，僅標注列出著錄專書簡稱及編號。金文資料則僅列出該器名稱，不另注著錄專書編號，器物之定名及斷代則依《殷周金文集成》。戰國文字資料之系別，則依《戰國文字編》所歸屬。

〔註5〕本文引用的古文字字形，依中央研究院歷史語言研究所和資訊科學研究所，共同開發之「漢字古今字資料庫」，網址：http://xiaoxue.iis.sinica.edu.tw/ccdb

〔註6〕義士出版社編：《字源》（臺中：義士出版社，1972年），頁881。

〔註7〕引自丁福保主編《說文解字詁林正補合編》（臺北：鼎文書局，1983年）第一冊，頁52。

〔註8〕雷漢卿：《《說文》「示」部字與神靈祭祀考》（成都：巴蜀書社，2000年3月），頁180。

〔註9〕王筠：《說文釋例》（武漢：武漢古籍書店，1983年），頁442。

（二）祫合

《說文‧示部》：祫，大合祭先祖親疏遠近也。从示合。《周禮》曰：
「三歲一祫。」

祫，為古時天子、諸侯宗廟祭禮之一，在太廟中將遠近祖先的神主大合祭，每三年舉行一次。《甲骨文字詁林補編》錄「■」《合》30614，釋為「祫」，認為可析分為从示、从合、合亦聲。其辭曰：「其祝□，惠王祫，又正。」，「祫」自甲骨文形體本身即有合廟主而祭之意。〔註10〕

合，甲骨文寫作「■」《合》31888，金文寫作「■」〈珝生簋〉，都象器蓋相合之形，本義是相合、聚合。〔註11〕《說文‧亼部》也說：「合，合口也。从亼从口。」

《禮記‧王制》：「天子犆礿，祫禘、祫嘗、祫烝。」鄭玄注：「祫，合也……天子諸侯之喪畢，合先君之主於祖廟而祭之，謂之祫。後因以為常，天子先祫而後時祭，諸侯先時祭而後祫。」〔註12〕鄭玄指出，「祫」祭是將喪之主的牌位合於祖廟，與其他諸位先祖共同祭祀，所以古籍謂「祫」為「合祭」。許慎取合之聚合、結合義釋「祫」，解釋「祫祭」為古時天子或諸侯，將遠近祖先的神主「集合」在太廟裡進行祭祀。

王浩《鄭玄《三禮注》同源詞研究》認為「祫」、「合」同源，〔註13〕論證如下：

語音上，祫从「合」得聲，古音都是匣紐緝部，二字同音。

語義上，「合」義合併，「祫」則加示為義符，表祭祀，為天子、諸侯治喪畢，合先君之神主於祖廟之祭；兩者有共同的核義素「相合」，合為祫的源詞，祫為派生詞。以合訓祫，許慎以源詞訓派生詞。〔註14〕

〔註10〕何景成：《甲骨文字詁林補編》（北京：中華書局，2017年10月），頁973～974。

〔註11〕張世超、孫淩安、金國泰、馬如森合著：《金文形義通解》（京都：中文出版社，1996年），頁296。

〔註12〕漢‧鄭玄注，唐‧孔穎達疏：《禮記正義》，收入李學勤主編《十三經注疏整理本》，（臺北：臺灣古籍出版社有限公司，2001年），第23冊，頁454。以下徵引《禮記正義》文句，悉據此書，不另詳註。

〔註13〕王浩博士論文：《鄭玄《三禮注》同源詞研究》（石家莊：河北師範大學，2010年），頁134。

〔註14〕王浩博士論文：《鄭玄《三禮注》同源詞研究》，頁134。王浩認為，「祫、洽、翕」三者同源，均以「合」為源詞。

（三）灸久

《說文・火部》：灸，灼也。从火，久聲。

灸，本義為燒灼。〔註15〕灸法是對治療的部位施以溫熱刺激，段玉裁注：「今以艾灼體曰灸。」即將艾絨製成的艾柱或艾條點燃後，熏灼人體穴位，刺激皮膚或血脈，達到治療之效。

久，本義有二說，一說久即灸之初文；一說久為「乑」，為矢栝字之初文。魯實先指出，久字篆文作「�」，象艾苣加脛之形；即「ㄣ」象人脛，「乀」象艾苣（灸柱）。久借為永久，所以孳乳為「灸」，久為灸之初文，灸是久之後起形聲字。〔註16〕魯氏之說與許慎同，《說文・久部》：「久，从後灸之也。象人兩脛後有距也。」

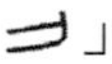

郭沫若（1892～1978）認為甲文之「ㄣ」《合》19946、「ㄟ」《合》41014 象橫置的矢栝形，本義是箭末扣弦處，隸作「乑」，假借為人稱代詞「厥」。〔註17〕《廣韻》：「乑，古文厥字」。何琳儀則指出：「久與乑同形，構形不明。」〔註18〕季旭昇贊同何說。〔註19〕

出土文獻中有「久／灸」通用例。《睡虎地・封診》：「男子丁壯，皙色，長七尺一寸，髮長二尺，其腹有久故瘢二所。」久讀為灸，「灸故瘢」即灸療遺留的疤痕。又馬王堆帛書中，凡灸灼之灸皆作久，如《馬王堆・足臂十一脈灸經》：「諸病此物者，皆久足泰陽筋」、《馬王堆・陰陽十一脈灸經》：「披髮，大杖重履而步，久既息則病已矣。」《武威醫簡》第21～25簡記述古代針灸醫術及禁忌。寫人生一歲不可針灸心臟，否則十日則死；二歲不可針灸腹部，否則五日死……人生八歲不可灸肩，否則九日而死。其中，僅有第23簡：「人生六歲毋

〔註15〕義士出版社編：《字源》，頁893。

〔註16〕魯實先著，王永誠注：《文字析義注》（臺北：臺灣商務印書館，2014年），頁122。

〔註17〕郭沫若著作編輯出版委員會：《郭沫若全集・考古編》（北京：科學出版社，2002年），頁238。

〔註18〕何琳儀：《戰國古文字典——戰國文字聲系》（北京：中華書局，1998年），頁29。

〔註19〕季旭昇指出，「乑」上古音在月部合口三等，「久」在之部合口三等。《古文字通假釋例》舉之部和歌部（月部陰聲）的相通例，如阜陽漢簡《詩》025號：「父猗母猗，畜我不卒（卒）。」《詩・邶風・日月》：「猗」作「兮」，又同書039號：「闋猗闋猗」065號：「寬猗綽猗。」諸「猗」字《詩》並作「兮」。據此，季旭昇認為何琳儀說法於字形頗有可取，又有通假文例，其說成立的可能性甚大。見季旭昇：《說文新證》（福州：福建人民出版社，2010年12月），頁494。

『灸』手，二日死。」用「灸」字，其餘各歲「灸」皆寫作「久」，可知戰國時久、灸並用。

語音上，灸從「久」得聲，古音都是見紐之部，二字同音。從出土文獻中久、灸通用詞例可知，久本義釋為「灸療」，後加「火」形符，表以火燒灼艾絨施以灸療，則久即灸之初文，久、灸為古今字，〔註20〕今字「灸」記錄了古本義「燒灼」，久只用作假借義「久遠」，今日看來兩者已不具有同樣的核義素，〔註21〕不是同源詞。〔註22〕

（四）性生

《說文‧心部》：性，人之陽气性善者也。从心，生聲。

「性」，指人的本性。甲、金文未見，戰國文字中，馬王堆帛書獨用「生」記寫「性」，寫作「𡈼」《馬王堆‧老子乙》卷前古佚書；楚系簡帛則用「眚」記寫「性」，〔註23〕寫作「𡴆」《郭店‧語叢》2.1。

「生」，本義是出生、生長。甲骨文作「𡳿」《合》6673，从屮，一為地，象艸木從土地長出之形。金文寫作「𡳿」〈作冊大方鼎〉、「𡈼」〈豐作父辛尊〉。《說文‧生部》：「生，進也。象艸木生出土上。」許慎訓生為「進」，當為引申義。

許慎以陰陽說性情，是漢代儒者盛行的說法。《春秋繁露‧深察名號》：「身之有性情也，若天之有陰陽也。」〔註24〕《孝經鈎命決》：「情生於陰，欲以時念也。性生於陽，以就理也。陽氣者仁，陰氣者貪，故情有利欲，性有仁也。」〔註25〕性本於陽氣，陽氣溫熱和煦，流轉運行，所以「性」主於仁愛親和。「情」

〔註20〕「古今字」是由於古漢語中多義詞的某一義項，在詞義系統的發展過程中，逐漸從源詞的引申義列中分化，獨立而形成新詞，或上古同音借用形成的同形詞，在漢語發展過程中分化出新詞，而另為這些新詞造新字的現象。

〔註21〕黃德寬：《古文字譜系疏證》（北京：商務印書館，2007年），頁66。論者認為：「《說文》「灸」字下段玉裁注：『按久灸皆取附箸相拒之意，凡附箸相拒曰久，用火則曰灸。……許說造字本意。』疑灸為久的拒塞、堵塞義之後起分化字。」備為一說供參。

〔註22〕因詞義「引申」而形成的古今字才是同源字，因詞義假借形成的古今字，由於意義上並未相通，則不是同源字。

〔註23〕禤健聰：《戰國楚系簡帛用字習慣研究》（北京：科學出版社，2017年），頁359。

〔註24〕漢‧董仲舒：《春秋繁露》（臺北：中國子學名著集成編印基金會印行，1978年），頁259。

〔註25〕宋均注：陽氣主於流運，故仁；陰氣主於積聚，故貪也。見安居香山、中村璋八合編：《緯書集成》（石家莊：河北人民出版社，1994），頁1014。本文徵引緯書文句，悉據此書，不另詳註。

本於陰氣，陰氣寒冷凝聚，故「情」表現為貪慾斂財，此純用陰陽思想來說性情。

王力、〔註26〕王衛峰都指出性、生同源，〔註27〕論證如下：

語音上，性從「生」得聲，古音都是心紐耕部，二字同音。

語義上，「生」指出生、生育；「性」為人或事物天生的稟性，兩者有共同的核義素「生」。性由生派生，生為性的源詞。則「性」之說形，當為「從心、從生，生亦聲」，形聲兼會意字。許慎以源詞訓派生詞。

出土文獻中生、性通用詞例，可佐證詞源：

【生／性／眚】

〔本性〕

馬王堆帛書《老子·甲》卷後古佚書《五行》：「循草木之生則有生焉，而〔无好惡，循〕禽獸之生則有好惡焉，而無禮義焉。循人之生則巍然〔知其好〕仁義也。不遁其所以受命也，遁之則得之矣。是目之已。故目萬物之生而□□獨有仁義也，進耳。」以上諸生字除「有生」之生為本字外，餘皆釋為本性。〔註28〕

郭店楚簡《性自命出》1～3：「凡人雖有眚，心亡奠志……喜怒依哀悲之氣，眚也……眚自命出，命自天降。道始於情，青生於眚。」眚釋作人之內在本性。

（五）娠辰〔註29〕

《說文·女部》：娠，女妊身動也。從女，辰聲。《春秋傳》曰：『后緡方娠。』一曰宮婢女隸謂之娠。

娠，本義是懷孕。〔註30〕甲文從女，從辰，疑用作婦名，《合集》14070寫作「　」之形：「……娠其嘉。」古人以生男為「嘉」，生女為「不嘉」。〔註31〕

〔註26〕王力：《同源字典》（北京：商務印書館，1991年5月），頁333。順帶一提，王力指出，「姓」亦由「生」派生。「姓」為與生俱來的標誌，人的血統符號，和「生」有共同的核義素。
〔註27〕王衛峰：《上古漢語詞彙派生研究》（上海：百家出版社，2002年），頁30。
〔註28〕文中使用的古文字材料，引用該學者的說法即同時採用其釋文，多在文中注明出處，未加注的簡帛材料則為整理者的釋文。
〔註29〕相關詞條「壬妊」，見本章〈第二節〉，頁143～144。以及「辰伸」條，見〈第五章·第三節〉，頁189～190。
〔註30〕李圃、鄭明主編：《古文字釋要》（上海：上海教育出版社，2010年9月），頁1137。
〔註31〕古文字詁林編纂委員會編纂：《古文字詁林》（上海：上海教育出版社，1999），頁768。

　　辰，甲骨文寫作「门」《合》137、「肉」《合》38021。「门」《合》137，郭沫若指出，辰本義是耕器，象蛤蚌類的大貝，用作耕田除草的器具，為「蜃」的初文。〔註32〕金文寫作「肉」〈小臣宅簋〉，偶有增益「手」形，以會操作之義，如「肉」〈伯中父簋〉、「肉」〈陳璋方壺〉。

　　許慎以「辰」之「動義」來解釋胎兒在母體中微動，泛指懷孕、妊娠。《說文》「娠」字下段玉裁注：「凡從辰之字皆有動意。震、振是也。妊而身動曰娠，別詞也，渾言之則妊娠不別。《詩》：『大妊有身，生此文王。』傳曰：『身、重也。』蓋妊而後重，重而後動，動而後生。」〔註33〕這段敘述重點有三：其一，從「辰」之字，多有「動義」；其二，妊、娠不別，「妊」也是懷孕義，〔註34〕《說文‧女部》：「妊、孕也。從女從壬，壬亦聲。」〔註35〕；其三，段玉裁以「身」為婦人有孕，「身」象婦人肚腹便便懷孕狀，而有「重」義，並引《詩‧大雅‧生民》經、傳作為佐證。〔註36〕

　　從「辰」之字多有「動」意，如震、振、蹍、唇等字。《說文‧雨部》：「震，劈歷，振物者。從雨辰聲。」指響雷之聲，震動萬物；此外，震通「娠」，指懷孕。〔註37〕又如「振」字，《說文‧手部》：「舉救也，從手辰聲，一曰奮也。」段玉裁注：「此義則與震略同。」再如「蹍」字，《說文‧足部》：「動也，從足辰聲。」又，「唇」字，《說文‧口部》：「驚也。從口辰聲。」段玉裁注：「後人以震字為之。」〔註38〕

〔註32〕郭沫若：《甲骨文字研究‧釋干支》，頁201。論者認為：「（辰）實古之耕器，其作貝殼形蓋蜃器也，……於貝殼、石片下附以提手，字蓋象形。」

〔註33〕《說文解字注》，頁620。

〔註34〕與「懷孕」相關的同源詞組，應為「妊、任」，見王力：《同源字典》，頁611。

〔註35〕表懷孕義的《說文》字例共有娠、妊、包、嫗等字。《說文‧女部》：「嫗，婦人妊身也。從女寇聲。《周書》曰：『至于嫗婦。』」《說文‧包部》：「包，象人裹妊，巳在中，象子未成形也。元气起於子。子，人所生也。男左行三十，女右行二十，俱立於巳，為夫婦。裹妊於巳，巳為子，十月而生。男起巳至寅，女起巳至申。故男秊始寅，女秊始申也。凡包之屬皆從包。」

〔註36〕妊娠，又名妊子、重身、懷娠。

〔註37〕《詩‧大雅‧生民》：「載震載夙，載生載育。」陳奐傳疏：「震與娠通。」高亨注：「震，通娠，懷孕。」《左傳‧昭公元年》：「當武王邑姜方震大叔，夢帝謂己：『余命而子曰虞，將與之唐，屬諸參，而蕃育其子孫。』」杜預注：「懷胎為震。」楊伯峻注：「震，《說文》作娠，懷孕也。」

〔註38〕陳美華指出：「『蜃』為動物，以其能運動，故引申之乃有動義。」並列舉唇、蹍、震、振、娠字為例。見陳美華碩士論文：《說文干支字研究》（臺北：文化大學中文系），頁191～193。

語音上，娠从「辰」得聲，辰上古音定紐諄部，娠透紐諄部，發聲都是舌音，韻部相同。

語義上，「辰」本義為農具，引申有敲擊、動義；「娠」義為懷孕，二者共同的核義素為「泛動」，或為同出一源。然無法證實被訓詞與聲訓詞之間是否有直接派生關係，歸類為同源派生詞互訓。

二、《釋名》以形聲字之聲符訓聲子

《釋名》以形聲字之聲符訓聲子者，主要有：雲云、祲侵、婚昏、瘧虐等四條。

（一）雲云

《釋名‧釋天 1.58》〔註39〕：雲，猶云云，眾盛意也。又言運也，運行也。

云，本義為雲朵、雲氣，「雲」之初文。甲骨文作「ᔉ」《合》13402、「ᔈ」《合》40866，象雲氣翻卷流轉形。《合》13387：「貞丝云其雨。」云釋為雲彩，用本義。戰國時，「雲」字已經出現，《天星》4405：「雲君」，寫作「雲」，李零認為即《楚辭‧九歌》中的「雲中君」。〔註40〕

後云字借作「云說」、言語之「曰」等義，加雨為形符，孳乳「雲」字，以存初義。〔註41〕《說文‧雲部》：「雲。山川气也。从雨，云象雲回轉形。ᔇ古文省雨。ᔈ，亦古文雲。」云、雲是古今字，今字記錄了古字的本義，唯現今「云」只用作言語的云說義，兩者不具近同的核義素，不是同源詞。

《釋名》以「云云」釋「雲」，表雲眾盛而多之狀；《上博三‧亙先》：「云云相生」云云釋為眾多貌。《詩‧小雅‧白華》：「英英白云，露彼菅茅。」也用云比喻眾多。

又以「運」釋「雲」，《呂氏春秋‧圜道篇》：「雲氣西行，云云然冬夏不輟，水泉東流，日夜不休，上不竭，下不滿。」楊倞注：「云，運也。」《春秋說題

〔註39〕為便於檢索，《釋名》詞條按篇逐條加以編號。「1.58」代表第一篇釋天，第58條。「11.48」表第十一篇釋親屬，第48條。詞條排序，依任繼昉：《釋名匯校》（濟南：齊魯書社，2006年11月）所列。

〔註40〕李零：《中國方術考》（修訂本）（北京：中華書局，2006年），頁289。

〔註41〕魯實先著：《文字析義注》，頁9。

辭》:「雲之為言,運也,動陰路。觸石而起,謂之雲。合陽而起,以精運也。」〔註42〕將雲視為氣之流轉,雲之運行不輟而有風雨的流施普博。

傳世文獻中,雲、云通用,有眾多及地名義:

【雲/云】

〔眾多〕

《戰國策·秦策四》:「王又舉甲兵而攻魏,杜大梁之門,舉河內,拔燕、酸棗、虛、桃人,楚、燕之兵云翔不敢校,王之功亦多矣。」《史記·春申君列傳》:「大王又舉甲而攻魏……魏之兵雲翔而不敢捄。」兩者在眾多義上通用。

〔地名〕

《書·禹貢》:「江漢朝宗于海,九江孔殷,沱潛既道,云土夢作乂。」孔安國傳:「雲夢之澤在江南,其中有平土丘,水去可為耕作畎畝之治。」陸德明《釋文》:「雲,徐本作云。」

(二)祲侵

《釋名·釋天 1.76》:祲,侵也,赤黑之氣相侵也。

祲,指陰陽之氣相侵,漸成災、祥之精氣。《說文·示部》:「祲,精氣感祥。從示,侵省聲。」《左傳·昭公十五年》:「彼云吾見赤黑之祲。」杜注:「祲,妖氛也。」服虔注:「水黑火赤,水火相遇。」

侵,甲文寫作「𦥑」《合》6057、「𦥑」《合》6057,從又、從帚、從牛,象手持掃帚之類物什驅趕牛馬之形。〔註43〕黃德寬認為,象以帚驅牛之形。〔註44〕季旭昇指出,侵字從又帚,會「侵犯擄掠」之意,甲文從「帚」之字,常與軍事戰爭有關,如「歸」字本義,可能是在戰爭中以軍隊掃除敵人乃歸。〔註45〕甲骨文用作侵伐義,如「土方侵我田十人」。

劉熙以「侵」釋祲,取其侵伐義,「赤黑之氣相侵也」赤為火、水為黑,指水火(陰陽)之氣相侵漸。《周禮·春官·眡祲》:「眡祲掌十煇之灋,以觀妖祥,辨吉凶,一曰祲……。」鄭司農注:「祲,陰陽氣相侵也。」《漢書·匡衡傳》:

〔註42〕安居香山、中村璋八合編:《緯書集成》,頁 862。
〔註43〕義士出版社編:《字源》,頁 710。
〔註44〕黃德寬:《古文字譜系疏證》,頁 3960。黃氏之說,與段玉裁同。《說文》「侵」字下,段玉裁注:「《穀梁傳》曰『芭人民,毆牛馬曰侵。』」
〔註45〕季旭昇:《說文新證》,頁 658。

「臣聞天人之際，精祲有以相盪，善惡有以相推，事作乎下者，象動乎上，陰陽之理，各應其感。」李奇曰：「祲，氣也，言天人精氣相動也。」顏師古曰：「祲謂陰陽氣相侵，漸以成災祥也。」

王力指出，祲、侵同源。〔註46〕黃德寬認為祲由「侵」之侵犯義派生。〔註47〕論證如下：

語音上，祲、侵古音都是精紐侵部，二字同音。

語義上，「侵」本指軍隊攻伐蠶食，引申為災害對人的侵害；「祲」本指災祥、妖氣出現的徵兆，而不祥之氣會予人侵害，二者有共同的核義素「侵害」。侵為源詞，祲為派生詞，是因其氣侵害人的特徵而得名。以侵訓祲，劉熙以源詞訓派生詞。

（三）婚昏

《釋名・釋親屬 11.48》：婚，婦之父曰婚，言婿親迎用昏，又恒以昏夜成禮也。

婚，本義為婚禮。《說文・女部》：「婦家也。《禮》：娶婦以昏時，婦人陰也，故曰婚。从女从昏，昏亦聲。」許慎認為，女為陰，男為陽；晝為陽，夜為陰，古時娶婦因以昏時。

昏，本義是日冥，會意字。卜辭寫作「ㄅ」《合》29794、「ㄅ」《合》29801。季旭昇指出，昏字當為从日氏〔註48〕於地會意，表太陽沉沒地平線之下，有日冥意。〔註49〕《說文・日部》：「昏，日冥也。从日氏省。氏者，下也。一曰民聲。」古時在黃昏娶婦，因引申出「婚禮儀式」義，為引申義造「婚」字。《左傳・隱公七年》：「鄭公子忽在王所，故陳侯請妻之。鄭伯許之，乃成昏。」

婚、昏兩者為古今字，也是分別字，〔註50〕因兩者有意義上的聯繫，故為同

〔註46〕王力：《同源字典》，頁 617。

〔註47〕黃德寬：《古文字譜系疏證》，頁 3960。

〔註48〕氏，至也，「一」為地平線。

〔註49〕季旭昇：《說文新證》，頁 551。

〔註50〕王筠在《說文釋例》第八卷提出「分別文」定義：「字有不須偏旁而義已足者，則其偏旁為後人遞加也。其加偏旁而義遂異者，是為分別文，其種有二：一則正義為借義所奪，因加偏旁以別之者；一則本字義多，既加偏旁則只分其一義也。」王著：《說文釋例》（武漢：武漢古籍書店，1983 年），頁 173。

源詞，論者稱為「同源分別字」。〔註51〕王力指出，婚、昏同源。〔註52〕黃德寬
也認為，婚由昏字派生。〔註53〕論證如下：

　　語音上，婚從「昏」得聲，古音都是曉紐諄部，二字同音。昏亦聲，則婚
從「昏」得聲，且又表婚禮義。語義上，婚記錄「昏」的引申義「婚禮」，因娶
婦昏時而得名。昏為源詞，婚為派生詞。以昏訓婚，劉熙以源詞訓派生詞。

　　出土文獻中有昏婚通用詞例，可為詞源佐證：

【昏／婚】

〔婚禮〕

《上博三・周易・睽》上九：「睽孤，見豕負塗，載□寇，昏（婚）媾，往，遇
雨則吉。」昏，整理者釋為婚禮。

（四）瘧虐

　　《釋名・釋疾病 26.41》：瘧，酷虐也；凡疾，或寒或熱耳；而此疾
　　先寒後熱，兩疾似酷虐者也。

　　瘧，病名。由瘧原蟲引起的寄生蟲病，其症狀有週期性的發冷發熱、大量
出汗、頭痛、口渴、全身無力及溶血等。〔註54〕

　　虐，會意字，甲骨文寫作「　」《合》8857」「　」《合》17192，從虎、從
人。裘錫圭〈釋虐〉以為象虎抓人欲噬形，引申有殘虐、殘害義。〔註55〕金文
「人」形漸訛作「匕」並移於「虎」下，作「　」〈　盨〉，小篆　字形承此而
來，戰國楚系字寫作「　」《包山》2.163。《上博楚竹書五・姑成家父》1：「厲
公無道，虐於百豫，百豫反之。」指厲公殘虐百豫的百姓，當地百姓群起反叛。

　　王力指出瘧、虐同源，〔註56〕黃德寬以「瘧」由「虐」派生，〔註57〕論證如
下：

〔註51〕李國英：〈試論『同源通用字』與『同音通用字』〉，《北京師範大學學報》，1989 年
　　　　第 4 期，頁 53～57。
〔註52〕王力：《同源字典》，頁 507。
〔註53〕黃德寬：《古文字譜系疏證》，頁 3607。
〔註54〕徐中舒、蔡宗陽：《漢語大字典（繁體字版）》（臺北：建宏出版社，1998 年 10 月），
　　　　頁 2871。
〔註55〕引自季旭昇：《說文新證》，頁 417。
〔註56〕王力：《同源字典》，頁 301。
〔註57〕黃德寬：《古文字譜系疏證》，頁 820。

語音上，瘧從「虐」得聲，古音都是疑紐藥部，二字同音。虐亦聲，則虐亦表義。

語義上，「瘧」指寒、熱迭作的疾病；「虐」則指殘虐、殘害義，兩者有共同的核義素「殘害」。虐為源詞，瘧為派生詞，是因此症殘虐身體而得名。以虐訓瘧，劉熙以源詞訓派生詞。

劉熙取虐之酷虐、殘害義訓瘧，以寒熱之症殘害身體。《說文·疒部》：「瘧，熱寒休作。從疒從虐，虐亦聲。」《呂氏春秋·孟秋紀》：「行夏令，則多火災，寒熱不節，民多瘧疾。」高誘注：「夏，火王，而行其令，故多火災。金氣、火氣，寒熱相干不節，使民病瘧疾，寒熱所生。」〔註58〕蘇輿曰：「瘧，有先寒後熱，先熱後寒。」在孟秋之月行夏令，火克金，則寒熱不節，故民多瘧疾。此疾發作時寒、熱迭作，症狀時休時作。

出土文獻有虐、瘧通用詞例，可為詞源佐證：

【虐／瘧】

〔瘧疾〕

《馬王堆·陰陽脈乙》：「□□□頭頸痛，<u>虐</u>，汗出。」釋作瘧疾。

三、《說文》、《釋名》以形聲字之聲符訓聲子

《說文》、《釋名》以形聲字之聲符訓聲子，且兩條之聲訓詞相同者，有「笙生」一例。

（一）笙生〔註59〕

《說文·竹部》：笙，十三簧。象鳳之身也。笙，正月之音。物生，故謂之笙。大者謂之巢，小者謂之和。從竹，生聲。

《釋名·釋樂器22.16》：笙，生也，竹之貫匏，象物貫地而生也。

笙，為古簧管樂器。甲、金文未見，戰國楚簡作「𥫱」《信陽》2.03：「二笙」指樂器。《詩·小雅·鹿鳴》：「我有嘉賓，鼓瑟吹笙。」用樂器義。

生，甲骨文作「𐙒」《甲》200，從屮，一為地，象艸木從土地長出之形，本義是出生、生長，卜辭中用法有四：生育、生死之生、讀為「姓」、「生月」

〔註58〕秦·呂不韋主編，許維遹集釋：《呂氏春秋集解》（臺北：鼎文書局，1977年），頁124。以下徵引《呂氏春秋》文句，悉依此書，不另詳註。

〔註59〕相關詞條「青生」，見〈第五章·第三節〉，頁188～189。

指「下月」。〔註60〕《說文·生部》:「生,進也。象艸木生出土上。」許慎訓生為「進」,當為引申義。

笙為東方之樂。《周禮·春官·眡瞭》:「掌凡樂事,播鼗,擊頌磬、笙磬。」鄭玄注:「磬在東方曰笙,笙,生也。」賈公彥疏:「以東方是生長之方,故云笙。」《白虎通·禮樂·五聲八音》:「笙者,大簇之氣,象萬物之生,故曰笙。」〔註61〕《說文》「笙」字下,段玉裁注:「《禮經》:『東方鐘磬謂之笙鐘、笙磬。』笙猶生也,東為陽中,萬物以生,是以東方鐘磬謂之笙也。」清代孫詒讓《周禮正義》:「東方之樂,與樂器之笙物異,而取義於生則同也。」〔註62〕《說文》、《釋名》都取「生長」義訓笙。

筆者認為笙、生或為同源,論證如下:

由「生、性、姓」為同源詞組,〔註63〕可知「生」之引申脈絡有二:一為「生長、生出」義,〔註64〕引申出生活、生命等義;另一義則為「天生、天然」。「笙」由生的「生長」義派生而來;「性、姓」則由生之「天生、天然」的與生俱來義派生。從「生」得聲之字,多延「生長」與「天生」二義孳乳開展。前者如「牲、甥」,後者如「性、姓」。總上所述,經由語音和語義之考察,則「笙」當亦可能由「生」所派生。

語音上,笙從「生」得聲,古音都是心紐耕部,二字同音。

語義上,生本義為出生、生長;笙,古代的吹奏樂器,古人認為是東方之樂,東方為萬物生長之方。兩者有共同的核義素「生長」,生為笙的源詞。以生訓笙,許慎、劉熙都以源詞訓派生詞。

出土文文獻詞例,可為詞源佐證:

【笙／生】

〔地名〕

《左傳·莊公九年》:「乃殺子糾于生竇,召忽死之。」《史記·齊太公世家》:「遂殺子糾于笙瀆。」《左傳》作「生」,《史記》則作「笙」。

〔註60〕于省吾主編:《甲骨文字詁林》(北京:中華書局,1996年),頁1310~1324。
〔註61〕漢·班固撰,清·陳立疏證,吳則虞點校:《白虎通疏證》(北京:中華書局,2011年),頁123。本文徵引《白虎通》文句,悉依此書,不另標出。
〔註62〕清·孫詒讓:《周禮正義》(臺北:臺灣商務印書館,1967年),頁356。
〔註63〕王力《同源字典》將「生、性、姓」系聯為同源,頁333。
〔註64〕緣上述「生」之甲文字形,象艸木從土地長出,本義是出生、生長。

第二節 以形聲字之聲子訓聲符

這類聲訓例，與前一類相反，被訓字都是同一形聲字的聲符，聲訓字都是聲子，如：《釋名·釋天》：「冬，終也」。先有「冬」字之終結之義，後「冬」引伸為四時窮竟之「冬」，乃增加義符「糸」以專表終盡之「終」字，則終為冬之分別文。分別文的關係，說明被訓字與聲訓字同源，意義上有密切聯繫。

一、《說文》以形聲字之聲子訓聲符

《說文》以形聲字的聲子訓聲符，主要有：帝諦、申神兩條。

（一）帝諦〔註65〕

《說文·一部》：帝，諦也。王天下之號也。从丄，朿聲。

帝，甲文寫作「𐎟」《合》30298，雷漢卿指出，「帝」本義為神主偶像，取象於束茅而成的神主，在卜辭裡用作祭名，祭先公先王、四方神、河神及其他諸神。〔註66〕後加「示」旁作「禘」為追溯先祖所由出，把祖先的神位和天帝的神位相配的祭祀。

諦，甲、金文未見，戰國文字寫作「⬛」《上博五·競見內之》6。本義是審察、細察。《說文·言部》：「審也。从言帝聲。」

語音上，帝上古音為端紐錫部，諦為端紐錫部，二字同音。語義上，因為被訓詞與聲訓詞之間無法證實是否有直接派生關係，也無法推測其派生先後，兩者非同源詞。

（二）申神〔註67〕

《說文·申部》：申，神也。七月，陰气成，體自申束。

申，本義為閃電，是「電」字初文。甲骨文寫作「𛀁」《合》4035、「𛀂」《合》36509；金文作「𛀃」〈杜伯盨〉，象閃電的電光閃爍屈折之形。《說文》虹字下列籀文「𧍓」，云：「籀文虹，从申。申，電也。」戰國文字兩旁電光分枝或訛為兩「口」，多見於楚系字，寫作「𓏸」《包2.26》；或訛變為「臼」，秦

〔註65〕「禘」或與「帝」同源。相關詞條「禘諦」，見本章〈第三節〉，頁154。
〔註66〕雷漢卿：《《說文》「示」部字與神靈祭祀考》，頁156。
〔註67〕相關詞條「神引」，見〈第五章·第一節〉，頁161～162。「申身」見〈第五章·第二節〉，頁165。

文字寫作「甲」《睡‧日乙 35》。後來,「申」借作「伸展」、「延長」、「表明」
等義,乃加雨為形符,電是申之後起形聲字。現今,申只用作假借義,電則作
本義。

甲、金文中「申」已借作地支,《合集》7283:「甲申卜」,意為在甲申這一
天占卜;〈多友鼎〉:「甲申之晨」,意為甲申日的早晨。由於申假借為地支第八
位,金文另造「電」字,由於閃電多伴隨雷雨,加「雨」為義符以為區別,寫
作「電」〈番生簋蓋〉。《說文‧雨部》:「電,陰陽激燿也。從雨從申。」古文「電」
字從申「𩁹」,下部字形與「申」形近。

神,造字本義當從「申」而來。「申」字甲、金文象閃電,古人不識自然天
象,認為閃電威力無窮,人力不抗,稱之為「神」,後加「示」旁作「神」。黃
德寬認為先民視閃電為神異之物,故由申派生神,〔註68〕論證如下:

語音上,神從「申」得聲,申古音透紐真部,神定紐真部,發聲都是舌頭
音,韻部相同。語義上,「神」為先民對自然閃電天象加以神化,而成為「天神」
之名;「申」本義是閃電,二者有共同的核義素「閃電」。申為源詞,神是派生
詞。以神訓申,許慎以派生詞訓源詞。

二、《釋名》以形聲字之聲子訓聲符

《釋名》以形聲字的聲子訓聲符者,主要有:陰蔭、冬終、子孳、土吐、
寅演、午仵、亥核、戊茂、己紀、壬妊、辛新、女如、夬決等十三條。

(一)陰蔭

《釋名‧釋天 1.12》〔註69〕:陰,蔭也,氣在內奧蔭也。

陰,本指陽光照不到的地方,引申出遮擋、陰暗義。甲文寫作「𠁥」《合》
19781、〔註70〕「𠁥」《合》20988,隸為「仌」。後加「阜」表堆土,表因山勢
阻擋等地形因素,造成的幽暗降溫等狀況。《說文‧阜部》:「陰,闇也。水之南、
山之北也。從阜仌聲。」訓陰為闇,指地勢造成的向陽與背陰。

〔註68〕黃德寬:《古文字譜系疏證》,頁 3471。
〔註69〕《釋文》中「陰」字共三見:〈釋天〉、〈釋形體〉、〈釋車〉皆有,聲訓詞都是「蔭」,
在此條一併說明。
〔註70〕于省吾:《甲骨文字釋林‧釋隺》,頁 124。論者指出,甲骨文習見「𠁥」,隸作「隺」。
《合》1988:「戊戌卜,其隺卯。翌啟,不見云(雲)。」《說文》:「隺,鳥也。從
隹,今聲。」甲文以隺為天氣陰晴之陰,不作雛鳥字用。

蔭，本指草木遮住陽光形成的陰影。《說文·艸部》：「艸陰地。从艸陰聲。」

王力指出，陰、蔭同源，[註71] 論證如下：

語音上，蔭從「陰」得聲，二字古音都是影紐侵部同音。語義上，兩者有共同的核義素「光線昏暗」。陰是源詞，蔭是派生詞，蔭是因草木遮擋陽光顯得陰暗而得名。以蔭訓陰，劉熙以派生詞訓源詞。

傳世經典中陰、蔭通用，有覆蔭、庇護、埋藏、日影等義，可為詞源佐證：

【陰／蔭】

〔覆蔭、庇護〕

《書·洪範》：「惟天陰騭下民，相協厥居，我不知其彝倫攸叙。」陸德明《釋文》引馬融曰：「陰，覆也。」又，《詩·大雅·桑柔》：「既之陰女，反予來赫。」鄭玄箋：「我恐女見弋獲，既往覆陰女。」《釋文》：「陰，鄭音蔭，覆蔭也。」

《說文·艸部》：「蔭，艸陰地也。从艸陰聲。」段注：「引申為凡覆庇之義也。」

《釋名疏證補》此條下，王先慎曰：「陰、蔭字通。」[註72] 《說文》：「奧，宛也，宛屈艸自覆也，覆而在內，故其氣奧蔭。」

〔埋藏〕

《禮記·祭義》：「骨肉斃於下，陰為野土。」鄭玄注：「陰讀為依蔭之蔭，言人之骨肉蔭於地中為土壤。」孔疏：「俗本陰作蔭字也。」

〔日影〕

《左傳·昭公元年》：「（后子）對曰：『鍼聞之，國無道而年穀和熟，天贊之也，鮮不五稔。』趙孟視蔭曰：『朝夕不相及，誰能待五？』」杜預注：「蔭，日景也。」

《漢書·五行志》引此語：「趙孟視蔭曰：朝夕不相及，誰能待五？」師古曰：「蔭謂日之蔭影也。趙孟自以年暮，朝不及夕，故言五年不可待也。」蔭讀與陰同。

（二）冬終

《釋名·釋天 1.21》：冬，終也，物終成也。

冬，本義是末端、終結之處。甲文寫作「𠔼」《合》20726，象絲繩兩端打結之形。後「冬」引伸為四時窮竟之「冬季」義，戰國文字加「日」，強調其為

〔註71〕王力：《同源字典》，頁602。
〔註72〕王先謙：《釋名疏證補》，頁6。

計時之稱，如《包山》2.2 寫作：「旻」，隸作「各」。秦文字加義符「仌」，強化冬天結冰之意。〔註73〕《睡‧日乙》227 從仌，寫作「冬」。

「終」形戰國時期也已出現，作「終盡」義，如《郭店‧老甲》11：「誓冬（終）女（如）始。」王弼本「誓冬」作「慎終」。《說文‧仌部》：「冬，四時盡也。從仌從夂。夂，古文終字。」又《糸部》：「終，捄絲也。從糸冬聲。舟，古文終。」〔註74〕

則「冬」、「終」同字，先有終結義，後「冬」引伸為四時窮竟之季節「冬天」，乃增加義符「糸」，以專表終盡之「終」字。由「冬」的甲、金文字形，以及「冬」記錄「終盡」、「冬季」二義的早晚，可推論「終盡」是其本義，「冬季」是引申義。

王力指出冬、終同源，〔註75〕黃德寬以「終」由「冬」派生，〔註76〕論證如下：

語音上，二字古音都是端紐冬部同音。語義上，兩者有共同的核義素「終盡」。以終訓冬，劉熙以源詞訓派生詞。

《釋名》以「終」之窮盡義訓「冬」，取冬季陽氣藏於地下，萬物蟄伏不生意。《禮記‧鄉飲酒義》云：「冬之為言中也，中者，藏也。」《尚書大傳》云：「冬者，中也。中也者，萬物方藏於中也。」《管子‧形勢解》：「冬者，陰氣畢下故萬物藏。」〔註77〕《史記‧曆書》：「物乃歲具生於東，次順四時，卒於冬分時。」〔註78〕《漢書‧律歷志》：「大陰者，北方。北伏也，陽氣伏於下，於時為冬。冬，終也，物中藏乃可稱。」〔註79〕《白虎通‧五行》：「冬之為言終。」

〔註73〕季旭昇：《說文新證》，頁 844。
〔註74〕段玉裁「終」字注曰：「廣韻云，終、極也，窮也，竟也。其義皆當作冬。冬者，四時盡也。故其引申之義如此。俗分別冬為四時盡，終為極也窮也竟也，乃使冬失其引申之義、終失其本義矣。有舟而後有舟，冬而後有終，此造字之先後也，其音義則先有終之古文也。」
〔註75〕王力：《同源字典》，頁 608。
〔註76〕黃德寬：《古文字譜系疏證》，頁 1161。
〔註77〕周人撰，黎翔鳳校注：《管子校注》（北京：中華書局，2009 年 3 月），頁 1168。以下徵引《管子》文句，悉依此書，不另詳註。
〔註78〕漢‧司馬遷撰、宋‧裴駰集解、唐‧司馬貞索隱、唐‧張守節正義：《史記》，收入楊家駱主編《中國學術類編‧新校本二十五史》（臺北：鼎文書局，1975 年），頁 1255。以下徵引《史記》文句，悉據此書，不另詳註。
〔註79〕漢‧班固撰，唐‧顏師古注：《漢書》，收入楊家駱主編《中國學術類編‧新校本二十五史》（臺北：鼎文書局，1975 年），頁 971。以下徵引《漢書》文句，悉據此書，不另詳註。

出土文獻、傳世經典中，「冬」釋為「終盡」義，可為詞源佐證：

〔終盡〕

《管子・度地篇》：「故常以冬日順三老、里有司、伍長，以冬賞罰，使各應其賞而服其罰。」陳奐云：「冬讀為終，古以冬為終，謂終之以賞罰也。」西周《井侯簋》：「無冬（終）令（命）於有周。」《睡虎地・日書》甲149正：「癸亥生子，无冬。」又：「庚午生子，貧，有力，无冬。」《銀雀山・孫子兵法》：「冬（終）而復始，日月是□。」通行本「冬」作「終」。

（三）土吐

《釋名・釋天 1.30》〔註80〕：土，吐也，能吐生萬物也。

土，本義是地上土塊，引申為土地。甲骨文作「△」《合》32119，金文作「土」〈盠尊〉，象地上隆起土塊之形，字下部「一」表地面。甲文亳土、唐土等皆指其地之土地神，即「社神」或「社土」，例如《屯南》665：「其寮于亳土。」

吐，甲、金文未見，戰國文字寫作「吐」《馬王堆・十問》50。本指使東西從嘴裡出來，由口吐義引申吐露義。〔註81〕《說文・口部》：「吐，寫也。從口土聲。」《禮器碑》：「後制百王，獲麟來吐。」吐，用本義。

殷寄明指出，土、吐同源，〔註82〕論證如下：

語音上，吐從「土」得聲，二字同音皆透紐魚部。語義上，「土」為泥土、大地、吐生萬物之物；「吐」是從口中吐出，二者有共同的核義素「吐出」。則土為源詞，〔註83〕吐為派生詞。以吐訓土，劉熙以派生詞訓源詞。

許慎以「吐」之吐露（花開）義訓「土」。《說文・土部》：「土，地之吐生物者也。二象地之下、地之中，物出形也。」《白虎通・五行》：「土主吐含萬物，土之為言吐也。」《春秋元命包》：「土之為言吐也，言子成父道，吐也，氣精以輔也。」鄭注《周禮》云：「土猶吐也。」

【土／吐】

〔註80〕《釋文》中「土」字共二見：〈釋天〉、〈釋地〉。唯聲訓詞都是「吐」，此條一併說明。

〔註81〕義士出版社編：《字源》，頁89。

〔註82〕殷寄明：《漢語同源詞大典》，頁49～50。

〔註83〕土聲可載吐出義，「泄、瀉」亦可相證。同上註，頁50。

《馬王堆‧天下至道談》63：「侯（喉）息，下咸土陰光陽。」整理者注：「土，疑讀為吐。」

（四）子孳

> 《釋名‧釋天 1.31》：子，孳也。陽氣始萌，孳生於下也。於《易》
>
> 為坎。坎，險也。

子，甲骨文寫作「 」《合》35546，籀文字形與此近同，寫作「 」。地支「巳」字作「 」《合》20576。兩形皆象幼兒，只是表現各異；前者象幼兒頭上有髮及兩脛之形，後者象幼兒在襁褓中兩臂之形。周初以後，用作地支第一位的「 」多改用「子」，「 」形漸失；則地支有二「子」字，容易混淆，所以把地支第六位改為「巳」。〔註84〕西周金文寫作「 」〈利簋〉。

孳，本指生育義。《說文‧子部》：「孳，汲汲生也。从子，茲聲。」孴、孳一字異形。《上博三‧彭祖》2：「吁，汝孴孴（孳孳）布問，余告汝人倫。」孴孴，連語，又作孜孜。《漢書‧王貢兩龔鮑傳》：「孳孳於民。」顏師古注：「孳與孜同，孜孜，不怠也。」〔註85〕可知孳、孴均有生育、勤勉之義。

語音上，二字古音都是精紐之部。語義上，子構形本義象小孩之形，引申有生長義，孳義為生育，二者共同的核義素為「生長」，孳當由子派生。以孳訓子，劉熙以派生詞訓源詞。

《釋名》以「孳」訓子，是取其繁殖、增益義。子在正北方，配仲冬十一月。十二消息卦配復卦（ ），一陽在下，陽氣萌動。《白虎通‧五行》：「子者，孳也。」《說文‧子部》：「子，十一月，陽气動，萬物滋，人以為偁。象形。」《史記‧律書》：「（十一月）……子者，滋也。滋者，言萬物滋於下也。」滋者，言萬物滋於下也。滋與孳通。《漢書‧律曆志上》：「孳萌於子。」

（五）寅演

> 《釋名‧釋天 1.33》：寅，演也，演生物也。

于省吾指出，甲骨文早期干支的「寅」字，均作「 」，即古「矢」字。〔註86〕

〔註84〕季旭昇：《說文新證》，頁 1011。
〔註85〕劉信芳：《楚簡帛通假彙釋》（北京：高等教育出版社，2011 年），頁 62。
〔註86〕于省吾：《甲骨文字釋林》（北京：中華書局，1979 年），頁 452。

為了區別二字，在「矢」之上加區別符號「一」或「口」形，作「𩫞」《合》38027。後來區別符號訛變為「臼」，象兩手形分置左右，寫作「𩫞」《存》2735。金文以手持矢為基本型，作「𩫞」〈靜簋〉、「𩫞」〈鄂孝子鼎〉。戰國秦文字與小篆變為「宀」：「𩫞」《睡・日甲》5，小篆𩫞。卜辭中用法有三：地支第三位、敬也、人名。〔註87〕可知寅字初文便以假借義行之。

演，義為水長流。《說文》：「長流也。一曰：水名。从水，寅聲。」段玉裁注：「演之言引也，故為長遠之流。」由「水長流」之義，引申出水土氣通、滋潤之義。《國語・周語上》：「夫水土演而民用也。水土無所演，民乏財用，不亡何待？」韋昭注：「水土氣通為演。演，猶潤也。」

語音上，演從「寅」得聲，二字古音都是定紐真部，同音。語義上，「寅」或為箭形，「演」則為水長流，兩者沒有共同的核義素，非同源詞。

劉熙以演釋寅，取其流布、廣及義，說明寅正月，春到人間，廣衍生物。《白虎通・五行》也說：「少陽見於寅，寅者，演也。」

寅為正月，三陽開泰，配十二消息卦泰卦（䷊），上坤下乾，陽氣上達，陰氣下降，陰陽通感，觸發草木生機，萬物衍生。《淮南子・天文》也說：「斗指寅則萬物螾螾也。」高誘注：「螾，動生兒。」〔註88〕《史記・律書》：「寅言萬物始生螾然也，故曰寅。」指初苗生機發動，向上生長，有如蚯蚓之蠕動。

《說文・寅部》：「寅，髕也。正月，陽气動，去黃泉，欲上出，陰尚彊，象宀不達，髕寅於下也。」正月之時，陰氣尚強，陽氣不能徑，徐鍇《說文繫傳・通釋》：「髕，擯斥之意，人陽氣上銳而出，閡於宀也，臼所擯也。」〔註89〕故寅字上覆宀，有所阻礙，寅象陽氣離黃泉欲上出，卻受擯斥。

（六）午仵

> 《釋名・釋天1.37》：午，仵也。陰氣從下上，與陽相仵逆也。於《易》
>
> 為離。離，麗也，物皆附麗陽氣以茂也。

午，本義為「舂杵」。甲文寫作「𩫞」《合》12628，「𩫞」《合》20532，據具體實像造字。《說文・木部》：「杵，舂杵也，从木午聲。」卜辭之「午」字，

〔註87〕張世超：《金文形義通解》，頁3468～3469。

〔註88〕漢・許慎撰、嚴一萍輯：《淮南子注》《叢書集成三編》第十八之三（臺北：藝文印書館，1972年），頁216。以下徵引《淮南子》文句，悉據此書，不另詳註。

〔註89〕徐鍇：《說文繫傳・通釋》，頁282。

已象杵形，「杵」字又加形符強調質料義，為後起形聲字。金文中，「午」已借為地支第七位，如〈賢簋〉：「唯九月初吉庚午」。

《說文》無忤、迕，有啎字。《說文‧午部》：「午，啎也。五月陰氣午屰陽，冒地而出也。」又云：「啎，屰也。从午，吾聲。」《漢書‧律曆志》也說：「咢布於午……咢亦啎屰之意也。」指出午、啎都有「違逆」、「抵觸」義。

畢沅《釋名疏證》校，「忤」俗字，當作「啎」。〔註90〕錢繹《方言箋疏》卷十三：「从午得聲之字，如午忤並有逆義。」〔註91〕何琳儀指出，「忤」、「啎」為異體字。〔註92〕《漢語大字典》：「午，『忤』的古字，『迕』的古字。違逆、觸犯，後多作『忤』、『迕』。」〔註93〕午、忤，正字當作「啎」，或作「忤」，亦作「迕」；均有迕逆、違背義。

王力指出，午、忤、啎、迕同源，〔註94〕黃德寬認為，由春杵作用義，從上往下搗擊引申有觸啎、抵啎之義，忤當由午派生，〔註95〕論證如下：

語音上，午、忤古音都是疑紐魚部，忤、仵从「午」得聲。

語義上，午為春杵，引申有觸啎、抵啎義；「忤」為違背，兩者有共同核義素「相背」。午是源詞，忤為派生詞。以忤訓午，劉熙以派生詞訓源詞。

《釋名》以忤釋午，取其陰陽相忤逆、抵觸義。依消息卦，五月姤卦（☰）初爻之陰，上與陽相忤逆，陰生於午，陽消於午，故陰陽相抗逆也。《史記‧律書》：「午者，陰陽交，故曰午。」《淮南子‧天文》：「午者，忤也。」《釋名‧釋天》：「午，忤也。陰氣從下上，與陽相忤逆也。」五月，萬物丁實茂盛，陽氣看似旺盛，但已有陰氣漸生干擾。

出土文獻與傳世經典中皆有午、忤通用例，可為詞源佐證：

【午—忤】

〔違逆、觸犯〕

《禮記‧哀公問》：「午其眾以伐有道。」《大戴禮記‧哀公問》、《孔子家語‧問禮》午作「忤」。

〔註90〕王先謙：《釋名疏證補》，頁 12。
〔註91〕引自黃永武：《形聲多兼會意考》，頁 78。
〔註92〕何琳儀：《戰國古文字典》，頁 509。
〔註93〕徐中舒、蔡宗陽：《漢語大字典》，頁 356。
〔註94〕王力：《同源字典》，頁 136。
〔註95〕黃德寬：《古文字譜系疏證》，頁 1434。

《馬王堆・春秋事語》：「韓間乇（忓）秦□□今君將先□。」《左傳・僖公十五年》：「晉侯逆秦師，使韓簡視師。」整理者注：韓間即韓簡，韓簡逆秦之意。

（七）亥核

《釋名・釋天 1.42》：亥，核也。收藏百物，核取其好惡真偽也。亦言物成皆堅核也。

亥，甲文寫作「ㄅ」《合》30635、「ㄒ」《合》17375。金文寫作「ㄅ」〈作父己簋〉。本義說法有三：一、象草根。二、象「豬」，古與「豕」同字。三、為怪獸，上身為人，下身為馬，相當於射手座人馬形。

許慎、〔註96〕魯實先、〔註97〕季旭昇〔註98〕都主張象草根。「一」象地面，下象草根藏於地下，是「荄」的初文，有「深」、「藏」之意，從而可說明「刻劃」之「刻」、「核心」之「核」之形構取義。考諸古文字形，筆者認同亥為草根義。

商承祚、唐蘭認為象豬。〔註99〕然而，若將卜辭中的「豕」字與「亥」字相比較，甲文「豕」寫作「ㄅ」《合》10237、「ㄅ」《合》33273；「亥」作「ㄅ」《合》30635，可見「豕」字形特徵在於明顯的腹部線條。金文「豕」字作「ㄓ」〈函皇父鼎〉、「ㄅ」〈利鼎〉，與「亥」形漸近；「亥」與「豕」字形相似，極易混寫。〔註100〕

郭沫若指出，亥為怪獸之形，相當於巴比倫十二宮射手座，其象為二首：一人一犬，身則上體為人，下體為馬，而有鳥翼、犬陰、牛尾、蠍尾。二者合計，恰當於「二首六身」。〔註101〕此說固然新穎，但檢覈古文字形並不切合。

亥在甲金文和竹簡中，已假借為地支第十二位，多用以紀日。《合》1887：「乙亥」，即乙亥這一天。王孫遺者鐘：「隹（唯）正月初吉丁亥」，「初吉」即「初干吉日」，指以十天干來計算，每月第一日至第十日中的任何一天，都可稱為「初吉」，全句意謂正月丁亥這一天。

〔註96〕《說文・亥部》：「亥，荄也。」
〔註97〕魯實先：《文字析義注》，頁 332。
〔註98〕季旭昇：《說文新證》，頁 1027。
〔註99〕張世超：《金文形義通解》，頁 3515。
〔註100〕成語「魯魚亥豕」即指「魯、魚」，「亥、豕」字形相似，以致引起誤寫錯讀。
〔註101〕郭沫若：《甲骨文字研究・釋干支》，頁 270～272。

核字不見於甲骨、金文，《說文·木部》：「核，蠻夷以木皮為篋，狀如籢尊。從木，亥聲。」段玉裁注：「今字果實中曰核，而本義廢矣。按許不以核為果實中者，許意果實中之字當用覈也。」由段注可見「核」多用作「果實中者」（即核心，果實中心堅硬包裹果仁的部分）。

語音上，核從「亥」得聲，亥古音匣紐之部，核見紐之部，韻部相同。語義上，由於「亥」字構形本義不確，無法斷定核、亥是否有共同核義素，無法判定是否為同源詞。

劉熙以核釋亥，取「核心」、「堅實」義。核心義從草根引申而來，十月消息卦是坤卦（☷），六爻皆陰，陽氣如荄根（核心）於下也，萬物的生機活力復歸於地，期待十一月復卦的展現。《史記·律書》也說：「亥者，該也，言陽氣藏於下，故該也。」其次，核，也指果實中心保護果仁的硬殼，引申有堅實義。如《禮記·曲禮上》：「賜果於君前，其有核者懷其核。」劉熙取堅實義釋「亥」，意指十月物成，其核皆堅實。

《說文》又說：「十月，微陽起，接盛陰。……一人男，一人女也。從乙，象裹子咳咳之形。」微陽從地中起接盛陰，陰極陽生，壬之裹妊，正陽孕於陰之內，故象人裹妊之形以孕育，是壬承亥以生子；十一月復卦，一陽生而萌動。

（八）戊茂

《釋名·釋天 1.47》：戊，茂也，物皆茂盛也。

戊，甲文寫作「𢧚」《合》34165，象斧鉞類兵器。戰國時寫作「戊」《睡·日乙》119，戊在甲文中已假借為天干第五位的代稱。《說文·戊部》：「中宮也。象六甲五龍相拘絞也。戊承丁，象人脅。」清江藩《六甲五龍說》：「予謂天數五，地數五，自甲至戊其數五，居十之中。」《漢書·律曆志》：「五六者，天地之中和。……故曰：戊，中宮也。」

語音上，茂從「戊」得聲，戊、茂古音都是明紐幽部，二字同音。語義上，「茂」本義為草木繁盛；「戊」之本義為斧鉞兵器，二者不具有相同核義素，非同源詞。

劉熙以「茂」釋戊，取其茂盛義。《禮記·月令》：「其日戊己。」鄭玄注：「戊之言茂也。已之言起也。日之行四時之間，從黃道，月之為佐。至此萬物

皆枝葉茂盛，其含秀者抑屈而起，故因以為日名焉。」《說文・艸部》：「茂，艸
豐盛。从艸戊聲。」意指草木茂盛，引申為盛、美。《白虎通・五行》：「戊者，
茂也。」

傳世古籍與出土文獻有下列通用例，其中有戊釋作「盛」者，或可備為一
說。

【戊／茂】

〔盛〕

《雙劍誃吉金圖錄》上 45 戈：「楚王酓璋嚴恭寅，乍（作）□戈，臺（以）邵
（昭）揚文武之戊（茂）用（庸）。」「戊用」，應讀作「茂庸」。

《逸周書・小開》：「不庸不茂。」《文選・褚淵碑文》：「帝嘉茂庸，重申前冊。」
注：「茂，盛；庸，功也。」〔註102〕《漢印徵》作「茂」。

〔人名〕

《戰國策・東周策》：「甘茂，羈旅也。」吳師道注：「茂，一作戊。」四川青川
縣出土秦更修田律木牘：「二年十一月己酉朔日，王命丞相戊（茂）、內史匽、
取臂（譬），更脩為田律。」丞相戊，指秦武王時期的左丞相甘茂。〔註103〕劉向
《說苑・雜言》：「甘戊使於齊，渡大河。」《太平御覽》引此事作：「甘茂使齊，
渡河。」

〔專名〕

《孔家坡・日書》435 壹：「〔申〕朔，奄（閹）戊（茂）司歲，有年，中央，
黃啇（帝）。」

（九）己紀

《釋名・釋天 1.48》：己，紀也，皆有定形可紀識也。

甲骨文作「己」《合》22484，甲文中多假借為干支字。金文寫作「己」〈己
侯貉子簋蓋〉。造字本義有下列說法，《說文・糸部》：「紀，絲別也。从糸己聲。」
段注改為：「別絲」，並云：「別絲者，一絲必有其首，別之是為紀。……引申之
為凡經理之稱。」朱駿聲《說文通訓定聲》：「己即紀之本字，古文象別絲之形，

〔註102〕何琳儀：《戰國兵器銘文選釋》，收入《古文字研究》第二十輯（北京：中華書局，
1999 年），頁 123。

〔註103〕李昭和：〈青川出土木牘文字簡考〉，《文物》，1982 年第 1 期，頁 27。

三橫二縱，絲相別也。」郭沫若謂字當象「繳」；〔註104〕葉玉森認為象綸索類以利約束；林義光謂象詰屈可紀識之形；高鴻縉以為「紀」之初文，象縱橫絲縷有紀之形。〔註105〕總上所述，多認為「己」本義象彎曲迴環的絲繩，用以束縛、編聯、繫結，是「紀」字初文，從而引申出綱紀、準則、條理等義。

紀，戰國作「![字形]」，有綱紀義。《說文・糸部》：「紀，絲別也。从糸己聲。」段玉裁注：「紀者、別理絲縷。今依以正。別絲者、一絲必有其首、別之是為紀。」段氏指出，「紀」為絲縷之端緒。

此外，別有「記」字。春秋時期作「![字形]」〈楚大師登鐘〉。《說文・言部》：「記，疏也。从言，己聲。」段注：「謂分疏而識之也。」漢代紀、記皆有「記識」義。《華山廟碑》：「然其所立碑石，刻紀時事，文字摩滅，莫能存識。」《郙閣頌》：「經記厥續，艾康萬里。」高文注：「謂《尚書・禹貢》記禹導江河之功績。以「續」為「績」，應係書寫者之訛誤。」〔註106〕

殷寄明《漢語同源詞大典》指出，「紀、記」同源，認為兩者均有「記載、識別」義，「聲符『己』的文字形體與此不相涉，則此義為己聲所載之語源義。」〔註107〕殷氏認為「己」之語源當為識別義。若依上述「己」之古文字形構象「絲繩」形，從「理順絲繩」或是「尋找絲縷之頭緒」，皆可引申出條理、端緒、識別義，則己、紀、記當可系連。緣此，筆者認為「己、紀」應同源，論證如下：

語音上，己、紀古音皆是見紐之部，兩字同音。語義上，「己」為絲繩；「紀」則為綱紀，兩者有共同的核義素「條理」。己為源詞，紀為派生詞。以紀訓己，劉熙以派生詞訓源詞。

《釋名》、《說文》「己」字說解不相侔。《釋名》用「綱紀」引申義，《說文・己部》：「中宮也。象萬物辟藏詘形也。己承戊，象人腹。」認為「己」象含藏抑詘。戊己同為中宮土，自土而出當是生生不息，己象人腹，大地含藏萬物有如懷胎孕育萬物，大地之土有此自辟自生功能，不假外求，己在中，人在外，言己以別於人者。己在中，故以收斂辟藏為要。可知，萬物辟藏詘形與生生不

〔註104〕郭沫若：《甲骨文字研究・釋干支》，頁168。
〔註105〕季旭昇：《說文新證》，頁1004。
〔註106〕高文：《漢碑集釋》（開封：河南大學出版社，1997年），頁384。
〔註107〕殷寄明：《漢語同源詞大典》（上海：復旦大學出版社，2018年），頁104。

息不相違背。〔註108〕《白虎通》也說：「己者，抑屈起。」《春秋元命包》：「己者，抑詘而起。」

出土文獻與傳世經典中皆有己、紀通用例，可為詞源佐證：

【己／紀】

〔綱紀〕

《郭·老甲》11：「臨事之紀，誓（慎）冬（終）女（如）始，此亡敗事矣。」整理者注：「紀，《禮記·樂記》：『中和之紀』，注『總要之名』。」

東漢《中平六年鏡》：「幽涷三羊自有己，除去不羊。」有己，鏡銘多作「有紀」，〔註109〕如《東漢銅鏡》1073：「吾作月（明）竟（鏡）自有紀，除去不羊（祥）宜古（賈）市，上有東王父西王母，君宜宮（官）」，解作「綱紀」義。

〔國名〕

《穀梁傳》桓公二年：「己即是事而朝之，惡之，故謹而月之也。」范寧注：「己，紀也。」西周《己侯簋》：「己（紀）侯作姜縈簋，子子孫孫其永寶用。」己，周的侯國，姜姓，文獻作紀。《左傳》隱公元年：「紀人伐夷」杜預注：「紀國在東莞劇縣。」傳世有紀侯鐘，阮元《積古齋鐘鼎彝器款識》云出山東壽光縣，可證己即紀。〔註110〕

（十）壬妊〔註111〕

《釋名·釋天 1.51》：壬，妊也。陰陽交，物懷妊也。至子而萌也。

壬，甲文寫作「丄」《合》10132，作「工」形，後豎畫中間添一點，寫作「𡈼」《合》20831，又伸展為橫畫，而成「壬」字。金文作「丄」〈木父壬鼎〉、「𡈼」〈伯中父簋〉。論者據字形推論本義，有三種說法：一、「朕」之古文、機持經者也，象形；〔註112〕二、與「工」形義俱近；〔註113〕三、象紡織時纏線的

〔註108〕吳楚：《說文染指·釋己》，收入丁福保主編：《說文解字詁林正補合編》第十一冊，頁 11～650。吳楚指出：「當萬物由土而生，不假乎外也，己受天地之中以生萬理，由己而備，不假乎人也。此以土喻己之義。」

〔註109〕李新城：〈試論漢代鏡銘中的通假字〉，《中國文字研究》第七輯（南寧：廣西教育出版社，2006 年），頁 107。

〔註110〕馬承源：《商周青銅器銘文選（三）》（北京：文物出版社，1988 年），頁 247。

〔註111〕相關詞條「娠辰」，請見本章〈第一節〉，頁 123～125。

〔註112〕此說為林義光提出。引自張世超：《金文形義通解》，頁 3442。

〔註113〕季旭昇：《說文新證》，頁 1009。論者認為與「工」形義俱近。同書頁 390～391，釋「工」字，是一種有刃的工具，其上部可能有矩的功能。

工具。〔註114〕卜辭中，壬字就被假借作天干第九位，本義反不可辨。如〈蔡太史鉶〉：「隹正月初吉壬午。」指正月壬午這一天。

妊，本義為懷胎。《說文·女部》：「妊，孕也。从女从壬，壬亦聲。」許慎指出壬亦聲，則壬或有懷孕義。王力以「妊、任」同源，解釋道「任」是懷抱，「妊」是懷胎，二者為同源詞。〔註115〕黃德寬則認為「壬」構形不明，从壬得聲之任、妊、婑等字均有「負戴」之義。〔註116〕

語音上，妊从壬得聲，二字同音都是泥紐侵部。語義上，甲、金文「壬」字構形本義，皆與「懷胎」義無涉，兩者沒有共同的核義素，非同源詞。

劉熙取妊之「孕生」義釋壬。許慎說此義更為詳明，《說文·壬部》：「壬，位北方也。陰極陽生，……象人裹妊之形。承亥壬以子，生之敘也。」段玉裁注：「許君以亥壬合德，亥壬包孕陽氣，至子則滋生矣。」以「妊」釋壬，說明壬之裹妊，正象陽孕於陰之內，象懷子之形，是壬承亥「而生子」。《禮記·月令》也說：「冬三月，皆曰其日壬癸。」鄭注：「壬之為言任也，……時萬物懷任於下。」《史記·律書》：「壬之為言任也，言陽氣任養萬物於下也。」《漢書·律歷志》：「懷任於壬。」

壬五行為水，方位為北，季節為冬。從十月（亥）消息卦坤卦（☷），六爻皆陰，到十一月（子）復卦（䷗）一陽初生，為陰陽交接之際，壬介於亥與子之間，承亥啟子。

（十一）辛新

《釋名·釋天1.50》：辛，新也，物初新者皆收成也。

辛，甲文寫作「𨑊」《合》12392，論者多認為「辛」象鑿子形，是用來施以刑罰的刑具。〔註117〕古時對俘虜或有罪之人常施以黥刑，在其臉部刺上標誌，「辛」就是施行的刑具。後來在最上方添加一短橫飾筆，甲文也作「𨑊」《合》32385。金文又在豎筆中間增加一飾筆，作「𨑊」〈伯寬父盨〉，遂與楷書字形接

〔註114〕義士出版社編：《字源》，頁1278。

〔註115〕王力：《同源字典》，頁611。

〔註116〕黃德寬：《古文字譜系疏證》，頁3939。

〔註117〕詹鄞鑫指出，「辛」象一個鑿形刀具，用來伐木、施刑等。郭沫若認為「辛」是施黥刑的工具，「童」、「妾」等有罪之人，字皆從之。郭著：《甲骨文字研究·釋干支》，頁182。

近。甲、金文中「辛」已借作天干，多用以紀日。《合》20191：「辛未卜」，釋為在辛未這一天占卜。或用作先人的廟號，《合》32663：「父辛」。〈考乍父辛卣〉：「考乍（作）父辛尊彝」，語譯是考為父辛鑄造這件青銅器。

背負刑罰之人，多會感到痛苦，且服罪過程是艱辛的，故「辛」又有辛苦、辛酸義；而辛辣的食物，也會使人感到刺激或是痛苦，因此，「辛辣」義也用表示痛苦、艱辛的「辛」字來表示。

新，甲文寫作「」《合》31802，金文寫作「」〈嗚士卿父戊尊〉，象以斧斤斫木之形，辛為聲符。語音上，辛、新古音都是心紐真部，二字同音。語義上，「辛」象刑具；「新」則為斧斤伐木形，兩字沒有共同的核義素，非同源詞。

《釋名》取「新」之新近、剛剛的副詞義。如《韓非子・說林上》：「魯季孫新弒其君，吳起仕焉。」劉熙用「新」釋辛，取九月秋時，萬物剛剛成熟，可收穫之義。《玉燭寶典》引《元命苞》：「辛者陰治成」（「治」當作「始」），與收成義亦近。〔註 118〕

辛，五行配金，季節為秋，秋時萬物成熟、收成之季，也是陰氣更萬物之時，九月消息卦剝卦（䷖），「五陰一陽，故陰道始成」，一陽以象萬物收成，而後逐漸轉為陰氣主導，「十月則純陰用事也」。《白虎通・五行》也說：「辛者，陰始也。」《說文・辛部》：「辛，秋時萬物成而孰；金剛，味辛，辛痛即泣出。从一从䇂。䇂，辠也。辛承庚，象人股。」由成熟而得金剛味辛之義，是因為辛為秋季，配五行、五味而得，而「辛痛即泣出」則是由上述構形本義之遞相引申。

傳世經典中有「辛」與「新」通用例。

【辛／新】

〔更新、使之新〕

劉向《說苑・政理》：「不幸宮室以費財」清代俞樾曰：「幸字無義，乃辛字之誤。」辛，為新之假字。指不浪費財物來翻新宮室。

（十二）女如

《釋名・釋長幼 10.3》：女，如也，婦人外成如人也。故三從之義，

〔註 118〕引自王先謙：《釋名疏證補》，頁 15。

少如父教，嫁如夫命，老如子言。青徐州曰娪。娪，忤也，始生時，
人意不喜忤忤然也。

女，甲骨文寫作「𰀁」，金文寫作「𰀂」〈亞酉兒母盉〉，均象女子跪坐斂手
之形，甲文中多用本義，如《合》9741 正：「乎取女於林。」《說文・女部》：
「女，婦人也。象形。」用本義。

如，甲文作「𰀃」《合》13944，朱歧祥指出，卜辭用為殷婦姓，以為殷附
庸族名。〔註119〕《說文・女部》：「如，從隨也。从女从口。」段注：「從隨卽隨
從也。隨從必以口。从女者、女子從人者也。幼從父兄。嫁從夫。夫死從子。⋯⋯
引伸之，凡相似曰如。凡有所往曰如。皆從隨之引伸也。」

殷寄明《漢語同源詞大典》指出「黏、粔、如」同源，認為三字均有「性柔
而黏」以及「順從義」，「在物，凡性柔則黏，此與附著、依附、順從義本相近；
在人，性柔弱則順從他人。又，聲符字『女』所記錄語詞當為上述三詞之源詞。」
〔註120〕殷氏認為，「女」為「如」之源詞。語音上，女、如二字上古音都是泥紐
魚部同音。以如訓女，劉熙以派生詞訓源詞。

劉熙釋女，所以推源「如也」，是採隨順、依照意。如《公羊傳・桓公元年》：
「繼弒君不言即位，此其言即位何，如其意也。」《白虎通・嫁娶》也說：「女
者，如也，從如人也。在家從父母，既嫁從夫，夫歿從子也。」《大戴禮記・本
命第八十》：「女者，如也，子者，孳也；女子者，言如男子之教而長其義理者
也，故謂之『婦人』。婦人，伏於人也，是故無專制之義，有三從之道：在家從
父，適人從夫，夫死從子，無所敢自遂也。」

出土文獻及傳世典籍中女、如相通，有往、像、人名、月名等義：
【女／如】
〔動詞，往〕
西周《師俞鼎》：「王女上侯」，用作「如」，訓為往。
〔似，像〕
《郭店・緇衣》29：「王言女（如）絲，出其女（如）。」《上博三・周易》38：
「君子夬夬，獨行遇雨，女（如）霧有厲，無咎。」上開例之「女」訓如同、像。

〔註119〕古文字詁林編纂委員會編纂：《古文字詁林》（上海：上海教育出版社，1999 年），
頁 853。
〔註120〕殷寄明：《漢語同源詞大典》，頁 116。

〔人名〕

《珍秦齋藏印・戰國篇》32：「文是相女（如）。」相女即相如，常見人名。

〔月名〕

《楚帛書》丙篇：「女（如），可以出師築邑。」女為月名，即《爾雅・釋天》：「二二月為如。」

〔連詞，如果〕

《鄂君啟舟節》：「女（如）載馬牛羊以出入關，則征於大府，毋政於關。」楚竹書《上博二・魯邦大旱》5：「夫山，石以為膚，木以為民，女（如）天不雨，水將涸，魚將死。」

（十三）夬決

《釋名・釋言語 12.114》：夬，決也，有所破壞決裂之於終始也。

夬，本義象射箭時套在指上的扳指之形。〔註 121〕甲骨文寫作「🦴」《合》9367。「🦴」《合》21367。《說文・又部》：「夬，分決也。從又，ユ象決形。」扳指中空，背面下端有凹槽。使用時，將扳指套入拇指，弓弦則納入背面凹槽內。凹槽「缺口」是鉤弦功能的必備條件，由缺口義引伸出決斷、撕裂、斷絕義。夬為「玦」之初文，玦為環形有缺口之佩玉，「夬」聲載「缺」義。

決，義為開鑿閉塞處使有缺口而成水道。《說文・水部》：「決，行流也。從水從夬。」段玉裁注：「決水之義引伸為決斷。」

殷寄明指出，夬、決同源，〔註 122〕論證如下：

語音上，決從夬得聲，古音都是見紐月部，二字同音。語義上，二者有共同的核義素「缺口」，夬為源詞，決為派生詞，是因其決斷義而得名。以決訓夬，劉熙以派生詞訓源詞。

《釋名》以「決」之決斷解釋「夬」，取依託天道來推演人事義。《說文・敘》：「百工以乂，萬品以察，蓋取諸夬。夬，揚於王庭，言文者宣教明化於王者朝廷，君子所以施祿及下，居德則忌也。」許慎發揮書契的功能，是決斷萬事後書之文字為證。〔註 123〕

〔註 121〕趙平安：《《說文》小篆研究》（南寧：廣西教育出版社，1990 年），頁 150～153。

〔註 122〕殷寄明：《漢語同源詞大典》，頁 234。

〔註 123〕此處許慎引《易・繫辭下》：「上古結繩而治，後世聖人易之以書契，百官以治，萬民以察，蓋取諸《夬》。」

　　《易‧夬卦》象傳曰：「夬，決也。剛決柔也。」孔穎達疏：「夬，決也。……『揚於王廷』，明行決斷之法，夬以剛決柔，施之于人，則是君子絕小人。」依十二消息卦，夬為三月卦。《易緯‧乾鑿度》：「陽消陰言夬，……夬之為言決也。當三月之時，陽盛息夬陰之氣，萬物畢生，靡不蒙化。譬猶王者之崇至德，奉承天命，伐決小人，以安百姓，故謂之決。」三月陽盛陰衰，故推演出王者崇至德，伐決小人的理路，顯然是依託天道來推演人事，綰合《說文‧敘》的說法，則許慎以倉頡創制書契後，一方面不僅使文字初具雛形，另一方面還發揮王廷公正決斷的功能，使人居德明忌。

　　出土文獻中，夬、決通用，有斷絕、決定、決斷等義，可為詞源佐證：

【夬／決】

〔斷絕〕

《睡虎地‧法律答問》79：「妻悍，夫毆治之，夬（決）其耳，若折支（肢）指，膚體，問夫可（何）論。」整理者注：夬讀為決，義為撕裂、斷絕。《張家山‧引書》108～109：「賤人之所以得病者，勞卷（倦）飢渴，白汗夬（決）絕，自入水中。」整理者注：夬，通決。決絕、斷絕。

〔決定、決斷〕

《睡虎地‧為吏之道》44：「夬（決）獄不正。」《馬王堆‧戰國縱橫家書》124～125：「□弱宋服，則王遬（速）夬（決）矣。」訓作決定義。

三、《說文》、《釋名》以形聲字之聲子訓聲符

　　《說文》、《釋名》以形聲字之聲子訓聲符，且兩書聲訓詞「相同」者，主要有：丙炳、癸揆、丑紐三條。兩書聲訓詞「相異」者，主要有「未味昧」條。

（一）聲訓詞相同

1. 丙炳

　　《說文‧丙部》：丙，位南方，萬物成炳然。陰气初起，陽气將虧。

　　從一入冂。一者，陽也。丙承乙，象人肩。

　　《釋名‧釋天 1.45》：丙，炳也。物生炳然，皆著見也。

丙，甲文寫作「ᑒ」《合》20846，金文作「ᑒ」〈靜卣〉、「ᑒ」〈冉丙爵〉。《爾雅》認為「丙」象「魚尾」。〔註124〕于省吾認為丙「象物之安」，即今基座之形，上象平面可置物，下象左右足。〔註125〕甲骨文「商」字從「丙」，寫作「ᑒ」《合》36567，如考慮「商」字釋形，則似乎「丙」字象高臺、物之底座或几形等說法較為可信。

甲、金文詞例中，「丙」已借為天干第三位，如《合》11：「丙午。」金文「丙」用作天干記日，如〈宛尊〉：「才（在）四月丙戌。」戰國楚簡「丙」亦為天干用字，《包山》1.42：「丙申之日。」

炳，義為明亮。《說文・火部》：「明也。从火丙聲。」《周易・革》九五象傳：「大人虎變，其文炳也。」〔註126〕指大人實行變革，如老虎換新毛皮，毛色的光澤明亮顯著。由明亮引申清楚、顯明等義。〔註127〕

語音上，炳從「丙」得聲，古音都是幫紐陽部，二字同音。語義上，「丙」字的原義已失，即便如上述于省吾之說，象高臺、物之底座或几形，與「炳」之光明義，亦無共通之核義素，二者非同源。

《說文》、《釋名》都以「炳」釋丙，是取光明、明亮義。《禮記・月令》：「仲夏之月……其日丙丁。」鄭注：「日之行夏，南從赤道，丙之言炳也，萬物皆炳然箸見。」《史記・律書》：「丙者，言陽道著明。」《漢書・律曆志上》：「明炳於丙。」取「炳」之光明、明亮義，指夏季萬物之生，皆可明見也。《說文》：「陰气初起，陽气將虧。」丙五行為火，方位為南，季節為夏，為十二消息卦的五月姤卦（☴）一陰遇五陽，陰氣葳蕤於下，陽氣將虧；是盛極將衰，明勝而晦之理。

〔註124〕《爾雅・釋魚》：「魚枕謂之丁。魚腸謂之乙。魚尾謂之丙。」郭璞注：「此皆似篆書字，因以名焉。……然則魚之骨體，盡似丙丁之屬，因形名之。」此釋魚之骨體、腸尾之名也。其魚頭中骨為枕，其骨形似篆書丁字，故因謂之丁。其腸似篆書乙字，尾似篆書丙字，亦因名之也。晉・郭璞注，宋・邢昺疏：《爾雅注疏》收入李學勤主編《十三經注疏整理本》，（臺北：臺灣古籍出版社有限公司，2001年），第44冊，頁338。以下徵引《爾雅》文句，悉據此書，不另詳註。

〔註125〕于省吾：《殷契駢枝全編》（臺北：藝文印書館，1975年），頁31。

〔註126〕魏・王弼注，唐・孔穎達疏：《周易正義》，收入李學勤主編《十三經注疏整理本》，（臺北：臺灣古籍出版社有限公司，2001年），第2冊，頁240。以下徵引《周易正義》文句，悉據此書，不另詳註。

〔註127〕義士出版社編：《字源》，頁896。

2. 癸揆

《說文・癸部》：癸，冬時，水土平，可揆度也。象水從四方流入地
中之形。癸承壬，象人足。

《釋名・釋天 1.52》：癸，揆也。揆度而生，乃出之也。

癸，卜辭寫作「⌳」《合》13131，金文作「⌳」〈仲辛父簋〉、「⌳」〈此簋〉
之形。甲金文字形本義未有定論，羅振玉、〔註128〕魯實先〔註129〕都認為，象古
兵器「戟」一類武器，是「戣」的初文；蔡信發也指出，該字本義為「三鋒矛」，
據具體實像造字，屬獨體象形；〔註130〕季旭昇則指該字是「戣」、「癸」初文，
與籀文寫作「⌳」形近。〔註131〕

揆，本義是度量、考察。《說文・手部》：「揆，度也。从手癸聲。」段注：
「各本作葵也。……度者、法制也。因以為揆度之度。」《詩・鄘風・定之方中》：
「揆之以日，作於楚室。」毛傳：「揆，度也。」則揆有度量、考察、揣度義。

語音上，揆從「癸」得聲，癸古音見紐脂部，揆為匣紐脂部，疊韻。語義
上，「癸」為兵器，「揆」義度量、考察，二者沒有共同的核義素，不是同源詞。

《說文》、《釋名》均以「揆」釋癸，取其度量時機義。癸五行屬水，方位
為北，季節配冬。十一月消息卦復卦（䷗），陽爻居下，蘊藏於中，陰中微陽生，
可揣度而知漸有生機萌發。《玉燭寶典》引《元命苞》：「癸者，有度可揆繹。」
宋均云：「至癸，萌漸欲生，可揆尋繹而知。」〔註132〕

《史記・律書》：「壬之為言任也，言陽氣養萬物於下也。癸之為言揆也，
言萬物可揆度，故曰癸。」冬季大地嚴寒，此時萬物斂其陽氣活力，但種子在
寒冬又蘊藏揆度而生的動能活力。《淮南子・天文訓》：「子在癸曰昭陽。」高誘
注：「陽氣始萌，萬物食生。」蕭吉《五行大義》：「癸者，揆也，陰任於陽，揆
然萌芽於物也。」〔註133〕冬至過後，大地孕育新的生機，十二月（丑）消息卦

〔註128〕羅振玉謂即「戣」之本字。引自于省吾主編：《甲骨文字詁林》（北京：中華書局，
　　　　1996 年），頁 3686。
〔註129〕魯實先：《文字析義注》，頁 317。
〔註130〕蔡信發：《說文部首類釋》，頁 112。
〔註131〕季旭昇：《說文新證》，頁 1009。
〔註132〕引自王先謙：《釋名疏證補》，頁 15。
〔註133〕隋・蕭吉：《五行大義》（臺北：廣文書局有限公司，1987 年）。以下徵引《五行大
　　　　義》文句，悉據此書，不另詳註。

臨卦（䷒）兩陽爻居下，陰中微陽生，種子欲萌芽出之，陰陽之氣交雜而顯活力；復、臨兩卦正說明此理。

傳世典籍中，揆、葵相通：

【揆／葵】

〔測度、度量〕

《詩・小雅・采菽》：「樂只君子，天子葵之。」毛傳：「葵，揆也。」又《大雅・板》：「民之方殿屎，則莫我敢葵。」鄭玄箋：「葵，揆也。」一說，葵謂庇蔭。王夫之《詩經稗疏・大雅》：「葵有陰義，借為庇蔭之旨。」

3. 丑紐

　　《說文・丑部》：丑，紐也。十二月萬物動用事。象手之形。時加丑，亦舉手時也。

　　《釋名・釋天 1.32》：丑，紐也，寒氣自屈紐也。於《易》為艮。艮，限也。時未可聽物生，限止之也。

丑字本義為手爪。甲文寫作「𠂒」《合》18312，象手指突出其指甲，郭沫若認為象「爪」形，或謂「爪」（叉）之初文。〔註134〕金文寫作「𠂒」〈作冊大方鼎〉，指甲形尤顯，或將兩指甲連成一筆作「𠃬」形〈同簋蓋〉，遂成為丑。叉、丑應為一字之分化。

紐，本義是打結。《說文・糸部》：「紐，系也。一曰結而可解。从糸丑聲。」又，《糸部》：「系，縣也。从糸丿聲。」《県部》：「縣，繫也。从系持県。」徐鉉：「此本是縣掛之縣，借為州県之県。」縣今作「懸」。以絲來懸掛，為懸之絲必絞扭往還，以使穩固，故「紐」从丑，應有「紐結」、「扭轉」義。

語音上，丑古音透紐幽部，紐泥紐幽部，疊韻。語義上，「丑」義為手爪；「紐」義是打結，兩者沒有共同的核義素，非同源詞。

《說文》、《釋名》、《白虎通・五行》、《淮南子・天文》皆丑釋為「紐」。十二月陽氣上通，消息卦為臨卦，微陽雖生，而體尚弱，故寒氣紐結萬物未敢出。宋育仁《說文部首箋正》：「月在丑位，陽氣已動，陰氣漸解，是陰陽之交系樞紐也。」十二月植物逐漸萌發生機，但大地仍寒冷，尚未回暖（陽氣在上未降），

〔註134〕郭沫若：《甲骨文字研究・釋干支》，頁 194。

所以還未能冒地而出，紐屈于泥土之下（寒氣自屈紐，萬物厄紐未敢出），不過大寒氣過，萬物將興起也，故《說文》云：「十二月萬物動用事」。

（二）聲訓詞相異

1. 未、味、昧

　　《說文・未部》：未，味也。六月，滋味也。五行，木老於未。象木
　　重枝葉也。

　　《釋名・釋天 1.38》：未，昧也。日中則昃，向幽昧也。

（1）未味

未，本義為樹木枝葉茂盛。甲骨文寫作「𣏚」《合》32580、「𣏚」《合》36525。從木，上部作曲筆，或象重其枝條，或象枝條茂盛，與「木」自多作直筆不同。

味，義指滋味、味道。《說文・口部》：「滋味也。從口未聲。」

語音上，味從「未」得聲，二字古音都是明紐沒部，聲韻皆同。語義上，「未」本義為樹木茂盛；「味」義指滋味，兩者沒有共同的核義素，非同源詞。

《說文》以「味」釋「未」，是取木盛結果，其「味」美之引申義。[註135]《史記・律書》：「未者，言萬物皆成，有滋味也。」《白虎通・五行》：「未，味也。」

出土文獻中「未、味」相通：

【未／味】

〔滋味〕

《郭店楚簡・老子甲》：「為無為，事無事，未（味）無未（味）。」馬王堆帛書《老子》乙本、王弼本皆作「味」。《禮記・祭統》：「以至尊既祭之未而不忘至賤。」《初學記・禮部上》引未作味。皆釋為滋味義。

（2）未昧

昧，甲文未見，金文作「𣊟」〈免簋〉，義是天色將明未明之狀。《說文・日部》：「昧，爽，旦明也。從日未聲。一曰闇也。」

語音上，昧從「未」得聲，古音都是明紐沒部，聲韻皆同。語義上，殷寄

〔註135〕蔡信發：《說文部首類釋》，頁 136。

明指出：「日中即午時，未在午後，日光漸次減弱，正是未時的特點。」認為是以事物的特殊規定性推源，則「未、昧」為同源派生詞。〔註 136〕然而，由上述「未」古文字形構，可知「未」本義為木茂，「味」則指滋味、味道，兩者沒有共同的核義素，筆者認為未、味非同源詞。

《釋名》以「昧」釋「未」。《淮南子・天文》：「未，昧也。」王先謙《釋名疏證補》引《易》義解釋「昧」，說明物理無常，盛極將衰，如日將昊，漸向幽昧之道。〔註 137〕與遯卦象相符。依消息卦，六月遯卦（䷠），萬物果實生成而有滋味，但遯卦四陽二陰，蓋指生物由盛入衰、轉剛守柔之始。

出土文獻中，「昧」通「味」，如：《上博簡・容成氏》21：「禹然後始行以儉，衣不鮮美，食不重昧（味）。」《禮記・明堂位》：「昧，東夷之樂也。」《白虎通・禮樂》：「西夷之樂曰味。……味之為言昧也，昧者，萬物老衰，禁者萬物禁藏，侏離者萬物微離地而生。」以東為西，與《禮記》異。〔註 138〕

第三節　以形聲字同聲符之字為訓

本節例字，指被訓字與聲訓詞的字具有相同的聲符。形聲字半為形符，半為聲符，凡從同一聲符得聲之字，古音多近同，意義亦因而多相接近。

一、《說文》以形聲字同聲符之字為訓

《說文》以形聲字同聲符之字為訓者，主要有：禘諦、鐘穜兩條。

（一）禘諦〔註 139〕

《說文・示部》：禘，諦祭也。从示，帝聲。《周禮》曰：「五歲一禘。」

禘，義為古代帝王、諸侯舉行各種大祭的總名。為商代君主一年之內任何季節皆可舉行，用來祭祀先公、先王，和除上天之外其他神祇的祭典。

諦，義是審察、細察。《說文・言部》：「審也。从言帝聲。」

〔註 136〕殷寄明：《語源學概論》（上海：上海教育出版社，2000 年），頁 228。
〔註 137〕王先謙：《釋名疏證補》，頁 12。文中指出，《易・豐》：「日中則昃，月盈則食，天地盈虛，與時消息。」公羊疏二十六引鄭康成云：「言皆有休已，無常勝也。」王弼注：「施於未足，則常豐；施於已盈，則方溢，不可以為常。」正義：「盛必有衰，自然常理。日中至盛，過中則昃，月滿則盈，過盈則食。」
〔註 138〕王輝：《古文字通假字典》（北京：中華書局，2008 年 2 月），頁 589～560。
〔註 139〕相關詞條「帝諦」，見本章〈第二節〉，頁 131。

段玉裁注「禘」字:「言部曰:『諦者、審也。』諦祭者,祭之審諦者也。何言乎審諦,自來說者皆云審諦昭穆也。」段氏以古時宗法制度說解何以用「諦」釋「禘」。認為許慎是取「諦」之審諦義(詳究、細察),細究先祖昭穆〔註140〕次序,追溯先祖所由出,把祖先的神位和天帝的神位相配的祭祀。〔註141〕

語音上,禘上古音為定紐錫部,諦為端紐錫部,二字之發聲端定旁紐,韻部相同。語義上,「禘」義為大祭總名;「諦」義是審察,兩者沒有共同的核義素。且無法證實被訓詞與聲訓詞間是否有直接派生關係,也無法推測其派生先後,暫歸類為非同源詞。

「禘」或與「帝」同源,論證如下:

語音上,禘從「帝」得聲,帝上古音為端母錫部,禘為定紐錫部,二字端定旁紐,錫部疊韻。語義上,由上述雷漢卿之說,可知二者有共同的核義素「先祖」。而出土文獻中,「諦」與「帝」相通。《郭店・六德》:「君子不啻,明乎民微而已,或以智其一矣。」陳偉釋帝為諦。〔註142〕總上可知,「帝、禘」可能同源。

(二)鐘種

> 《說文・金部》:鐘,樂鐘也。秋分之音,物種成。從金,童聲。古
> 者垂作鐘。

鐘,本義為打擊樂器。甲文未見,金文作「 ⿰ 」〈王孫遺者鐘〉、「 ⿰ 」〈叡鐘〉。鐘或從「甬」作「鋪」。

種,義為種植,「種」之本字。《說文・禾部》:「種,埶也。從禾童聲。」段玉裁注:「埶、種也。小篆埶為種。」古文字中,「童」與「重」聲常相混同,如鐘、鍾。

語音上,鐘、種同音皆端紐東部。語義上,「鐘」義為打擊樂器;「種」義為種植,二字語義無涉,沒有共同的核義素,非同源詞。許君以陰陽五行思想訓釋,指金為五行中最堅剛之物,秋分之音為鐘,說明鐘之樂音堅成不滅、相

〔註140〕古代宗法制度,宗廟或宗廟中神主的排列次序,始祖居中,以下父子(祖、父)遞為昭穆,左為昭,右為穆。
〔註141〕朱熹《論語集注》也說:「禘,王者之大祭也。王者既立始祖之廟,又推始祖所出之帝,祀之於始祖之廟,而以始祖配之。」
〔註142〕陳偉:《郭店竹書別釋》(武漢:湖北教育出版社,2002年),頁131。

繼不絕。段玉裁注：「猶鼓者春分之音、萬物郭皮甲而出故謂之鼓；笙者正月之音、物生故謂之笙；管者十二月之音、物開地牙故謂之管也。」

傳世古籍中相關載記，多與許慎同調。如《白虎通・禮樂》：「鐘之為言動也，陰氣用事，萬物動成，鐘為氣用，金為聲也。」《風俗通・聲音》：「鐘，秋分之音。」《五經通義》：「鐘者，秋分之氣，萬物至秋而成，至冬而藏，堅成不滅絕莫如金，故金為鐘相繼不絕也。」

「樂」主和同，可以調和氣性、合德化育。《尚書・堯典》也提到，樂官教人奏樂，期神人以和。〔註143〕樂音順和，能使陰陽調和，人心和樂；反之則陰陽不調，離心離德，體現天人合一的音樂思想。自《管子・五行》、《呂氏春秋》以下的五行系統，都有五音配五行元素。〔註144〕《淮南子》則明確以五音配五行、五時、五方；八音配四時，琴瑟配春，竽笙配夏，白鐘配秋，磬石配冬；十二律配十二月；五音六律配十日十二辰等，建立起音樂與天道之間的聯繫。

二、《釋名》以形聲字同聲符之字為訓

《釋名》以形聲字同聲符之字為訓者，主要有：陽揚、腸暢二條。

（一）陽揚

《釋名・釋天 1.13》：陽，揚也，氣在外發揚也。

陽，本義為陽光。甲骨文寫作：「 」《合》8591，從日在丂上，會陽光透過樹梢映照之形；〔註145〕隸作「昜」，為「陽」字初文。《說文・勿部》：「昜，開也。從日、一、勿。一曰飛揚。一曰長也。一曰彊者眾皃。」《說文》釋作「開也」，為引申義。段注：「此陰陽正字，陰陽行而侌昜廢矣。」《說文》中「陰陽」本作「侌昜」，「陰陽」為後起字。

〔註143〕漢・鄭玄注，唐・孔穎達等正義：《尚書正義》，收入李學勤主編《十三經注疏整理本》，（臺北：臺灣古籍出版社有限公司，2001年），第3冊，頁56。
〔註144〕《管子・五行》：「昔黃帝以其緩急，作五聲，以正五鍾。……五聲既調，然後作立五行，以正天時。五官以正人位，人與天調，然後天地之美生。」通過五聲確立五行、五官，才能「正天時」、「正人位」，「人與天調」，促進宇宙之合。《呂氏春秋》也據陰陽家、道家思想，以五音配五時，十二律配十二月構成宇宙圖式。參見本文〈第二章・第三節陰陽五行的合流〉。
〔註145〕李孝定：《甲骨文字集釋》，頁2973。

揚，義為飛起、高昇。西周金文作「 」〈矢令方彝〉，釋為飛舉、升高。《說文·手部》：「揚，飛舉也。从手昜聲。」又，姚孝遂認為：「昜孳乳為暘、揚（敭）、陽等，段玉裁、朱駿聲以昜為暘、陽之本字是也。」〔註146〕于省吾指出：「昜、揚為古今字，甲骨文『鬼方昜』是說鬼方飛揚而去，言其逃亡之速。」〔註147〕上述說法皆認為，「昜」字孳乳暘、陽、揚諸字。論證如下：

語音上，陽、揚皆从「昜」得聲，古音都是定紐陽部，二字同音。

語義上，論者認為从昜得聲之字，多有高、大、飛揚、動盪義。王念孫〈釋大〉：「从昜得聲之字，如昜、鍚、陽、揚、暘、鍚並有大義。」〔註148〕劉師培〈正名隅論〉也說：「如昜、募、踢、揚、颺、暘並有高義。」〔註149〕黃德寬舉《釋名》：「陽，揚也。」、《廣雅》：「盪，動也。」認為从「昜」孳乳字，也有飛揚、動盪義，列舉盪、蕩、惕、楊等字為例。〔註150〕則陽、揚當為同源派生詞互訓。

《釋名》以「揚」訓「陽」，是取其陽氣發揚義。《詩·豳風·七月》：「春日載陽，有鳴倉庚。」毛傳：「陽，溫也。」《左傳·昭公四年》：「其藏之也周，其用之也徧，則冬無愆陽，夏無伏陰。」杜預注：「愆，過也。謂冬溫。」「陽」皆指和暖之氣。氣候寒暖影響生物成長，故生長季節陽氣勃發旺盛，《國語·周語上》：「夫民之大事在農，古者太史順時覛土，陽癉憤盈，土氣震發，農祥晨正，……太史告稷曰：『自今至於初吉，陽氣俱蒸，土膏其動，弗震弗渝，脈其滿眚，穀乃不殖。』」「土氣震發」、「陽氣俱蒸」均指埋伏於地中的陽氣，在春天時震動、發揚。敘述立春時節，蟄伏於地的陽氣開始上升，應抓緊時機耕作。

出土文獻與傳世經典中，陽、揚通用，有顯揚、頌揚，發揚、升高，舉用等義，可為詞源佐證：

【陽／揚】

〔顯揚、頌揚〕

〔註146〕于省吾：《甲骨文字詁林》（北京：中華書局，1996年），頁1100。姚孝遂按語。
〔註147〕于省吾：《甲骨文字釋林·釋鬼方昜》，頁425。
〔註148〕引自黃永武：《形聲多兼會意考》，頁63。
〔註149〕引自黃永武：《形聲多兼會意考》，頁63。
〔註150〕黃德寬：《古文字譜系疏證》，頁1842。

《逸周書・皇門解》：「乃維有奉狂夫是陽是繩，是以為上，是授司事于正長。」朱又曾云：「陽，揚舉之也。」陽，用作揚。西周《應侯見工鐘》：「見工敢對陽（揚）天子休。」義為顯揚。

〔發揚、升高〕

《周禮・考工記・梓人》：「其聲清陽而遠聞。」孫詒讓正義：「案陽與揚通。」

《管子・宙合》：「是以古之士有意而未可陽也，故愁其治言，陰愁而藏之也。」丁士涵注引《釋名》：「陽，揚也，氣在外發揚也。」

《睡・日甲》29 背～31 背：「取故丘之土以為偽人、犬，置牆（牆）上，五步一人一犬，睘（環）其宮，鬼來陽灰层（擊）箕以枭（噪）、之，則止。」《銀雀山・晏子》547：「公疑之，則嬰請門（問）湯……逢（豐）下，居（倨）」身而陽（揚）聲。」《衡方碑》：「剋長剋君，不虞不陽。」陽當用作揚。

〔舉用〕

帛書《六十四卦》57：「夬，陽於王廷。」通行本《易》陽作揚。揚訓舉，「揚于王廷」乃舉用於王廷。

（二）腸暢

　　《釋名・釋形體 8.70》：腸，暢也，通暢胃氣，去滓穢也。

　　腸，本義為大小腸。不見於甲骨、金文，包山楚簡寫作「𧾷」。《馬王堆・五十二病方》：「腸積（癥）。」《武威・甲本少牢》17 背：「下利升豕，其載如羊，無腸胃。」《說文・肉部》：「腸，大小腸也。從肉易聲。」

　　《說文》無「暢」字，《玉篇・申部》：「暢，達也，通也。亦作畼。」《說文・田部》：「畼，不生也。從田易聲。」段注：「今之暢蓋此字之隸變。」徐鉉曰：「借為通暢之畼，今俗作暢，非是。」漢代《酸棗令劉熊碑》：「積和感畼，步為豐穰，賦稅不煩。」漢時「暢」作「畼」。

　　語音上，腸、暢皆從「易」得聲，二字同音都是定紐陽部。語義上，二者無涉，不是同源詞。

　　出土文獻中腸、暢通用，如《包山》166：「陵命腸佢。」腸，姓氏，疑讀暢。暢出姜姓，齊後。〔註 151〕

〔註 151〕何琳儀：《戰國古文字典》，頁 663。

第四節　小　結

　　透過上述詞條的逐一驗證，統計被訓釋字與聲訓字兩者具有同源關係者，以源詞訓派生詞合計有：「襧類、祫合、性生、祲侵、婚昏、瘧虐、笙生、陰蔭、冬終」九條。以派生詞訓源詞有「娠辰、申神、土吐、子孳、午仵、己紀、女如、夬決」八條。同源派生詞互訓則有「陽揚」條。上述同源關係大多經詞源學研究者驗證；經筆者論證音、義關係為同源詞者有「襧類、笙生、己紀」三條。

　　而被訓詞與聲訓詞，兩者非同源詞，用以宣揚思想之「釋義」類詞條，則有：「灸久、雲云、雲運、帝諦、寅演、亥核、戊茂、壬妊、辛新、丙炳、癸揆、丑紐、未味、未昧、禘諦、鐘種、腸暢」等共十七條。

　　值得一提的是，灸久、雲云雖為分別字亦為古今字，但兩者已不具備共同的核義素，非同源詞。因詞義引申而形成的分別字，如「婚昏」兩者有共同的核義素「黃昏」；「冬終」有共同的核義素「窮盡」，皆有意義上的聯繫，故為同源。可知只有詞義引申而形成的古今字才是同源詞，因詞義假借形成的古今字由於意義上沒有交集，則非同源詞。另外，干支字聲訓關係多非同源，本章中唯有「子孳、午仵、己紀、申神」四條為同源詞。可見，許慎與劉熙作聲訓目的，是為闡釋己說，而非推尋語源，於干、支字說解均刻意為之，蘊含陰陽五行之論。

第五章 《說文》、《釋名》陰陽五行 非形聲聲訓詞析論

　　本章析論非諧聲之聲訓詞條，即被訓釋字、聲訓字，不互為聲符、聲子者。分為「以同音之字為訓」、「以雙聲之字為訓」、「以疊韻之字為訓」三節。每節又依詞條出處，細分為：（一）《說文》獨有；（二）《釋名》獨有；（三）《說文》、《釋名》皆有，但兩書的聲訓詞「相同」或「相異」三類論述，此類因為數量較少，同、異併為一類，先討論聲訓詞「相同」者，再論述「相異」者。另外，「以本字為訓」者，有「甲甲」、「巳巳」兩條，〔註1〕放在本章最末探討。

　　關於本章聲訓詞推源情況，具體如下表。特別說明的是，表格中指稱的對同源詞說解合理與否，乃依陸宗達、王寧之定義，〔註2〕有下列三種情況：

　　一、以源詞訓釋派生詞 → 合理聲訓 →「推源」。

　　二、以派生詞反轉訓源詞、同源派生詞互訓 → 不合理聲訓 →「系源」。

　　三、被訓詞與聲訓詞之間無法證實是否有直接派生關係，無法推測其派生先　後者 → 不合理聲訓 →「釋義」。

〔註 1〕本研究聲訓詞中「以本字為訓」者，《說文》僅有「甲甲」、「乙乙」二條，其中「乙」字在《釋名》有同例，唯「甲」字需單獨論述，因此將甲字置於「第五章」最末論述之。另外，「巳巳」為異體字，亦在「第五章」最末論述。

〔註 2〕陸宗達、王寧：〈淺論傳統字源學〉，《中國語文》，1984 年 5 月，頁 372。相關說明，請見本文〈緒論章・研究方法與步驟〉。

另在表格末尾「推源情況」欄位中，加註推源、系源、釋義，以表明該詞條聲訓的功能意義。

表 5-1：《說文》、《釋名》非諧聲之聲訓詞推源情況表

		被訓詞與聲訓詞的音韻關係			派生詞的形體特點				對同源詞的說解是否合理		推源情況
		同音	雙聲	疊韻	增加義符	增加聲符	增加區別符號	其他	合理	不合理	
第一節	神引	+								+	釋義
	王往	+								+	釋義
	士事	+							+		推源
	申身	+								+	釋義
	秋緧	+								+	系源
	金禁	+								+	釋義
	庚更	+							+		推源
	人仁	+								+	系源
	卯冒	+								+	釋義
	火燬	+								+	釋義
	火毀	+								+	釋義
	丁丁	+								+	釋義
	丁壯	+								+	釋義
第二節	無亡		+						+		推源
	星散		+							+	釋義
	戌恤		+							+	釋義
	霧冒		+							+	系源
	頤養		+						+		推源
	木冒		+							+	釋義
	歲宣		+							+	釋義
	歲越			+						+	釋義
	乙乙									+	釋義
	乙軋		+							+	系源
	霰雪		+						+		推源
	霰星		+							+	釋義
	電申	+							+		推源
	電殄		+							+	釋義

第三節	詞條							類型
	熒營		+			+		推源
	酉秀		+				+	釋義
	青生		+				+	釋義
	辰伸		+				+	釋義
	日實		+				+	系源
	水準		+				+	釋義
	天顛		+			+		推源
	天顯		+				+	釋義
	月闕		+				+	釋義
	月缺		+				+	釋義
	春推		+				+	釋義
	春蠢		+				+	系源
	甲甲						+	釋義
	巳已						+	釋義

第一節 以同音之字為訓

本節同音之字，指被訓字與聲訓字之上古音聲紐、韻部俱同。

一、《說文》以同音之字為訓

《說文》以同音之字為訓者，主要有：神引、王往、士事等三條。

（一）神引〔註3〕

《說文・示部》：神，天神，引出萬物者也。从示申。

神，天神，天地萬物的創造者和主宰者。甲文未見，金文寫作「祝」〈伯戈冬簋〉，从申。

引，義為開弓。甲文寫作「𢎂」《合》16329，金文寫作「𢎀」〈書貝弘觥〉。《說文・弓部》：「引，開弓也。从弓、｜。」引申有延長、長久義。段玉裁「引」字下注：「凡延長之偁、開導之偁皆引申於此。」傳世文本中，引多訓為「長」。如《爾雅・釋詁》：「引，長也。」

語音上，神、引上古音皆定紐真部，兩者同音。語義上，「神」為天神；「引」義指開弓，兩者沒有共同的核義素，非同源詞。

〔註 3〕相關詞條「申神」，見〈第四章・第二節〉，頁 131～132。

以「引」訓神，許君以陰陽五行說作訓。《禮記・禮運》：「列於鬼神。」注：「神者，引物而出，謂祖廟山川五祀之屬也。」〔註4〕徐鍇《說文繫傳・通釋》：「天主降氣以感萬物，故言引出萬物也。」〔註5〕徐灝《說文解字注箋》：「神之為言引也，祇之為言提也。天地生萬物，物有主者曰神，《說苑・脩文》云：『神靈者，天地之本而為萬物之始也。』故曰：天神引出萬物，地祇提出萬物也。天曰神，地曰祇，對文則異，散文則通。」〔註6〕此中，以徐鍇氣化交感論最為精當，謂天神降氣感通創生萬物，為天地之主宰。

「神」當與「申」、「電」為同源詞組，神由申孳乳而來，申是源詞，神是派生詞，神的造字本義當從「申」而來。申為「電」字初文，〔註7〕甲骨文寫作「⚡」《合》4035，金文作「⚡」〈杜伯盨〉，象閃電的電光閃爍屈折之形。古人不識自然天象，認為閃電威力無窮，不可抗拒，故稱之為神，後加「示」旁作「神」。《說文・申部》：「申，神也。」

傳世文獻中，神或訓為「申」。如《爾雅・釋詁》：「申、神也。從申、神、加、弼、崇，重也。」《風俗通・怪神》引傳曰：「神者，申也。」《論衡・論死》：「神者，伸也。申復無已，終而復始。」

（二）王往

> 《說文・王部》：王，天下所歸往也。董仲舒曰：「古之造文者，三畫而連其中謂之王。三者，天、地、人也，而參通之者王也。」孔子曰：「一貫三為王。」

王，甲文原簡作「▲」《合》9810 反，後為避免與「土」形相混，寫作「王」《合》35501、「王」《合》30533。金文作「王」〈成王方鼎〉、「王」〈頌簋〉。甲、金文都象鋒刃向下之斧鉞形，斧鉞為軍事統率全之象徵，因以稱王，可知「斧鉞」為本義，「王」為引申義。

〔註4〕漢・鄭玄注，唐・孔穎達疏：《禮記正義》，收入李學勤主編《十三經注疏整理本》，（臺北：臺灣古籍出版社有限公司，2001 年），頁 772。以下徵引《禮記正義》文句，悉據此書，不另詳註。

〔註5〕徐鍇：《說文繫傳》（北京：中華書局，1998 年），卷一，頁 3。

〔註6〕丁福保：《說文解字詁林正補合編》（臺北：鼎文書局，1983 年），第二冊，頁 2～86。

〔註7〕「申」字說明，見〈第四章・第二節〉「申神」條，頁 131～132。

往，義為去、到。初文作「坒」，甲文寫作「🔲」《合》11182，从止王聲。金文作「徎」〈吳王光鑑〉，增「彳」旁，隸作「徍」。戰國出現「𨑨」形，於字形增「辵」形。「徍」的聲符「坒」後省作「主」形，隸楷書寫作「往」。《說文·彳部》：「之也。从彳坒聲。」

語音上，王、往古音都是匣紐陽部。語義上，「王」為斧鉞形；「往」則是去、到義，兩者沒有共同的核義素，非同源詞。

許慎以聲訓字「往」釋之，知「王」之稱名所以然。一方面表示受上天受命而為下土之主，所以「天下歸往也」；另一方面則指民心之所歸向者為王。如《穀梁傳·莊工三年》：「其曰王者，民之所歸往也。」《白虎通·號》：「王者，往也，天下所歸往。」〔註8〕

徐鍇《說文繫傳·通論》解釋「一貫三為王」說：「王者則天之明，因地之義，通人之情，｜而貫之，｜，一也，一以貫之，故於文｜貫三為王，｜者居中，皇極之道也。三者，天地人也，天曰柔克，地曰剛克，人曰正直，王者抑剛法柔，體於正直，故王之位居中而高。」〔註9〕王之三畫，由上而下依序為天人地，連通居中者為王；王者法天取仁覆育萬物，又法地厚養成之，貫通天人地三者。

傳世文本與出土材料都有王、往通用例，釋為往、之：

【王／往】

〔往、之〕

《詩·大雅·板》：「昊天曰明，及爾出王。」《毛傳》曰：「王，往。」《郭店·老子》甲 2～3：「江海所以為百谷王，以其能為百谷下，是以能為百谷王。」王，指歸往。張家山《脈書》M1.16：「在北，癰，為王身。」注：「王身，王，通往。往身，指由背癰惡化而導致的全身症狀。」〔註10〕

（三）士事

《說文·士部》：士，事也。數始於一，終於十。从一十。孔子曰：「推十合一為士。」

〔註8〕漢·班固撰，清·陳立疏證，吳則虞點校：《白虎通疏證》（北京：中華書局，2011年），頁 45。本文徵引《白虎通》文句，悉依此書，不另標出。

〔註9〕徐鍇：《說文繫傳》，卷上第三十三，頁 306。

〔註10〕高大倫：《張家山漢簡》（成都：成都出版社，1992 年），頁 10。

士，字形象斧頭類器具，轉為持此種器具之人。甲文未見，金文寫作：「土」〈士上卣〉、「士」〈邾公華鐘〉。與「王」字構形相近：「王」〈伯晨鼎〉，都取象自「斧鉞」類兵器之象形。季旭昇指出，「士」之斧形，可能是「鎡錤」[註11]類的農具。[註12]《說文·木部》：「欘，斫也，齊謂之鎡錤。一曰斤柄，性自曲者。从木屬聲。」，段玉裁注：「齊謂斫地欘也。趙注云『耒耜之屬。』」

斧鉞為王權之象徵，故用以表示王者；鎡錤為勞動工具，用以表示士人，士取象於農具，蓋因為士是執之做事之人。二字字形雖然接近，但取象不同，代表不同階級。

事，義為治事、從事。甲文作「[甲文]」《合》2766，金文作「[金文]」〈毛公鼎〉，从又持中，「又」象手之象形，中為獵具，手持獵具會治事義。事與「史」同源，西周時，事、史才分化。[註13]《說文·史部》：「事，職也。从史，之省聲。」

王力指出，士、事同源，[註14]論證如下：

語音上，士、事古音都是從紐之部，二字同音。

語義上，「士」初指男子的稱呼，後成為古代統治階級中次於卿大夫的一個階層，為服任王事之人；「事」本指治事，兩者有共同的核義素「職事」。事為源詞，士為派生詞。以事訓士，許慎以源詞訓派生詞。

《說文》以「事」釋士，取其任事之義。傳世典籍中，「士」常用作職官名，《左傳·僖公二十八年》：「士榮為大士。」杜預注：「大士，治獄官也。」士為掌理刑獄的司法官。士在經典中多以「事」為訓，《孟子·滕文公下》：「士無事而食，不可也。」《禮記·禮運》：「禮無列則士不事也。」《白虎通·內爵》：「士者、事也。任事之稱也。」

二、《釋名》以同音之字為訓

《釋名》以同音之字為訓者，主要有：申身、秋緧、金禁、庚更、人仁等五條。

[註11] 農具名，大鋤。《禮記·月令》：「季冬之月，脩耒耜」鄭玄注：「耜者耒之金也，廣五寸，田器，鎡錤之屬。」見徐中舒、蔡宗陽：《漢語大字典（繁體字版）》（臺北市：建宏出版社，1998年），頁452。

[註12] 季旭昇：《說文新證》（福州：福建人民出版社，2010年12月），頁56～57。

[註13] 義士出版社編：《字源》（臺中：義士出版社，1972年），頁227。季旭昇指出，甲骨文「事」與「吏」同字，均為「史」之引申分化字。季著：《說文新證》，頁214。

[註14] 王力：《同源字典》（北京：商務印書館，1991年5月），頁97。

（一）申身〔註15〕

《釋名・釋天 1.39》：申，身也。物皆成其身體，各申束之，使備成
也。

申，本義為閃電，是「電」字初文。

身，本義是腹部。甲文寫作「𠂤」《合》13666，金文寫作「𠂤」〈師克盨〉、
「𠂤」〈盠方彝〉，都以代表半圓形的指事符號，指示腹部所在；半圓中或加一
點，象肚臍形。

甲骨文用作本義，表示腹部，《合集》822：「貞：王疾身，維妣己害」表示
商王腹部有疾，可能是妣己加害。金文表示身軀，〈師克盨〉：「捍禦王身，作爪
牙。」意謂保護周王其人，作其隨身護衛。〈㠱公壺〉：「永保其身」。小篆寫作
「𠂤」象身軀之形。《說文・身部》：「躬也。象人之身。从人厂聲。」

語音上，申、身古音都是透紐真部，二字同音。語義上，「申」本義為閃電；
「身」義是腹部，兩者沒有共同的核義素，不是同源詞。

《釋名》以「身」釋申，一方面指七月消息卦否卦（☷）三陰已成，陰氣
至申而成體，從此陰氣日盛一日；另一方面則七月物皆成其身體，以少陰申束
之，使皆成熟也。《說文・申部》也說：「七月，陰气成，體自申束。」《史記・
律書》：「申者，言陰用事，申賊萬物，故曰申。」《白虎通・五行》：「申者，身
也。」《易緯・稽覽圖》注云：「少陰謂否卦，七月否用事於辰為申。」秋時萬
物成熟，收穫之季，陽氣伏藏遞減，萬物的生長機制將因陰氣遞增，而肅然變
更。

（二）秋緧

《釋名・釋天 1.20》：秋，緧也，緧迫品物使時成也。

秋，甲骨文寫作「𠂤」《合》24225，象昆蟲之形。或添加火旁作「𠂤」
《合》28001，與籀文「𤆎」形近。甲文中假借為「秋季」，《屯南》620：「今
秋受年，吉。」意指今年秋天豐收，吉利。金文寫作「𠂤」〈亞秋舟爵〉。戰
國文字多省文作「秋」《睡虎地・日甲》1，或添加「日」旁寫作「𠂤」《楚帛
書・乙》1.15。

〔註15〕相關詞條「申神」見〈第四章・第二節〉，頁 131～132。「神引」，見〈第五章・第
一節〉，頁 161～162。

《說文·禾部》：「秋，禾穀孰也。从禾，燋省聲。」段玉裁注：「其時萬物皆老，而莫貴於禾穀，故从禾。」秋天是禾穀成熟，收成時節，故簡文、小篆從「禾」；且由於秋季收割後要焚燒以備播種，故从禾、从火會意。

綇，有緊縮、收斂義，如《晉書·樂志上》：「八月之辰謂為酉，酉者綇也，謂時物皆綇縮也。」《禮記·鄉飲酒義》：「西方者秋也，秋之為言愁也，愁之以時察，守義者也。」鄭注云：「愁讀為揫，揫斂也。」《爾雅·釋詁上》：「揫，聚也。」郭璞注：「《禮記》曰：秋之言揫。揫，斂也。」今本《禮記》作「愁」，鄭玄注：「愁讀為揫。」

張博認為「秋、綇」同源，《漢語同族詞的系統性與驗證方法》指出：「秋義殺害收聚斂藏於萬物也。『綇』意謂聚斂。」〔註16〕驗證如下：

語音上，二字古音都是清紐幽部。語義上，秋、綇有共同的核義素「聚斂」，故兩者為同源詞。然而，無法證實被訓詞與聲訓詞間是否有直接派生關係，歸類為同源派生詞互訓。

（三）金禁

《釋名·釋天 1.26》：金，禁也，其氣剛嚴能禁制也。

金，甲文未見，〔註17〕金文寫作「﹔﹦」〈麥方鼎〉、「余」〈矢令方尊〉。字義有二說：一、黃金；二、金屬名，後世稱為「銅」。

魯實先指出，檢核該字的形構，本義為黃金。〔註18〕金文从「﹕」，該字象金粒之形；「令」即「今」之異體字，為金之聲符；土，表示金粒埋藏的地方。金於土中挖掘而出，故从土，以左右兩點代表黃金，而今為聲符，聲不兼義。

季旭昇、周寶宏認為，「金」在西周金文中指「銅」。《金文形義通解》以為金文「﹕」（呂，象金餅形），右旁从「今」聲，下象斧鉞之頭形，金从「土」，蓋與「冶」之从刀、从斤同意。〔註19〕季旭昇說與此同，〔註20〕認為其本義為

〔註16〕張博：《漢語同族詞的系統性與驗證方法》（北京：商務印書館，2003 年），頁 310。

〔註17〕龐樸：〈陰陽五行探源〉，收入《稂莠集——中國文化與哲學論集》（上海：上海人民出版社，1998 年），頁 204。作者認為，殷商時代「金」尚未成為民生用品，因此卜辭中未曾發現「五材」字樣或水火木金土並舉的例子，物質生活中提不出重複的刺激，精神生活中便形不成相應的反應。

〔註18〕魯實先著，王永誠注：《文字析義注》（臺北：臺灣商務印書館，2014 年），頁 1051。

〔註19〕張世超、孫淩安、金國泰、馬如森合著：《金文形義通解》（京都：中文出版社，1996年），頁 3237。

〔註20〕季旭昇：《說文新證》，頁 962～963。

「銅」，引伸為一切金屬。〔註21〕周寶宏指出，由西周金文字形體看來，金字結構應是從呂、從士（或從王），今聲（或人聲）；呂示青銅原料——金餅，士或王象斧鉞形，表示青銅製品。〔註22〕

《說文・金部》：「金，五色金也。黃為之長。久薶不生衣，百鍊不輕，從革不違。西方之行。生於土，從土；左右注，象金在土中形；今聲。」以金本義為黃金，所以久埋不生鏽，百般錘鍊重量不減，不斷改變它的外型，本質不變。許慎拆解「金」小篆字形從「土」，是依五行相生，土生金，指「金」字本身之中即蘊含土生金之理。〔註23〕然而，漢代許慎的說法晚出，從西周金文的構形析義看來，當以「青銅」為「金」字本義，較為可信。

禁，不見於甲、金文，戰國秦系寫作「禁」《睡虎地・秦》193。義為禁止、阻止，例如《楚辭・大招》：「發政獻行，禁苛暴只。」〔註24〕引申為忌諱，如《說文・示部》：「禁，吉凶之忌也。從示林聲。」指人們為了趨吉避凶而實施的各種限制，偏重神秘成分，而未採取古義「禁制」，顯然是在禁忌一詞出現後，受其影響才把此種解釋當成本義，直接將「禁」等同禁忌。

語音上，金、禁古音都是見紐侵部。語義上，「金」為青銅；「禁」為禁阻，兩者沒有共同的核義素，非同源詞。

劉熙取「禁」之禁止義釋「金」，是受陰陽五行思想影響，言金主西方之秋，助秋之成。《禮記・月令》第六：「是月也，以立秋。先立秋三月，大史謁之天子曰：「某月立秋，盛德在金，天子乃齊。」《禮記・鄉飲酒義》：「西方者秋也，秋之為言愁也，愁之以時察，守義者也。」《白虎通・五行》：「金在西方，西方者，陰始起，萬物禁止，金之為言禁也。」《漢書・五行志上》：「金，西方，萬

〔註21〕《尚書・呂刑》，孔穎達疏：「古者，金銀銅鐵，總號為金。」見漢・孔安國傳，唐・孔穎達疏：《尚書正義》，收入李學勤主編《十三經注疏整理本》，（臺北：臺灣古籍出版社有限公司，2001年），第4冊，頁646。以下徵引《尚書》文句，悉據此書，不另詳註。

〔註22〕義士出版社編：《字源》，頁1215。

〔註23〕徐鍇《說文繫傳・通論》：「土受化以生，天柔而地剛，剛柔相和，其精為金，故金則可揉也，剛則可折也，剛柔和則能斷，故金可斷，斷者成也，故金在西方，西方成熟之方，物熟而見割必辛，故西為辛，成則反質，質則不飾，故其色白，故於文，土左右注，上廉起銳，以成為金。」論者將金、西方、辛、白的關係作貫串解說，並指出，金因受土生化，土本身屬性可陰可陽，剛柔相濟，因此，金也兼具剛柔之性，可揉、可折、可斷。見徐鍇：《說文繫傳・通論》，頁309。

〔註24〕漢・劉向編集，漢・王逸章句：《楚辭》（北京：中華書局，1985年），卷10，頁117。

物既成,殺氣之始也。」﹝註25﹞

金為五行中最堅剛之物,其時為秋,其位屬西方;四時秋配金,一方面寓有肅殺意;另一方面秋天蕭瑟,譬若憂愁之情,據上引《禮記·鄉飲酒義》,秋之取名根源於「愁」。以「禁」釋金,是指秋天萬物活力受到約束,無法發揮其性能,乃因金氣剛毅,能禁藏萬物。

(四)庚更

《釋名·釋天 1.49》:庚,猶更也。庚,堅強貌也。

庚,甲文寫作「帇」《合》10405、「帇」《合》32742;金文作「甬」〈史父庚鼎〉、「甬」〈鄧孝子鼎〉。郭沫若認為,象有耳可搖之樂器,以聲類求之,當即是「鉦」;﹝註26﹞李孝定則說,其形制類似後世之貨郎鼓。﹝註27﹞季旭昇指出,「康」、「庸」(鏞)之初文,均從「庚」,足證庚為「樂器」之說可從。﹝註28﹞甲、金文多用作天干第七位,用以紀日。如《合》1705:「庚戌卜,鼎(貞):出于且(祖)辛。」〈逆鐘〉:「隹(唯)王元年三月既生霸庚申,弔(叔)氏才(在)大廟。」

更,甲文寫作「帇」《合》10951,從丙,從攴,構形初義不明。于省吾認為是「鞭」的初文,「丙」為聲符,「攴」象執鞭。﹝註29﹞金文寫作「帇」〈班簋〉,從二丙,從攴。丙讀「兩」,是「車」的單位,會二車相續之意,本義是相續、相繼。﹝註30﹞許慎則認為更為「更改」,《說文·攴部》:「更,改也。從攴丙聲。」段玉裁注:「更訓改,亦訓繼。」引申為輪換、交替。

語音上,二字古音都是見紐陽部。語義上,諸家都釋「庚」為樂器,唯庚之引申義有「變更、更替」等說。如《逸周書·度邑》:「汝幼子庚厥心,庶乃來班,朕大環茲於有虞意。」朱右曾校釋:「庚,更也。更其謙讓之心。」

﹝註25﹞ 漢·班固撰,唐·顏師古注:《漢書》,收入楊家駱主編《中國學術類編·新校本二十五史》(臺北:鼎文書局,1975年),頁1339。以下徵引《漢書》文句,悉據此書,不另詳註。

﹝註26﹞ 郭沫若:《甲骨文字研究·釋干支》(手寫影印本)(臺北:民文出版社,1952年),頁169～170。

﹝註27﹞ 李孝定:《甲骨文字集釋》(臺北:中央研究院歷史語言研究所,1974年),頁289。

﹝註28﹞ 季旭昇:《說文新證》,頁1005。

﹝註29﹞ 古文字詁林編纂委員會編纂:《古文字詁林》,頁652。

﹝註30﹞ 季旭昇:《說文新證》,頁1302。

王寧指出,庚、更同源。〔註31〕「庚」字篆文象兩手持干形,與「兵」之造意同,將「庚」構形釋為兵器,引申為兵卒。秦律「庚」指「代替」別人服役的雇傭兵。則庚、更,兩者有共同的核義素「更替」。更是源詞,庚是派生詞,庚是因替代服役的行為而得名,由更替義派生。以更訓庚,劉熙以源詞訓派生詞。

劉熙以更之變更、改變義釋庚,意指秋時陽氣伏藏,萬物因為陰氣遞增,而改變生長機制,蕭瑟兮草木搖落眾芳歇。《釋名》又說:「庚,堅強貌也。」《說文》也說:「庚,位西方,象秋時萬物庚庚有實也。」萬物成實必豐盈,引申有堅強義。

七月消息卦否卦(☰),八月消息卦觀卦(☰),則秋季陽氣遞減,陰氣漸增,萬物都受其熏染而變更,肅斂而剛。《說文·庚部》:「庚,位西方,象秋時萬物庚庚有實也。庚承己,象人臍。」《禮記·月令》:「孟秋之月,其日庚新。」鄭玄注:「庚之言更也。日之行秋,西從白道,成熟萬物,月為之佐,萬物則肅然改更,又因以為日名焉。」《史記·律書》:「庚者,言陰氣庚萬物。」〔註32〕《漢書·律歷志》:「斂更於庚。」《白虎通·五行》:「庚者,物更也。」

（五）人仁

《釋名·釋形體8.1》:人,仁也。仁生物也。故《易》曰:「立人之
道曰仁與義。」

人,甲骨文中左右可反寫:「𠂉」《甲》2940甲、「𠂉」《燕》4甲,取象人之側面垂手侍立形。《說文·人部》:「人,天地之性最貴者也。此籀文。象臂脛之形。」又,《仁部》:「仁,親也。从人从二。忎,古文仁,从千心。𡰥,古文仁或从尸。」

戰國時期已有「仁」字,秦系从尸、从二,人亦聲,作「𠂇=」《睡虎地·法》63,或為說文古文𡰥之形體來源。楚系寫作「𢖍」,从心、人(千、身)聲,隸作「㤅」,或為說文古文忎之形源。如《郭店·老丙》2~3:「古(故)大道廢,

---

〔註31〕王寧:《訓詁與訓詁學》(太原:山西教育出版社,1994年),頁200。

〔註32〕漢·司馬遷撰、宋·裴駰集解、唐·司馬貞索隱、唐·張守節正義:《史記》,收入楊家駱主編《中國學術類編·新校本二十五史》(臺北:鼎文書局,1975年),頁1248。以下徵引《史記》文句,悉據此書,不另詳註。

安有忎（仁）義。」整理者注，忎即《說文》「仁」字古文。〔註33〕可知，戰國時「仁」即表道德規範標準。〔註34〕

王力指出，人、仁同源，〔註35〕論證如下：

語音上，人、仁古音都是泥紐真部。語義上，「人」見於甲骨文，西周時可用於指人與人之間的道德規範；「仁」字戰國用例則專門標示道德規範。人是源詞，仁為派生詞，仁是因處理人與人之間的關係準則而命名。以仁訓人，劉熙以派生詞訓源詞。

《釋名》：「人，仁也。仁生物也。」以人的中心內核為「仁」這種道德規範。《周易・說卦傳》也說：「立人之道曰仁與義。」〔註36〕確立人的道理有「仁」與「義」兩層面。《春秋繁露・人副天數》：「天地之精所以生物者，莫貴於人，人受命乎天也，故超然有以倚，物疢疾，莫能為仁義，唯人獨能為仁義。」〔註37〕以人秉承天地陰陽之精而生，人就是天地之「仁」，因而人心之有生意者亦謂之仁。所以《說文》也說：「人，天地之性最貴者也。」

此外，指事物中有恩於萬物長育者，古代常與五行等相配，亦稱之為「仁」。《禮記・鄉飲酒義》：「養之，長之，假之，仁也。」孔穎達疏：「五行，春為仁，夏為禮，今春為聖、夏為仁者，春夏皆生養萬物，俱有仁恩之義，故此夏亦仁也。」

出土文獻與傳世經典中人、仁通用，有仁愛、相親；果實中核等義，可為詞源佐證：

【人／仁】

〔仁愛、相親〕

《春秋》：「執未有言舍之者，此其言舍之何？<u>人</u>也。」鄭玄引《公羊傳》人作仁。〔註38〕《馬王堆・周易》：「何以守（位）？曰<u>人</u>（仁）；何以聚人？曰材

〔註33〕季旭昇：《說文新證》，頁654。論者也說忎即「仁」之古文。

〔註34〕仁含義極廣，其核心指人與人相互親愛，孔子以之作為最高的道德標準。《禮記・中庸》：「仁者人也，親親為人。」《論語・顏淵》：「樊遲問仁。子曰：「愛人。」

〔註35〕王力：《同源字典》，頁335。

〔註36〕魏・王弼注，唐・孔穎達疏：《周易正義》，收入李學勤主編《十三經注疏整理本》，（臺北：臺灣古籍出版社有限公司，2001年），第2冊，頁384。以下徵引《周易正義》文句，悉據此書，不另詳註。

〔註37〕漢・董仲舒：《春秋繁露》（臺北：中國子學名著集成編印基金會印行，1978年），頁315。

〔註38〕《公羊傳・成公十六年》：「執未可言舍之者，此其言舍之何？仁之也。」

（財）。」今本人作「仁」。《馬王堆・五行》269～270：「故斯（廝）役人（仁）之道□□共（恭）焉。」「人」通「仁」。《郭店・緇衣》10～11：「上好悆，則下悆之，為也爭先。」今本悆作「仁」。

〔果實中核〕

明代方以智《東西均・譯諸名》：「仁，人心也，猶核中之仁，中央謂之心，未發之大荄也。全樹汁其全仁，仁為生意……凡核之仁必有二坼，故初發者二芽。」清朱駿聲《說文通訓定聲・坤部》：「人，果實之人，在核中如人在天地之中，故曰人，俗以仁為之。」《馬王堆・五十二病方》125～126：「□□鳥殹（也），其卵雖有人（仁），猷（猶）可用殹（也）。」整理者注：「仁」指蛋中小鳥胚胎。

三、《說文》、《釋名》以同音之字為訓

　　《說文》、《釋名》以同音之字為訓，且兩書聲訓詞「相同」者，有「卯冒」一條。兩書聲訓詞「相異」者，主要有：「火燬毀、丁丁壯」兩條。

（一）聲訓詞相同

1. 卯冒〔註39〕

> 《說文・卯部》：卯，冒也。二月萬物冒地而出，象開門之形，故二
> 月為天門。

> 《釋名・釋天1.34》：卯，冒也，載冒土而出也。於《易》為震，二
> 月之時雷始震也。

　　卯，甲骨文作「」《合》549、金文作「」〈散氏盤〉。王國維認為，卯即「劉」之假借字，釋為「殺」。〔註40〕卜辭中，卯常用作動詞指宰殺牲畜，如《合集》333：「卯二十牛」，即屠宰二十頭牛。《玉篇》也說：「卯，割也。」後假借為十二地支第四。

　　冒，本義是帽子，引申有覆蓋、頂著、冒犯等義。〔註41〕甲文未見，金文寫作「」〈九年衛鼎〉，從「冃」從「目」。「冃」象帽子形，「目」象眼睛，古人

〔註39〕相關詞條「霧冒」、「木冒」見本章〈第二節〉，頁176、178。

〔註40〕王國維：「卜辭屢言卯幾牛，卯義未詳，與瘞、沈等同為用牲之名。以音言之，則卯劉古音同部，柳留等字，篆文從卯者，古文皆從卯，疑卯即劉之假借字。《釋詁》：『劉，殺也。』」見季旭昇：《說文新證》，頁1018。

〔註41〕張世超：《金文形義通解》，頁1937。

往往用眼睛來代表頭部，全字象頭戴帽子之形。《說文・冃部》：「冒，冢而前也。從冃從目。」段玉裁注：「冢者、覆也。」冒有覆蓋、籠罩義。《詩・邶風・日月》：「日居月諸，下土是冒。」傳曰：「冒、覆也。」

語音上，卯、冒古音皆為明紐幽部，二字同音。語義上，「卯」義宰殺；「冒」為帽子，兩者沒有共同的核義素，非同源詞。

《說文》、《釋名》皆以「冒」釋卯，取冒之「覆蓋，籠罩」義。《爾雅・釋天》歲陽：「太歲……在戌曰閹茂。」李巡、孫炎注並云：「茂、冒也。」〔註42〕《淮南子・天文》：「掩茂之歲，歲小饑，有兵，蠶不登，麥不為，菽昌，民食七升。」高誘注：「掩茂，掩蔽茂冒也，言萬物皆蔽冒。」高誘注「冒」為覆罩義。

傳世典籍中，卯多釋為「茂」。《史記・律書》：「卯之為言茂也，言萬物茂也。」《淮南子・天文》：「卯則茂茂然。」《白虎通・五行》：「卯者，茂也。」二月仲春卯，植物生機繁茂，冒土而生，十二消息大壯卦（䷡），陽氣漸壯，施生萬物，陰氣漸散，不能障閉陽氣，徐鍇《說文繫傳・通釋》：「二月陰不能制陽，陽冒地而出。」

（二）聲訓詞相異

1. 火、燬、毀

《說文・火部》：火，燬也。南方之行，炎而上。象形。

《釋名・釋天 1.29》：火，化也，消化物也。亦言毀也，物入中皆毀壞也。

（1）火燬

火，本義為火焰。甲骨文寫作「△」《合》9104、「△」《合》28189，象火焰上騰之形。

燬，《說文》各本「燬」字多作「焜」。《火部》下焜、燬均云：「火也。」〔註43〕《方言》卷十：「煤，火也，楚轉語也，猶齊言焜火也。」郭注：「煤，

〔註42〕徵引李巡、孫炎注文句，出自古風主編：《經學輯佚文獻彙編・爾雅類》第 20 冊（北京：國家圖書館出版社，2010 年 7 月），不另詳註。

〔註43〕《說文・火部》：「焜，火也。從火尾聲。《詩》曰：王室如焜。」《說文・火部》：「燬，火也。從火毀聲。《春秋傳》曰：衞矦燬。」

呼隗反，烸音毀。」《爾雅・釋言》：「燬，火也。」郭注：「燬，齊人語。」《方言》言烸，即不復出燬；《爾雅》言燬，即不復出烸。可見，燬、烸為異體字，且都是齊語火，兩字都是「火」的方言字。換言之，「火」的讀音，在某些地區的方言讀音接近「尾」或「毀」的聲音，因此在雅言的「火」上，加注聲符「尾、毀」，而形成純粹標音的聲符。

語音上，火、燬古音相同，都是曉紐微部，語義上，火、燬皆是物體燃燒時發出的火焰，意義相同。以燬訓火，許慎是以方言釋通語。

（2）火毀

毀、燬為異體字。出土文獻中有「燬、毀」通用例：《楚帛書》丙：「陽，不□燬（毀）事，可□折，除去不義于四。」燬讀為毀，釋為毀壞、破壞。

《釋名》以「毀」釋火。火、毀古音皆曉紐微部，《說文・土部》：「毀，缺也。從土，毇省聲。」指凡物入火中，皆為之毀壞。

2. 丁、丁、壯

《說文・丁部》：丁，夏時萬物皆丁實。象形。丁承丙，象人心。

《釋名・釋天 1.46》：丁，壯也，物體皆丁壯也。

（1）丁丁

「丁」字構形本義說法紛紜，有下列四說：一、象魚頭中骨。二、象頭頂，為人之顛頂形。三、象城圍之形，與「口」形義俱近。四、「釘」字初文。

《爾雅・釋魚》：「魚枕謂之丁。」〔註44〕郭沫若說與此同。〔註45〕

魯實先、高鴻縉〔註46〕都認為，丁為頭之象形，為「頂」之初文，本義應為頭頂。何琳儀、季旭昇〔註47〕則指出，象城邑之形，「丁」、「成」都是「城」的初文，本義是城邑。

主張象「釘」形的學者眾多，〔註48〕甲文「丁」有中空與填實兩種寫法，作

〔註44〕《爾雅・釋魚》：「魚枕謂之丁。」魚頭中骨為枕，其骨形似篆書丁字，故名之丁。晉・郭璞注，宋・邢昺疏：《爾雅注疏》，頁338。

〔註45〕郭沫若：《甲骨文字研究・釋干支》，頁165。

〔註46〕魯實先：《文字析義注》，頁1137。高鴻縉：《中國字例》（臺北：三民書局，1984年），頁88。

〔註47〕何琳儀：《戰國古文字典》，頁791。季旭昇：《說文新證》，頁1001。

〔註48〕劉心源、林義光、吳其昌認為象釘子。見張世超：《金文形義通解》，頁3408。

「●」《合》20646、「□」，象釘帽的俯視圖。金文寫作「◉」〈冉且丁尊〉。戰國文字寫成側視形，「Ⅰ」《睡虎地‧日乙》33、「ㄒ」《九 56.94》。此後將上部釘帽部分簡為橫畫，即成為今日楷書「丁」字寫法。

釘子用來使建築物或家具等更結實牢固，引申有強壯義，即說文所謂「萬物皆丁實」之義。《說文‧丁部》：「丁，夏時萬物皆丁實，象形。」朱駿聲《說文通訓定聲》：「丁，鑽也，象形。今俗以釘為之，其質用金或竹若木。」羅君惕也說：「自其假借為丙丁之丁，遂又加金作釘以別之耳。陰陽五行家以丙丁為南方，為夏時，皆陽氣最旺盛者，故引申之訓強也；壯年亦陽氣最旺盛，體力最堅強之時，故又訓為丁男也。」〔註49〕若就字形結構與傳世文獻「丁」的釋義，筆者認為丁為「釘」字初文，較為可信。

甲、金文已借作天干第四位，《合》6：「丁丑卜」，釋為在丁丑這一天占卜。甲骨文又用作先王先妣的廟號，《合》35818：「武丁」；金文用作祖先的廟號，〈生史簋〉：「用事厥祖日丁」，表示用來事奉祖先日丁。

（2）丁壯

壯，本義為強壯，引申為壯大。金文作「𡗊」〈中山王昔鼎〉，戰國文字寫作「𡲢」《望山》1.176。从「士」從「爿」，「爿」為聲符。「士」象斧鉞類的武器，古時士兵經常手持武器，因此用來表示強壯的武士，本義為強壯，引申為壯大。《說文‧士部》：「壯，大也。從士，爿聲。」段玉裁注：「壯，大也。《方言》曰：『凡人之大謂之奘，或謂之壯。』」

語音上，丁古音端紐耕部，壯精紐陽部，耕陽旁轉音近。語義上，「丁」為釘子；「壯」為壯大，二者雖有共同的核義素「強壯」，但無法判定是否有派生關係，暫歸為非同源詞。

《說文》以「丁」釋丁，本字為訓。《釋名》以「壯」釋丁，則據上述說明，丁可引申有強壯義，劉熙取壯盛之義，形容萬物至盛夏，莫不皆壯，居正陽之位，適足與因相當，又有相當之義。

丁，五行屬火，季節為夏。《淮南子‧天文》：「巳在丁曰強圉。」高誘注：「在丁，言萬物剛盛。」《史記‧律書》：「（五月）……丙者，言萬物陽道著名，

〔註49〕羅君惕：〈天干地支之起源與作用〉，收入史佩信主編：《紀念羅君惕先生語言文字學術研討會論文集》（上海：上海教育出版社，2018 年 9 月），頁 18。

故曰丙。丁者，言萬物之丁壯也，故曰丁。」《白虎通・五行》:「丙者，其物炳明也。丁者，強也。時為夏。」五月盛夏花落跗見將見實，故說萬物皆剛盛強實，消息卦為姤卦（䷫），五陽一陰，陽氣看似盛壯，但物極必反，由盛轉衰，轉剛守柔之始，也因為衰柔互見，才反襯方盛方剛。

第二節　以雙聲之字為訓

本節論述被訓字與聲訓字「聲類」相同，以雙聲之字為訓者。

一、《說文》以雙聲之字為訓

《說文》以雙聲之字為訓者，有「無亡」一條。

（一）無亡

> 《說文・亡部》：無，亡也。从亾，𣞤聲。无，奇字無也。通於元者，虛无，道也。王育說天屈西北為无。

無，本義為舞蹈，假借為有之無。甲文寫作「」《合》21473、「」《合》16000，象人手持牛尾、鳥羽類飾物舞蹈求雨之形。〔註 50〕甲骨文尚未見假借為有無義（甲文有無義，寫作「亡」），〔註 51〕多用作祭名，是跳舞求雨之祭。《合》30030：「無（舞），大雨」。《合》34295：「無（舞）河眔岳。」表對河神、山神以舞祭祀求雨。金文寫作「」〈無敄鼎〉、「」〈作冊般甗〉，金文始假借為有無之「無」，〈善夫克鼎〉:「萬年無彊（疆）」，〈王孫遺者鐘〉:「萬年無諆（期）」，萬年沒有止境、期限。

亡，本義為刀芒，引申為有無義。甲骨文寫作：「」《合》22659、金文作「」〈天亡簋〉，从刀，以一短橫指示鋒芒之所在。《說文・亡部》:「亡，逃也。从入从乚。」

王力指出，無、亡同源，〔註 52〕黃德寬認為亡疑為「鋩」之初文，刀刃鋒利，肉眼遇視之似若無物，故引伸有無義。〔註 53〕論證如下：

〔註 50〕季旭昇：《說文新證》，頁 509。
〔註 51〕如《合集》36218：「壬子卜，貞，王賓大庚奭妣壬琿亡尤。」亡字釋作有無之無。
〔註 52〕王力：《同源字典》，頁 178。
〔註 53〕黃德寬：《古文字譜系疏證》（北京：商務印書館，2007 年），頁 1973。

　　語音上，無古音明紐魚部，亡明紐陽部，二字雙聲，韻部對轉，兩者有音轉關係。語義上，「無」指沒有、喪失；「亡」本義為鋒芒，後借為逃亡，又引申出喪失、丟失義，二者有共同的核義素「喪失」。亡是源詞，無是派生詞。以亡訓無，許慎以源詞釋派生詞。

　　傳世經典中，無、亡相通。如《詩經・唐風・葛生》：「予美亡此，誰與獨處。」箋：「亡，無也。」《儀禮・士喪禮》：「亡則以緇長半幅。」注：「亡，無也。」

　　許慎以「亡」釋無，又說「通於元者，虛无，道也。」《說文・一部》：「元，始也，從一，兀聲。」元從一，是指「一」為道之始，以元強調「一」的開始之意。文獻中，「元」常釋為「原」，是萬物的終極本原。如《春秋繁露・重政》：「唯聖人能屬萬物於一而系之元也，終不及本所從來而承之，不能遂其功，是以《春秋》變一為元，元猶原也，其義以隨天地終始也。」〔註54〕《春秋說題詞》：「元，清氣以為天，渾沌無形體。」宋均注云：「言氣在《易》為元，在《老》為道，義不殊也。」〔註55〕《說文繫傳》：「无為萬物之始，未始有有始也。道者象帝之先，道者始初為之也，實無也，無則不容立言，故強名之曰道。」

　　《春秋》緯將道、元相結合。徐鍇則道以為萬有之始，化生萬物，天地萬物因道而生。道之始實為「無」，無不可捉摸，無以名狀，強名之曰「道」。許慎以「亡」釋無，取「空無」這個引申義，來解釋道體的形上特質。

二、《釋名》以雙聲之字為訓

　　《釋名》以雙聲之字為訓者，主要有：星散、戌恤、霧冒、頤養等四條。

（一）星散〔註56〕

　　《釋名・釋天 1.8》：星，散也，列位布散也。

　　星，本義是星辰。甲文作「」《合》15637，金文作「」〈麓伯星父簋〉，從晶，生聲。晶（）象眾星羅列之形，卜辭中多讀為「晴」。如《合》11504：「☐大晶出南。」《楚帛書・甲》：「日月星辰」，用本義。

〔註54〕漢・董仲舒：《春秋繁露》，頁151。
〔註55〕安居香山、中村璋八合編：《緯書集成》，頁858。
〔註56〕相關詞條「霰雪星」，見本章〈第二節〉，頁184～185。

散，甲文寫作「🐾」《合》29098，从林，从攴，隸作「㪔」。金文寫作「🐾」〈五祀衛鼎〉。金文从竹，从月，从攴，高鴻縉、劉釗認為「月」是聲符。〔註57〕裘錫圭認為甲骨文「㪔」是「散」的初文，本義是芟殺、清除草木，《方言》：「散，殺也。」〔註58〕黃德寬同意裘說，又認為「🐾」、「🐾」从肉，㪔聲，㪔多省作🐾。〔註59〕季旭昇認為「散」字有兩個來源，一個作「🐾」，是从攴擊林的㪔字，林形從木，小點象被打散而掉下來的散落物；一個作「🐾」，是酒器「斝」。後世二者合流，秦以下「散」字从㪔从月，作「🐾」。〔註60〕《說文》作㪔，《肉部》：「散，雜肉也。从肉㪔聲。」又《說文·林部》：「㪔，分離也。从攴从林。林，分散之意也。」段注曰：「散瀳字以為聲，散行而㪔廢矣。」

各家對「散」的形體來源看法不一，但「分散、分離」義用「散」字表示，應無疑義。《馬王堆·經法》12：「故聖人之伐也，兼人之國，墮其城郭，焚其鐘鼓，布其資財，散其子女，裂其地土，以封賢者，是謂天功。」

語音上，語音上，星字心紐耕部，散古音心紐元部，二字雙聲。語義上，「星」本義是星辰；「散」義為分散，二者沒有共同的核義素，非同源詞。

《釋名》以「散」之碎佈義解釋「星」，取其零散、零星之意，又引申有多而密之意，如成語「星羅棋布」。

《說文》：「萬物之精，上為列星。从晶生聲。一曰象形。从口，古口復注中，故與日同。」段注：「星之言散也，引伸為碎散之偁。」由眾星羅列引申有零散、零星之意。《爾雅》：「祭星曰布。」郭璞注：「布，散祭於地。」《史記·天官書》曰：「星者，金之散氣。」注：「五星，五行之精，眾星列布，別居錯位，各有所屬。」〔註61〕星星有陳列布散之義，故祭星曰布。《埤雅》二十引《釋名》云：「祭星曰布，布取其象之布也。」

出土文獻中，星、散通用，釋為碎散。如《馬王堆·十問》19～20：「壹至勿星（散），耳目聰明。」整理者注：「星，《釋名》：『散也』」。

〔註57〕義士出版社編：《字源》，頁391。

〔註58〕裘錫圭：〈甲骨文中所見的商代農業〉，收入《古文字論集》（北京：中華書局，1992年），頁172。

〔註59〕黃德寬主編：《古文字譜系疏證》，頁2771。

〔註60〕季旭昇：《說文新證》，頁605。

〔註61〕漢·司馬遷撰、宋·裴駰集解、唐·司馬貞索隱、唐·張守節正義：《史記》，頁1335。

（二）戌恤

　　《釋名・釋天 1.40》：戌，恤也。物當牧斂，矜恤之也。亦言脫也，
落也。

　　戌，甲骨文作「𠀉」《合》18324、「𢧵」《合》37986，象斧鉞類兵器。周初
金文寫作「𢧵」〈康鼎〉，戌柄作曲筆，尚見象形意。其後斧刃線逐漸拉長，斧
頭下部複線移位，戰國楚系文字作「戌」《包 2.171》、秦簡寫作「戌」《睡・日
甲 2》，《說文》小篆戌承此形。甲、金文中「戌」已借作地支第十一位。《合集》
13525：「甲戌卜」。〈康鼎〉：「唯三月初吉甲戌」。

　　恤，李孝定指出，金文無从心之恤，卹、恤後世通用，而恤為後起。〔註62〕
傳抄古文中，从心、从卩之字並作，寫成「恤」〈碧落碑〉、「卹」〈海〉5.11。
《說文・心部》：「恤，憂也。收也。从心血聲。」則恤有收斂、憐憫義。

　　語音上，戌古音心紐質部，恤心紐月部，二字雙聲。語義上，「戌」為斧鉞
類兵器；「恤」則有收斂、憐憫義，二者沒有共同的核義素，非同源詞。

　　《釋名》以「恤」釋戌，未可知劉熙取義原委。傳世經典皆釋「戌」為「滅」。
因為，九月消息卦為剝卦（䷖），五陰一陽，一陽象萬物熟成收割，而五陰方勝，
陽氣至此將滅，霜隕木衰，萬物的「成長」即將滅絕。如《史記・律書》：「戌，
言萬物盡滅，故曰戌。」《說文・戌部》：「戌，滅也。九月，陽气微，萬物畢成，
陽下入地也。五行，土生於戊，盛於戌。从戊含一。」《漢書・律歷志》：「畢入
於戌。」火死於戌，陽氣至戌而盡，故威从火。《白虎通・五行》：「戌者，滅也，
律中無射，無射者，無聲也。」《五行大義》：「戌者，滅也，殺也，九月殺極，
物皆滅也。」〔註63〕

（三）霧冒〔註64〕

　　《釋名・釋天 1.78》：霧，冒也，氣蒙亂、覆冒物也。

　　《說文》無「霧」字。《雨部》：「霿，地气發，天不應。從雨敄聲。霿籀文
霿省。」段玉裁注：「霿今之霧字。……霧者俗字。霧一本作霿，非也。……

〔註62〕古文字詁林編纂委員會編纂：《古文字詁林》，頁 1000。
〔註63〕隋・蕭吉：《五行大義》（臺北：廣文書局有限公司，1987 年），頁 5。
〔註64〕相關詞條「卯冒」見本章〈第一節〉，頁 171～172。「木冒」見本章〈第二節〉，頁
　　　　180～181。

《開元占經》引《元命包》陰陽亂為霧。」霧當為「霚」的俗字。籀文字形隸作「雺」，與《爾雅》同說。《爾雅・釋天》：「天氣下，地不應曰雺。」

冒，本義是帽子，引申有覆蓋、頂著、冒犯等義。〔註65〕王力指出，霧、冒同源，〔註66〕論證如下：

語音上，霧古音明紐侯部，冒為明紐幽部，二字雙聲，韻部旁轉。

語義上，「霧」為空氣中的水蒸氣凝結而成，懸浮於近地的小水點，致使視野模糊不清；「冒」本義為帽子，引申有覆蓋、籠罩義。二者有共同的核義素「覆蓋、蒙蔽」，冒為蒙蔽，天蒙蔽則為霧，故霧、冒同源。然無法證實被訓詞與聲訓詞之間是否有直接派生關係，以冒訓霧，暫歸類為同源派生詞互訓。

（四）頤養

《釋名・釋形體 8.41》：頤，養也。動於下，止於上，上下咀物，以養人也。

頤，本義為人之下巴。甲文未見，金文寫作「」〈黃子盤〉、「」〈鑄子古〉隸作「𦣝」，郭沫若認為即「頤」之初文，象有重頷而上有鬚。〔註67〕《說文・𦣝部》：「顄〔註68〕也。象形。」段玉裁注：「此文當橫視之。橫視之、則口上口下口中之形俱見矣。」認為把「𦣝」字橫視，象人之下巴。

養，甲、金文無「養」形，有「羧」字。《說文・食部》：「養……『羧』，古文養。」甲骨文中有从羊，从攴的「羧」字，寫作「」《合》20017；也有从牛，从攴形，作「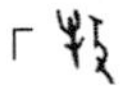」《合》36969。金文从羊，从攴，寫作「」〈牧共作父丁簋〉、「」〈南宮柳鼎〉。商承祚認為，字形與《說文》古文同，象以手持鞭而牧羊。後來，以从「牛」字為「牧」，从「羊」之「羧」為「養」。〔註69〕戰國楚簡寫作「」，如《郭店簡・六德》33：「求羧（養）親之志」。「養」形最早出現在戰國秦簡中，「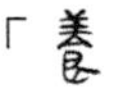」《睡虎地・秦律》113。

從上述古文字構形可知，羧、牧本義都是牧養牲畜。如《周禮・夏官・圉人》：「圉人，掌養馬芻牧之事，以役圉師。」《吳越春秋・勾踐入臣外傳》：「乃

〔註65〕「冒」字論述，見本章〈第一節〉「卯冒」條，頁171～172。
〔註66〕王力：《同源字典》，頁245。
〔註67〕引自李旭昇：《說文新證》，頁844。
〔註68〕《說文・頁部》：「顄，頤也。从頁圅聲。」
〔註69〕古文字詁林編纂委員會編纂：《古文字詁林》，頁335。

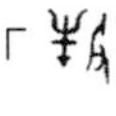

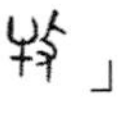

赦越王得離其石室，去就其宮室，執牧養之事如故。」引申表示養活、使能生活下去。

王衛峰指出頤、養同源，〔註70〕黃德寬認為從臣得聲之字，如頤、宧皆有「養」義，〔註71〕論證如下：

語音上，頤上古音定紐之部，養為定紐陽部，同紐雙聲。

語義上，「頤」指下巴，古人認為下巴上下運動助於咀嚼食物，以此養人；「養」指養活、使之能活，二者有共同的核義素「滋養」。養是源詞，頤是派生詞，頤是因助於養人的功能而得名。以養訓頤，許慎以源詞訓派生詞。

三、《說文》、《釋名》以雙聲之字為訓

《說文》、《釋名》以同音之字為訓，且兩書聲訓詞「相同」者，有「木冒」一條。兩書聲訓詞「相異」者，主要有：歲宣越、乙乙軋、霰雪星、電申殄四條。

（一）聲訓詞相同

1. 木冒

《說文・木部》：木，冒也。冒地而生。東方之行。从屮，下象其根。

《釋名・釋天 1.27》：木，冒也，華葉自覆冒也。

木，本義為樹木。甲骨文作「🌲」《合》27817，金文作「🌲」〈散氏盤〉。上之兩側象其枝，中豎筆象樹幹，下之兩側象其根，為獨體象形。甲文有用樹木本義者，如《合》5749：「埶（藝）木」，指種植樹木；或用作地名與方國名，如《合》37789：「王田木」，指王在木地田獵；《合》33193：「王令木方止」，王命令稱為木的方國止戰。

冒，本義是帽子，引申有覆蓋、頂著、冒犯等義。〔註72〕

語音上，木古音明紐屋部，冒明紐幽部，二字雙聲。語義上，「木」本義為樹木；「冒」本義是帽子，二者沒有共同的核義素，非同源詞。

〔註70〕王衛峰：《上古漢語詞彙派生研究》（上海：百家出版社，2002 年），頁 85。
〔註71〕黃德寬：《古文字譜系疏證》，頁 139。
〔註72〕「冒」字說明，參見本章〈第一節〉「卯冒」條，頁 171～172。相關詞條「霧冒」，見本節，頁 178～179。

　　《說文》、《釋名》都以「冒」釋木，《釋名》：「華葉自覆冒也。」指東方木為春，陽氣動，萬物冒地而生，木之花葉萌冒、繁盛覆蔽狀。畢沅曰：「冒有兩義：上覆下為冒，下觸上亦為冒，此當為下觸上之義。」〔註73〕《白虎通·五行》：「木在東方，東方者，陽氣始動，萬物始生，木之為言觸也，陽氣動躍，觸地而出也。」下觸上，為萌動外透義。

　　《說文》：「从屮，下象其根。」強調「冒地而生」的出生概念，故从屮，《說文》：「屮，艸木初生也。」徐鍇精當闡釋許說，認為屮是木之始，象甲坼冒地而生，木枝條引上而生，根亦隨之下引而長，萬物皆發微於始。〔註74〕許慎之所以將木拆解，是為了描述東方木生長的狀態，木主東方，乃五行相配之理。董仲舒《春秋繁露·陰陽終始》也說：「至春少陽，東出就木，與之俱生。」

（二）聲訓詞相異

1. 歲、宣、越

　　《說文·步部》：歲，木星也。越歷二十八宿，宣徧陰陽，十二月一次。从步，戌聲。律歷書名五星為五步。

　　《釋名·釋天1.24》：歲，越也，越故限也。

（1）歲宣

　　歲，本義有斧鉞、歲星兩說，由歲星義再引申出「年歲」。甲文寫作「𤻭」《合》13475、或「𢦏」《合》32054，皆與斧鉞之「戉」形似。〔註75〕郭沫若也認為歲、戉本為一字。〔註76〕徐中舒認為，甲骨文「歲」表示年，一個收穫季節為一年。〔註77〕後來，在「戉」字的戈形上下加點分化出「歲」字，如「𢦒」《合》6903。金文或不從兩點而從「步」（二「止」形），寫作「𡺬」〈毛公鼎〉、「𡺬」〈為甫人盨〉。金文表示年、歲，〈敬事天王鐘〉：「百歲之外」。〈蔡侯尊〉：「冬（終）歲無疆」。

〔註73〕引自王先謙：《釋名疏證補》（北京：中華書局，2008年6月），頁9。

〔註74〕徐鍇：《說文繫傳·通釋》，卷十一，頁106。論者認為：「木之於屮，……下有根，屮者，木始甲坼也，萬物皆始於微，合抱之木生於毫末，故木从屮。木之性上，枝旁引一尺，下根亦引一尺，故於文木上下均也。」

〔註75〕張世超：《金文形義通解》，頁255。

〔註76〕郭沫若：《甲骨文字研究·釋歲》（臺北：民文出版社（手寫影印本），1952年），頁150。

〔註77〕古文字詁林編纂委員會編纂：《古文字詁林》，頁275。

「歲」從有行走意之「步」，一方面突出歲星運行之義，另一方面亦引申出年歲流轉之義。戰國文字或從日、月寫作「𣥺」《包 2》242，日、月之運行與時間有關，故用作「歲」的意符。

宣，從宀，亘聲。「宀」象房屋之形，是皇帝的宮室名，後來表示宣布、宣揚義。〔註 78〕甲骨文寫作「𩛥」《合》28003、「𩚐」《合》28137。卜辭中，作祭祀之所，如《京》4269：「丁巳卜，於南宣召。」金文寫作「𧲲」〈虢季子白盤〉、「𩛊」〈曾子仲宣鼎〉。金文用作宮廷建築物的名稱，如〈虢季子白盤〉：「王格周廟宣榭」，表示周王來到周室宗廟的臺榭。《說文·宀部》：「宣，天子宣室也。從宀亘聲。」

語音上，歲古音心紐月部，宣古音心紐元部，二字雙聲。語義上，「歲」或象斧鉞；「宣」義為宣布、宣揚，二者沒有共同的核義素，不是同源詞。

傳世古籍中，歲多釋為「歲星」。如《開元占經·歲星占》引《甘時星經》曰：「歲星，木之精也。……歲行一次，十二年一周天，與太歲相應，故曰歲星。」歲星即木星，與金、水、火、土合稱「五星」〔註 79〕《漢書·律歷志》所云「五步」，指五星的運行，故測量天文稱為「推步」。

許慎曰：「越歷二十八宿」，是指古人為了觀測日、月、五星的運行，在黃道附近以二十八個恆星群作為標記，稱為「二十八宿」。古人認識到歲星約十二年運行一周天，其軌道與黃道相近，因將周天分為十二等分，稱十二次。〔註 80〕從子到亥共有十二辰，歲星移動一辰（一個星次）為一年，於是就以其所在的星次來紀年，故稱歲星。每年行「一次」，故曰「十二月一次」，故由歲星再引申為年歲。《說文》又說：「宣徧陰陽」，是指歲星右行從亥至午為陰，從巳至子為陽，環繞一周，歷徧陰陽，一次 30 度，十二次共 360 又 1/4 度。

（2）歲越

越，不見於甲骨、金文，戰國秦系文字寫作「𧻛」《睡虎地·雜》25，從走，戉聲，本義是越過、跨過。《說文·走部》：「越，度也。從走，戉聲。」

〔註 78〕高鴻縉認為「亘」象雲氣在天下舒卷自如之象，加「宀」作「宣」，為通光透氣之室，姑備一說。見義士出版社編：《字源》，頁 852。
〔註 79〕五星指水曰辰星，金曰太白，火曰熒惑，木曰歲星，土曰填星。
〔註 80〕十二次即星紀、玄枵、娵訾、降婁、大梁、實沈、鶉首、鶉火、鶉尾、壽星、大火、析木，類於今日西方的黃道十二宮。

語音上，歲古音心紐月部，越古音疑紐月部，韻部相同。語義上，「歲」或象斧鉞；「越」本義是越過、跨過，二者沒有共同的核義素，不是同源詞。

《釋名》以「越」釋歲，指歲星越度一星次，即進入新的一年，所以稱「越故限也」。

2. 乙、乙、軋

《說文·乙部》：乙，象春艸木冤曲而出，陰气尚彊，其出乙乙也。

與丨同意。乙承甲，象人頸。

《釋名·釋天 1.44》乙，軋也，自抽軋而出也。

（1）乙乙

乙，甲骨文寫作「乀」《合》35256、「乁」《合》26975，金文大體承其形，略作肥筆，寫作「乀」〈彔簋〉、「乁」。

構形本義眾說紛紜，常見的說法有：魚腸、草木長出形、「刀」之簡變、水小流形四種。《爾雅·釋魚》：「魚腸謂之乙。」指出魚腸象篆書的乙字。〔註81〕許慎認為是草木長出之形，《說文·乙部》：「乙，象春艸木冤曲而出。」《金文形義通解》指出，象「刀」簡變。〔註82〕李孝定認為，與「く」為一字異體，象一條小小的水流〔註83〕。以上說法缺乏確證，若依古文字形體來看，李孝定說法較為符合字形。

甲、金文中「乙」已假作天干第二位，如《屯南》4286：「乙酉卜」，表示在乙酉日占卜。〈散氏盤〉：「唯王九月辰才（在）乙卯」，表示周厲王九月，時間是在乙卯這一天。〔註84〕

〔註81〕《爾雅·釋魚》：「魚腸謂之乙。」指出魚腸象篆書的乙字。晉·郭璞注，宋·邢昺疏：《爾雅注疏》收入李學勤主編《十三經注疏整理本》，（臺北：臺灣古籍出版社有限公司，2001 年），第 44 冊，頁 338。郭沫若釋「乙」字與《爾雅》同。見郭著《甲骨文字研究·釋干支》，頁 165。

〔註82〕張世超：《金文形義通解》，3403。

〔註83〕李孝定：《甲骨文字集釋》，4223。

〔註84〕于省吾：《甲骨文字詁林》（北京：中華書局，1996 年），頁 1328～1332。論者指出，「乙」或用作殷代先公、先王、先妣之廟號，人名，如「祖乙」、「父乙」等，《合》34050：「才（在）且（祖）乙宗」，指在祖乙的宗廟。〈乍父乙鼎〉：「乍（作）父乙尊彝」，表示鑄造用來祭祀父乙的青銅器。〈曾侯乙鼎〉：「曾侯乙」。表示曾國諸侯名叫乙。用作人名。

《說文》本字為訓,以「乙」釋乙;析形為「象春艸木冤曲而出」,象嫩芽剛萌生呈屈軋、捲曲的形狀。

（2）乙軋

軋,甲、金文未見,小篆始見此字。《說文·車部》:「輾也。从車,乙聲。」大徐本釋軋為「碾」。《史記·匈奴列傳》:「罪小者軋,大者死。」張守節正義引顏師古曰:「軋者,謂輾轢其骨節。」軋釋為擠壓;或狀聲,象輪軸轉動時發出的聲響。

王寧指出乙、軋同源,〔註85〕論證如下:

語音上,乙古音影紐質部,軋影紐月部,二字雙聲,韻部旁轉,有音轉關係。語義上,「乙」本指草木萌生,引申為抽、引之義;「軋」本指萬物抽引發出的摩擦聲,二者有共同的核義素「抽引」。乙為源詞,軋是由乙的抽引義派生,因萬物抽引生長而得名。以軋訓乙,劉熙是以派生詞釋源詞。

《釋名》以「軋」釋乙,取其擠壓、碾壓義。形容二月時,物艱屯自抽出,萌發的新芽從孚甲奮力擠壓而出。《禮記·月令》:「孟春之月,其日甲乙。」鄭注:「乙之言軋也,物之出地艱屯,如車碾地澀滯。」《史記·律書》:「乙者,言萬物生軋軋也。」《漢書·律歷志上》:「奮軋於乙。」《白虎通·五行》:「甲者,萬物孚甲也。乙者,物蕃屈而有節欲出。時為春。」

乙次於甲,位東方之仲,象艸木離孚甲,乘陽欲出見,自正月泰卦後,大壯卦（䷡）的陽爻由下往上漸增,陽氣漸強,然大壯卦尚有二陰,故《說文·乙部》:「乙,象春艸木冤曲而出,陰气尚彊,其出乙乙也。」「陰气尚彊」,剛柔始交而難生,其形乙乙然,陰陽之氣相交,萬物剖孚甲而出,萌發的新芽呈屈軋的形狀。

3. 霰、雪、星

《說文·雨部》:霰,稷雪也。从雨,散聲。

《釋名·釋天 1.56》:霰,星也,水雪相摶如星而散也。

（1）霰雪

霰,本義為小雪粒、雪珠。甲骨文寫作「〔圖〕」《合》13010,金文作「〔圖〕」〈妍

〔註85〕王寧:《訓詁與訓詁學》,頁 197。

蚉壺〉。甲、金文從「雨」,「散」省聲,為「霰」之省文。〔註86〕張舜徽《說文解字約注》:「湖湘間謂之雪子,蓋霰之言散也,謂其形小自上分散而下也。」〔註87〕

雪,《說文》無雪字,《雨部》:「霎,凝雨,說物者。从雨彗聲。」雪,從雨从作「霎」。甲文「雪」寫作「⺾」《合》21024,唐蘭認為,甲骨文「彗」字得很像後來的「羽」,但甲骨文沒有「羽」字,對比《說文》「雪」字小篆作「霎」,可以確定甲骨文「雪」下部的羽形實為「彗」。〔註88〕

王力指出,霰、雪同源,〔註89〕論證如下:

語音上,霰古音心紐元部,雪心紐月部,二字雙聲,韻部對轉。

語義上,「雪」為空中水蒸氣所凝結成的冰珠;「霰」為小雪粒,意義相同,二者有共同的核義素「冰雪」。雪為源詞,霰為派生詞。以雪訓霰,許慎以源詞訓派生詞。

（2）霰星

星,本義是星辰。〔註90〕

語音上,星字心紐耕部,霰古音心紐元部,二字雙聲。語義上,「星」本義星辰;「霰」本義小雪珠,兩者沒有相同的核義素,非同源詞。

劉熙以「星」釋霰,取星之「碎散」義。指雨水下落,遇寒氣相搏為稷雪,如星般碎散。段玉裁「星」下注云:「星之言散也,引伸為碎散之偁。」由眾星羅列引申有零散、零星之意。

4. 電、申、殄

《說文·雨部》:電,陰陽激燿也。从雨、从申。

《釋名·釋天1.60》:電,殄也,言乍見則殄滅也。

（1）電申

申,本義為閃電,是「電」字初文。〔註91〕甲文寫作「⺾」,象閃電的電光

〔註86〕段玉裁注:「謂雪之如稷者。《毛詩傳》曰:『霰,暴雪也。』『暴』當是『黍』之字誤。俗謂米雪,或謂粒雪皆是也。」

〔註87〕義士出版社編:《字源》,頁1024。

〔註88〕唐蘭:《古文字學導論》(臺北:學海出版社,1986年),頁15。

〔註89〕王力:《同源字典》,頁498。

〔註90〕「星」字論述,見本章〈第二節〉「星散」條,頁176~177。

〔註91〕「申」字論述,見〈第四章·第二節〉「申神」條,頁131。

閃爍屈折之形。金文見「電」形，寫作「雷」〈番生簋蓋〉。

劉鈞杰指出，申、電、神三字同源。〔註92〕殷寄明也將三字系聯為同源派生詞。〔註93〕語音上，電从「申」得聲，電古音定紐真部，申透紐真部，韻部相同。語義上，由上述古文字形義可知，申為源詞，電為派生詞。以申訓電，許慎以源詞訓派生詞。

《說文》「陰陽激燿也」義訓「電」。雷電相伴出現，傳世文獻中多將雷與電合釋，《易緯‧稽覽圖》：「降陰下迎，陰起合和，而陽氣用上薄之則為雷。雷有聲，名曰雷；雷有光，名曰電。」指陰陽相激而產生電。

段玉裁「電」字注：「古義霆電不別，許意則統言之謂之靁。自其振物言之謂之震，自其餘聲言之謂之霆，自其光燿言之謂之電。分析較古而愿心。靁電者、一而二者也。」認為靁、電並非兩物，先見光，電火伸展而瞬間即滅，故稱「電」，有迅速義；後聞雷聲，電光雷聲有前後連鎖效應。

（2）電殄

殄，不見於甲骨、金文，其形始見於小篆殄，从歺，㐱聲。

殄有滅絕、絕盡義。《說文‧歺部》：「殄，盡也。从歺㐱聲。」《爾雅‧釋詁》也說：「殄，盡也。」又「殄，絕也。」又如《尚書‧畢命》：「商俗靡靡，利口惟賢，餘風未殄，公其念哉？」孔穎達疏：「餘風至今未絕，公其念絕之哉？」《淮南子‧本經》：「上掩天光，下殄地財。」高誘注：「殄，盡也。」

語音上，電古音定紐真部，殄古音定紐諄部，與電字雙聲。語義上，雖然可由「電」之瞬間即滅義，連結「殄」之滅絕義，然無法確定派生之前後，暫列為非同源詞。

劉熙《釋名》以「殄」釋電，是取滅盡義，解釋電光暫見轉瞬即滅。

第三節　以疊韻之字為訓

本節論述被訓字與聲訓字「韻部」相同，以疊韻之字為訓者。

一、《說文》以疊韻之字為訓

《說文》以疊韻之字為訓者，有「祭營」一條。

〔註92〕劉鈞杰：《同源字典補》（北京：商務印書館，1999 年），頁 196～197。
〔註93〕殷寄明：《漢語同源詞大典》（上海：復旦大學出版社，2018 年），頁 313～315。

（一）禜營

> 《說文·示部》：禜，設緜蕝為營，以禳風雨、雪霜、水旱、癘疫於
> 日月星辰山川也。从示，營省聲。一曰禜、衛，使灾不生。《禮記》
> 曰：「雩，禜。祭水旱」

禜，是祈請止旱降雨、攘除風雨雪霜之災的祭祀。《說文》所謂「設緜蕝為營」即以茅把圍成祭祀場地以備祭祀。〔註94〕

營，甲、金文未見，戰國秦系作「營」《睡虎地·日甲》53。《說文·宮部》：「帀居也。从宮，熒省聲。」段玉裁注：「帀各本作市。……集韵作帀，類篇、韻會作匝。蓋由古本作帀。故有譌為市者，帀居謂圍繞而居。」本義是同一氏族呈圓形居住，外圈圍以塹壕和短墻為營。

劉鈞杰指出禜、營同源，〔註95〕論證如下：

語音上，禜古音匣紐耕部，營定紐耕部，二字疊韻。

語義上，「禜」指用繩束茅環繞一周做成營盤，充當臨時祭所而祭祀，以消除災異；「營」則指圍繞而居，後軍隊駐紮掘塹築壘，環衛四周也叫「營」。二者有共同的核義素「圍繞」。營是源詞，禜是派生詞，是因其縈繞束茅做成營盤的特徵而得名。以營訓禜，許慎以源詞釋派生詞。

《左傳·昭公元年》：「山川之神，則水旱癘疫之災，於是乎禜之；日月星辰之神，則雪霜風雨之不時，於是乎禜之。」許君之釋源或來自此說。傳世經典中，禜、營聲義並通。《禮記·祭法》：「雩宗，祭水旱也。」鄭玄注：「宗，皆當為禜字之誤也。禜之言營也。」

二、《釋名》以疊韻之字為訓

《釋名》以疊韻之字為訓者，主要有：酉秀、青生、辰伸等三條。

（一）酉秀

> 《釋名·釋天 1.40》：酉，秀也；秀者，物皆成也。於《易》為兌。
> 兌，說也。物得備足，皆喜說也。

〔註94〕雷漢卿：《《說文》「示」部字與神靈祭祀考》，頁239。
〔註95〕劉鈞杰：《同源字典補》（北京：商務印書館，1999年），頁87。

　　酉，本義為酒器，亦指酒。甲文寫作：「▽」《合》7075、「▽」《佚》427，都象酒器之形。林義光指出，酉的本義即酒，象釀器形，酒所容也。「酉」、「酒」本同字，酒無形可象，故象其容器。〔註96〕金文酉、酒同形，作「▽」〈師酉簋〉；傳抄古文「酒」字也寫作「酉」：「▽」《汗6.82 義》。金文中用作「酒」及「地支名」，〈宰甫卣〉：「王饗酉（酒）」；〈士上卣〉：「才（在）五月既望辛酉。」戰國文字變化較多，楚系酉上訛從木，「▽」《包山》2.221。

　　秀，不見於甲骨、金文，戰國楚系文字作「▽」《包山》2.25，從禾，從弓。秦系寫作「▽」《睡虎地・日乙》13，從禾，從引。何琳儀認為，「秀」從「禾」從「引」省，會禾苗引出之意。〔註97〕季旭昇指出，秀為禾類植物開花抽穗。〔註98〕如《詩・大雅・生民》：「實發實秀，實堅實好。」朱熹《集傳》：「秀，始穟。」引申出華美、成熟義。王先慎也說：「秀，華美意。」〔註99〕

　　語音上，酉古音定紐幽部，秀心紐幽部，韻部相同。語義上，「酉為」酒器；「秀」為稻禾開花，二者沒有共同的核義素，非同源詞。

　　劉熙取秀之成熟義，指仲秋時節物皆成象成實，得備足收獲。酉為仲秋八月，方位配西方。八月消息卦為觀卦（☶），陽內收則物成，果熟蒂落。《說文・酉部》：「酉，就也。八月黍成，可為酎酒。象古文酉之形。」《史記・律書》：「酉者，萬物之老也，故曰酉。」《淮南子・時則》：「仲春始出，仲秋始內。」注云：「出，二月播植也；內，八月收斂也。」物老即成熟，可收成。

（二）青生〔註100〕

　　《釋名・釋采帛14.1》：青，生也，象物生時色也。

　　青，金文有從丹、從井二形。從丹寫作「▽」〈吳方彝蓋〉，從井作「▽」〈史墻盤〉。《金文形義通解》分析以青得聲的「靜」字形構，舉例〈靜卣〉從生、井聲，寫作「▽」；〈班簋〉從木、井聲，寫作「▽」；可知金文「青」，或從生、從木，以「井」為聲符。〔註101〕青的發聲是清紐，井的發聲是精紐，

〔註96〕張世超：《金文形義通解》，頁 3487。
〔註97〕何琳儀：《戰國古文字典》，頁 233。
〔註98〕季旭昇：《說文新證》，頁 578。
〔註99〕王先謙：《釋名疏證補》，頁 13。
〔註100〕相關詞條「笙生」，見〈第四章・第一節〉，頁 129～130。
〔註101〕張世超：《金文形義通解》，頁 1256～1257。

同屬齒音，又青、井都是耕部，韻部相同，青當是從井得聲的形聲字。從字形結構上看，從生或從木為形符，皆指草木生長，「青」本義是草木生長之青色。〔註102〕

生，甲骨文作「⤙」《甲》200，會草（屮）從泥土裏長出來之意，本義是生出、生長。〔註103〕

語音上，青上古音為清紐耕部，生為心紐耕部，韻部相同。語義上，「青」為草木生長之色；「生」為生長，二者雖有「生長」義素可相連結，但無法確定派生前後，暫定為非同源詞。

劉熙以「生」釋青，是以生長義連結兩者，意指草木初生萌芽的顏色為「青」。《素問・玉機真藏論》也說：「東方木也，萬物之所以始生也。」五行說中，木為東方之行，配青色，季節為春，春到萬物抽芽發育、生長顯著。

許慎說解「青」字，從生、丹，則隱含五行相生關係。《說文・青部》：「青，東方色也。木生火，從生丹。丹青之信言象然。㞢，古文青。」許君將五行與五色配搭，青色配東方；「從生丹」則以五行相生之理推演，指「丹」為「青」的構字部件之一，「丹」引出「赤」義，赤為南方之色，南方屬火，因此「木生火」，「青」字由「生、丹」構成，許君的數術思想蘊含其中，圖示如下：

$$\text{青（木）} \xrightarrow{\text{生}} \text{丹（火）}$$

（三）辰伸〔註104〕

《釋名・釋天 1.35》：辰，伸也，物皆伸舒而出也。

辰，甲骨文寫作「𣆪」《合》137、「𢎛」《合》38021，象大貝形。金文寫作「𡨄」〈小臣宅簋〉，本義為耕器。〔註105〕

伸，甲文未見，金文寫作「𠊨」〈鑄客鼎〉。許慎認為伸義為屈伸、伸展。《說文・人部》：「屈伸。從人申聲。」段玉裁注：「伸，古經傳皆作信。……疑此字不古。古但作詘信，或用申為之，本無伸字。」段氏指出，古伸字皆作「信」。

〔註102〕林義光：《文源》（上海：中西書局，2012 年）卷 11，頁 402。
〔註103〕「生」字論述，見〈第四章・第一節〉「笙生」條，頁 129～130。
〔註104〕相關詞條「娠辰」，請見〈第四章・第一節〉，頁 123～124。
〔註105〕「辰」字論述，請見〈第四章・第一節〉，頁 124。

語音上，辰古音定紐諄部，伸古音透紐真部，發聲都是舌音，聲近，收音則真諄旁轉。語義上，「辰」本義為耕器；「伸」義為屈伸、伸展，兩者沒有共同的核義素，不是同源詞。

劉熙取辰之伸舒義，解釋三月萬物皆散舒而出情狀。《漢書・律曆志上》：「振美於辰。」《太玄・玄數》：「辰戌丑未。范望曰：辰，取其延長。」《爾雅》：「太歲在辰曰執徐。」《釋文》引李巡曰：「執，蟄也；徐，舒也。言蟄物接敷舒而出，故曰執徐。」《開元占經》引孫炎曰：「句者，必達蟄伏之物，盡敷舒也。」高誘《淮南子・天文訓》注曰：「執，蟄也；徐，舒也。伏蟄之物皆散舒而出。」辰亦有伸展義、延長之義；

《說文・辰部》：「辰，震也。三月，陽气動，靁電振，民農時也。物皆生，從乙、匕，象芒達；厂，聲也。辰，房星，天時也。從二，二，古文上字。」三月季春，《史記・律書》：「辰者，言萬物之蜄也。」《五行大義》：「辰，震也。震動奮訊也。」（頁 27）晨下云：「辰，時也。」辱下云：「辰者，農之時也，故房星為辰，田候也。」三月消息卦夬卦（䷪），陽爻由下往上增強，陽氣震動，萬物生機振發，是進行農事之佳時。

三、《說文》、《釋名》以疊韻之字為訓

《說文》、《釋名》以疊韻之字為訓，且兩書聲訓詞「相同」者，主要有：日實、水準兩條。兩書聲訓詞「相異」者，主要有：天顛顯、月闕缺、春推蠢三條。另外，「以本字為訓」者，則有「甲甲」、「巳巳」兩條。

（一）聲訓詞相同

1. 日實

《說文・日部》：日，實也。太陽之精不虧。從口一。象形。

《釋名・釋天 1.2》：日，實也，光明盛實也。

日，本義為太陽。甲文寫作「☉」《合》33694、「◉」《合》27548、「日」《合》17299、「日」《合》5141，均象太陽之形，因甲骨鏤刻不易，字形圓方不定，變化較多。金文以下日趨定型，多為直筆。

實，甲文未見，金文寫作「實」〈㝨簋〉，會屋內充滿貝、玉等寶物之意，

本義是富實、富足；引申有財富、滿、盛、充實等義。《說文‧宀部》：「實，富也。从宀从貫。貫，貨貝也。」

殷寄明以為兩者同源：「日光盛實為日之顯著特徵，許慎即以此推斷『日』之語源。」〔註106〕論證如下：

語音上，日的古音是日紐質部，實是泥紐質部，二字疊韻。語義上，二者有共同的核義素「盛實」，為同源詞。然無法證實被訓詞與聲訓詞之間，是否有直接派生關係，歸類為同源派生詞互訓。

《說文》、《釋名》皆以「實」訓「日」，因為太陽是恆常的光源體，無似月有盈虧，故精光常盛。《白虎通‧日月》也說：「日之為言實也，常滿有節。」張舜徽《說文解字約注》：「太陽之形，中滿無闕，故漢人以實訓日。」太陽的顯著特徵是圓滿充實，是日之名義取於實，故經傳中多訓「日」為「實」。《春秋元命苞》：「日之為言實也，節也。含一開度立節，使物咸別，故謂之日」〔註107〕日因為充實、有法度，含有「一」，開啟並訂立法度，令事物皆有區別，所以稱為「日」。

2. 水準

《說文‧水部》：水，準也。北方之行。象眾水並流，中有微陽之气也。

《釋名‧釋天 1.28》：水，準也，準平物也。

水，本義為水流。甲骨文寫作「𣲙」《合》33355，金文作「𣲙」〈同簋蓋〉，均取中象水之主流，兩側像水花，如水流狀。卜辭中或指水災，如《合》10150：「其有大水」；或用作祭名，如《合》14407：「辛御水于土牢。」「土」為商之第四位先公「相土」之略稱，意謂辛日用牛來對先公相土進行御祭和水祭。

準，甲、金文、簡帛未見此形。《說文》解義為水之平。《說文‧水部》：「準，平也。从水，隼聲。」《周禮‧考工記‧輈人》：「輈注則利準，利準則久，和則安。」

語音上，水古音透紐微部，準古音端紐真部，發聲都是舌音。語義上，「水」義為水流；「準」則解作平，二者沒有共同的核義素，非同源詞。

《說文》、《釋名》都以「準」釋「水」，段玉裁「準」下注：「謂水之平也。天下莫平於水。水平謂之準。因之製平物之器亦謂之準。」意指水靜則平，能

〔註106〕殷寄明：《語源學概論》（上海：上海教育出版社，2000 年），頁 229。
〔註107〕安居香山、中村璋八合編：《緯書集成》，頁 630。

用作測量高低的標準，由此衍生水準（標準）義。《管子‧水地篇》：「水者，萬物之準也。」〔註108〕《白虎通‧五行》：「水位在北方，北方者，陰氣在黃泉之下，任養萬物，水之為言準也，養物平均有準則也。」

（二）聲訓詞相異

1. 天、顛、顯

《說文‧一部》：天，顛也。至高無上，从一大。

《釋名‧釋天 1.1》：天，顯也，在上高顯也。青徐以舌頭言之。天，坦也，坦然高而遠也。

（1）天顛

天，本義為人頭、人之顛頂，〔註109〕因天空與人頭皆在高位，故亦表示天空。甲骨文作「𣢦」《合》36535，構形突顯頭部，象人正面站立。金文寫作「𠀡」〈頌壺〉，顛頂之形更明顯。顛頂之形因為刻畫不易，所以甲文將頭形簡化為一橫畫，作「𠀐」《合》37750。此後的古文字多从此形，如「𠀐」〈秦公簋〉、戰國文字「天」《郭‧老甲》15。

細究天字構形，為「大」上多一指事作用的橫畫，指人頭上的一片天，與人頭至高無上的特徵相類，故以「天」表示天空。甲文「天」用作本義，指頭部，《合集》20975：「弗疾朕天」，指商王的頭部沒有患病。

顛，指顛頂。金文寫作「𩒱」〈魚顛匕〉，从鼎、从匕、从頁，隸作「顚」。何琳儀釋〈魚顛匕〉指出，「顛」應表示頂，「魚顛」指魚頭，在此指匕的橢圓形頭部。〔註110〕《說文‧頁部》也說：「顛，頂也。从頁眞聲。」

王力指出，天、顛同源，〔註111〕論證如下：

語音上，天古音透紐真部，顛端紐真部，發聲均舌音，疊韻。

語義上，古文字「天」之象，既可表示天，也表示人之頂，與「顛」象顛頂，兩者有共同的核義素「顛」義，引申有高大、頂端義，居高理下義。《白虎

〔註108〕周人撰，黎翔鳳校注：《管子校注》（北京：中華書局，2009 年 3 月），頁 814。以下徵引《管子》文句，悉依此書，不另標出。

〔註109〕王國維說：「天本謂人顛頂，故象人形。」見王著：《觀堂集林》卷六（臺北：藝文印書館，1958 年），頁 158。

〔註110〕何琳儀：《戰國古文字典》，頁 1114。

〔註111〕王力：《同源字典》，頁 325。

通・天地》：「天之為言鎮也，居高理下為人鎮也。」《廣雅・釋言》：「天，顛也。」顛為源詞，天是派生詞，天之至高無上義由顛派生。以顛訓天，許慎以源詞訓派生詞。

（2）天顯

顯，甲文未見，金文寫作「𩑣」〈史獸鼎〉、「𩒠」〈彔伯戈冬簋〉。金文從「日」從頂部相連的「絲」，從「頁」。「頁」象人形而突顯頭部，字形象人於日下視絲之形，絲線幼細難視，故需於太陽之下才能顯明，本義是顯明、顯現。〔註112〕《說文・頁部》：「顯，頭明飾也。從頁㬎聲。」

語音上，天古音透紐真部，顯曉紐元部，元真旁轉，有音轉關係。語義上，「天」義顛頂、天空；「顯」義為顯明、顯現，二者沒有共同的核義素，非同源詞。

《釋名》取「顯」的顯揚、光明義釋天，指天在上高顯而明。《詩・大雅・抑》：「無曰不顯，莫予云覯。」鄭玄箋：「顯，明也。」孔穎達疏：「《釋詁》……又云顯，光也。是顯得為明也。」《爾雅・釋詁》：「顯，光也。」

2. 月、闕、缺

《說文・日部》：月，闕也。大陰之精。象形。

《釋名・釋天 1.3》：月，缺也，滿則缺也。

月，本義為月亮。初文象半月之形，中間飾點或有或無，甲文寫作「☽」《合》19785，或「☽」《合》31062；後世以中間有飾點者為「月」，無飾點為「夕」。但在甲文時期，月和夕相對有別，「月」作「☽」時，「夕」必作「☾」，反之類同。〔註113〕若就用字而言，「月」是月亮實體，「夕」則是月亮出來的夜晚時刻。

戰國文字月、夕形義相關（音則迥異），故戰國文字夕、月偏旁常混同不分。月與「肉」在戰國時形體極為相近，因此戰國古文常在「月」的左下方加斜筆；肉形則在右上加斜筆，作「夕」《包 2》145，以示區別。〔註114〕

〔註112〕義士出版社編：《字源》，頁 493。
〔註113〕李旭昇：《說文新證》，頁 565。
〔註114〕何琳儀：《戰國古文字典》，頁 912。

缺，甲、金文未見，戰國文字寫作「」《馬王堆‧合陰陽》103。「闕」形則首見於小篆「闕」。缺、闕當皆由「缺口」義派生。《說文‧缶部》：「缺，器破也。从缶，決省聲。」《玉篇‧缶部》：「缺，破也。」《說文‧門部》：「闕，門觀也。从門欮聲。」缺是器缺，闕是門缺，為同源派生詞。

語音上，月古音疑紐月部，缺、闕皆為溪紐月部，韻部相同。語義上，月為月亮，缺為器缺，闕是門缺，兩者雖有共同的核義素「缺虧」，但無法證實被訓詞與聲訓詞之間是否有直接派生關係，暫歸類為非同源詞。

殷寄明說：「月之盈虧，處動態中，盈滿時少而虧缺時多，此為顯著特徵，……許慎即以月之特徵推『月』之語源。」〔註115〕《說文》、《釋名》以「闕」訓「月」，一方面猶存造字取象的半月之意；一方面則是就月亮的通像而言，月亮由朔而望，循環變化，一盈一虧，殘缺時多，滿圓時少。《白虎通‧日月》也說：「月之為言闕也，有滿有闕也。」《春秋元命包》：「月之言闕也。」徐灝注箋：「古文、鐘鼎文象上下弦之形，日象圓形，故月象其闕也。」宋育仁《說文部首箋正》：「月陰質無光，與日表值，半有光半無光為弦，與日正對為望，望則又弦，是月常闕也，故象闕形，制為月字。日，實也，故完形象其常滿。月，闕也，故半形象其常虧。」月的圓缺主要受太陽光照射地球角度的不同，而呈現朔弦望的月相變化。

3. 春、推、蠢

《說文‧艸部》：春，推也。从艸、从日，艸春時生也；屯聲。

《釋名‧釋天1.18》：春，蠢也，動而生也。

（1）春推

春，本義指四季之首，春季。《廣韻‧諄韻》：「春，四時之首。」甲骨文多从「木」（或从「屮」），寫作「」《合》11531、「」《合》2358；从日，「」《合》17314；屯聲，「」《合》4852，表示春天到了，卉木離離之義，為形聲兼會意字。甲文多用以紀時，如《合集》9660正：「來春不其受年。」貞問明年豐收與否，用本義。

春秋金文寫作「」〈蔡侯鐘〉，从艸、从日、屯聲。戰國楚系寫作「」

〔註115〕殷寄明：《語源學概論》，頁229。

《新·甲3.179》，應隸作「菩」。秦文字寫作「𦱤」《睡·日乙》252，「屯」字寫在艸字上部，與隸楷「春」形近。

推，甲、金文未見此形，本義指以手向外用力使物體向前移動。〔註116〕《說文·手部》也說：「排也。从手隹聲。」

語音上，春古音透紐諄部，推為透紐微部，聲紐同，韻部微諄對轉，有音轉關係。語義上，「春」為春季；「推」則為以力促使物體移動，兩者沒有共同的核義素，非同源詞。

（2）春蠢

蠢，甲、金文未見，字形見於小篆「𧍪」，本義指蛆蟲類爬動狀。《說文·蚰部》：「蠢，蟲動也。从蚰春聲。」

語音上，春古音昌紐諄部，蠢為透紐諄部，二字疊韻。語義上，「春」本指春天，是萬物復甦生長的季節；「蠢」則為蟲爬動，兩者有共同的核義素「萌動」。

從「春」聲之字多有「動」義，如惷、偆等字。「惷」字，《說文·心部》：「惷，亂也。从心，春聲。《春秋傳》曰：『王室日惷惷也。』」《玉篇·心部》：「惷，擾動也。」「惷」讀音與春、蠢同。再如「偆」字，《廣韻·準韻》：「偆，喜樂貌。」《白虎通·五行》：「春之為言偆。偆，動也。」陳立疏證：「偆、蠢通。」《廣雅·釋言》：「春，蠢也。」王念孫疏證：「偆，與蠢通。」

王力《同源字典》將「蠢、惷」系聯為同源詞，〔註117〕由上述語音關係，以及從「春」之字多有動義的語義聯繫，則「春、蠢」亦當為同源派生詞。

傳世文獻中「春」、「蠢」相通，可為詞源佐證。如《周禮·考工記·梓人》：「張皮侯而棲鵠，則春以功。」鄭玄注：「春讀為蠢。蠢，作也，出也。天子將祭，必與諸侯群臣射，以作其容體。」蠢釋為振作、興起義。

《釋名》以「蠢」釋春，取春季萬物生機勃發、萌動而生義。《禮記·鄉飲酒義》：「東方者春，春之為言蠢也，產萬物者聖也。」鄭注：「蠢，動生之貌也。」《漢書·律曆志上》：「少陽者，東方。東，動也，陽氣動物，於時為春。春，蠢也，物蠢生迺動運。」東方為日出方位，萬物沐浴在初生的陽和之氣中，發育觸生。《易·說卦》：「萬物出乎震，震東方也。」疏云：「震是東方之卦，斗

〔註116〕義士出版社編：《字源》，頁1054。
〔註117〕王力：《同源字典》，頁516。

柄指東為春，春時萬物出也。」《易》以東為春，以震居東，震，動也，震為雷、為龍。震、雷、龍、動、生都是屬於春的蓬勃意象，春雷響起驚蟄，萬物復甦回春。

4. 甲甲

《說文‧甲部》：甲，東方之孟，陽气萌動，从木戴孚甲之象。一曰人頭宜為甲，甲象人頭。

《釋名‧釋天 1.43》：甲，孚也，萬物解孚甲而生也。

甲文有兩種寫法：一為「十」《合》35260，用為干支字。「田」《合》28581，用為殷先王上甲之廟號專字。〔註118〕金文亦有「十」〈父甲爵〉、「田」〈兮甲盤〉兩形。後來多借田形來表干支，十形寫法戰國後不傳。戰國秦系文字將中間豎筆拉長寫作「甲」《睡‧雜》26，《說文》小篆作「甲」，與楷書「甲」字相近。

甲字本義有二說，一說為「鱗甲」，是動物或植物之皮殼硬甲；一為「鎧甲」，即古時軍人作戰時穿的防護服，上綴滿金屬硬片，以防止兵刃傷害。〔註119〕甲文字形也象以四塊甲片代表軍人所披之護身甲。若依許慎說解字形：「从木戴孚甲之象」是草木植物之皮殼，可知甲之本義應近於鱗甲。而以造字邏輯來推論，當是人類注意到某些動物具有天然的保護鱗甲，於是模仿其功能而造盔甲。〔註120〕

《釋名》說甲，指萬物於春季，除孚甲而生長。《白虎通‧五行》：「甲者，萬物孚甲也。」《史記‧律書》：「甲者，萬物剖孚甲而出也。」《漢書‧律曆志上》：「出甲于甲。」把甲當作殼，凡草木初生或戴種於頂，上象孚甲覆蓋，意謂草木破種子殼而生，殼附其上的樣子。

《說文》：「甲，東方之孟」是分位於天，甲乙在東方，甲居首，故位東方之孟。甲五行屬木，木方位為東，季節為春。春天陽氣萌動，相當十二消息卦正月泰卦（䷊）陽處下，陰居上，陽氣有上升之勢，陰氣則有下降之性，陰陽交感，天地和同，觸動草木萌發生機，萬物皆解孚甲而出。

〔註118〕張世超：《金文形義通解》，頁 3400。
〔註119〕蔡信發：《說文部首類釋》，頁 107。書中指出，甲於卜辭中像鎧札之形，當以甲札為本義。
〔註120〕義士出版社編：《字源》，頁 1271。

5. 巳已

《說文・巳部》：巳，巳也。四月，陽气巳出，陰气巳藏，萬物見，
成文章，故巳為蛇，象形。

《釋名・釋天 1.36》：巳，巳也，陽氣畢布已也。於《易》為巽。巽，
散也，物皆生布散也。

甲文寫作「🦴」《合》17736、「🦴」《合》15495。卜辭中，「巳」字出現六
十餘例，通用為祭祀動詞；「巳」字為「祀」字初文。金文寫作「🦴」〈邐簋〉、
「🦴」〈大盂鼎〉。甲金文構形有兩說，一說象胎兒之形；〔註121〕一說象蛇蟲之
形。《說文》：「包，象人裹妊，巳在中，象子未成形也。」《說文》：「巳，巳也。
四月，陽气巳出，陰气巳藏，萬物見，成文章，故巳為蛇，象形。」「巳」與「子」
字後皆借為十二地支（第六及第一）。

金文中，「巳」字除表干支和祭祀之外，還新出現「已止」的義項，商承祚
指出：「當日因無已字，故周人以巳為已。『已止』當是後起假借義，金文中亦
見於較晚之器。……由甲骨文、金文以及典籍的實際用例推斷，甲骨文「巳」
字尚未有「已止」之義，「巳」字表「已止」義以及分化出「已」字，當不早於
西周。」〔註122〕

《說文》巳、已同字。巳、已漢代當仍未分化，漢碑無「已」字，如：《郙
閣頌》：「二月辛巳」，《隸辨》云：「辰巳字不特書作巳，亦讀如終巳之巳也。」
〔註123〕「已」字唐以後以「口」形半缺，以與「巳」字區分。〔註124〕

劉熙取「已」之停止義解釋「巳」，取其陽氣盛極而止意。《史記・律書》
也說：「巳者，言陽氣之已盡也。」四月配乾卦，陽氣大勝而出，陰氣已藏，萬
物已盛實盡見。依消息卦，陽氣生於子（十一月），終於巳（四月），巳者，終
巳也，象陽氣既極回復之形，有為終巳之義。

《說文》：「巳為蛇，象形。」巳不可象，故以蛇象之，蛇長而冤曲垂尾，
巳字象蛇，十二屬中巳為蛇，象陽巳出，陰巳藏矣，蓋「凡蟄物驚蟄而起，蛇

〔註121〕義士出版社編：《字源》，頁 1301。
〔註122〕唐鈺明：〈卜辭『我其巳賓乍帝降若』解〉，《中山大學學報》，1986 年第 1 期，頁
　　　　25。
〔註123〕清・顧藹吉：《隸辨》（北京，中華書局，2003 年），頁 88。
〔註124〕季旭昇：《說文新證》，頁 289。

蟄最久，陽盛始出，故取而象之……巳象蛇，亥象古文豕，此即十二屬之說，
蓋自古傳之。……巳，火也，其禽象蛇。」〔註125〕《說文》曰：「巳為它，象形。」
剛好與十二屬巳為蛇同說。

出土文獻中，巳、已通用，且有停止、已經、語氣詞等諸義項：

【巳／已】

〔停止〕

《上博三・周易》22：「初九，又（有）厲利巳。」今本字亦作「巳」，廖名春
據《經典釋文》以「夷止反」為「巳」字注音，認為應該是「已」字，訓止。
〔註126〕「已、巳本為一字，而與己不同。西漢早期，巳和已，寫法仍無別，讀
法要根據上下文而定，……原文『有厲，利已』是說有厲，最好停止，不是說
有厲，利於祭祀。」〔註127〕《馬王堆・養生方》211：「不能已」，字形作「巳」。

〔已經〕

《睡虎地・日乙》258：「已亡，盜三人，其子已死矣，其間在室。」《馬王堆・
五十二病方》28～29：「藥已治，裹以繒臧（藏）。」〔註128〕

〔語氣詞〕

《郭店・老甲》15劉釗釋：「天下皆知美之為媺（美）也，惡巳（已）。」〔註129〕

第四節　小　結

透過上述詞條的逐一驗證，統計被訓釋字與聲訓字兩者具有同源關係者，
以源詞訓派生詞合計有：「土事、庚更、無亡、頤養、霰雪、電申、熒營、天顛」
等八條。以派生詞訓源詞者有「人仁、乙軋」兩條。同源派生詞互訓有「秋緧、
霧冒、日實、春蠢」四條。另外，「火燬」則是以方言釋通語；「巳已」為異體
字，〔註130〕非同源詞。其中，同源關係大多經詞源學研究者驗證；經筆者論證
音、義關係同源詞者有「春蠢」一條。

〔註125〕宋育仁：《說文部首箋正》，頁384。
〔註126〕廖名春：〈楚簡〈周易・大畜〉卦再釋〉，《清華大學學報》，2004年第3期，頁32。
〔註127〕李零：〈讀上博簡〈周易〉〉，《中國歷史文物》，2006年第4期，頁7。
〔註128〕查閱圖版，上二「已」字實作「巳」。
〔註129〕劉釗：《郭店楚簡校釋》（福州：福建人民出版社，2005年），頁14。
〔註130〕王力指出，異體字不是同源字，因為它們不是同源而是同字，即一個字的兩種或
　　　　多種寫法。王著：《同源字典》，頁5。

　　而被訓詞與聲訓詞，兩者非同源詞，用以宣揚思想之「釋義」類詞條，則有：「神引、王往、金禁、卯冒、火燬、火毀、丁丁、丁壯、星散、戌恤、木冒、歲宣、歲越、乙乙、霮星、電殄、酉秀、青生、辰伸、水準、天顯、月闕、月缺、春推、甲甲、巳已」等共二十六條。此外，干、支字聲訓關係多非同源，本章中唯有「庚更、乙軋」二條為同源詞，加上第四章的四條，共計六條。

第六章 結 論

　　本研究主要以《說文解字》及《釋名》蘊含陰陽五行思想之聲訓詞源理據為討論中心。關注下列兩個面向：一是被訓釋字與聲訓詞之間的關係。從兩者的構形本義入手，分析其間語音、語義的關聯性（是否為同源詞），進而檢覈考察上開二書中的陰陽五行聲訓，究竟屬於推源、系源、釋義何者。釐清被訓詞與聲訓詞的關係後，觀察許慎、劉熙如何運用音近義通的聲訓詞，來表明「詞源」，並以字義的「闡釋」來回應當際學術主流陰陽五行思想，突顯「詞義」的特點。

　　其次，以研討篇目編次、部首秩序、類中詞條排序等形式規則為基礎，來按驗字典辭書編纂「體例形式」與內容釋義的調和與一致性。也就是說，著重於從「形式」上：聲訓法、編輯體例，這兩方面來理解《說文》及《釋名》的「內容」：對陰陽五行思想的闡發。以下分就研究結果、研究檢討與展望二大面向說明之。

第一節　研究結果

　　透過對陰陽五行系統學說、字典辭書的編輯體例、聲訓詞條的被訓詞與聲訓詞的音義關係，以及許慎、劉熙選用聲訓詞的立意和思想內蘊的考察，研究結果整理如下：

一、兩書聲訓詞條之推源情況

在本書研究範圍的聲訓詞條中，被訓釋詞與聲訓詞之推源情況如下：

（一）源詞訓派生詞：禷類、祫合、性生、祲侵、婚昏、瘧虐、笙生、陰蔭、冬終、士事、庚更、無亡、頤養、霰雪、電申、榮營、天顛等共十七條。

（二）派生詞訓源詞：娠辰、申神、土吐、子孳、午忤、己紀、女如、夬決、人仁、乙軋等共十條。

（三）同源派生詞互訓：陽揚、秋緧、霧冒、日實、春蠢等共五條。

（四）被訓詞、聲訓詞兩者非同源詞，用以宣揚思想之「釋義」詞條：炎久、雲云、雲運、帝諦、寅演、亥核、戊茂、壬妊、辛新、丙炳、癸揆、丑紐、未味、未昧、申身、禔諦、鐘穜、暘暢、神引、王往、金禁、卯冒、火燬、火毀、丁丁、丁壯、星散、戌恤、木冒、歲宣、歲越、乙乙、霰星、電殄、酉秀、青生、辰伸、水準、天顯、月闕、月缺、春推、甲甲、巳已等共四十四條。

又，加上方言釋通語「火燬」一條，總計「合理聲訓」源詞訓派生詞共 18 條，占所有陰陽五行詞條〔註1〕的 13.8 %。若由陸宗達、王寧認為以「平面系源」的方法，來推求先秦典籍中的聲訓語料是較可行的，將符合系源原則的 15 條也納入合理聲訓，則合理聲訓總計有 33 條，占所有詞條的 25.3 %，超過 1/4。

饒富興味的是，「合理聲訓」的 18 條中，《說文》占 10 條，〔註2〕《釋名》占 7 條，〔註3〕兩書都有的僅「笙生」1 條。不合理聲訓之「派生詞訓源詞」、「同源派生詞互訓」13 條中，《說文》占 2 條，〔註4〕《釋名》占 11 條，〔註5〕兩書都有的僅「日實」1 條。《說文》「以源詞訓派生詞」的合理聲訓數量較《釋名》多；《釋名》被訓詞與聲訓詞關係則多為「系源」，顛覆一般認為《釋名》為聲訓集大成之作，則書中合理聲訓應較《說文》為多的認知。當然，本研究取樣較少，不能將此結果視為定論，只是認為目前的研究結果呈顯這樣的樣貌。

〔註1〕《說文》陰陽五行聲訓共有 51 條，《釋名》陰陽五行聲訓則有 102 條，減去兩書共有的重疊詞條 23 條，總共 130 條。

〔註2〕《說文》以源詞訓派生詞有「禷類、祫合、性生、士事、火燬、無亡、霰雪、電申、榮營、天顛」共 10 條。

〔註3〕《釋名》以源詞訓派生詞有「祲侵、婚昏、瘧虐、陰蔭、冬終、庚更、頤養」共 7 條。

〔註4〕《說文》以派生詞訓源詞有「娠辰、申神」共 2 條。

〔註5〕《釋名》以派生詞訓源詞有「土吐、子孳、午忤、己紀、人仁、乙軋」共 6 條；同源派生詞互訓有「陽揚、秋緧、霧冒、日實、春蠢」共 5 條。

　　推測《說文》、《釋名》中陰陽五行詞條「合理聲訓」數量稀少的原因，應是本文以蘊含「陰陽五行思想」聲訓詞條為研究範圍，在兩書的聲訓詞條中原就占比偏少；而且，漢代人使用「聲訓」這一訓詁方法，基本是以所處時代的實際語音為準則，憑語感來判斷音近音同，從而把被訓釋詞和聲訓詞聯繫起來。若時人沒有同源詞概念，自然不以符合合理聲訓的條件，當作揀擇聲訓詞的前提。緣此，合理聲訓數量稀少，應當才是「合理」的現象。畢竟，很多時候，漢代訓詁學家只是沿聲音線索尋找詞彙，來解釋詞義或宣揚哲理。這樣的結果，正驗證了兩書是以解經釋義、說解日常倫物為撰著目的。

　　本文以今視古，分析漢代典籍中的聲訓，得出的結果未必與作者的撰作目的相符。借用「作者已死，文本誕生」，〔註6〕說明筆者對研究結果的看法，本文立基在歷代學者詞源研究的成果之上，以理性的眼光，運用科學的驗證條件來檢視《說文》、《釋名》中的聲訓，得出上述「合理聲訓」數量稀少的結果，也應視為對兩書（文本）的詮釋路徑之一。

　　另外，本文利用出土文獻與傳世典籍，證成《說文》及《釋名》陰陽五行聲訓詞條中，被訓釋詞與聲訓詞的聲音關係，結果如下：

　　一、被訓釋詞與聲訓詞「諧聲」，兩者有互為聲符或聲子的關係：

　　（一）二者僅在出土文獻中有通用例：灸久、性生、瘧虐、夬決、土吐、腸暢、星散等。

　　（二）二者僅在傳世典籍中有通用例：襛穠、雲云、笙生、陰蔭、辛新、癸揆、士事、無亡、縈營等。

　　（三）二者在出土文獻及傳世典籍都有通用例：婚昏、冬終、午仵、戊茂、己紀、女如、未味、陽揚、王往、人仁等。

　　二、聲訓詞條為「形聲字」，其被訓詞與聲訓詞，兩者有同樣的聲符：「陽揚」，在出土文獻及傳世典籍都有通用例。「腸暢」，僅在出土材料中有通用用例。

〔註6〕羅蘭・巴特在《The Death of Author》(《作者之死》) 一書中提出「作者已死，文本誕生」概念。認為當作者寫出一部作品，在他完成的瞬間，他和作品之間的關係已經結束。因為這個作品，之後都要交由讀者來解讀，所以作者對這篇作品的解釋已不具影響力；有一千個讀者，便有一千種對作品的詮釋。「作者已死」旨在強調作品完成後，作者的原意即已喪失；或者無須探究作者原意，試圖解放以作者為中心的權威式閱讀。

三、字源對二者聲音關係的證明：「巳已」，已為巳之分別字。「雲云」，雲為云之分別字。「灸久」，灸為久之分別字。「婚昏」，婚為昏之分別字。

二、編輯體例與陰陽五行思想

《說文》的群組結構，「始一終亥」與干支群組，除了標示《說文》部首的始末，還闡釋文字在部首的統數下，有如道一「太極」的初始和「亥」十歲終生生不息的往復象徵。而居《說文》部首之末的二十二干支字，則自成一個群組，藉著干支的次序與釋義，陳述卦氣思想。其次，六書次第的分組，以及篇數、卷數、字數均可作《易》數的加乘，透顯易學思想，滲透貫徹全書的文脈。《爾雅》關屬自然天地的門類眾多，與〈釋天〉詞條的細緻分類，顯影戰國以降認為天地至為重要的思想。《釋名》首二篇為〈釋天〉、〈釋地〉，其中〈釋天〉詞條釋義，大多明顯塗飾陰陽數術色彩；第八篇以下至末尾都環繞「人」為中心，透顯人本思想。

通觀字典辭書中的文字、釋義，都依照類別、部首系統秩序，井然有條，暗合四時五行構成的系統學說理則秩序；文字也在部首秩序的統領下，依「道」而循環不息。其次，漢字取象於「人體」，辭書類中字序也以「人」為中心，篇目順序排列依天地人三才結構，串聯自然大宇宙與人體小宇宙，隱含天人相應相感之論。

三、字詞義與陰陽思想的辯證

《說文》與《釋名》釋義的基準，數術字例常用引申或假借義，多以假借義為之。

《說文》依形立訓，當以本義為第一義，但是對蘊含陰陽五行思想的字例而言，則多是以假借義為第一義。而以聲音名物的《釋名》，以音近義通的詞來訓釋的前提下，劉熙取詞之假借義或引申義作為聲訓詞的情況，更為頻繁而明顯，十天干中，如：丙、丁、戊、辛、壬等字的聲訓詞都用假借義，餘用引申義。易言之，本來不該成為第一順位的數術義，對有意貫注自己思維意念的訓詁學家而言，有時也會成為第一選擇的釋義，本義闕如。

而探究《說文》與《釋名》陰陽五行詞稱名之「理據」，即命名之所以然，會牽涉到本義、引申義及假借義這些變動的基礎面，而此變動機制到底是陰陽

五行思想帶動字典辭書，抑或《說文》、《釋名》有意配合之？若就許慎為經學家角度，端詳《說文》體例經營上的完密，用「一」與「亥」包頭包尾，以「一」初啼「惟初太極，道立於一，造分天地，化成萬物」之意，以二十二干支字卦氣說作結，可說陰陽五行思想，撐起《說文》骨架。於此，是思想帶動了體例輪廓。雖然《說文》陰陽五行聲訓詞數量與九三五三字相較，所占比例實在微小，但是，隱微機妙往往就在此間，以小見大。

四、陰陽五行聲訓詞的多元內涵

二書中聲訓詞條中的陰陽五行思想，涵容甚廣，以下述其要：

（一）易學思想：

1. 屬字排列：《說文》的篇類安排以天地人「三才思想」為宗。「天」置於第一篇上，「人」置於第八篇上，「地」置於第十三篇下，正如《易》卦六爻三才之理，人居天、地之間。

2. 六書：「指事、象形」歸為「文」，「形聲、會意」偏向「字」。文、字二元相待、六書兩兩相耦，與「兼三才而兩之」的《易》理相合。許慎說解六書定義，各舉兩字例，「指事、象形」：上下、日月；「形聲、會意」：江河、武信；「轉注、假借」：令長、考老。日月屬天，江河為地，武信、令長、考老則是人事；也仿天、人、地順序。

3. 部首：《說文》「立一為耑」以「一」為首部，作為全書開端；「畢終於亥」表「亥」部是五百四十部首之末，也是天干地支二十二字末屬，代表地支周期的結束，是字書總體的終點，但也象徵新生的孕育與誕生——「亥而生子，復從一起」，強調循環復歸、生生不息義涵。

4. 編輯體例數理公式：《說文》十四篇加〈敘〉一篇，總數十五，是太極、兩儀、四象、八卦數之加總。十五篇分上下，共三十篇，是老陽（9）、老陰（6）、少陽（7）、少陰（8）之總和，也是地數 2、4、6、8、10 之總和。五百四十部首是太極、老陰、老陽、天地數之相乘。《說文》10516 字數接近《易·繫辭下》萬物之數 11520。

（二）陰陽說：許慎訓陰為闇，指地勢造成的向陽與背陰，是說明造字構形原意。劉熙則更進一步，融入陰陽五行思想，以「揚」訓「陽」，是取其陽氣發揚義；訓「陰」則說「氣在內奧蔭也。」是指陰陽由「精」、「氣」變化而生，

施之於天地萬物。如：《說文·阜部》：「陰，闇也。水之南、山之北也。」《釋名·釋天》：「陰，蔭也，氣在內奧蔭也。」「陽，揚也，氣在外發揚也。」

（三）災祥感應說：兩書訓天候字，有純說現象的，如《說文·雨部》：「霰，稷雪也。」《釋名·釋天》：「霰，星也，水雪相搏如星而散也。」也有與災祥感應說相關的，指陰陽之氣降升相迫，形成雷、電、霆、震之激薄，以及雪霰冰雹；若是二氣不應，則霜降起霧。如《釋名·釋天》：「霧，冒也，氣蒙亂、覆冒物也。」《說文·雨部》：「電，陰陽激燿也。」《釋名·釋天》：「電，殄也，言乍見則殄滅也。」

（四）情性方面：《說文·心部》：「性，人之陽气性善者也。」許慎以陰陽說性情，認為「性」體現天之陽，陽氣溫熱和煦，流轉運行，所以性之表現為仁愛親和。（情則是天之陰的展現）

（五）天文律曆方面：

1. 日、月、星為陰陽精氣。《說文·日部》：「日，太陽之精不虧。」《釋名·釋天》：「日，光明盛實也。」《說文·日部》：「月，大陰之精。」《釋名·釋天》：「月，缺也，滿則缺也。」《說文》：「星，萬物之精」。《釋名·釋天》：「星，散也，列位布散也。」

2. 歲星一日行十分度之一，十二歲而周天，每年行「一次」，故曰「十二月一次」。歲星右行從亥到午為陰，從巳到子為陽，環繞一周，歷遍陰陽，十二次凡 360 又 1/4 度。如：《說文·步部》：「歲，越歷二十八宿，宣徧陰陽，十二月一次。律歷書名五星為五步。」《釋名·釋天》：「歲，越也，越故限也。」

3. 四季：春則萬物蠢動，《說文·艸部》：「春，推也。」《釋名·釋天》：「春，蠢也，動而生也。」以「蠢」釋春，取春季萬物生機勃發、萌動而生義。秋則禾穀熟，《說文·禾部》：「秋，禾穀孰也。」《釋名·釋天》：「秋，緧也，緧迫品物使時成也。」秋天是禾穀成熟，收成時節。冬則四時盡，《釋名·釋天》：「冬，終也，物終成也。」以「終」之窮盡義訓「冬」，取冬季陽氣藏於地下，萬物蟄伏不生意。

4. 歲時祭祀：禘祭為郊天之禮，《說文·示部》：「禘，諦祭也。」禘為古代帝王諸侯，舉行各種大祭之總名。祫祭是天子合祭遠親先祖之禮，《說文·示部》：「祫，大合祭先祖親疏遠近也。」祫是在太廟中將遠近祖先的神主大合祭。

禷祭是天子因特別事故祭祀天神，《說文・示部》：「禷，以事類祭天神。」禜祭是祈請止旱降雨、攘除風雨雪霜之災的祭祀。《說文・示部》：「禜，以禳風雨、雪霜、水旱、癘疫於日月星辰山川也。」

5. 樂器：笙取象於鳳，象鳳鳥斂翼之形，簫象鳳展翅之形，如排簫。《說文・竹部》：「笙，象鳳之身也。物生，故謂之笙。」《釋名・釋樂器》：「笙，生也，竹之貫匏，象物貫地而生也。」

6. 方技思想：六腑是大腸、小腸、膽、胃、膀胱、三焦；《釋名》僅見胃、腸字。胃是穀府，為五臟精氣的本源；腸謂大小腸，小腸上承於胃，下接於大腸。《釋名・釋形體》：「腸，暢也，通暢胃氣，去滓穢也。」

（六）干支方面：綜觀《說文》、《釋名》十天干、十二地支字，自成群組，訓釋之詞也經過設計，列表如下：

表 6-1：《說文》、《釋名》釋干支比較表

天干	《說文》	《釋名》	地支	月份	《說文》	《釋名》
甲	甲，東方之孟，陽气萌動，从木戴孚甲之象。一曰人頭宎為甲，甲象人頭。	甲，孚也，萬物解孚甲〔註7〕而生也	寅	正月	寅，髕也。正月，陽气動，去黃泉，欲上出，陰尚彊，象宀不達，髕寅於下也。	寅，演也，演生物也
乙	乙，象春艸木冤曲而出，陰气尚彊，其出乙乙也。與丨同意。乙承甲，象人頸。	乙，軋也，自抽軋而出也。	卯	二月	卯，冒也。二月萬物冒地而出，象開門之形，故二月為天門。	卯，冒也，載冒土而出也。於《易》為震，二月之時雷始震也。
丙	丙，位南方，萬物成炳然。陰气初起，陽气將虧。从一入门。一者，陽也。丙承乙，象人肩。	丙，炳也。物生炳然，皆著見也。	辰	三月	辰，震也。三月，陽气動，靁電振，民農時也。物皆生，从乙、匕，象芒達；厂，聲也。辰，房星，天時也。从二，二，古文上字。	辰，伸也，物皆伸舒而出也。
丁	丁，夏時萬物皆丁實。象形。丁	丁，壯也，物體皆丁壯也。	巳	四月	巳，巳也。四月，陽气巳出，陰气巳藏，	巳，巳也，陽氣畢布巳也。於《易》

〔註7〕□字為聲訓字。

	承丙，象人心。				萬物見，成文章，故已為蛇，象形。	為巽。巽，散也，物皆生布散也。
戊	中宮也。象六甲五龍相拘絞也。戊承丁，象人脅。	戊，茂也，物皆茂盛也。	午	五月	午，啎也。五月，陰气午逆陽。冒地而出。此與矢同意。	午，仵也。陰氣從下上，與陽相仵逆也。於《易》為離。離，麗也，物皆附麗陽氣以茂也。
己	中宮也。象萬物辟藏詘形也。己承戊，象人腹。	己，紀也，皆有定形可紀識也。	未	六月	未，味也。六月，滋味也。五行，木老於未。象木重枝葉也。	未，昧也。日中則昃，向幽昧也。
庚	位西方，象秋時萬物庚庚有實也。庚承己，象人齎。	庚，猶更也。庚，堅強貌也。	申	七月	申，神也。七月，陰气成，體自申束。從臼，自持也。吏臣餔時聽事，申旦政也。	申，身也。物皆成其身體，各申束之，使備成也。
辛	辛，秋時萬物成而孰；金剛，味辛，辛痛即泣出。從一從辛。辛，辠也。辛承庚，象人股。	辛，新也，物初新者皆收成也	酉	八月	酉，就也。八月黍成，可為酎酒。	酉，秀也；秀者，物皆成也。於《易》為兌。兌，說也。物得備足，皆喜說也。
壬	壬，位北方也。陰極陽生，……象人裹妊之形。承亥壬以子，生之敘也。	壬，妊也。陰陽交，物懷妊也。至子而萌也。	戌	九月	滅也。九月，陽气微，萬物畢成，陽下入地也。五行，土生於戊，盛於戌	戌，恤也。物當牧斂，矜恤之也。亦言脫也，落也。
癸	癸，冬時，水土平，可揆度也。象水從四方流入地中之形。癸承壬，象人足。	癸，揆也。揆度而生，乃出之也。	亥	十月	亥，荄也。十月，微陽起，接盛陰。從二，二，古文上字。一人男，一人女也。從乙，象裹子咳咳之形。《春秋傳》曰：「亥有二首六身。」	亥，核也。收藏百物，核取其好惡真偽也。亦言物成皆堅核也。
			子	十一月	子，十一月，陽气動，萬物滋，人以為偁。象形。	子，孳也。陽氣始萌，孳生於下也。於《易》為坎。坎，險也。
			丑	十二月	丑，紐也。十二月，萬物動，用事。象手之形。時加丑，亦舉手時也。	丑，紐也，寒氣自屈紐也。於《易》為艮。艮，限也。時未可聽物生，限止之也。

　　由上表可知，《說文》釋天干與五方、四時、五音、陰陽、五行相配，並牽附人體之說；《釋名》釋天干、地支字全用聲訓，顯然是作者有意為之。暗合王力所說，聲訓的對象，是帶有神秘色彩的名詞說法。[註8]

　　兩書於天干字的釋義類同，多取象於植物，描述萬物生、長、盛、衰以至活力再度興發的活動週期。甲，指嫩芽破莢而出的初生之象；乙，形容幼芽逐漸屈軋而出狀，甲、乙兩干具有「生」的含義，描繪種籽破殼屈軋而出的現象。丙，為陽氣充盛，生長顯著；丁，指幼苗不斷壯大成長，丙、丁兩干具有「長」的含義，指植物日漸增長。戊，指幼苗日益茂盛；己，指幼苗已成熟至極，戊、己兩干具有「化」的含義，至此萬物皆枝葉茂盛。庚，代表生命開始收斂；辛，生機由此開始醞釀的含義，庚、辛兩干具有「收」的含義。壬，代表萬物此時雖然收斂了活力，但活力還蘊藏在其中，新的生命已開始孕育；癸，指新的生命又將開始，壬、癸兩干具有「藏」的含義。

　　《說文》釋訓地支字，理源於卦氣說的十二消息卦，得諸孟喜《易》學之意，呈現方式是配以月份，按照夏正建寅，以正月（寅）為歲首，配以方位、季節合併說明。地支描述生物一年中的週期變化，取象於植物的生長。寅月植物芽莖上引；卯月冒土而出；辰月從萌芽而振發，從新芽而至青苗；巳月萬物已完全長成；午月逐漸開花；未月結果而有滋味；申月的果實逐漸發育完備；酉月則果實成熟；戌月果實成熟掉落；亥月則萬物生機衰退，但蘊藏於內，待時而發；子月生機重新活動；丑月嫩芽已藏在種籽殼中，等待破殼而出。上述變化，取決於陰陽之氣的消長，配合十二消息卦之陰陽爻數與爻位之理。

　　總的來說，《說文》與《釋名》於地支群組字的釋義亦相類，以陰陽之氣的消長出發，萬物隨著之消長生息，冒現孕育、萌生、壯盛、衰亡、再生的生長週期，合於十二消息卦原理。

五、《說文》、《釋名》「求源」取向的相異性

　　透過本文第四、五章對《說文》、《釋名》陰陽五行聲訓詞條的析論，可知許慎、劉熙對詞條的理據闡釋，表現方式不同。如兩書皆有的「天」字，《說文》：

〔註8〕王力：《中國語言學史》（臺北：五南圖書出版有限公司，2005 年），頁 47、50。論者認為：「聲訓的對象，首先是那些帶有神秘色彩的名詞。」「聲訓和陰陽五行之說有關係。」

「天，顛也。至高無上，从一大。」以「顛」釋天，著眼於詞義與語音本身的衍變。《釋名》：「天，顯也，在上高顯也。青徐以舌頭言之。天，坦也，坦然高而遠也。」由於不同的方言的不同發音，而衍生出不同的稱命之意。

再如「虹」字，《說文》：「螮蝀也。狀似蟲。从虫工聲。《明堂月令》曰：『虹始見』。」許慎引用《月令》，既顯示「虹」的用法，又因《月令》為關於季春的文字，也就讓人知道了「虹」出現的季節月份。《釋名》：「虹，陽氣之動也。虹，攻也，純陽攻陰氣也。」則把表氣象的「虹」關涉陰陽五行、社會人事上。總上所述，許慎的說解展現經學家的「哲理性」傾向，並呈顯《說文》以解經釋義為撰作目的；而劉熙的寫作目的，則著眼於百姓的日常稱名，是「老百姓對日常事物命名來源的猜測」，是力圖溝通語言（詞）與事物間的直接關係，而非在語言內部，尋找合宜且已存在的語言材料來命名的。

第二節　研究檢討與展望

這部分將分為三點說明，陳述本研究在目前所掌握的材料與能力上，尚未能顧及而應該加以補充之處；以及此研究議題還可能延伸進行的部分。

一、補充複合詞材料

本研究以《說文》、《釋名》「某，某也」的聲訓形式詞條為主，複合詞由兩個語素組成，並未納入研究範圍。《說文》性質是字典，以析單字之形為主，無此問題；《釋名》則有「以詞釋詞」的聲訓方式。如《釋名·釋州國》：「青州在東，取物生而青也。州，注也，郡國所注仰也。」、「徐州。徐，舒也，土氣舒緩也。」、「揚州。州界多水，水波揚也。」、「荊州……荊，警也。南蠻數為寇逆其民，有道後服，無道先彊，常警備之也。」劉熙在記錄「州」時，解釋了其命名由來，大多依其地理狀態、特徵而來。青州位於山東半島一帶，土壤肥沃，植被茂密，以「東方主青」、「物生於青」得名；揚州因多水而得名；「徐」之於舒，「荊」之於警，都是義從音得，有想當然爾的意味。但是，劉熙顯然是有意識將這些州名串聯成組構，而且其中也具有陰陽五行思想，如「青州，取物生而青也」的訓釋。令人聯想索緒爾所提出的「流俗詞源學」的觀點，或許能用「視同流俗詞源」的觀點切入，觀察這些複合詞，討論其命名的由來，勾勒其構成意義群組的狀況。

此外,《爾雅》中的複合詞,也常蘊含陰陽五行思想,如《爾雅‧釋天》:「春為蒼天。夏為昊天。秋為旻天。冬為上天。」李巡認為春稱「蒼天」,是因為萬物初生,其色蒼蒼;夏稱「昊天」,則是萬物生氣蓬勃,其氣昊大;秋為「旻天」,形容天高氣爽、萬物成熟之狀;冬為「上天」,形容陰氣上昇而盛極,萬物閉鎖。此段訓釋依春夏秋冬四季的物候特徵,與狀貌顏色來說明四時天之別名,實則隱含人類活動須順應四時自然之氣。

二、補充《方言》與《爾雅》聲訓材料

《爾雅》、《方言》、《說文》、《釋名》四部字辭書標識漢代文字、訓詁學的高度興盛。而聲訓是漢代盛行的訓詁方法,《方言》與《爾雅》自不能外。如:《方言》卷十:「烸,火也,楚轉語也,猶齊言娓火也。」《方言》有「烸」字,則不出「燬」字;燬、烸異體字,為齊語火,都是「火」的方言字。火為五行字,《方言》的說解,可補充本文的研究。

《爾雅‧釋詁》:「娠,蠢,震,戁,妯,騷,感,訛,蹶,動也。」其中「娠」古音透紐諄部,「蠢」透紐諄部,「震」端紐諄部,三者韻部相同,且均有「動義」。聯繫戁、妯,騷,感,訛,蹶等字的說解,能夠建構語族,或者可以激發關於陰陽五行思想詞條更多的闡釋靈感。

三、共時的對話

本研究主要的論述範圍是《說文》和《釋名》中的陰陽五行詞源,受限於聲訓的立基條件,字例數量在二書中所占的比例都很低,因此,目前本研究所做到的可以說是一個大輪廓的勾勒,以及討論其中較為顯明的陰陽五行數術思想,並引用出土材料與傳世文獻試圖證明詞源。本研究未能觀察漢代使用聲訓為訓詁方式,內容蘊含陰陽五行思想豐厚的《白虎通》、《春秋繁露》等著作,與本研究的主要文本之間,使用聲訓釋義的異同,於進行共時的對話有所著墨。倘若能將上開典籍間共同的聲訓詞條做共時的比較,或是歷時的釋義演變觀察,應能對漢代陰陽五行學史的聲訓理據、詞源有更多更全面的瞭解,這一點也是未來可資補充之處。

參考文獻

下列文獻分為五類。第一類為「古籍」,收錄清代以及清以前的著作(包含近人的集注、注解等),依作者時代先後排序。第二類收錄「字典類」。第三類收錄「專書」。第四類收錄「單篇期刊論文」,以及「會議發表之論文」。第五類收錄「學位論文」。第二至五類,均依作者姓氏筆劃為序,由少至多排列;凡同一筆畫者排列在一起,再略依出版年次,由少至多排列。

一、古籍

1. 周人撰,黎翔鳳校注:《管子校注》,北京:中華書局,2009 年 3 月。
2. 周·左丘明撰,三國·吳·韋昭注:《國語韋昭註》,臺北:藝文印書館,1959年。
3. 周·老子:《老子》,北京:中華書局(四部備要本),1983 年。
4. 周·莊子,清·郭慶藩輯,王孝魚點校:《莊子集釋》,北京:中華書局,2004年。
5. 周人撰,宋·陸佃注:《鶡冠子》,臺北:臺灣商務印書館,1965 年。
6. 秦·呂不韋主編,許維遹集釋:《呂氏春秋集解》,臺北:鼎文書局,1977 年。
7. 漢·伏勝撰,漢·鄭玄注,清·郭壽祺輯:《尚書大傳》,北京:中華書局,1985年。
8. 漢·董仲舒:《春秋繁露》,臺北:中國子學名著集成編印基金會印行,1978 年。
9. 漢·司馬遷撰、宋·裴駰集解、唐·司馬貞索隱、唐·張守節正義:《史記》,收入楊家駱主編《中國學術類編·新校本二十五史》,臺北:鼎文書局,1975 年。
10. 漢·劉向編集,漢·王逸章句:《楚辭》,北京:中華書局,1985 年。

11. 漢·許慎著，清·段玉裁注：《說文解字注》（經韻樓臧版），臺北：洪葉文化事業股份有限公司，2003 年 10 月。

12. 漢·許慎撰、嚴一萍輯：《淮南子注》《叢書集成三編》第十八之三，臺北：藝文印書館，1972 年。

13. 漢·班固撰，唐·顏師古注：《漢書》，收入楊家駱主編《中國學術類編·新校本二十五史》，臺北：鼎文書局，1975 年。

14. 漢·劉熙：《釋名》，臺北：育民出版社，1970 年。

15. 魏·何晏集解，梁·皇侃疏：《論語集解義疏》，臺北：臺灣商務印書館（叢書初編集成本），1966 年。

16. 隋·蕭吉：《五行大義》，臺北：廣文書局有限公司，1987 年。

17. 南唐·徐鍇：《說文解字繫傳》（道光十九年依景宋鈔本重彫），北京：中華書局，1998 年。

18. 宋·鄭樵：《通志》，臺北：新興書局，1959 年。

19. 宋·陳振孫：《直齋書錄解題》，臺北：臺灣商務印書館，1976 年。

20. 清·紀昀編纂：《景印文淵閣四庫全書·國語·周語上》，臺北：臺灣商務印書館，1986 年。

21. 清·錢大昕：《潛研堂集》，上海：上海古籍出版社，2009 年。

22. 清·桂馥：《說文解字義證》，臺北：臺灣商務印書館，1975 年。

23. 清·王念孫撰，虞萬里主編：《廣雅疏證》，上海：上海古籍出版社，2017 年。

24. 清·王引之：《經義述聞》，臺北：鼎文書局，1973 年 5 月。

25. 清·王筠：《說文釋例》，武漢：武漢古籍書店，1983 年。

26. 清·馬國翰輯：《玉函山房輯佚書》，揚州：江蘇廣陵古籍刻印社，1990 年。

27. 清·王先謙：《漢書補注》，臺北：新文豐出版公司，1988 年 2 版。

28. 清·王先謙：《釋名疏證補》，北京：中華書局，2008 年 6 月。

29. 清·孫詒讓：《周禮正義》，臺北：臺灣商務印書館，1967 年。

30. 《十三經注疏》整理委員會整理，李學勤主編：《十三經注疏》，北京：北京大學出版社，1999 年 12 月。

二、字典類

1. 中國社會科學院考古研究所編：《殷周金文集成》，北京：中華書局，1986 年。

2. 王力：《同源字典》，北京：商務印書館，1991 年 5 月。

3. 王輝：《古文字通假釋例》，臺北：藝文印書館，1993 年 4 月。

4. 王輝：《古文字通假字典》，北京：中華書局，2008 年 2 月。

5. 白於藍：《簡牘帛書通假字字典》，福州：福建人民出版社，2008 年 1 月。

6. 何琳儀：《戰國古文字典——戰國文字聲系》，北京：中華書局，1998 年。

7. 林尹、高明：《中文大辭典》，臺北：中國文化研究所出版（中國文化學院出版部出版），1962 年 11 月。

8. 故宮博物院編：《古璽文編》，北京：文物出版社，1981 年 10 月。

9. 孫海波：《甲骨文編》，北京：中國社會科學院考古研究所，1965 年 9 月。

10. 高明：《古文字類編》，北京：中華書局，1980 年 11 月。

11. 高亨：《古字通假會典》，濟南：齊魯書社，1989 年 7 月。

12. 容庚：《金文編》，北京：中華書局，1985 年 7 月。

13. 徐中舒：《漢語古文字字形表》，成都：四川人民出版社，1981 年 8 月。

14. 徐中舒、蔡宗陽：《漢語大字典（繁體字版）》，臺北：建宏出版社，1998 年 10 月。

15. 殷寄明：《漢語同源詞大典》，上海：復旦大學出版社，2018 年。

16. 郭沫若主編，胡厚宣總編輯，中國社會科學院歷史研究所編：《甲骨文合集》，北京：中華書局，1977～1983 年。

17. 陳初生：《金文常用字典》，高雄：復文圖書出版社出版，1992 年 5 月。

18. 陸宗達：《說文解字同源字新證》，北京：學苑出版社，2019 年。

19. 張世超、孫淩安、金國泰、馬如森：《金文形義通解》（全三冊），京都：中文出版社，1996 年。

20. 黃德寬主編：《古文字譜系疏證》，北京：商務印書館，2007 年。

21. 湯余惠主編：《戰國文字編》，福州：福建人民出版社，2001 年 12 月。

22. 漢語大字典編輯委員會編著：《漢語大字典》，成都：湖北辭書出版社 1992 年 12 月。

23. 滕壬生，《楚系簡帛文字編》，武漢：湖北教育出版社，1995 年。

24. 劉鈞杰：《同源字典補》，北京：商務印書館，1999 年。

25. 劉鈞杰：《同源字典再補》，北京：語文出版社，1999 年。

26. 羅福頤：《古璽彙編》，北京：文物出版社，1981 年 12 月。

三、專書

1. 丁福保主編：《說文解字詁林正補合編》，臺北：鼎文書局，1983 年。

2. 丁山：《中國古代宗教與神話考》，上海：上海文藝出版社，1988 年。

3. 于省吾：《殷契駢枝全編》，臺北：藝文印書館，1975 年。

4. 于省吾：《甲骨文字釋林》，北京：中華書局，1979 年。

5. 于省吾主編：《甲骨文字詁林》，北京：中華書局，1996 年。

6. 王夢鷗：《鄒衍遺說考》，臺北：臺灣商務印書館，1966 年。

7. 王寧：《漢語詞源的探求與闡釋》，北京：中國社會科學出版社，1995 年。

8. 王寧：《訓詁學原理》，北京：中國國際廣播出版社，1997 年。

9. 王衛峰：《上古漢語詞彙派生研究》，上海：百家出版社，2002 年。

10. 王艾彔、司福珍：《語言理據研究》，北京：中國社會科學出版社，2002 年。

11. 方俊吉：《釋名考釋》，臺北：文史哲出版社，1978 年。

12. 方俊吉：《音訓與劉熙釋名》，臺北：學海出版社，1988 年。

13. 中國大百科全書出版社編輯部編著：《中國大百科全書・語言文字》，北京：中國大百科全書出版社，1988 年

14. 王國維：《觀堂集林》，臺北：藝文印書館，1958 年。

15. 王世偉、顧廷龍:《爾雅導讀》,成都:巴蜀書社,1990 年。

16. 王忠林、應裕康:《說文研究》,高雄:復文出版社,1991 年。

17. 王蘊智:《中國的字聖——許慎》,鄭州:河南人民出版社,1994 年 8 月。

18. 王寧、謝棟元、劉方:《《說文解字》與中國古代文化》,瀋陽:遼寧人民出版社,2000 年。

19. 王力:《中國語言學史》,臺北:五南圖書出版有限公司,2005 年。

20. 古文字詁林編纂委員會編纂:《古文字詁林》,上海:上海教育出版社,1999 年。

21. 皮錫瑞撰、周予同注釋:《經學歷史》北京:中華書局,2004 年。

22. 古風主編:《經學輯佚文獻彙編》第 20 冊,北京:國家圖書館出版社,2010 年 7 月。

23. 甘勇:《清人小學著述五種》,中國社會科學出版社,2014 年。

24. 史佩信主編:《紀念羅君惕先生語言文字學術研討會論文集》,上海:上海教育出版社,2018 年 9 月。

25. 牟宗三:《中國哲學十九講》,臺北:臺北學生書局,1983 年。

26. 朱祖延:《爾雅詁林》,武漢:湖北教育出版社,1998 年 9 月。

27. 任繼昉:《釋名匯校》,濟南:齊魯書社,2006 年。

28. 邢玉瑞:《黃帝內經理論與方法論》,西安:陝西科學技術出版社,2004 年。

29. (法)李維·布留爾著(Claude Lévi-Strauss)、丁由譯:《原始思維》(The Savage mind),北京:商務印書館,1981 年。

30. (日)安居香山、中村璋八輯:《緯書集成》,石家莊:河北人民出版社,1994 年。

31. (英)艾蘭(Allan Graham)、汪濤、范毓周主編:《中國古代思維模式與陰陽五行說探源》,南京:江蘇古籍出版社,1998 年。

32. 伊利亞德(M. Eliade)著、楊素娥譯、胡國楨校閱:《聖與俗:宗教的本質》(Patterns in comparative Religion),臺北:桂冠圖書股份有限公司,2001 年 1 月。

33. 岑仲勉:《兩周文史論叢》,上海:商務印書館,1958 年。

34. 李漢三:《先秦兩漢之陰陽五行學說》,臺北:維新書局,1968 年。

35. 李孝定:《甲骨文字集釋》,臺北:中央研究院歷史語言研究所,1974 年。

36. 李國英、章瓊合著:《「說文」學名詞簡釋》,鄭州:河南人民出版社,1994 年。

37. 李零:《中國方術正考》,北京:中華書局,2006 年。

38. 李約瑟撰(Needham Joseph),陳立夫等譯:《中國古代科學思想史》,南昌:江西人民出版社,1990 年。

39. 李約瑟撰(Needham Joseph),何兆武等譯:《中國科學技術史》,北京:科學出版社,1990 年。

40. 李圃、鄭明主編:《古文字釋要》,上海:上海教育出版社,2010 年 9 月。

41. 何宗周:《釋名釋天繹》,臺北:香草山出版公司,1981 年 10 月。

42. 何景成:《甲骨文字詁林補編》,北京:中華書局,2017 年 10 月。

43. 余嘉錫:《古書通例》,上海:上海古籍出版社,1985 年。

44. 宋永培:《《說文》漢字體系與中國上古史》,南寧:廣西教育出版社,1996 年 10 月。

45. 宋會群：《中國數術文化史》，開封：河南大學出版社，1999 年。

46. 吳雁南、秦學順、李禹階：《中國經學史》，臺北：五南圖書出版股份有限公司，2005 年。

47. 吳鍾：《釋名聲訓研究》，北京：民族出版社，2010 年 11 月。

48. 吳澤順：《清以前漢語音訓材料整理與研究》，北京：商務印書館，2016 年。

49. 周立升等編：《春秋哲學》，濟南：山東大學出版社，1989 年。

50. 知原：《人之初──華夏遠古文化尋蹤》，成都：四川教育出版社，1998 年 7 月。

51. 季旭昇：《說文新證》，福州：福建人民出版社，2010 年 12 月。

52. 林慶勳、竺家寧：《古音學入門》，臺灣：臺灣學生書局，1989 年。

53. 林義光：《文源》，上海：中西書局，2012 年。

54. 俞曉群：《數術探秘──數在中國古代的神秘意義》，北京：三聯書店，1995 年 8 月。

55. 胡厚宣：《甲骨學商史論叢初集》，上海：上海書店，1989 年。

56. 胡楚生：《訓詁學大綱》，臺北：華正書局有限公司，2000 年。

57. 胡文輝：《中國早期方術與文獻叢考》，廣州：中山大學出版社，2000 年 11 月。

58. 姜亮夫：《古文字學》，昆明：雲南人民出版社，1999 年 11 月。

59. 姜廣輝：《中國經學思想史》，北京：中國社會科學出版社，2003 年 9 月。

60. 姚師榮松：《古代漢語詞源研究論衡》，臺北：臺灣學生書局有限公司，2015 年 8 月。

61. 侯外廬：《中國思想通史》，北京：人民出版社，2000 年。

62. 徐復觀：《中國人性論史》，臺北：臺灣商務印書館，1969 年。

63. 徐復觀：《增訂兩漢思想史》，臺北：學生書局，1976 年。

64. 唐君毅：《哲學概論》下，臺北：臺灣學生書局，1974 年。

65. 唐君毅：《中國哲學原論原道篇》，臺北：學生書局，1976 年。

66. 唐蘭：《古文字學導論》，臺北：學海出版社，1986 年。

67. 孫廣德：《先秦兩漢陰陽五行說的政治思想》，臺北：臺灣商務印書館，1993 年。

68. 孫永選、闞景忠、李雲起：《訓詁學綱要》，濟南：齊魯書社出版社，1996 年 2 月。

69. 馬承源：《商周青銅器銘文選》（三），北京：文物出版社，1988 年。

70. 馬重奇：《爾雅漫談》，臺北：鼎淵文化事業有限公司，1997 年。

71. 高亨：《文字形義學概論》，濟南：山東人民出版社，1963 年 3 月。

72. 高大倫：《張家山漢簡》，成都：成都出版社，1992 年。

73. 高文：《漢碑集釋》（修訂本），開封：河南大學，1997 年。

74. 高鴻縉：《中國字例》，臺北：三民書局，1984 年。

75. 徐芳敏：《釋名研究》，臺北：國立臺灣大學出版委員會，1989 年。

76. 殷寄明：《漢語語源義初探》，上海：學林出版社，1998 年 1 月。

77. 殷寄明：《語源學概論》，上海：上海教育出版社，2000 年。

78. 郭為：《陰陽五行家思想之述評》，高雄：復文書局，1979 年。

79. 郭沫若：《甲骨文字研究‧釋干支》，臺北：民文出版社（手寫影印本），1952 年。

80. 郭沫若著作編輯出版委員會:《郭沫若全集》,北京:科學出版社,2002 年。

81. 陳遵媯:《中國天文學史》,臺北:明文書局,1985 年 5 月。

82. 陳久金:《中國古代的天文與曆法》,臺北:臺灣商務印書館,1993 年。

83. 陳久金:《帛書及古典天文史料注析與研究》,臺北:萬卷樓圖書股份有限公司,2001 年。

84. 陳偉:《郭店竹書別釋》,武漢:湖北教育出版社,2002 年。

85. 陳雅雯:《《說文解字》數術思想研究》,臺北:花木蘭文化事業有限公司,2011 年。

86. 張世祿:《張世祿語言學論文集》,上海:學林出版社,1984 年。

87. 張光直:《中國青銅時代》,臺北:聯經出版公司,1991 年。

88. 張其昀:《「說文學」源流考略》,貴陽:貴州人民出版社,1998 年 1 月。

89. 張博:《漢語同族詞的系統性與驗證方法》,北京:商務印書館,2003 年。

90. 崔樞華:《說文解字聲訓研究》,北京:北京師範大學出版社,2000 年。

91. 莊雅州:《會通養新樓經學研究論集》,臺北:萬卷樓圖書股份有限公司,2019 年。

92. 黃永武:《形聲多兼會意考》,臺北:文史哲出版社,1992 年 10 月。

93. 黃永武:《許慎之經學》,臺北:學生書局,1970 年。

94. 黃侃:《文字聲韻訓詁筆記》,上海:上海古籍出版社,1983 年。

95. 黃宇鴻:《《說文解字》與民俗文化研究》,桂林:廣西師範大學出版社,2010 年 10 月。

96. 黃德寬、常森:《漢字闡釋與文化傳統》,合肥:中國科學技術大學出版社,1995 年。

97. 項維新、劉福增主編:《中國哲學思想論集》,臺北:水牛出版社,1988 年。

98. 裘錫圭:《古代文史研究新探》,南京:江蘇古籍出版社,1992 年。

99. 裘錫圭:《古文字論集》,北京:中華書局,1992 年。

100. 馮友蘭:《中國哲學簡史》,北京:北京大學出版社,1996 年。

101. 許威漢:《訓詁學導論》,北京:北京大學出版社,2003 年 7 月。

102. 曾昭聰:《古漢語神祇類同義詞研究》,北京:中國文史出版社,2005 年 5 月。

103. 楊樹達:《增訂積微居小學金石論叢》,上海:上海書局出版,1996 年。

104. 楊儒賓、黃俊傑主編:《中國古代思維方式探索》,臺北:正中書局,1996 年 11 月。

105. 楊端志:《訓詁學》,臺北:五南圖書出版公司,1997 年 11 月。

106. 楊懷源:《西周金文詞彙研究》,成都:巴蜀書社,2008 年。

107. 葉舒憲:《中國神話哲學》,北京:中國社會科學出版社,1991 年 1 月。

108. 葉舒憲、田大憲:《中國古代神秘數字》,北京:社會科學文獻出版社,1998 年 3 月。

109. 葛兆光:《思想史的寫法——中國思想史導論》,上海:復旦大學出版社,2004 年。

110. 雷漢卿:《《說文》「示」部字與神靈祭祀考》,成都:巴蜀書社,2000 年 3 月。

111. 董蓮池主編:《說文解字研究文獻集成·現當代卷》第 12 冊,北京:作家出版社,2006 年 7 月。

112. 義士出版社編:《字源》,臺中:義士出版社,1972 年。

113. 鄞良:《三才大觀——中國象數學源流》,臺北:明文書局,1994 年 6 月。

114. 趙平安:《《說文》小篆研究》,南寧:廣西教育出版社,1990 年。

115. 趙平安:《隸變研究》,保定:河北大學出版社,2009 年。

116. 趙振鐸:《訓詁學綱要》,成都:巴蜀書社,2003 年 10 月。

117. 齊佩瑢:《訓詁學概論》,臺北:華正書局,1983 年。

118. 臧克和:《中國文字與儒家思想》,南寧:廣西教育出版社,1996 年。

119. 臧克和:《說文解字的文化說解》,武漢:湖北人民出版社,1997 年。

120. 劉國鈞主編:《小學研究》,臺北:文海出版社,1971 年。

121. 劉文典:《淮南鴻烈集解》,臺北:文史哲出版社,1985 年 9 月。

122. 劉九生:《循環不息的夢魘——陰陽五行觀念及其歷史文化效應》,北京:國際文化出版公司,1989 年。

123. 劉又辛、李茂康:《訓詁學新論》,成都:巴蜀書社,1989 年。

124. 劉長林:《中國系統思維》,北京:中國社會科學出版社,1991 年。

125. 劉志基:《漢字文化綜論》,南寧:廣西教育出版社,1996 年 9 月。

126. 劉國忠:《五行大義研究》,瀋陽:遼寧教育出版社,1999 年。

127. 劉釗:《郭店楚簡校釋》,福州:福建人民出版社,2005 年。

128. 劉信芳:《楚簡帛通假彙釋》,北京:高等教育出版社,2011 年。

129. 劉青松:《《白虎通》義理聲訓研究》,北京:商務印書館,2018 年 7 月。

130. 蔡信發:《說文部首類釋》,臺北:臺灣學生書局有限公司,2002 年 10 月。

131. 魯實先著,王永誠注:《文字析義注》,臺北:臺灣商務印書館,2014 年。

132. 《慶祝陽新成楚望先生七秩誕辰論文集》,臺北:文史哲出版社,1981 年。

133. 盧國屏:《爾雅語言文化學》,臺北:學生書局,1999 年。

134. 盧國屏:《爾雅與毛傳之比較研究》:臺北:花木蘭文化出版社,2009 年。

135. 禤健聰:《戰國楚系簡帛用字習慣研究》,北京:科學出版社,2017 年。

136. 陸玉林、唐有伯:《中國陰陽家》,北京:宗教文化出版社,1996 年。

137. 陸宗達、王寧:《訓詁與訓詁學》,太原:山西教育出版社,1994 年。

138. 陸宗達、王寧:《訓詁方法論》,北京:中華書局,2018 年。

139. 謝松齡:《天人象——陰陽五行學說史導論》,濟南:山東文藝出版社,1991 年。

140. 濮之珍:《中國語言學史》,臺北:書林出版有限公司,1994 年 8 月。

141. 鍾肇鵬:《讖緯論略》,臺北:洪葉文化事業公司,1994 年。

142. 鄺芷人:《陰陽五行及其體系》,臺北:文津出版社,1998 年。

143. 譚其驤主編:《簡明中國歷史地圖集》,北京:中國地圖出版社,1991 年。

144. 龐樸:《稂莠集——中國文化與哲學論集》,上海:上海人民出版社,1998 年。

145. 龐樸:《當代學者自選文庫:龐樸卷》,合肥:安徽教育出版社,1999 年。

146. 饒宗頤:《符號・初文與字母——漢字樹》,上海:上海書店出版社,2003 年。

147. 饒宗頤二十世紀學術文集編輯委員會主編:《饒宗頤二十世紀學術文集》,臺北:新文豐出版股份有限公司,2003 年。

148. 蘇寶榮、武建宇:《訓詁學》,北京:語文出版社,2005 年 2 月。

149. 顧頡剛編：《古史辨》冊5，上海：上海古籍出版社，1982年。

150. 顧頡剛：《漢代學術史略》，臺北：天山出版社，1985年。

151. 龔鵬程：《文化符號學》，臺北：臺灣學生書局，1992年8月。

四、期刊、會議論文

1. 丁原植：〈月令架構與古代天文的哲學思索〉，《先漢兩漢學術》，第一期，2004年，頁79～88。

2. 王顯：〈談談許慎及其《說文》跟讖緯的關係〉，《古漢語論集》第一輯，長沙：湖南教育出版社，1958年6月，頁16～56。

3. 王夢鷗：〈陰陽五行家與星歷及占筮〉，《中央研究院歷史語言研究所集刊》，第43本第3分，1971年12月，頁489～532。

4. 王玉堂：〈聲訓瑣議〉，《古漢語論集》第一輯，長沙：湖南教育出版社，1985年，頁261～278。

5. 王寧：〈古代語言學遺產的繼承與語言學的自主創新〉，《語言科學》，2006年第2期，頁53～57。

6. 方環海：〈論《爾雅》的語源訓釋條例及其方法論價值〉，《語言研究》，2001年第4期（總45期），頁83～88。

7. 王飛華：〈《爾雅》《釋名》比較略述〉，《西南民族大學學報》，2003年第3期，頁5～9。

8. 尹榮方：〈比目魚、比翼鳥、比肩獸、兩頭蛇原型語義說〉，《中文自學指導》，1998年02期，頁19～25。

9. 江乾益：〈陰陽家之思想及其對漢代經學之影響〉，《中央大學文史學報》，23期，1993年3月，頁15～41。

10. 吉林大學古文字研究室、中國古文字研究會編：《古文字研究》，北京：中華書局，第四輯，1980年。第二十輯，1999年。

11. 沈兼士：〈右文說在訓詁學上之沿革及其推闡〉，《慶祝蔡元培先生六十五歲論文集》，臺北：中央研究院歷史研究所，1933年，頁777～853。

12. 李昭和：〈青川出土木牘文字簡考〉，《文物》，1982年第1期，頁27。

13. 李良達：〈《說文》部首次序及其「始一終亥」思想來源的探究〉，《古文字學論集》，1983年，頁537～547。

14. 李國英：〈試論『同源通用字』與『同音通用字』〉，《北京師範大學學報》，1989年第4期，頁53～57。

15. 李弘毅：〈許慎與儒學斷想——從《說文》訓釋「人」「仁」談起〉，《西南大學學報》（哲學社會科學版），1994年第2期，頁82～85。

16. 李振興：〈釋名研究述略〉，《中華學苑》，第53期，1999年8月，頁55～80。

17. 李新城：〈試論漢代鏡銘中的通假字〉，《中國文字研究》，第七輯，2006年，頁107。

18. 李零：〈讀上博簡〈周易〉〉，《中國歷史文物》，2006年第4期，頁7。

19. 李海霞：〈《說文》的部類及其文化探索〉，《松遼學刊》（哲學社會科學版），第3期，2000年6月。

20. 李學勤：〈《說文》前敘稱經說〉，《漯河職業技術學院學報》（綜合版），第 2 卷第 2 期，2003 年 6 月，頁 76～78。

21. 吳琦幸：〈「文心雕龍」聲訓論〉，《漢學研究》，第 17 期，1991 年 6 月，頁 17～43。

22. 肖丹：〈五經無雙許叔重——許慎生平事迹考〉，《河南師範大學學報》（哲學社會科學版），第 19 卷第 4 期，1992 年，頁 43～47。

23. 宋均芬：〈從《說文敘》看許慎的語言文字觀〉，《漢字文化》，1997 年第 2 期，頁 20～24。

24. 那瑛：〈天上人間的同構——中國傳統文化中的空間概念與社會秩序的建構〉，《學術交流》，2007 年 07 期。

25. 林尹：〈說文與釋名聲訓比較研究〉，《木鐸》，第 9 期，1980 年 11 月，頁 41～56。

26. 林金泉：〈周易與陰陽五行思想〉，《孔孟月刊》，第 20 卷 1 期，1981 年 9 月，頁 4-9。

27. 林金泉：〈陰陽五行家思想究源〉，《孔孟月刊》，第 24 卷 1 期，1985 年 9 月，頁 34～41。

28. 周藝：〈《說文解字》中的陰陽五行說〉，《中南民族學院學報》（哲學社會科學版），1989 年第 2 期（總第 35 期），頁 101～107。

29. 周天令：〈陰陽五行的衍變及其發展〉，《嘉義農專學報》，43 期，1995 年 11 月，頁 111～131

30. 周祖謨：〈《爾雅》之作者及其成書年代〉，《問學集》下冊，1996 年，頁 675～682。

31. 胡楚生：〈釋名考〉，《臺灣師範大學國文研究所集刊》，第八期，1964 年，頁 139～361。

32. 胡錦賢：〈論《爾雅》篇目編次的名義〉，《孔孟月刊》，第 35 卷第 6 期，總 414 期，1997 年 2 月，頁 1～7。

33. 柯明傑：〈聲訓析論〉，《第八屆語文教育與思想文化學術研討會論文集》，臺中：臺中教育大學語文教育學系主辦，2018.12.21，頁 339～351。

34. 高明：〈許慎生平行迹考〉，《國立政治大學學報》，第 18 期，1968 年 12 月，頁 1～27。

35. 高婉瑜：〈試論《說文》中的陰陽五行〉，《大陸雜誌》，第 101 卷第 6 期，2000 年 12 月，頁 267～276。

36. 陳槃：〈論早期讖緯及其與鄒衍書說之關係〉，《中央研究院歷史語言研究所集刊》，第 20 本，1948 年，頁 159～187。

37. 陳志信：〈論許慎作《說文解字》的意圖——一個思想史的解釋〉，《大陸雜誌》，第 93 卷第 4 期，1996 年 12 月，頁 181～192。

38. 陳永豐：〈《說文解字》中的五行思想〉，《樹仁學報》（香港）創刊號，2000 年 5 月，頁 63～71。

39. 陳五雲：〈漢代「六書」三家說申論〉，《古漢語研究》，1995 年第 3 期（總第 28 期），頁 33～37。

40. 陳德興：〈殷周至兩漢陰陽五行思想的天人關懷〉，《哲學與文化》，第 36 卷第 12 期，2009 年 12 月，頁 129～152。

41. 陳贇:〈《易傳》對天地人三才之道的認識〉,《周易研究》,2015 年第 1 期(總 129 期),頁 41～51。

42. 陳師麗桂:〈從循環、代勝到主從、尊卑——戰國、秦、漢陰陽五行說的源起與演變〉,《哲學與文化》,第 42 卷第 10 期,2015 年 10 月,頁 3～24。

43. 張正烺:〈六書古義〉,《國立中央研究院歷史語言所集刊》,第 10 本,1948 年,頁 1～22。

44. 張志毅:〈詞的理據〉,《語言教學與研究》,1999 年第 3 期,頁 115。

45. 張濤:〈經學與漢代語言文字學的發展〉,《文史哲》,2001 年 5 期(總第 266 期),頁 2～8。

46. 許國璋:〈從《說文解字》的前序看許慎的語言哲學〉,《許國璋論語言》(北京:外語教學與研究出版社,1991 年 8 月),頁 65～75。

47. 許嘉璐:〈說正色——《說文》顏色詞考察〉,《中國典籍與文化》,1995 年第 3 期,頁 7～14。

48. 許嘉璐:〈《爾雅》分卷與分類的再認識——《爾雅》的文化研究之一〉,《中國語文》,1996 年第 5 期,頁 321～329。

49. 黎千駒:〈論《說文解字》中的陰陽五行學說〉,《懷化師專學報》,第 16 卷第 4 期,1997 年 12 月,頁 411～415。

50. 郭星宏:〈《爾雅》研究文獻綜述〉,《語文學刊》,2014 年 12 月,頁 45～46。

51. 陸宗達、王寧:〈淺論傳統字源學〉,《中國語文》,1984 年 5 月,頁 369～377。

52. 黃德寬、常森:〈《說文解字》與儒家傳統——文化背景與漢字闡釋論例〉,《江淮論壇》,1994 年第 6 期,頁 77～82。

53. 馮寬平:〈《說文解字》釋義與《老子》用字辯證擷闡〉,《青海師專學報》(社會科學版),2001 年第 3 期,頁 36～38。

54. 楊儒賓:〈從「生氣通天」到「天地同道」——晚周秦漢兩種轉化身體的思想〉,《中國文哲研究集刊》,第 4 期,1994 年 3 月,頁 477～519。

55. 楊儒賓:〈五行物論與原物理〉,《中國文哲研究集刊》,第 49 期,2016 年 9 月,頁 83～120。

56. 鄒曉麗:〈論許慎的哲學思想及其在《說文》中的表現〉,《北京師範大學學報》,1998 年第 4 期,頁 27～35。

57. 廖名春:〈楚簡〈周易·大畜〉卦再釋〉,《清華大學學報》,2004 年第 3 期,頁 32。

58. 鄭吉雄、楊秀芳、朱歧祥、劉承慧:〈先秦『行』字字義的原始與變遷——兼論『五行』〉,《中國文哲研究集刊》,第 35 期,2009 年 9 月,頁 89～127。

59. 劉文清:〈鄭玄《三禮注》「之言」訓詁術語析論——兼論其術語意義之演變〉,《臺大中文學報》,第 41 期,2013 年 6 月,頁 33～84。

60. 錢劍夫:〈試論《說文》和《緯書》的關係〉,《漢語研究》,1989 年第 2 期(總 3 期),頁 7～10。

61. 賴師貴三:〈符號與思維——由《周易》卦爻象反思文字意義的詮釋深度〉,《第九屆中國文字學全國學術研討會論文集》,1998 年 3 月,頁 169～180。

62. 賴師貴三:〈許慎《說文解字》引《易》補釋與《易》理蠡探〉,《春風煦學集——黃慶萱教授七秩華誕受業論集》,2001 年 4 月,頁 87～130。

63. 謝美英：〈從《爾雅》看中國古人的空間觀〉，《社會科學戰線》，2006 年 05 期。

64. 龐子朝：〈論《說文解字》的文化意義〉，《華中師範大學學報》（哲社版），1995 年第 5 期，頁 105～111。

65. 龐子朝：〈《說文解字》與陰陽五行說〉，《華中師範大學學報》（哲社版），1998 年第 5 期，頁 114～121。

66. 嚴軍：〈爾雅地名訓詁與中國地名語言學〉，《殷都學報》，2002 年 04 期。

67. 顧海芳：〈漢語顏色詞的文化分析——關於《說文解字》對青、白、赤、黑的說解〉，《沙洋師範高等專科學校學報》，2002 年第 4 期，頁 55～57。

五、學位論文

1. 王浩：《鄭玄《三禮注》同源詞研究》，石家莊：河北師範大學博士論文，2010 年。

2. 林明正：《《說文》陰陽五行觀探析及對後世字書之影響》，臺北：中國文化大學中國文學研究所碩士論文，2000 年。

3. 夏金波：《《爾雅·釋地》及其注文之文化闡釋》，武漢：湖北大學碩士論文，2012 年。

4. 陳美華：《說文干支字研究》，臺北：中國文化大學中國文學系碩士論文，1985 年。

5. 陳芬琪：《漢代詞書與社會文化》，臺南：成功大學中國文學系碩士論文，1998 年。

6. 陳明宏：《《說文》中之巫術研究》，嘉義：中正大學中國文學系碩士論文，2003 年。

7. 陳建初：《《釋名》考論》，長沙：湖南師範大學博士論文，2005 年。

8. 陳雅雯：《《說文解字》數術思想研究》，臺南：成功大學中國文學系博士論文，2009 年。

9. 張文文：《《爾雅·釋天》與《釋名·釋天》比較研究》，大連：遼寧師範大學碩士論文，2015 年。

10. 黃立楷：《《釋名》語言文化發展》，臺北：淡江大學中國文學系碩士論文，2005 年。

11. 黃立楷：《從《爾雅》到《釋名》的社會演進與文化發展》，臺北：淡江大學中國文學系博士論文，2012 年。

12. 趙芳媛：《《說文·示部》神靈祭祀類詞語命名理據研究》，石家莊：河北師範大學碩士論文，2012 年。

13. 趙昕芮：《《說文解字》和《爾雅》祭祀類詞語文化闡釋》，大連：遼寧師範大學碩士論文，2015 年。

14. 羅嘉文：《《管子》陰陽五行思想研究》，臺北：臺灣師範大學國文學系碩士論文，2012 年。

15. 鐘明彥：《聲訓與《說文》聲訓研判》，臺中：東海大學中國文學系碩士論文，1995 年。

16. 竇福志：《先秦文獻中的陰陽五行思想研究》，濟南：山東師範大學碩士論文，2010 年。

附　錄

表一：《說文解字》陰陽五行聲訓材料表[註1]

編號	字例	聲　　　訓	出　　處	被訓詞與聲訓詞	
◎1	天	天，顛也。至高無上，从一大。	一部・1上1	天（透真）[註2]	顛（端真）
2	帝	帝，諦也。王天下之號也。从上，朿聲。	一部・1上3	帝（端錫）	諦（端錫）
3	神	神，天神，引出萬物者也。从示申。	示部・1上5	神（定真）	引（定真）
4	祇	祇，地祇，提出萬物者。	示部・1上5	祇（匣支）	提（定支）
5	禷	禷，以事類祭天神。从示，類聲。	示部・1上7	禷（來沒）	類（來沒）
6	禘	禘，諦祭也。从示，帝聲。《周禮》曰：「五歲一禘。」	示部・1上10	禘（定錫）	諦（端錫）
7	祫	祫，大合祭先祖親疏遠近也。从示合。《周禮》曰：「三歲一祫。」	示部・1上11	祫（匣緝）	合（匣緝）
8	禜	禜，設綿蕝為營，以禳風雨、雪霜、水旱、癘疫於日月星辰山川也。从示，榮省聲。一曰禜、衛，使災不生。《禮記》曰：「雩，禜。祭水旱。」	示部・1上12	禜（匣耕）	營（定耕）

〔註1〕編號前加◎者，表《說文》與《釋名》皆有此條聲訓，共二十三條。

〔註2〕（　）前字表聲紐，後字表韻部。本文上古語音系統，韻部及聲類均採用陳新雄先生校定之古韻三十二部說、古音正聲十九紐。

9	王	王，天下所歸往也。董仲舒曰：「古之造文者，三畫而連其中謂之王。三者，天、地、人也，而參通之者王也。」孔子曰：「一貫三為王。」	王部。1上18	王（匣陽）	往（匣陽）
10	碧	碧，石之青美者。从玉、石，白聲。	王部。1上34	碧（幫鐸）	白（滂鐸）
11	士	士，事也。數始於一，終於十。从一十。孔子曰：「推十合一為士。」凡士之屬皆从士。	士部。1上39	士（從之）	事（從之）
◎12	春	春，推也。从艸、从日，艸春時生也；屯聲。	艸部。1下53	春（透諄）	推（透微）
◎13	歲	歲，木星也。越歷二十八宿，宣徧陰陽，十二月一次。从步，戌聲。律歷書名五星為五步。	步部。2上41	歲（心月）	宣（心元）
◎14	笙	笙，十三簧。象鳳之身也。笙，正月之音。物生，故謂之笙。大者謂之巢，小者謂之和。从竹，生聲。古者隨作笙。	竹部。5上17	笙（心耕）	生（心耕）
◎15	鼓	鼓，郭也。春分之音，萬物郭皮甲而出，故謂之鼓。从壴，支象其手擊之也。	鼓部。14下14	鼓（見侯）	郭（見鐸）
16	麥	麥，芒穀，秋種厚薶，故謂之麥。麥，金也。金王而生，火王而死。从來，有穗者；从夂。	麥部。5下33	麥（明職）	薶（明之）
◎17	木	木，冒也。冒地而生。東方之行。从屮，下象其根。	木部。6上1	木（明屋）	冒（明幽）
18	南	南，艸木至南方，有枝任也。从宋，羊聲。	宋部。6下4	南（泥侵）	任（泥侵）
◎19	日	日，實也。太陽之精不虧。从口一。象形。凡日之屬皆从日。	日部。7上1	日（泥質）	實（定質）
◎20	月	月，闕也。大陰之精。象形。	月部。7上23	月（疑月）	闕（溪月）
◎21	朔	朔，月一日始蘇也。从月，屰聲。	月部。7上24	朔（心鐸）	蘇（心魚）
22	黍	黍，禾屬而黏者也。以大暑而種，故謂之黍。从禾，雨省聲。孔子曰：「黍可為酒，禾入水也。」	黍部。7上56	黍（透魚）	暑（透魚）
23	儒	儒，柔也。術士之偁。从人，需聲。	人部。8上3	儒（泥侯）	柔（泥幽）
24	艮	艮，很也。从匕目。匕目，猶目相匕，不相下也。《易》曰：「艮其限。」匕目為艮，匕目為眞也。	匕部。8上42	艮（見諄）	很（匣諄）
◎25	火	火，燬也。南方之行，炎而上。象形。	火部。10上40	火（曉微）	燬（曉微）

26	灸	灸，灼也。从火，久聲。	火部。10上47	灸（見之）	久（見之）
27	性	性，人之陽气性善者也。从心，生聲。	心部。10下24	性（心耕）	生（心耕）
◎28	水	水，準也。北方之行。象眾水並流，中有微陽之气也。	水部。11上1	水（透微）	準（端真）
29	衇	衇，血理分袤行體者。从辰、从血。	辰部。11下18	衇（明錫）	辰（滂錫）
30	霆	霆，雷餘聲也鈴鈴。所以挺出萬物。从雨，廷聲。	雨部。11下10	霆（定耕）	挺（定耕）
◎31	電	電，陰陽激燿也。从雨、从申。	雨部。11下10	電（定真）	申（透真）
◎32	霰	霰，稷雪也。从雨，散聲。	雨部。11下11	霰（心元）	雪（心月）
◎33	霜	霜，喪也。成物者。从雨，相聲。	雨部。11下13	霜（心陽）	喪（心陽）
34	龗	龗，龍也。从龍，霝聲。	龍部。11下31	龗（來耕）	龍（來東）
35	鹹	鹹，銜也。北方味也。从鹵，咸聲。	鹵部。12上4	鹹（匣侵）	銜（匣侵）
36	娠	娠，女妊身動也。从女，辰聲。	女部。12下26	娠（透諄）	辰（定諄）
36	琴	琴，禁也。神農所作。洞越。練朱五弦，周加二弦。象形。	琴部。12下44	琴（匣侵）	禁（見侵）
37	無	無，亡也。从亡，無聲。	亡部。12下46	無（明魚）	亡（明陽）
◎38	風	風，八風也。東方曰明庶風，東南曰清明風，南方曰景風，西南曰涼風，西方曰閶闔風，西北曰不周風，北方曰廣莫風，東北曰融風。風動蟲生。故蟲八日而化。从虫，凡聲。	風部。13下6	風（並侵）	蟲（定冬）
39	龜	龜，舊也。外骨內肉者也。从它，龜頭與它頭同。天地之性，廣肩無雄；龜鼈之類，以它為雄。象足甲尾之形。	龜部。13下9	龜（見之）	舊（匣之）
◎40	土	土，地之吐生物者也。二象地之下、地之中，物出形也。	土部。13下16	土（透魚）	吐（透魚）
41	畤	畤，天地五帝所基址，祭地。从田，寺聲。右扶風有五畤。好畤、鄜畤，皆黃帝時祭。或曰秦文公立也。	田部。13下46	畤（端之）	址（端之）
42	鐘	鐘，樂鐘也。秋分之音，物穜成。从金，童聲。古者垂作鐘。	金部。14上16	鐘（端東）	穜（端東）
◎43	陰	陰，闇也。水之南、山之北也。从𨸏，侌聲。	𨸏部。14下1	陰（影侵）	闇（影侵）
44	九	九，陽之變也。象其屈曲究盡之形。	九部·14下16	九（見幽）	究（見幽）
45	甲	甲，東方之孟，陽气萌動，从木戴孚甲之象。一曰人頭宎為甲，甲象人頭。	甲部·14下19	甲（見盍）	甲

◎46	乙	乙，象春艸木冤曲而出，陰气尚彊，其出乙乙也。與丨同意。乙承甲，象人頸。	乙部·14下19	乙（影質）	乙
◎47	丙	丙，位南方，萬物成，炳然。陰气初起，陽气將虧。从一、入、冂。一者，陽也。丙承乙，象人肩。	丙部·14下20	丙（幫陽）	炳（幫陽）
◎48	丁	丁，夏時萬物皆丁實。象形。丁承丙，象人心。	丁部·14下20	丁（端耕）	丁
◎49	癸	癸，冬時，水土平，可揆度也。象水從四方流入地中之形。癸承壬，象人足。	癸部·14下24	癸（見脂）	揆（匣脂）
◎50	丑	紐也。十二月萬物動用事。象手之形。時加丑，亦舉手時也。	丑部·14下28	丑（透幽）	紐（泥幽）
◎51	卯	卯，冒也。	卯部·14下29	卯（明幽）	冒（明幽）

表二：《釋名》陰陽五行聲訓材料表

編號	字例	聲　訓	出　處	被訓詞與聲訓詞	
1	天	天，顯也，在上高顯也。青徐以舌頭言之。天，垣也，垣然高而遠也。	卷一·釋天第一	天（透真）	顯（曉元）
2	日	日，實也，光明盛實也。	卷一·釋天第一	日（泥質）	實（定質）
3	月	月，缺也，滿則缺也。	卷一·釋天第一	月（疑月）	缺（溪月）
4	晷	晷，規也，如規畫也。	卷一·釋天第一	晷（見幽）	規（見支）
5	星	星，散也，列位布散也。	卷一·釋天第一	星（心耕）	散（心元）
6	風	風，兗豫司橫口合脣言之。風，氾也，其氣博氾而動物也。青徐言風，踧口開脣推氣言之。風，放也，氣放散也。	卷一·釋天第一	風（並侵）	氾（並談）
7	陰	陰，蔭也，氣在內奧蔭也。	卷一·釋天第一	陰（影侵）	蔭（影侵）
		陰，蔭也，言所在蔭翳也。	卷二·釋形體第八		
		陰，蔭也，橫側車前，所以蔭等也。	卷七·釋車第二十四		
8	陽	陽，揚也，氣在外發揚也。	卷一·釋天第一	陽（定陽）	揚（定陽）
9	春	春，蠢也，動而生也。	卷一·釋天第一	春（透諄）	蠢（透諄）
10	夏	夏，假也，寬假萬物使生長也。	卷一·釋天第一	夏（匣魚）	假（見魚）
11	秋	秋，緧也，緧迫品物使時成也。	卷一·釋天第一	秋（清幽）	緧（清幽）
12	冬	冬，終也，物終成也。	卷一·釋天第一	冬（端冬）	終（端冬）

13	歲	歲，越也，越故限也。唐虞曰載，載生物也。殷曰祀。年，年，進也，進而前也。祀，巳也，新氣升故氣已也。	卷一・釋天第一	歲（心月）	越（疑月）
14	金	金，禁也，其氣剛嚴能禁制也。	卷一・釋天第一	金（見侵）	禁（見侵）
15	木	木，冒也，華葉自覆冒也。	卷一・釋天第一	木（明屋）	冒（明幽）
16	水	水，準也，準平物也。	卷一・釋天第一	水（透微）	準（端微）
17	火	火，化也，消化物也。亦言毀也，物入中皆毀壞也。	卷一・釋天第一	火（曉微）	化（曉歌） 毀（曉微）
18	土	土，吐也，能吐生萬物也。	卷一・釋天第一	土（透魚）	吐（透魚）
		土，吐也，吐生萬物也。 已耕者曰田。田，填也，五稼填滿其中也。	卷一・釋地第二		
19	子	子，孳也。陽氣始萌，孳生於下也。於《易》為坎。坎，險也。	卷一・釋天第一	子（精之）	孳（精之）
		子，孳也，相生蕃孳也。	卷三・釋親屬第十一		
20	丑	丑，紐也，寒氣自屈紐也。於《易》為艮。艮，限也。時未可聽物生，限止之也。	卷一・釋天第一	丑（透幽）	紐（泥幽）
21	寅	寅，演也，演生物也。	卷一・釋天第一	寅（定真）	演（定真）
22	卯	卯，冒也，載冒土而出也。於《易》為震，二月之時雷始震也。	卷一・釋天第一	卯（明幽）	冒（明幽）
23	辰	辰，伸也，物皆伸舒而出也。	卷一・釋天第一	辰（定諄）	伸（透真）
24	巳	巳，已也，陽氣畢布已也。於《易》為巽。巽，散也，物皆生布散也。	卷一・釋天第一	巳（定之）	已（定之）
25	午	午，仵也。陰氣從下上，與陽相仵逆也。於《易》為離。離，麗也，物皆附麗陽氣以茂也。	卷一・釋天第一	午（疑之）	仵（疑之）
26	未	未，昧也。日中則昃，向幽昧也。	卷一・釋天第一	未（明沒）	昧（明沒）
27	申	申，身也。物皆成其身體，各申束之，使備成也。	卷一・釋天第一	申（透真）	身（透真）
28	酉	酉，秀也；秀者，物皆成也。於《易》為兌。兌，說也。物得備足，皆喜說也。	卷一・釋天第一	酉（定幽）	秀（心幽）
29	戌	戌，恤也。物當牧斂，矜恤之也。亦言脫也，落也。	卷一・釋天第一	戌（心月）	恤（心質）
30	亥	亥，核也。收藏百物，核取其好惡真偽也。亦言物成皆堅核也。	卷一・釋天第一	亥（匣之）	核（見之）
31	乙	乙，軋也，自抽軋而出也。	卷一・釋天第一	乙（影質）	軋（影月）

32	丙	丙,炳也。物生炳然,皆著見也。	卷一·釋天第一	丙(幫陽)	炳(幫陽)
33	丁	丁,壯也,物體皆丁壯也。	卷一·釋天第一	丁(端耕)	壯(精陽)
34	戊	戊,茂也,物皆茂盛也。	卷一·釋天第一	戊(明幽)	茂(明幽)
35	己	己,紀也,皆有定形可紀識也。	卷一·釋天第一	己(見之)	紀(見之)
36	庚	庚,猶更也。庚,堅強貌也。	卷一·釋天第一	庚(見陽)	更(見陽)
37	辛	辛,新也,物初新者皆收成也。	卷一·釋天第一	辛(心真)	新(心真)
38	壬	壬,妊也。陰陽交,物懷妊也。至子而萌也。	卷一·釋天第一	壬(泥侵)	妊(泥侵)
39	癸	癸,揆也。揆度而生,乃出之也。	卷一·釋天第一	癸(見脂)	揆(匣脂)
40	霜	霜,喪也。其氣慘毒,物皆喪也。	卷一·釋天第一	霜(心陽)	喪(心陽)
41	霰	霰,星也,水雪相搏如星而散也。	卷一·釋天第一	霰(心元)	星(心耕)
42	雲	雲,猶云云,眾盛意也。又言運也,運行也。	卷一·釋天第一	雲(匣諄)	云(匣諄)
43	電	電,殄也,言乍見則殄滅也。	卷一·釋天第一	電(定真)	殄(定諄)
44	震	震,戰也,所擊輒破,若攻戰也。又曰辟歷。辟,析也,所歷皆破析也。	卷一·釋天第一	震(端諄)	戰(端元)
45	雹	雹,跑也,其所中物皆摧折,如人所蹴跑也。	卷一·釋天第一	雹(並幽)	跑(並幽)
46	虹	虹,陽氣之動也。虹,攻也,純陽攻陰氣也。	卷一·釋天第一	虹(匣東)	攻(見東)
47	霓	霓,齧也。其體斷絕,見於非時,此災氣也,傷害於物如有所食齧也。	卷一·釋天第一	霓(疑支)	齧(疑月)
48	暈	暈,捲也,氣在外捲結之也。日月俱然。	卷一·釋天第一	暈(匣諄)	捲(匣元)
49	晦	晦,灰也,火死為灰。月光盡似之也。	卷一·釋天第一	晦(曉之)	灰(曉之)
50	朔	朔,蘇也,月死復蘇生也。	卷一·釋天第一	朔(心鐸)	蘇(心魚)
51	昏	昏,損也,陽精損滅也。	卷一·釋天第一	昏(曉諄)	損(心諄)
52	祲	祲,侵也,赤黑之氣相侵也。	卷一·釋天第一	祲(精侵)	侵(精侵)
53	霧	霧,冒也,氣蒙亂、覆冒物也。	卷一·釋天第一	霧(明侯)	冒(明幽)
54	地	地者,底也,其體底下載萬物也。亦言諦也,五土所生莫不信諦也。《易》謂之坤。坤,順也,上順乾也。	卷一·釋地第二	地(定歌)	底(端脂)
55	原	廣平曰原。原,元也,如元氣廣大也。	卷一·釋地第二	原(疑元)	元(疑元)

56	山	山，產也，產生物也。	卷一・釋山第三	山（心元）	產（心元）
57	屺	山無草木曰屺。屺，圮也，無所出生也。	卷一・釋地第三	屺（曉之）	圮（並之）
58	人	人，仁也。仁生物也。故《易》曰：「立人之道曰仁與義。」	卷二・釋形體第八	人（泥真）	仁（泥真）
59	體	體，第也；骨肉、毛血、表裏、大小，相次第也。	卷二・釋形體第八	體（透脂）	第（定脂）
60	筋	筋，靳也。肉中之力，氣之元也，靳固於身形也。	卷二・釋形體第八	筋（見諄）	靳（見諄）
61	頤	頤，養也。動於下，止於上，上下咀物，以養人也。	卷二・釋形體第八	頤（定之）	養（定陽）
62	心	心，纖也，所識纖微，無物不貫也。	卷二・釋形體第八	心（心侵）	纖（心添）
63	肝	肝，幹也。五行屬木，故其體狀有枝幹也，凡物以木為幹也。	卷二・釋形體第八	肝（見元）	幹（見元）
64	肺	肺，勃也，言其氣勃鬱也。	卷二・釋形體第八	肺（滂沒）	勃（並沒）
65	脾	脾，裨也，在胃下，裨助胃氣主化穀也。	卷二・釋形體第八	脾（並支）	裨（並支）
66	腎	腎，引也，腎屬水，主引水氣灌注諸脈也。	卷二・釋形體第八	腎（定真）	引（定真）
67	胃	胃，圍也，圍受食物也。	卷二・釋形體第八	胃（匣沒）	圍（匣微）
68	腸	腸，暢也，通暢胃氣，去滓穢也。	卷二・釋形體第八	腸（定陽）	暢（定陽）
69	男	男，任也，典任事也。	卷三・釋長幼第十	男（泥侵）	任（泥侵）
70	女	女，如也，婦人外成如人也。故三從之義，少如父教，嫁如夫命，老如子言。	卷三・釋長幼第十	女（泥魚）	如（泥魚）
71	齔	毀齒曰齔。齔，洗也，毀洗故齒，更生新也。	卷三・釋長幼第十	齔（透諄）	洗（心諄）
72	母	母，冒也，含生巳也。	卷三・釋親屬第十一	母（明之）	冒（明幽）
73	婚	婦之父曰婚，言婿親迎用昏，又恒以昏夜成禮也。	卷三・釋親屬第十一	婚（曉諄）	昏（曉諄）
74	夬	夬，決也，有所破壞，決裂之於終始也。	卷四・釋言語第十二	夬（見月）	決（見月）
75	始	始，息也，言滋息也。	卷四・釋言語第十二	始（透之）	息（心職）
76	甘	甘，含也，人所含也。	卷四・釋言語第十二	甘（見談）	含（匣侵）
77	青	青，生也，象物生時色也。	卷四・釋采帛第十四	青（清耕）	生（心耕）
78	赤	赤，赫也，太陽之色也。	卷四・釋采帛第十四	赤（透鐸）	赫（曉鐸）
79	黃	黃，晃也，猶晃晃，象日光色也。	卷四・釋采帛第十四	黃（匣陽）	晃（匣陽）

80	黑	黑,晦也,如晦冥時色也。	卷四·釋采帛第十四	黑(曉職)	晦(曉之)
81	絳	絳,工也,染之難得色,以得色為工也。	卷四·釋采帛第十四	絳(見冬)	工(見東)
82	紫	紫,疵也,非正色。五色之疵瑕以惑人者也。	卷四·釋采帛第十四	紫(精支)	疵(從支)
83	紅	紅,絳也,白色之似絳者也。	卷四·釋采帛第十四	紅(匣東)	絳(見冬)
84	綠	綠,瀏也。荊泉之水,於上視之,瀏然綠色,此似之也。	卷四·釋采帛第十四	綠(來屋)	瀏(來幽)
85	縹	縹,猶漂也,漂漂淺青色也。有碧縹,有天縹,有骨縹,各以其色所象言之也。	卷四·釋采帛第十四	縹(滂宵)	漂(滂宵)
86	冕	祭服曰冕。冕,猶俛也;俛,平直貌也。	卷四·釋首飾第十五	冕(明諄)	俛(明侯)
87	窔	東南隅曰窔。窔,幽也,亦取幽冥也。	卷五·釋宮室第十七	窔(影宵)	幽(影幽)
88	宧	東北隅曰宧。宧,養也,東北陽氣始出,布養物也。	卷五·釋宮室第十七	宧(定之)	養(定陽)
89	經	經,徑也,常典也,如徑路無所不通,可常用也。	卷六·釋典藝第二十	經(見耕)	徑(見耕)
90	緯	緯,圍也,反覆圍繞,以成經也。	卷六·釋典藝第二十	緯(匣微)	圍(匣微)
91	圖	圖,度也,畫其品度也。	卷六·釋典藝第二十	圖(定魚)	度(定鐸)
92	讖	讖,纖也,其義纖微而有效驗也。	卷六·釋典藝第二十	讖(清添)	纖(心添)
93	易	易,易也,言變易也。	卷六·釋典藝第二十	易(定錫)	易
94	鼓	鼓,郭也,張皮以冒之,其中空也。	卷七·釋樂器第二十三	鼓(見侯)	郭(見鐸)
95	簫	簫,肅也,其聲肅肅而清也。	卷七·釋樂器第二十三	簫(心覺)	肅(心覺)
96	笙	笙,生也,竹之貫匏,象物貫地而生也。	卷七·釋樂器第二十三	笙(心耕)	生(心耕)
97	齆	鼻塞曰齆。齆,久也,涕久不通,遂至窒塞也。	卷八·釋疾病第二十六	齆(匣幽)	久(見之)
98	癭	癭,嬰也,在頸嬰喉也。	卷八·釋疾病第二十六	癭(影耕)	嬰(影耕)
99	疝	心痛曰疝。疝,詵也,氣詵詵然上而痛也。陰腫曰隤,氣下隤也。又曰疝,亦言詵也,詵詵引小腹急痛也。	卷八·釋疾病第二十六	疝(心元)	詵(心諄)
100	痔	痔,食也,蟲食之也。	卷八·釋疾病第二十六	痔(泥之)	食(定職)

101	瘧	瘧,酷虐也;凡疾,或寒或熱耳;而此疾先寒後熱,兩疾似酷虐者也。	卷八・釋疾病第二十六	瘧(疑藥)	虐(疑藥)

複合詞

編號	字　例	《釋名》說解	篇　卷
1.	四時	四時,四方各一時。 時,期也,物之生死,各應節期而止也。〔註3〕	卷一・釋天第一
2.	五行	五行者,五氣也,於其方各施行也。	卷一・釋天第一
3.	 黎 埴 鼠肝 漂 盧	徐州貢土五色,色有青黃赤白黑也。 土青曰黎,似黎草色也。 土黃而細密曰埴,埴,0也,黏如脂之0也。 土赤曰鼠肝,似鼠肝色也。 土白曰漂。漂,輕飛散也。 土黑曰盧,盧然解散也。	卷一・釋地第二
4.	青州	青州在東,取物生而青也。州,注也,郡國所注仰也。	卷二・釋州國第七
5.	徐州	徐州。徐,舒也,土氣舒緩也。	卷二・釋州國第七
6.	揚州	揚州。州界多水,水波揚也。	卷二・釋州國第七
7.	荊州	荊州,取名於荊山也。必取荊為名者:荊,警也。南蠻數為寇逆其民,有道後服,無道先彊,常警備之也。	卷二・釋州國第七
8.	豫州	豫州,地在九州之中,京師東都所在,常安豫也。	卷二・釋州國第七
9.	雍州	雍州在四山之內。雍,翳也。	卷二・釋州國第七
10.	并州	并州。并,兼并也。其州或并或設,故因以為名也。	卷二・釋州國第七
11.	幽州	幽州,在北幽昧之地也。	卷二・釋州國第七
12.	冀州	冀州,亦取地以為名也。其地有險有易,帝王所都,亂則冀治,弱則冀彊,荒則冀豐也。	卷二・釋州國第七
13.	兗州	兗州,取兗水以為名也。	卷二・釋州國第七
14.	益州	益州。益,阨也,所在之地險阨也。	卷二・釋州國第七
15.	營州	古有營州,齊衛之地於天文屬營室,取其名也。	卷二・釋州國第七
16.	望羊	望羊。羊,陽也。言陽氣在上,舉頭高,似若望之然也。	卷三・釋姿容第九
17.	臥化	臥化也,精氣變化,不與覺時同也。	卷三・釋姿容第九

〔註3〕《爾雅》:「春為蒼天。夏為昊天。秋為旻天。冬為上天。」

18.	期頤	百年曰期頤。頤，養也。老昏不復知服味善惡，孝子期於盡養道而已也。	卷三・釋長幼第十
19.	命婦	大夫之妃曰命婦。婦，服也，服家事也。夫受命於朝，妻受命於家也。	卷三・釋親屬第十一
20.	牟追	牟追。牟，冒也，言其形貌髮追追然也。	卷四・釋首飾第十五
21.	委貌	委貌，冠形又委貌之貌，上小下大也。	卷四・釋首飾第十五
22.	三墳	三墳。墳，分也。論三才之分天地人之始，其體有三也。	卷六・釋典藝第二十
21	五典	五典。典，鎮也。制法所以鎮定上下，差等有五也。	卷六・釋典藝第二十
22	八索	八索。索，素也。著素王之法，若孔子者聖而不王，制此法者有八也。	卷六・釋典藝第二十
23	九丘	九丘。丘，區也，區別九州土氣，教化所宜施者也。此皆三王以前上古羲皇時書也。今皆亡，惟堯典存也。	卷六・釋典藝第二十
24	春秋	《春秋》。言春秋冬夏終而成歲，舉春秋，則冬夏可知也。《春秋》書人事，卒歲而究備，春秋溫涼中，象政和也，故舉以為名也。	卷六・釋典藝第二十
25	金鼓	金鼓。金，禁也，為進退之禁也。	卷七・釋兵第二十三
26	既葬	既葬，還祭於殯宮曰虞，謂虞樂安神，使還此也。	卷八・釋喪制第二十七

表三：《爾雅》陰陽五行詞材料表

編號	字例	篇卷	說解
1		釋詁第一	初，哉，首，基，肇，祖，元，胎，俶，落，權，輿，始也。
2		釋詁	林，烝，天，帝，皇，王，后，辟，公，侯，君也。
3		釋詁	弘，廓，宏，溥，介，純，夏，幠，厖，墳，嘏，丕，弈，洪，誕，戎，駿，假，京，碩，濯，訏，宇，穹，壬，路，淫，甫，景，廢，壯，冢，簡，箌，昄、旴，將，業，席，大也。
4		釋詁	典，彝，法，則，刑，範，矩，庸，恆，律，戛，職，秩，常也。
5		釋詁	柯，憲，刑，範，辟，律，矩，則，法也。
6		釋詁	敆，郃，盇，翕，仇，偶，妃，匹，會，合也。
7		釋詁	仇，讎，敵，妃，知，儀，匹也。
8		釋詁	台，朕，賚，畀，卜，陽，予也。
9		釋詁	肅，延，誘，薦，餤，晉，寅，藎，進也。

10		釋詁	從，申，神，加，弼，崇，重也。
11		釋詁	祿，祉，履，戩，祓，禧，禔，祜，福也。
12		釋詁	禋，祀，祠，烝，嘗，禴，祭也。
13		釋詁	儼，恪，祇，翼，諲，恭，欽，寅，熯，敬也。
14		釋詁	娠，蠢，震，騷，妯，騷，感，訛，蹶，動也。
15		釋詁	育，孟，耆，艾，正，伯，長也。
16		釋詁	艾，歷也。
17		釋詁	厤，秭，算，數也。
18		釋詁	艾，歷，覛，胥，相也。
19		釋詁	頤，艾，育，養也。
20		釋詁	元，良，首也。
21		**釋言第二**	豫、臚，敘也。
22		釋言	滷、矜、鹹、苦也。
23		釋言	隱，占也。
24		釋言	坎、律，銓也。
25		釋言	凶，咎也。
26		釋言	顛，頂也。
27		釋言	虹，潰也。
28		釋言	晦，冥也。
29		釋言	燬，火也。
30		釋言	典，經也。
31		**釋訓第三**	朔，北方也。
32		**釋宮第五**	西南隅謂之奧，西北隅謂之屋漏，東北隅謂之宧，東南隅，謂之窔。
33		**釋樂第七**	宮謂之重，商謂之敏，角謂之經，徵謂之迭，羽謂之柳。
34		**釋天第八**	穹蒼，蒼天也。
35	四時	釋天	春為蒼天。夏為昊天。秋為旻天。冬為上天。
36		釋天	春為青陽，夏為朱明，秋為白藏，冬為玄英，四氣和謂之玉燭。 春為發生，夏為長嬴，秋為收成，冬為安寧，四時和為通正，謂之景風。 甘雨時降，萬物以嘉，謂之醴泉。
37	災	釋天	穀不熟為饑，蔬不熟為饉，果不熟為荒，仍饑為荐。
38	歲陽	釋天	大歲在甲曰閼逢，在乙曰旃蒙，在丙曰柔兆，在丁曰強圉，在戊曰著雍，在己曰屠維，在庚曰上章，在辛曰重光，在壬曰玄黓，在癸曰昭陽。

39	歲名	釋天	大歲在寅曰攝提格，在卯曰單閼，在辰曰執徐，在巳曰大荒落，在午曰敦牂，在未曰協洽，在申曰涒灘，在酉曰作噩，在戌曰閹茂，在亥曰大淵獻，在子曰困敦，在丑曰赤奮若。
40	歲名	釋天	載，歲也。夏曰歲，商曰祀，周曰年，唐虞曰載。
41	月陽	釋天	月在甲曰畢，在乙曰橘，在丙曰修，在丁曰圉，在戊曰厲，在己曰則，在庚曰窒，在辛曰塞，在壬曰終，在癸曰極。
42	月名	釋天	正月為陬，二月為如，三月為寎，四月為余，五月為皋，六月為且，七月為相，八月為壯，九月為玄，十月為陽，十一月為辜，十二月為涂。
43	風雨	釋天	南風謂之凱風，東風謂之谷風，北風謂之涼風，西風謂之泰風。 焚輪謂之穨。扶搖謂之猋。風與火為庉。迴風為飄。 日出而風為暴。風而雨土為霾。陰而風為曀。 天氣下，地不應曰雺。地氣發，天不應曰霧。霧謂之晦。 螮蝀謂之雩。螮蝀，虹也。蜺為挈貳。 弇日為蔽雲。 疾雷為霆霓。 雨霓為霄雪。 暴雨謂之凍。小雨謂之霢霂。久雨謂之淫。淫謂之霖。濟謂之霽。
44		釋天	壽星，角亢也。天根，氐也。
45		釋天	天駟，房也。大辰，房心尾也。大火謂之大辰。
46		釋天	析木謂之津。箕斗之間漢津也。
47		釋天	星紀，斗、牽牛也。
48		釋天	玄枵，虛也。顓頊之虛，虛也。北陸，虛也。
49		釋天	營室謂之定。娵觜之口，營室東壁也。
50		釋天	降婁，奎、婁也。
51		釋天	大梁，昴也。西陸，昴也。
52		釋天	濁謂之畢。
53		釋天	咮謂之柳。柳，鶉火也。
54		釋天	北極謂之北辰。
55		釋天	何鼓謂之牽牛。
56		釋天	明星謂之启明。
57		釋天	彗星為攙槍。
58		釋天	奔星為彴約。
59		釋天	春祭曰祠，夏祭曰礿，秋祭曰嘗，冬祭曰烝，祭天曰燔柴，祭地曰瘞薶，祭山曰庪縣，祭川曰浮沈，祭星曰布，祭風曰磔。

			是禷是禡，師祭也， 既伯既禱，馬祭也。 禘，大祭也。 繹，又祭也，周曰繹，商曰肜，夏曰復胙。
60		釋天	春獵為蒐，夏獵為苗，秋獵為獮，冬獵為狩。 宵田為獠，火田為狩，乃立冢土，戎醜攸行，起大事，動大眾，必先有事乎社而後出，謂之宜，振旅闐闐，出為治兵，尚威武也，入為振旅，反尊卑也。
61		釋天	素錦綢杠，纁帛綵，素陞龍于綵，練旒九，飾以組。維以縷，緇廣充幅，長尋曰旐，繼旐曰斾，注旄首曰旌，有鈴曰旂，錯革鳥曰旟，因章曰旆。
62		釋天	兩河間曰冀州，河南曰豫州，河西曰雝州，漢南曰荊州，江南曰楊州，濟河間曰兗州，濟東曰徐州，燕曰幽州，齊曰營州。
63		**釋地第九**	東方有比目魚焉，不比不行，其名謂之鰈。
64		釋地	南方有比翼鳥焉，不比不飛，其名謂之鶼鶼。
65		釋地	西方有比肩獸焉。與邛邛岠虛比，為邛邛岠虛齧甘草，即有難，邛邛岠虛負而走，其名謂之蟨。
66		釋地	北方有比肩民焉，迭食而迭望。
67		釋地	中有枳首蛇焉。此四方中國之異氣也。
68		釋地	東至於泰遠，西至於邠國，南至於濮鈆，北至於祝栗，謂之四極，觚竹，北戶，西王母，日下，謂之四荒。九夷，八狄，七戎，六蠻，謂之四海，岠齊州以南，戴日為丹穴，北戴斗極為空桐，東至日所出為大平，西至日所入為大蒙，大平之人仁，丹穴之人智，大蒙之人信，空桐之人武。
69		**釋魚第十六**	龜，俯者靈。仰者謝。前弇諸果。後弇諸獵，左倪不類，右倪不若。
70		釋魚	一曰神龜，二曰靈龜，三曰攝龜，四曰寶龜，五曰文龜，六曰筮龜，七曰山龜，八曰澤龜，九曰水龜，十曰火龜。
71		**釋鳥第十七**	狂，鸏鳥。
72		**釋獸第十八**	猰貐，類貙，虎爪，食人，迅走。
73		釋獸	狒狒，如人，被髮，迅走，食人。
74		**釋畜第十九**	駮，如馬，倨牙，食虎豹。